Über das Buch:

In einem Wäldchen bei Moskau wird die schrecklich zuge-
richtete Leiche einer Frau gefunden – der Kopf ist zertrümmert, aufgeklopft wie eine Nuss, ein Teil des Gehins fehlt.
Es ist bereits der zweite Mord dieser Art. Die Spur führt zu
einer in der Nähe gelegenen Tierversuchsstation, wo eine
Gruppe von Wissenschaftlern Experimente an Menschenaffen durchführt, und von dort weiter ins Moskauer Museum
für Vor- und Frühgeschichte. Dort entdeckt Nikita Kolossow, Chef der Moskauer Mordkommission, die Schädel von
Neandertalern, denen vor zigtausend Jahren die gleichen
Verletzungen zugefügt wurden. Ist die Mordwaffe womöglich ein prähistorisches Werkzeug aus dem Museum? Und
warum sind immer ältere Frauen die Mordopfer? Der Poli-
zeireporterin Katja Petrowskaja lassen diese Fragen keine
Ruhe. Gemeinsam mit Kolossow macht sich die mutige junge Frau auf die Suche nach dem Serientäter.

Über die Autorin:

Tatjana Stepanowa, geb. 1966 in Moskau und studierte Juris-
tin, ist eine der erfolgreichsten Kriminalschriftstellerinnen
Russlands. Wie ihre berühmte Kollegin Alexandra Marinina
war auch sie im Polizeidienst tätig. Aus ihrer Feder stammen
bisher neun Kriminalromane, deren Heldin die Reporterin
Katja ist und die in Russland bisher eine Gesamtauflage von
2 Millionen Exemplaren erreichten.

Tatjana Stepanowa

Der dunkle Hauch der Angst

THRILLER

Aus dem Russischen von
Margret Fieseler

BASTEI LÜBBE TASCHENBUCH
Band 14 769

Erste Auflage: August 2002

Vollständige Taschenbuchausgabe

Bastei Lübbe Taschenbücher ist ein Imprint der Verlagsgruppe Lübbe

Titel der russischen Originalausgabe: Венчание со страхом
(Hochzeit mit der Angst)
© 1998 by EKSMO-Press, Moskau
Lizenzausgabe: Verlagsgruppe Lübbe GmbH & Co. KG,
Bergisch Gladbach
Coverdesign: Uhlig GmbH
Bildagentur: Mauritius
Satz: hanseatenSatz-bremen, Bremen
Druck und Verarbeitung: Elsnerdruck, Berlin
Printed in Germany
ISBN 3-404-14769-3

Sie finden uns im Internet unter
http://www.luebbe.de

Der Preis dieses Bandes versteht sich einschließlich
der gesetzlichen Mehrwertsteuer.

INHALT

Die Hauptpersonen

Katja Petrowskaja	Reporterin, Mitarbeiterin des Pressezentrums der Moskauer Miliz
Nikolai Kolossow	Chef der Moskauer Mordkommission
Wadim Krawtschenko	Bodyguard und Freund von Katja
Sergej Meschtscherski	Reiseunternehmer und Fürst
Ninel Balaschowa	Museumskustodin am Anthropologischen Institut
Viktor Pawlow	Inhaber eines Reisebüros und Afghanistan-Veteran
Tien Zi	sein chinesischer Adoptivsohn
Alexander Olgin	Laborleiter am Anthropologischen Institut
Oleg Swanzew	Physiologe
Soja Iwanowa	Tierärztin
Shenja Suworow	Laborant
Konstantin Jusbaschew	Verhaltensforscher und Zirkusgehilfe
Wenedikt Rodsewitsch	Schlangenexperte
Sweta Korablina	Lehrerin
Roman Shukow	Motorradfan und Mitglied im »Freien Volk«
Kescha Shukow	sein kleiner Bruder

PROLOG

Ohne zu knirschen oder zu quietschen, schwang das grüne Tor zu – lautlos, als wären die Scharniere frisch geölt. Ein grünes Tor in einer mit Stacheldraht umwundenen Betonmauer. Der Wald ringsumher, der für einen Augenblick verstummt war, auf der Lauer gelegen hatte, erwachte wieder zum Leben, füllte sich mit Vogelgezwitscher, Blätterrauschen und dem entfernten rollenden Klopfen eines Spechts.

Zu dieser frühen Morgenstunde sangen die Vögel in dem feuchten, dämmrigen Dickicht besonders freudig und festlich. Die ältere Frau, die aus dem Tor getreten war, lauschte und dachte zurück: Genauso freudig und laut hatten die Vögel in Semljanitschny Bor an der Oka vor mehr als einem halben Jahrhundert gesungen. Damals, im Spätsommer 1941, war ihre Familie dort auf der Datscha gewesen, und dort hatten sie den Kriegsausbruch erlebt. An *jenem* Sonntagmorgen, daran erinnerte die Frau sich bis heute deutlich, hatte in ihrem üppig wuchernden Garten unablässig der Kuckuck gerufen und ihnen allen, ihrer ganzen großen Familie, ein langes und glückliches Leben verheißen.

Die Frau seufzte: Auch hier ertönte aus der Ferne der Ruf eines Kuckucks. Du lügst, Gottesvogel, du lügst wie immer. Auch damals, im Jahr 41, hast du gelogen – fast meine gesamte Familie ist im Krieg umgekommen.

Die Frau blickte sich nach dem grünen Tor um und eilte

mit schweren Schritten den Weg hinunter – einen schmalen Betonstreifen, der durch den Nadelwald gelegt war.

Sie hatte allen Grund zur Eile: Die Vorortbahn wartete nicht. Und eine zweite würde vor Mittag auf dieser stillen Waldstation nicht mehr auftauchen. Es war eine Schnellbahn, die fast ohne Halt bis Moskau fuhr. Wenn sie nur nicht zu spät kam!

Aber sie durfte sich auch nicht zu sehr beeilen. Schließlich war sie nicht mehr die Jüngste. Die Frau schluckte einen heißen Klumpen hinunter, der in der Kehle saß: Die Jahre waren vorübergeflogen, fast unmerklich war das Alter gekommen. Welche Freude gab es jetzt noch? Schon morgens waren ihre Beine schwer wie Blei, bei Regen hatte sie es im Kreuz, die Gelenke schmerzten, als wären es nicht ihre eigenen. Und die Augen waren ohne Brille wie blinde Fenster in einem verlassenen Haus.

Ja, das Alter ... Heutzutage älter als sechzig zu werden, das war schon eine Leistung. Gott sei Dank, dass sie überhaupt noch auf den eigenen Beinen krauchte. Und nicht nur krauchen, sondern sogar noch arbeiten konnte.

Sie lief wieder los: Nur schnell zum Bahnsteig, schnell hinein in den Zug und sich setzen! Doch das Herz zog sich ihr in der Brust zusammen, schmerzte und forderte Rücksichtnahme. Und mit dem Schmerz kehrte die Angst wieder. Dieses bange, beklemmende Gefühl, das sie nachts nicht schlafen ließ, das sich jedes Mal auf sie wälzte, kaum dass sich das grüne Tor lautlos und fest hinter ihr schloss.

Plötzlich fiel ihr Vater Alexi ein – der Vorsteher der Himmelfahrtskathedrale. Er konnte wunderschön reden, ganz wie in alten Zeiten. Sein Lieblingswort war »gotteslästerlich«. Einmal vernommen, hatte dieses Wort sich ihr tief eingeprägt. Ja, es war Gotteslästerung, was sie fast jeden Tag hinter diesem grünen Tor sah. Und irgendwer würde sich am Tag des Jüngsten Gerichts dafür verantworten müssen.

Allerdings ... Die Frau seufzte wieder und bog vom Betonstreifen auf einen schmalen kleinen Trampelpfad ab, der durch das dichte Unterholz verlief und auf kürzerem Weg zur Bahnstation führte. Allerdings, überlegte sie, glauben die Kollegen im Institut weder an das Paradies noch an die Hölle, weder an Gott noch an den Teufel. Nur an ihre Bücher, Apparate und Versuche. Und an diese ... wie hieß sie gleich? ... Evolution.

Sie verzog vor Abscheu das Gesicht: Was war das doch für ein gotteslästerliches Wort! Von ihm kam alles Übel. Und alle Qualen der Geschöpfe, die in den Käfigen saßen, rührten ebenfalls daher.

Die Frau ging nun langsam und vorsichtig: Der Boden hier senkte sich und war sumpfig, noch dazu hatte es über Nacht geregnet, und die Erde war aufgequollen.

Wie viel Leid kommt doch daher, wie viel bitterer Schmerz! Wie viel Geheul, Gebrüll, Gewinsel – taub könnte man werden. Wie in der Hölle bei den Teufeln. Ganz wie in der Hölle ...

Plötzlich wurde ihr unheimlich. Sie erinnerte sich an die vergangene Nacht. An diese dreimal verfluchte Nachtwache – und wie *er* sie durch die Eisenstäbe angeschaut hatte. Was für ein Blick! Bei diesem teuflischen Starren lief es einem eiskalt über den Rücken.

Nein, sie musste diese Arbeit aufgeben. Es war genug. Sie wollte zurück nach Hause, in die Küche, an den Herd, das Enkelkind hüten. Oder ... wenn schon Arbeit, dann besser im Museum, als Garderobenfrau. Zwar müsste sie dort jeden Tag erscheinen, auch wenn ihr die Beine wehtaten, aber trotzdem.

Der Wald ringsum war still und sonnig. Im Gras brummte mit Bassstimme ein verirrter Käfer, in dünnem Diskant antworteten ihm die kleinen Sumpfmücken.

Die Frau schritt den Pfad hinunter. Dort drüben war der Bahnsteig, und da stand auch schon die Bahn. Hoffentlich gab es noch freie Sitzplätze. Bis Moskau zu stehen war kein Vergnügen. Und aufstehen würde für sie ja doch keiner. Die Jugend von heute war dreist und frech. Eine Jugend, die keinen Respekt mehr kannte.

Über dem Pfad hingen tief die wirren Zweige eines Strauches. Die Strahlen der Julisonne, die schon zu brennen begann, drangen nicht durchs dichte Laub. Die Frau ging an dem Strauch vorbei und vorsichtig um eine Pfütze herum. Auf dem matschigen Boden kam sie ins Rutschen.

Hinter ihr ertönte ein heiseres Schnaufen, als hätte ein großes Tier tief Luft geholt.

Die Frau sah sich um. Der Schrei, der sich ihrer Brust entrang, ein verzweifelter, heiserer Schrei der Überraschung, des Entsetzens und des Schmerzes stieg hinauf ins Blattwerk und ging darin unter wie in einem abgrundtiefen Smaragdmeer.

Dann Stille, unterbrochen nur von dumpfen, schrecklichen Geräuschen, wie dieser Wald bei Moskau sie nie zuvor vernommen hatte.

1 Was kostet heutzutage Heroin?

Weshalb können die Menschen nicht fliegen? So wie die Heldin in Tschechows Stück stellte sich Sergej Meschtscherski zum hundertsten Mal diese Frage. Der Verkehrsstau, der den Neuen Arbat völlig verstopfte, zerrte an seinen Nerven – siebenunddreißig Minuten in der Julihitze, da hörte der Spaß auf! Obwohl er sämtliche Fenster seines Shiguli heruntergekurbelt hatte, bekam er kaum Luft: Von allen Seiten kroch der Übelkeit erregende Gestank nach Ruß, Benzin, Solaröl, glühendem Asphalt, Schweiß und Staub ins Wageninnere. Wohin man auch blickte – Autos, Autos, Autos.

Fahrer, die wie Sergej die Geduld verloren hatten, stiegen aus ihren Wagen, standen in Gruppen beisammen, rauchten und machten ihrem Zorn Luft.

»Was ist denn los?«, fragte ein Bursche mit Sonnenbrille und in verwaschenem T-Shirt mit dem Aufdruck »Moskau–Havanna« und schlug krachend die Tür seines schäbigen Kleinbusses zu.

»Ein Mercedes hat einen Bus angefahren, jetzt warten sie auf die Polizei«, erklärte Sergej träge. Er selbst hatte nichts gesehen, aber die Nachricht von dem Verkehrsunfall war den ganzen Stau entlang von Mund zu Mund weitergegeben worden.

»Die kann man doch zur Seite schieben!«

»Unmöglich«, mischte sich der Fahrer eines schwarzen Wolga ins Gespräch. »Bei einem Mercedes ist jeder Kratzer eine Katastrophe. Die werden das Geld gleich aus dem Busfahrer rausprügeln.«

»Da wird nicht viel rauszuprügeln sein.«

Der Bursche im T-Shirt nahm die Brille ab und rieb sich die Augen – sie waren rot vom Staub und vor Müdigkeit.

»Habt ihr schon gehört, was diese Typen mit ihren ausländischen Kisten jetzt anstellen? Eine ganze Bande versammelt sich mit ihren Mercedes, fährt los und guckt sich einen Anfänger aus, der eine lohnende Karre unterm Hintern hat. Einer von denen überholt den Burschen, schert rechts rein, bremst dann plötzlich an einer Ampel, und – peng! Der Anfänger knallt ihm hinten drauf und ist der Dumme. O je, o je, entschuldigen Sie, jammert er, und dann kommen auch schon die anderen Mercedes. Die Typen setzen dem Anfänger zu: Her mit dem Geld, hier, unterschreib den Schuldschein. Will der Bursche nicht zahlen, setzen sie ihm sofort eine Frist – und jede Stunde laufen 100 Dollar mehr auf. Der Anfänger hat bloß noch die Wahl, zu zahlen oder sich den Strick zu nehmen.«

Eine Polizeisirene heulte auf. Ein weißblauer Shiguli mit eingeschaltetem Blaulicht jagte in forschem Tempo auf dem Bürgersteig vorbei.

»Gott sei Dank, jetzt ziehen sie die Unfallwagen gleich auseinander«, sagte der Fahrer des Wolga.

Sergej stützte sich mit den Ellbogen aufs Lenkrad. Die Uhr auf dem Armaturenbrett zeigte halb drei. Mist. Zum Mittagessen würde er es nicht mehr schaffen. Und er hatte einen Bärenhunger!

Heute Morgen hatte Katja ihn angerufen und ihn mit honigsüßer Stimme gebeten, in die Hauptverwaltung der Miliz zu kommen: »Sergej, mein Herz, ohne dich sind wir verloren. Wir haben hier einen unmöglichen Fall! Jede Menge Afrikaner sind darin verwickelt. Wir brauchen dringend einen Dolmetscher. Komm so gegen zwei, in Ordnung? Wir essen zu Mittag. Um drei beginnt das Verhör, und du übersetzt unseren Leuten, was die sich zusammenlügen, ja?«

Wie hätte er dem entzückenden Mädchen, für das er innige, sehr innige Gefühle hegte, diese Bitte abschlagen können? Unmöglich. Und so hatte Sergej Jurjewitsch Meschtscherski im »Russischen Touristenclub«, wo er schon seit einem halben Jahr eine großartige Expedition durch Zentralafrika vorbereitete, alles stehen und liegen lassen und war wie ein grüner Bengel losgesaust, kaum dass man ihn mit den zärtlichen Worten »mein Herz« gelockt hatte.

Die Autos weiter vorn setzten sich langsam in Bewegung. Die Fahrer traten eilig ihre Zigaretten aus und liefen zu ihren Wagen zurück.

Katja erwartete Sergej am Kontrollpunkt, neben einem finster dreinschauenden Bürschchen in Miliziuniform, kugelsicherer Weste und mit Maschinengewehr. Katja war so frisch und strahlend wie immer. Und wieder auf hohen Absätzen! Sergej verfluchte diese neue Mode aus tiefster Seele: dicke klobige Absätze von Schwindel erregender Höhe. Katja maß ohnehin schon beachtliche ein Meter fünfundsiebzig, und mit Absätzen noch einmal acht, neun Zentimeter mehr. Und der Mann, der so innige Gefühle für sie hegte, war bloß eins fünfundsechzig ...

»Katja, ich ...«

»Du hast Hunger, ich weiß.«

Sie wollte ihn schon auf die Wange küssen, überlegte es sich zu seinem Ärger dann aber anders: In einer offiziellen

Behörde hat ein Mitarbeiter der Miliz sich auch offiziell zu benehmen.

»Aber du bist spät dran, Sergej, ich hab schon die ganze Zeit auf dich gewartet. Du musst noch ein bisschen durchhalten. Du kannst doch auch auf leeren Magen dolmetschen?«

»Was ist eigentlich passiert?« Sergej ging hinter ihr her zum Aufzug.

»Unsere Drogenfahnder haben diese Woche gründlich mit den Heroindealern aus Snamenskoje aufgeräumt. Vier Kaschemmen haben sie ausgehoben.«

»Was kostet denn jetzt ein Gramm Heroin?«, erkundigte sich Sergej.

»In harter Währung? Neunzig bis hundert. Alle vier Kaschemmen wurden von Frauen geführt – Freundinnen der Mafiabosse. Unsere Leute haben ihnen zugesetzt: Wo kommt das Heroin her? Zuerst haben sie sich geziert, aber dann haben sie ausgepackt: Sie kriegen es von den Schwarzen aus dem Handelszentrum in Lushniki. Dort hat die Vertretung einer Kaffee-Exportfirma aus der Republik Bole ihren Sitz. Manager mit strahlend weißen Zähnen in elegantem Flanell von Ferré. Drogen? Davon wissen wir nichts, wir handeln in Russland mit Kaffee. Und wenn Sie uns verhören wollen – wir machen unsere Aussagen weder auf Russisch noch auf Englisch, wir reden nur in unserer Muttersprache.« Katja schlug ihren Notizblock auf. »Die Sprache des Volksstammes Barba. Man könnte die Wände hochgehen! Wir sind gesetzlich verpflichtet, diesen Burschen einen Dolmetscher zu stellen, der ihre Sprache spricht. Unsere Leute wollten fast schon aufgeben. Aber ich ... ich habe sofort an dich gedacht. Sprichst du dieses Barba?«

Sergej, der das Lumumba-Institut für Asiatische und Afrikanische Sprachen und Kulturen mit Auszeichnung abgeschlossen und anschließend fast acht Jahre im Nahen Osten und in Nordafrika gearbeitet hatte, kratzte sich nachdenklich am Kinn.

»Bole – das ist doch die ehemalige Elfenbeinküste. Dort gibt's acht Dialekte, jeder Stamm hat seinen eigenen. Ich werde sie verstehen, nehme ich an. Im Zweifelsfall verständigen wir uns in den verwandten Dialekten. Wo ist eigentlich Kolossow?«, erkundigte er sich und lächelte dabei unter seinem schwarzen Schnurrbart.

Mit Nikita Michailowitsch Kolossow, dem Leiter der Mordkommission, war Sergej zwar persönlich nicht bekannt, doch er hatte schon viel von ihm gehört. Einmal hätten sie sich fast getroffen, als das Schicksal ihnen allen einen sonderbaren und rätselhaften Fall zugespielt hatte.

»Er ist schon seit dem frühen Morgen unterwegs. Heute ist ein schrecklicher Tag. Ein Mord in Kamensk, eine ganz schlimme Sache.«

»Ein Mord war noch nie eine gute Sache.« Sergej seufzte. »Dieses Büro, ja?« Er drückte die Tür auf. »Guten Tag.«

Ein fülliger junger Mann schoss hinter dem Schreibtisch hoch. Sein Haar schimmerte kupfern, das runde Gesicht war von Sommersprossen übersät. Er hatte ein angenehmes Lächeln und flinke, aufmerksame Augen.

»Guten Tag. Kommen Sie herein. Sergej Jurjewitsch, nicht wahr?«

Er drückte Sergej kräftig die Hand.

»Hat Katja Sie schon informiert?«

Sergej nickte.

»Das Gespräch wird sich hauptsächlich um Drogen drehen, Sergej Jurjewitsch. Heroin. Aber zum Aufwärmen wollen wir erst ein bisschen von Kaffee, Steuern, Gebühren und Zolltarifen reden. Das wird doch nicht zu schwierig sein?«

»Tja, einige Worte gibt es in der Sprache der Barba gar nicht«, sagte Sergej. »Aber dann können wir ja auf Adscha oder Fulbe ausweichen – das sind verwandte Dialekte. Ich glaube, wir werden einander verstehen.«

»Dann auf in den Kampf. Die Schokoriegel werden schon im Nachbarbüro präpariert. Dort sind der Firmenvertreter und zwei von den Burschen, die uns die Mädels als Heroinlieferanten bezeichnet haben. Wir werden uns jeden einzeln vorknöpfen.«

Sie unterhielten sich auf Barba, auf Fulbe, auf Adscha. Petrow stellte die Fragen, Meschtscherski übersetzte, und die drei stutzerhaften, parfümierten und unangemessen fröhlichen Bürger der ehemaligen Elfenbeinküste antworteten der Reihe nach.

Katja warf einen verstohlenen Blick ins Büro: Das Gespräch dauerte nun schon über zwei Stunden. Petrow sah man deutlich an, dass er von all diesen gutturalen Lauten schon ganz wirr im Kopf war.

»Sergej Jurjewitsch, bitte sagen Sie ihnen, dass ich mit dem Gespräch nicht zufrieden bin. Am Montag um elf sollen sie noch mal zum Verhör kommen.«

Katja schloss vorsichtig die Tür und kehrte ins Pressezentrum zurück. Ihr fiel eine Episode aus längst vergangener Zeit ein: ein Festival der Jugend in den Achtzigerjahren. Katja studierte damals Jura an der Moskauer Universität und jobbte beim Festival als Dolmetscherin. Ihr Englisch war sehr ordentlich, und man teilte ihr eine Gruppe australischer Studenten zu, die im Hotel »Berlin« untergebracht waren. Prima Kumpel waren das gewesen, diese Australier. Herzlich und schlicht. Allerdings tranken sie ein bisschen zu viel.

In den Clubs der verschiedenen Nationalitäten hatten sie damals viel Spaß gehabt. Auch dem Club »Frankreich–UDSSR« statteten sie einen Besuch ab, und dort machten Katjas australische Schützlinge die Bekanntschaft einer Delegation aus Botswana – man küsste sich ab, schwor sich ewige Freundschaft und trank Bruderschaft. Und am folgenden Morgen rückten die Botswaner zum Gegenbesuch im »Berlin« an. Obwohl in jenem Sommer in Moskau eine Hitze herrschte wie an ihrem heimischen Äquator, hatten die Botswaner sich vorsorglich in wollene Jacken gehüllt. Einer von ihnen trug sogar eine Skimütze mit Bommel auf dem Kopf.

Wie lange war das schon her – wie ein Traum ... Festivals gab es nicht mehr, das »Berlin« war umgebaut worden und hieß nun »Savoy«. Aber Afrika war immer noch das gleiche Afrika geblieben. Diese Sonnyboys kannten den Wert von Heroin ganz genau, die waren nicht so leicht unterzukriegen.

Katja lehnte sich im Stuhl zurück. Der heutige Tag dehnte sich endlos. Dieser Mord in Kamensk – was ging da nur vor sich?

Sie hatte bei zwei alten Bekannten angerufen. Sergejew, Chef der Miliz von Kamensk, war noch gar nicht zurück, er hielt sich noch immer am Tatort auf. Ira Gretschko, Untersuchungsleiterin, eine Busenfreundin von Katja, wusste überhaupt nichts von der Sache. Was war los? Warum diese Geheimniskrämerei?

Die Tür flog auf. Sergej trat ein. Erschöpft und unglücklich.

»Mir reicht's. Ich bin fertig. Dieser Kolonialhäuptling hat gerade eine Rede vom Stapel gelassen, dass es Petrow und mich fast umgehauen hat. Allein achtzehn Epitheta, und alle in höchst missbilligendem Tonfall. Ich falle Ihnen zu Füßen, schönste Katharina, müde, hungrig und unrasiert. Retten Sie mich!«

Sie packte bereits energisch ihre Sachen zusammen.

»Ein ordentliches Schnitzel wird dich retten.«

Das betrübte Gesicht des polyglotten Afrikakenners leuchtete auf.

»Also, wie viel kostet denn nun ein Gramm Heroin, und wie wirkt es auf einen labilen Charakter?«, wollte er wissen.

Katja machte nur eine abwehrende Handbewegung.

2 Zwei Morde an einem Tag

Der Tag begann schon unnormal: Um 8.30 Uhr, als Nikita Kolossow, Chef der Mordkommission, nach dem Wachdienst nach Hause wollte, kam die Nachricht, dass auf der Müllkippe in Kamensk ein ermordeter Junge gefunden worden sei. Jetzt, als er mit den Kollegen auf der Fahrt in dieses kleine Städtchen nahe Moskau war und sich durch einen Riesenstau quetschen musste, gab der Wachhabende über Funk auch noch die Meldung vom Mord an einer alten Frau in Nowospasskoje durch.

Zu beiden Tatorten musste Kolossow persönlich fahren. Der Mord in Nowospasskoje verhieß eine Menge Unannehmlichkeiten, das spürte er bis in die Knochen. Wieder so eine Teufelei, wie gehabt.

Kolossow biss sich auf die Lippe, drehte das Lenkrad und versuchte, den Shiguli in die Lücke zu zwängen, die sich zwischen einem nach Solaröl stinkenden Tankwagen und einem »Ikarus«-Linienbus geöffnet hatte. Von rechts und links wurde er empört angehupt.

Und der Mord an dem Jungen? Auch eine ekelhafte Sache. Schon die kargen Fakten, die der Diensthabende durchgegeben hatte, sprachen Bände. Jetzt musste er gleichzeitig an zwei Orten sein, da konnte einem schon der Kaffee hochkommen. Und dann noch dieser Stau ...

»Wir sind fast da«, ertönte die Stimme von Wladislaw Kowalenko, dem Einsatzleiter aus Kolossows Abteilung. Er und Kolossow waren Altersgenossen, beide vierunddreißig Jahre, beide trugen die Sterne eines Majors auf den Schulterklappen. Sie galten bereits als alte Hasen, denn mehr als die Hälfte der Mitarbeiter der »Metzgerei«, wie die Mordkommission im Behördenslang hieß, waren energische, draufgängerische und naive kleine Leutnants zwischen zweiundzwanzig und fünfundzwanzig.

»Nikita, von hier sind es auf direktem Weg fünfzehn Minuten. Was du hier siehst, ist unser Schanghai, Mietskasernen, die sich von der Chaussee bis nach Bratejewka ziehen«, erläuterte Kowalenko. Er war gebürtiger Kamensker. »Am besten gehst du mit den Jungs per pedes weiter. Ich versuche, den Wagen aus dem Gewühl zu kriegen.«

Am Rande von Kamensk wand sich eine mit Linden und Holunderbüschen bewachsene Chaussee entlang. Seit ewigen Zeiten hieß diese Gegend nur »Schanghai«. Hier standen alte Bretterbaracken, ursprünglich für deutsche Gefangene bestimmt, die die Schleusen für den Moskauer Kanal gebaut hatten.

Inzwischen zerfielen die Baracken und warteten auf das Ende ihrer Tage. Durch die Öffnungen der längst ausgeschlagenen Fenster krochen die Zweige von Erlengehölz und Berberitze ins Innere der feuchten, dämmrigen Räume und wucherten in den einst gepflegten, von den Kriegsgefangenen angelegten Vorgärten. Die Dielenböden waren durchgefault und eingebrochen, durch die gähnenden Risse wuchsen Brennnesseln, Kletten und Disteln.

Die Chaussee endete an einer Schlucht, die eine verlassene Müllkippe umschloss und gleichzeitig die Grenze zum alten Kamensk bildete. Die Alteingesessenen machten einen Bogen um diese Schlucht. Von jeher war dies der Lieblingsort für Hundehochzeiten. Aus allen Ecken und Enden der Stadt strebten scharenweise streunende Hunde hierher, wühlten in den Abfällen und trugen verbissene Kämpfe aus. Jeder Ankömmling – ob Mensch oder Tier – wurde wie ein Todfeind von ihnen empfangen. Tagsüber ließen die Hunde sich kaum blicken, dafür erfüllte ihr Geheul nachts, besonders bei Vollmond, die einsame Chaussee und trieb den Landstreichern, die sich zufällig auf die Müllkippe verirrten, den kalten Schweiß aus den Poren.

Kolossow und seine Mitarbeiter gingen um eine verrottete Baracke mit eingestürztem Dach herum und stiegen auf einem steilen Pfad, der sich mühsam durch stacheliges Gestrüpp wand, hinunter in die Schlucht.

Etwa zweihundert Schritte von ihnen entfernt stand auf dem Grund der Schlucht ein kanariengelbes Polizeifahrzeug mit Blaulicht, daneben, von den Holunderbüschen halb verdeckt, ein Motorrad mit Beiwagen, von dem der Lack schon abblätterte. Dieses Motorrad hätte Kolossow unter Tausenden wiedererkannt. Darauf fuhr schon ein gutes Dutzend Jahre sein alter Kamerad aus der Schulzeit, Konstantin Sagurski, heute Chef der Kamensker Miliz. Hinter dem Gebüsch blitzte seine Uniformmütze auf. Der Besitzer des Motorrades kam Kolossow entgegen.

»Tach.«

Er streckte Nikita seine riesige, einer Schaufel ähnelnde Hand hin. Alles an Sagurski war riesig – von dem üppigen Schnurrbart bis zu den spiegelblank geputzten Stiefeln Größe fünfundvierzig.

»Warum kommst du durchs Gebüsch angekrochen?«, fragte er. »Hat der Wagen schlappgemacht?«

»Genau.« Kolossow drückte ihm mit der linken Hand die Pranke, die rechte behielt er in der Jackentasche. »Wo?«

»Da drüben.« Der Revierleiter nickte zu den Büschen hinüber. »Bist du zum Linkshänder geworden? Hast du dir die Griffel an irgendwem abgearbeitet?«

Kolossow nickte nur und ging zum Gebüsch. Schon seit einer Woche zog er es vor, die linke Hand zur Begrüßung zu nehmen. An der rechten musste er einen Handschuh tragen. Auf dem Handrücken hatte sich ein scheußlicher Abszess gebildet, halb Furunkel, halb Geschwür, der äußerst abstoßend aussah.

»Sie haben ein Ekzem, mein Lieber«, hatte die Ärztin zu ihm gesagt. »Das kommt alles von den Nerven. Sie schonen Ihre Nerven nicht, dabei sind Sie noch so jung. Eine Infektion brauchen Sie nicht zu fürchten, gefährlich ist das überhaupt nicht. Unangenehm – das ja. Hier haben Sie eine Salbe. Reiben Sie sie morgens und abends ein, und vor allem versuchen Sie, sich emotional ein wenig zu entspannen.«

Der stutzerhafte Lederhandschuh (im Juli!) brachte Kolossow zur Verzweiflung – es war heiß, die Haut wurde feucht und glitschig. Aber was sollte er machen? Er hatte den erschrocken-angeekelten Blick der jungen Frau im Trolleybus nicht vergessen, als er ihr den Fahrschein, den er für sie entwertet hatte, mit der rechten Hand zurückgegeben hatte, ohne Handschuh. Nein, nie wieder solche Blicke! Sonst landete er noch in der Leprastation.

Hinter dem Holundergebüsch versteckte sich eine runde, völlig mit Müll zugeschüttete Lichtung. Hier gab es nichts, was es nicht gab: Konservendosen, gusseiserne Wannen voller Löcher, kaputte Klobecken, leere Flaschen, Lumpen. Wie der gezogene Zahn eines Riesen glänzte mitten in dem alten Plunder das Weiß eines Kühlschranks mit herausgerissenen Innereien. Auch das Gerippe eines uralten »Saporoschez« hatte hier seine letzte Ruhe gefunden – ein rostiges Gespenst, produziert in der Frühzeit der russischen Automobilindustrie.

Neben dem »Saporoschez« drängte sich ein Haufen Leute. Kolossow kannte viele von ihnen. Da standen Sascha Sergejew, der Chef der Kripo von Kamensk, Bodrow, der bejahrte Gerichtsmediziner, und der Untersuchungsleiter von der Staatsanwaltschaft. Da waren auch die Zeugen – ein dicker, schwammiger Mann im Overall, blass, verschwitzt und niedergeschlagen, und ein zweiter, ein junger Bursche im Sportanzug.

Kolossow nickte Sergejew zu, schritt nach vorn und erblickte die Leiche. Streichholzdünne Beinchen in einer dunkelblauen, lehmverschmutzten Trainingshose und alten Segeltuchschuhen. Kleine zarte Hände, blau verfärbt und bleich. Unter den abgebissenen kindlichen Fingernägeln Schmutz und Grashalme. Handinnenflächen, Handrücken, Unterarme – zerkratzt, zerschnitten. Etwas Braunes war auf der Haut angetrocknet.

Dieses Braun, das in dunkles Purpur, fast in Schwarz überging, war überall – im Gras, auf den Konservendosen, auf den Blättern der Sträucher, auf der Blechkarosserie des »Saporoschez«. Kolossow ging in die Hocke. Mit den Augen tastete er das Gesicht ab. Wächsern, die Züge spitz. Die Zungenspitze war in unerträglicher Qual zerbissen, am

Kinn war ein brauner Streifen eingetrocknetes Blut. War das ein Kind oder ein Greis gewesen?, fragte man sich.

»Wie viele Verletzungen?«, fragte Kolossow heiser.

»Ich habe neunundzwanzig gezählt«, erwiderte der Pathologe.

Hinter ihnen seufzte jemand auf. Der dicke Zeuge rieb sich die Herzgegend unter dem Hemd.

»So ein Knirps, und hat solche Qualen leiden müssen, solche Qualen ...«, murmelte er.

Bodrow griff in sein Köfferchen, holte ein Plastikröhrchen mit Validol heraus und reichte es dem Zeugen.

Der Untersuchungsrichter trat zu ihnen, legte das Protokoll beiseite und kniete neben dem toten Jungen nieder.

»Wie alt?«, fragte Kolossow.

»Zwischen neun und elf Jahre. Nach dem Zustand der Leiche zu urteilen, ist der Tod vor acht bis neun Stunden eingetreten.« Bodrow berührte den Boden. »Er wurde ermordet, bevor der Regen einsetzte.«

»Gegen Morgen hat's geregnet«, erklärte Sagurski. »Ich war um sechs Uhr mit dem Hund draußen. Da war der Junge schon tot. Angefangen hat der Regen wohl so um drei Uhr früh.«

»Der Tod des Kindes ist vermutlich als Folge der zahlreichen tiefen Verletzungen von Brustkorb und Bauch eingetreten, die zu starken inneren Blutungen und erheblichem Blutverlust geführt haben«, sagte Bodrow.

»Er ist verblutet ...«

Kolossow blickte dem Jungen ins Gesicht. Es erinnerte an eine weiße Maske.

»Derartige Verletzungen sind äußerst schmerzhaft ... sehr, sehr schmerzhaft ...«

Der alte Pathologe hüstelte und wandte sich ab.

»Und sonst?« Kolossow betrachtete den Körper aufmerksam.

»Anzeichen für sexuellen Missbrauch gibt es auf den ersten Blick nicht. Aber das muss noch überprüft werden.«

»Sagurski – er ist bestimmt nicht aus deinem Bezirk?«, fragte der Ermittler.

»Bestimmt nicht. Ich kenne alle meine Leutchen«, brummte der Revierleiter in tiefem Bass.

»Ein Streuner?« Kolossow runzelte die Stirn. Er musterte die schmutzige Trainingshose, die alten Segeltuchschuhe, das karierte Hemd, das sich in blutige Fetzen verwandelt hatte. Ein mageres Kerlchen. Die Haare lange nicht mehr geschnitten. Die Unterwäsche – er zog die Hosen herunter und betrachtete die Unterhose und das Hemd – uralt, verwaschen, x-mal gestopft. Hände wie die Krallen eines Spatzen – rau, mit Rissen und Abschürfungen. Die ungeschnittenen Haare und die Hände sprachen für einen Streuner, die Unterwäsche sprach dagegen.

»Sämtliche Vermisstenanzeigen sofort nachprüfen«, ordnete der Untersuchungsrichter an. Sergejew – braun, stämmig, die Figur eines Boxers – nickte nur: Schon gut, wir wissen, was wir zu tun haben und brauchen deine Belehrungen nicht.

»Was die Spuren betrifft«, flüsterte er, zu Nikita gebeugt, »der Regen hat alles verwischt.«

Oben auf der Chaussee hupte heftig ein Auto. Das war Kowalenko, der sich endlich aus dem Stau befreit hatte.

»Wohin geht es jetzt? Nach Nowospasskoje?«, fragte Sergejew. »Zwei nette kleine Überraschungen, was? Und so was nennt sich nun Provinz und Sommerfrische. Zum Teufel damit! Was ist da passiert, wieder das Gleiche?«

»Ja. So ungefähr.«

Kolossow befreite seinen Handschuh sorgfältig vom Schmutz. Hinter ihm wickelten Sagurski und einer der Einsatzleute aus Kamensk den Körper des Jungen vorsichtig in eine Plane.

»Auwei.« Sergejew biss sich auf die Lippe. »Das wären schon zwei. Die Sache ist klar. Und dann noch unserer hier ...«

»Du meinst, wir haben es wieder mit einem Serienmörder zu tun?«

»Guck dir doch die Verletzungen an! Er hat ihn mit dem Messer praktisch in Streifen geschnitten. Ihr da oben habt natürlich die bessere Übersicht, und bis jetzt ist es der erste Fall hier in der Gegend, aber nach der Handschrift zu urteilen ... So einer gibt sich nicht mit einem Mord zufrieden.«

»Gut. Wenn ich zurück bin, reden wir drüber. Ich fahre jetzt ins Leichenschauhaus und komme dann wieder. Seht zu, dass ihr irgendwas in Erfahrung bringt.«

Wie sehr sie sich auch beeilten, in Nowospasskoje trafen sie erst ein, als dort fast alles vorbei war. Die Untersuchung des Tatorts war so gut wie abgeschlossen. Die Leiche hatte man bereits weggebracht.

»Das ist vielleicht ein Tag heute«, klagte Juri Solowjow, Major der Miliz. »Die Personalien haben wir schon festgestellt: Serafima Pawlowna Kaljasina. Sie wollte offensichtlich zur Bahnstation. War allein. Der Täter hat ihr im Gebüsch da drüben auf dem kleinen Waldweg aufgelauert.«

»Rentnerin?«, erkundigte sich Kolossow.

»Nein, sie hat trotz ihres Alters noch gearbeitet.«

»Wo?«

»Du wirst es nicht glauben. In unserem Tierhaus. Vielmehr habe ich in meiner Naivität geglaubt, es *wäre* bloß ein Tierhaus«, erläuterte Solowjow. »Ich dachte, das sind verschiedene Viecher, die für den Verkauf bestimmt sind. Ein Schlangenhaus ist auch dabei – die Nattern sind mal ausgekniffen und übers ganze Gelände gekrochen. Aber jetzt hat sich herausgestellt, es gehört zu einem wissenschaftlichen Institut zur Erforschung des Menschen. Das Opfer hat dort im Labor gearbeitet. Nachts schieben sie Wache bei den Tieren. Affen gibt es da auch. Die Mitarbeiter dieses Instituts beobachten sie und führen Experimente durch. Na, und nach so einer Nachtschicht wollte die Kaljasina nach Hause. Der Mörder hat ihr am Bahnhof aufgelauert.«

»Gut. Sehen wir uns die Stelle mal genauer an.«

Sie gingen den schmalen Betonstreifen hinunter. Rechts und links erhoben sich hohe, gerade Fichten und Tannen.

»Sie wollte offenbar den Neun-Uhr-zwanzig-Zug noch erreichen«, erzählte Solowjow. »Um diese Zeit ist es hier menschenleer. Die Datschenbesitzer kommen schon um acht, um zu arbeiten. Und die Sommerfrischler liegen noch in der Klappe. Sie war allein unterwegs. Hier, sieh mal«, Solowjow zeigte auf einen kaum erkennbaren Trampelpfad, der in den schattigen Tannenwald führte, »wenn man hier einbiegt, kommt man auf den Bahnsteig direkt zum ersten Wagen, der nach Moskau geht. Diesen Weg hat sie genommen. Und hier ist es passiert.«

Vorn auf dem Pfad stand ein Streifenpolizist in kugelsicherer Weste. Die Streife war alarmiert worden, um die Gegend zu durchkämmen.

»Sie haben den Stein gefunden«, teilte der Polizist mit. »Er war in eine Pfütze geworfen worden.«

Nicht weit entfernt standen die Mitglieder der Einsatzgruppe. Der Ermittler der Staatsanwaltschaft, der für seinen Beruf viel zu jung wirkte und mehr einem Studenten im ersten Semester ähnelte, packte gerade einen gerippten, zugespitzten Pflasterstein von beeindruckenden Ausmaßen in Zellophan. Kolossow trat auf ihn zu und begrüßte ihn.

»Lassen Sie mich mal sehen.« Kolossow nahm den Stein und wog ihn in der Hand. Ein Kilo sicherlich.

Verflucht! Das war ja wieder *dieser Stein.* Grob behauene Kanten. Blut, verklebte Haare ...

»Kann man hier in der Nähe solche Steine finden?«, fragte er Solowjow.

»Ohne weiteres. Gleich drüben bei der Bahnstation wird gerade ein Damm aufgeschüttet. Da sind Schotter und Schlackenbeton angeliefert worden.«

»Aber das ist kein Schotter und auch kein Beton«, meinte der Ermittler. »Das ist ein richtiger Pflasterstein.«

»Die Spuren haben wir da vorn gefunden«, Solowjow führte Nikita weiter. »Das sind die Fußspuren der Frau. Sandalen Größe 35 – sie war klein. Hier ist sie im Morast fast stecken geblieben. Der Täter hat im Gebüsch auf sie gewartet. Von hier hat er einen Sprung auf sie zu gemacht und ist offenbar ausgerutscht.«

Kolossow schaute auf die feuchte dunkle Erde vor seinen Füßen und erblickte den verwischten, mit Regenwasser voll gelaufenen Abdruck einer *nackten* Fußsohle.

3 Im Reich der Affen

»Fahrgäste aus der Bahn haben sie gefunden. Um 9.55 Uhr war der Zug aus Moskau angekommen. Die Leute sind auf dem Weg zu ihrer Datscha auf die Leiche gestoßen«, erzählte Solowjow, während Kolossow die Sachen der Kaljasina untersuchte. »Der Stationsvorsteher hat uns angerufen. Wir haben eine Kompanie alarmiert, die Männer durchkämmen jetzt den Wald. Dieses Monster hatte zwischen den Ankunftszeiten der Züge vierzig Minuten, also ergibt sich, dass ...«

»Was?«, fragte Kolossow mit kaum verhohlenem Ärger.

»Dass er zwei Möglichkeiten hatte, zu entkommen: Entweder hat er sich in den Neun-Uhr-zwanzig-Zug gesetzt, denselben, den die Kaljasina nehmen wollte, und ist sofort nach Moskau getuckert, oder er ist in die Siedlung geflüchtet. Wenn man die zweite Version zugrunde legt, muss der Täter einer von hier sein, aus unserer Gegend: entweder ein Datschenbesitzer oder jemand aus der Tierstation. Und der ist dann immer noch hier.«

»Gut möglich, Juri.«

»Ja, gut möglich ...« Solowjow seufzte. »Das ist wie im Märchen. Aber du kannst sagen, was du willst, Nikita, ich kann ihn mir nicht barfuß, mit Schmutz oder sogar mit Blut beschmiert in der Vorortbahn vorstellen! Und überhaupt ...« Er hielt kurz inne. »Warum, zum Teufel, zieht er sich vorher die Schuhe aus? In Brjanzewo ist er auch barfuß geflohen, oder?«

»›Er‹ ...« Kolossow drehte den Schlüsselbund hin und her, den er aus der Handtasche der Kaljasina genommen hatte. »Dieses Wort höre ich heute zum zwanzigsten Mal. Ich habe mittlerweile schon gar keine Ahnung mehr. Ich weiß nicht, warum er das tut. Ich weiß es einfach nicht.«

Er betrachtete schweigend die Tasche: noch ziemlich neu, groß, aus dünnem bunten Kunststoff mit Reißverschluss (solche Taschen lieben alte Frauen aus irgendeinem Grund besonders). In der Tasche lagen zwei Zeitungen, ein alter, mit einem Gummiband umwickelter Regenschirm, ein Plastiksäckchen mit sauberen Kniestrümpfen, eine Tüte mit Medikamenten: Validol und Augentropfen, ein Brillenetui (die Brille war ins Gras gefallen, als der Mörder die Frau zu Boden geworfen hatte) und ein Kosmetiktäschchen aus Samt mit Perlenstickerei, das schon bessere Tage gesehen hatte. Kolossow öffnete es. Das Kosmetiktäschchen verströmte wie alles andere in dieser Tasche den Geruch seiner Besitzerin: eine Mischung aus Baldrian, Minze, Naphthalin und starkem billigen Parfum – die typischen Düfte einer älteren Frau, die gern jünger erscheinen möchte.

Der Reihe nach nahm Kolossow die Sachen heraus: eine Monatskarte für die Bahn, ein Ausweis aus Pappe für das Institut, ein schwarzer Augenbrauenstift, die Überreste eines bräunlichen polnischen Lippenstifts, ein Fünfzigtausendrubelschein und Plastikjetons für die Metro.

»Der Fünfziger hat ihn offenbar gar nicht interessiert.« Solowjow nahm Kolossow den Ausweis aus der Hand und betrachtete das Foto der Kaljasina – eine rundliche, adrette ältere Frau mit Brille. »Er hat auch früher nie etwas mitgehen lassen, stimmt's?«

Kolossow legte die Sachen in die Tasche zurück. Statt zu antworten, fragte er seinerseits:

»Wie lange hat er sich deiner Ansicht nach bei ihr aufgehalten?«

»Ungefähr sieben bis zehn Minuten. Er hat ihr vier Schläge versetzt. Der Arzt hat gesagt, mit den beiden ersten hat er sie betäubt und zu Boden geworfen. Dann hat er auf die Liegende eingeschlagen. Danach hat er aus irgendeinem Grund den Körper nach vorn gezogen – nicht ins Gebüsch, wohlgemerkt, sondern umgekehrt, aus dem Gebüsch heraus, an eine gut sichtbare, sonnige Stelle. Und dort hat er ihr noch einen Schlag versetzt. Ich denke, er hat irgendetwas mit ihrem Körper angestellt – sie vielleicht begrapscht oder gestreichelt. Diese Gestörten, die es auf alte Leute abgesehen haben, tun das oft. Allerdings hat er nicht versucht, sexuell mit ihr zu verkehren. Dann hat er noch einmal zugeschlagen.«

»Das heißt, insgesamt hat er sechs Mal zugeschlagen? Und immer auf den Kopf?«

»Das hat der Experte gesagt.« Solowjow verzog das Gesicht, schob die Mütze zurück und wischte sich das Gesicht mit einem Taschentuch ab. »Genau genommen hat er ihr auf den Kopf geschlagen wie auf eine Nuss. Hat immer wieder mit dem Stein draufgehämmert ... Siehst du die Schleifspur da auf dem Boden? Er hat sie an ihrer Jacke hinter sich her gezerrt, wobei er selbst die ganze Zeit im Gras gegangen ist: Hier ist es zerdrückt und hier auch. Er hat uns nur die eine Spur hinterlassen. Seine Visitenkarte – eine Hintertatze. Eine Scheißspur, Nikita. Von Identifizierung kann da keine Rede sein. Ich bin zwar kein Experte, aber so viel kann ich jetzt schon sagen – wir stecken ganz schön im Schlamassel.«

Kurz nach drei standen sie vor dem Tor der Tierstation. Die Sonne brannte unbarmherzig. Kolossow war schweißnass. Vor ihnen ragte ein massives Eisentor in die Höhe, mit grüner Farbe gestrichen. Eine Mauer aus Beton mit Stacheldraht. Der Station gehörte, wie Solowjow erläuterte, ein Gebiet von mehreren Hektar. Nur einen geringen Teil davon nahmen die Gebäude ein, der Rest war Wald.

Der Milizchef von Nowospasskoje donnerte ohne viel Federlesen mit der Faust gegen das Tor und brummte dabei die in seinem Munde komisch klingenden, unsterblichen Worte von Winnie Puh: »Eule, mach auf, der Bär ist da.« Ein junger Bursche in bunten Bermuda-Shorts und einem »Montana«-Shirt öffnete das Tor. Er sah etwas mitgenommen aus: Die runden Brillengläser in der dünnen Silberfassung waren beschlagen. Auch auf seiner Stupsnase glänzten Schweißtropfen wie kleine Glasperlen.

»Sie kommen von der Miliz?«, fragte er und starrte nervös auf die Uniform Solowjows. »Wir haben es schon gehört – Oma Sima. Entsetzlich, einfach entsetzlich!«

»Wie ist Ihr werter Name?«

»Jewgeni ... Shenja.«

»Shenja, seien Sie so nett und führen Sie uns zu Ihrem Chef. Wer leitet den Betrieb hier?«

»Olgin. Alexander Nikolajewitsch Olgin, der Laborleiter. Aber er ist nicht da. Im Moment ist nur Oleg Swanzew hier. Er ist in Sektor eins, ich bringe Sie zu ihm. Kommen Sie.«

Sie folgten dem bebrillten Shenja über einen Kiesweg zwischen gestutzten Flieder- und Jasminsträuchern. Die Tierstation, die Kolossow sich als eine Art Tierschau vorgestellt hatte – eiserne Käfige und Gestank nach Mist –, ähnelte mehr einem gepflegten englischen Park. Hinter dem Grün der Sträucher verbargen sich niedrige Gebäude: ein Ding aus Glas, das einem Treibhaus ähnlich sah, ein Sommerhäuschen aus Backstein mit einer Veranda und eine lange, geschlossene Halle.

»Als was arbeiten Sie hier?«, fragte Solowjow den Bebrillten.

»Ich jobbe hier bloß im Labor, um mir etwas dazuzuverdienen. Eigentlich bin ich Dozent am Biologischen Seminar. Genauer gesagt«, Shenjas Wangen glühten feuerrot auf, »im nächsten Semester *werde* ich Dozent.«

»Sie haben letztes Jahr Ihr Examen gemacht?« Kolossow lächelte.

»Mhm. Erst jetzt ist eine Stelle am Lehrstuhl frei geworden. Aber was heißt das schon!« Der junge Mann machte eine verächtliche Handbewegung. »Für uns Wissenschaftler ist es schwer geworden. Es gibt kein Geld mehr: Die Labors werden geschlossen, die Projekte eingeschränkt. Der Betrieb hier hält sich vorläufig noch, aber das ist auch nur Olgin zu verdanken.«

»Gibt es hier viele Mitarbeiter?«, wollte Nikita wissen.

»Nur eine Hand voll. Und jetzt, ohne Oma Sima, sind's noch weniger.« Shenja wandte sich ab. »Hier wird nur das Projekt von Olgin finanziert.« Er blieb plötzlich stehen. »War es ein Raubmord? Wurde Serafima Pawlowna ausgeraubt?«

Kolossow nickte schweigend. Vorläufig konnte die Version vom Raubmord ruhig die Runde machen.

»Aber das ist doch ein Skandal!« Der junge Mann schüttelte zornig den Kopf. »Am helllichten Tag, an einem belebten Ort! Vermutlich waren es Rowdys, Landstreicher?«

»Wir haben verschiedene Theorien, wie es geschehen sein könnte«, erwiderte Kolossow ausweichend. »Ist das hier Sektor eins?« Er wies auf das treibhausähnliche Gebäude.

»Nein, nein. Das ist das Schlangenhaus. Da müssen wir nicht hin.«

Gott sei Dank, dachte Kolossow und hätte sich fast bekreuzigt. Er konnte Schlangen nicht ausstehen. Nicht einmal im Fernsehen mochte er sie sich anschauen.

»Wird hier Schlangengift gewonnen?«, erkundigte sich Solowjow. »Oder wozu brauchen Sie die Viecher?«

»Für verschiedene Zwecke. Versuche«, antwortete Shenja.

»Versuche! Sie sollten ein bisschen vorsichtiger sein. Letztes Jahr sind eure Nattern ausgebüxt und haben fast die ganze Gegend unsicher gemacht.«

»Von unserem Gelände sind bloß zwei entwischt. Und das waren keine Giftschlangen«, sagte der Laborant unbekümmert. »Die giftigen wurden gleich hier wieder eingefangen.«

»Gibt es hier wirklich gefährliche Giftschlangen?«, fragte Solowjow alarmiert.

»Tödlich giftige.« Der bebrillte junge Mann sah die Milizionäre etwas von oben herab an: Unterschätzt uns nicht.

Als sie an dem Backsteinhäuschen vorbeikamen, drang aus der geöffneten Tür das aufgeregte Piepsen eines Summers.

»O je, der Timer ist angesprungen.« Der Laborant griff sich an den Kopf. »Ich muss sofort die Apparate umschalten. Gehen Sie schon mal da vorn den Weg runter. Da ist das Sommerhaus für die Affen. Dort ist Swanzew jetzt. Ich komme sofort nach.«

Kolossow und Solowjow bogen um die Ecke der Halle und gelangten auf einen kleinen asphaltierten Platz. An der Rückwand der Halle hingen vergitterte Käfige. Ihr Aussehen erinnerte Kolossow an eine altmodische Tierschau.

Die beiden Käfige am äußersten rechten Rand waren leer: Innen war alles sauber, gefegt und gewischt. Doch aus dem dritten Käfig schaute Kolossow jemand an – ein rosiges, runzliges Gesicht. Es kam so unerwartet, dass Kolossow ganz nah an die Gitterstäbe herantrat. Der Käfigbewohner war ein melancholisches, stark behaartes Wesen – ein schwarzer Schimpanse, der erstaunliche Ähnlichkeit mit einem alten Gnom aus einem Märchen besaß.

Der Schimpanse stützte auf Weiberart den Kopf auf die Faust, krümmte sich traurig und musterte aufmerksam und kummervoll den vor ihm stehenden Leiter der Mordkommission. Er zog seine eigenen Schlüsse aus dessen Äußerem, stülpte die Lippen röhrenförmig vor und gab ein enttäuschtes »Uh-hu-hu« von sich.

»Du bist ja ein ernster Geselle.« Kolossow streckte unwillkürlich die Hand zu den Gitterstäben aus.

»Nicht an die Käfige gehen!«, ertönte hinter ihm ein erschrockener Ruf.

Wie ein Echo erklang daraufhin aus den Zellen (so nannte Kolossow aus alter Gewohnheit die Behausungen der Affen), die hinter dem Käfig des traurigen Schimpansen lagen, ein erregtes dumpfes Gebrüll, gefolgt von einem durchdringenden Kreischen, als würde jemand mit einer riesigen Säge über Glas ratschen.

Ein junger Mann – nicht sehr groß, dicklich, in weißem Kittel, auf dem Kopf einen Kinderhut mit blauen Tupfen – lief rasch die Vortreppe herunter, auf die Milizionäre zu.

»Wer sind Sie? Was wollen Sie hier?«

Kolossow stellte sich vor.

»Ach so, ich verstehe. Sehr angenehm. Das heißt, eigentlich würde ich es vorziehen, Sie anderswo und unter anderen Umständen kennen zu lernen, aber ... Swanzew, Oleg.« Er reichte ihnen seine kurzfingrige, sonnenverbrannte Hand, die an mehreren Stellen mit Leukoplaststreifen beklebt war.

Kolossow war es unangenehm, ihm im Handschuh die Hand zu schütteln. Er streckte Swanzew die Linke hin. Der drückte sie fest und bemerkte:

»Ist Ihre rechte Hand verletzt?«

»Nein, ich ... hab da so was Ekliges.« Kolossow verzog das Gesicht.

»Ziehen Sie den Handschuh aus, ich seh's mir mal an. Ziehen Sie ihn schon aus! Wie kann man bei dieser Gluthitze überhaupt Leder tragen!«

Kolossow stellte zu seiner eigenen Überraschung fest, dass er den Handschuh gehorsam abstreifte.

»Ja, ein Ekzem.« Swanzew untersuchte die Wunde behutsam. »Werfen Sie den Handschuh weg. Hat der Arzt Ihnen eine Salbe verschrieben?«

»Ja.«

»Dann nehmen Sie sie. Und lassen Sie die Hand atmen. Lassen Sie den Wind darauf pusten und sie von der Sonne trocknen. Im Handschuh wird es nur schlimmer.«

Kolossow steckte den Handschuh in die Gesäßtasche.

»Es gibt schlechte Neuigkeiten. Ich nehme an, Sie wissen schon Bescheid, Oleg.«

»Ja, ich weiß.« Swanzew seufzte tief. »Sie müssen schon entschuldigen, aber was mit Serafima Kaljasina geschehen ist ... es ist furchtbar. Skandalöse Zustände sind das! Wir sind hier in einer Datschensiedlung, nur fünfundvierzig Kilometer von Moskau entfernt, und nicht in der finstersten Taiga! Ich arbeite nun schon seit drei Jahren hier – so etwas ist noch nie passiert!«

»Eben. Und Sie reden gleich von skandalösen Zuständen. Das ist doch ein Einzelfall«, warf Solowjow ein.

»Juri, warte mal«, hielt Kolossow ihn auf. »Wo können wir in Ruhe reden?«

»Wenn Sie wollen, können wir zu mir gehen.« Swanzew nickte zu dem Backsteinhäuschen hinüber. »Wenn es Ihnen drinnen zu heiß ist, können wir uns auf die Vortreppe setzen.«

Kolossow entschied sich für die Vortreppe.

»Wie lange hat die Kaljasina hier schon gearbeitet?«, fragte er, nachdem sie sich auf den sonnenwarmen Stufen niedergelassen hatten.

»Bei mir fünf Jahre. Und vor meiner Zeit schon eine Ewigkeit! Oma Sima war eine Art Institution. Ich glaube, sie hat gleich nach dem Krieg hier angefangen.«

»Und all die Jahre hat sie im Labor gearbeitet?«, hakte Kolossow nach. »Reagenzgläser gespült?«

»Nein. Wir haben genug andere Arbeit. Eine Zeit lang war sie wohl auch im Museum. Dann ist sie hierher auf die Tierstation gekommen. Der Lohn hier ist höher.«

»Sie hat sich um die Tiere gekümmert?«

Swanzew schüttelte den Kopf.

»Früher hat sie mit uns zusammen die Affen gefüttert und die Käfige sauber gemacht, aber seitdem Humphrey ...«

»Wer ist das?«, fragte Kolossow.

Swanzew machte eine Kopfbewegung zu den Käfigen hinüber.

»Wir haben hier so einen Rabauken. Na ja, mittlerweile hat die Situation sich entschärft. Auch Oma Sima hat nur noch im Notfall Alarm geschlagen, und dann haben Olgin und ich entsprechende Maßnahmen getroffen.«

»Alarm geschlagen? Das heißt, es gab Grund zur Beunruhigung. Wann hat sie denn heute die Tierstation verlassen?«

»Um halb neun. Es war eine grässliche Nacht. Um halb neun war Shenja gerade gekommen – der löst Oma Sima ab. Dann hat sie sich auf den Weg gemacht.«

»Kommen Ihre Kollegen immer mit der Bahn?«, fragte Kolossow.

»Nicht immer. Zweimal die Woche kommt vom Institut ein Wagen mit Lebensmitteln und Tierfutter. Da fahren sie dann gewöhnlich mit.«

»Wer von Ihren Mitarbeitern hat die Kaljasina als Letzter gesehen?« Ohne Handschuh fühlte Kolossow sich ausgezeichnet. Er war diesem gelehrten Kerlchen mit dem Kinderhut für seine etwas ruppige Feinfühligkeit dankbar.

»Ich. Und Soja. Sie hat am Tor mit ihr gesprochen.«

»Soja?«

»Soja Iwanowa, unsere Tierärztin. Sie wohnt da drüben hinter dem Schlangenhaus. Ich glaube, sie hat auch das Tor hinter Oma Sima abgeschlossen.«

»Warum eigentlich alle diese Vorsichtsmaßnahmen? Mauer, Tor, Stacheldraht? Die Affen sitzen doch im Käfig.«

»Wissen Sie, Primaten sind äußerst sensible Geschöpfe. Wir wollen sie nicht unnötig beunruhigen. Wenn der Stacheldraht nicht wäre, kämen die Gören aus der Gegend hier reingeklettert, und auch die Erwachsenen sind heutzutage nicht viel besser. Und wir können hier keine Fremden brauchen. Das schadet nur der Arbeit.«

»Eine wichtige Arbeit?«, erkundigte sich Kolossow.

Swanzew lächelte vieldeutig, erklärte aber nichts.

Kolossow erhob sich. »Kann ich mit der Tierärztin sprechen?«

»Sicher. Gehen wir.«

Sie gingen an den Käfigen vorbei. Kolossow betrachtete neugierig die Insassen.

»Darf ich vorstellen, das ist Flora.« Swanzew wies auf ein großes Schimpansenweibchen mit hängendem behaarten Bauch, das sich an die Betonwand lehnte. Es beachtete die

Besucher nicht im Geringsten, sondern betrachtete seine ausgestreckten Beine, bewegte dabei die krummen Finger und brummte unzufrieden.

Der traurige Gnom hieß Charly. Er begrüßte die Unbekannten aufs Neue mit einem langen »Uh-hu-hu«. Dann schmatzte er appetitlich mit den Lippen. Als Swanzew an den Käfig trat, stieß Charly ein launisches Winseln aus.

»Was hast du, Kopfschmerzen?«, fragte Swanzew. »Was sitzt du auch in der grellen Sonne, du Dummkopf? Na komm schon, lass dich kraulen.« Er streckte die Hand durch die Gitterstäbe und legte sie furchtlos auf den Scheitel des Schimpansen. »Geh in die Ecke, sonst kriegst du 'nen Sonnenstich. Nun lauf schon. Was hab ich gesagt!«

Charly erhob sich widerwillig. Er stand auf allen vieren und stützte sich mit den Fingerknöcheln der rechten Hand auf den Betonfußboden. Eine Weile blieb er so stehen, dachte nach und hinkte dann watschelnd in die schattige Käfigecke.

»Wie kleine Kinder! Kaum dreht man sich um, schon ...« Swanzew schüttelte den Kopf.

Da ertönte aus dem Käfig neben Charly – dem leeren Käfig mit dem schaukelnden Gummireifen – ein dumpfes »Uch, uch«.

»Humphrey hat Sie gesehen. Nähern Sie sich nicht dem Käfig. Humphreys Arme sind doppelt so lang wie Ihre und hundertmal stärker«, warnte Swanzew.

Humphrey war ein ungewöhnlich großer Schimpanse. Kolossow sah sofort, dass dies ein erwachsener, starker Affe war, der in seinem Leben schon mancherlei erlebt hatte. Er saß direkt am Gitter und starrte die Ankömmlinge mit finsterer Miene an, unverwandt und argwöhnisch. Kolossow war von dem misstrauischen, aber klugen und verständigen

Blick der schwarzen, glänzenden, eng beieinander stehenden Augen unter den dicken Brauenknochen stark beeindruckt.

»Warum haben sie alle englische Namen?«

»Das sind alles Gäste aus dem Ausland. Sie sind von klein auf an ihre Namen gewöhnt. Charly und Flora sind Erwerbungen aus dem Berliner Zoo. Es gab dort einen Zwischenfall, und unser Institut hat die beiden gekauft. Humphrey ist unser Held. Ein Bild von einem Mann, gerade achtzehn geworden, in der Blüte seiner Jahre. Früher ist er im Zirkus aufgetreten. Hier genießt er sozusagen seinen wohlverdienten Ruhestand.«

»In der Blüte seiner Jahre?« Kolossow grinste.

»Im Zirkus wird nur mit jungen Schimpansen gearbeitet. So einen Herkules wie Humphrey können sie dort gar nicht mehr brauchen.«

Als er die fremden Stimmen hörte, spannte sich Humphreys Körper. Er hielt sich am Gitter fest und richtete sich leicht auf. Kolossow konnte den Blick nicht von der Brust und den Schultern des Affen losreißen. Sie hätten jedem Ringer Ehre gemacht: Man konnte sehen, wie unter dem schwarz-silbrigen Fell die schwellenden Muskeln spielten. Humphrey stieß wieder sein »Uch, uch« aus, dann verstummte er, presste die Lippen fest zusammen und starrte Kolossow abwartend an.

»Sie interessieren ihn«, erklärte Swanzew. »Humphrey ist neugierig geworden. Keine Sorge, Alter, reg dich nicht auf«, wandte er sich an den Schimpansen. »Das sind gute Menschen.«

Der Schimpanse stieß erneut ein scharfes, durchdringendes Kreischen aus und entblößte dabei sein rosiges Zahnfleisch und seine krummen gelben Zähne. Sehr eindrucksvolle Zähne. Kolossow starrte fasziniert auf den Affen. Etwas Derartiges hatte er noch nie im Leben gesehen, wahrhaftig! Humphrey kreischte noch lauter, als er Kolossows Blick begegnete, packte die Gitterstäbe, schüttelte sie und trat mit seinem langzehigen Fuß heftig dagegen.

»Schauen Sie ihm nicht in die Augen. Dadurch fühlt er sich provoziert und bedroht. Schauen Sie an ihm vorbei«, flüsterte Swanzew.

Kolossow blickte rasch zur Seite ... und sah aus den Augenwinkeln etwas, das ihn bis auf den Grund der Seele erschütterte: Als der Schimpanse den Fuß hob, um den Gitterstäben den nächsten Tritt zu versetzen, bemerkte Kolossow, dass die rosige Fußsohle mit einer Kruste aus angetrocknetem Schmutz bedeckt war. Doch der Betonfußboden in Humphreys Käfig war blitzsauber gewischt!

4 Ein Abendessen zu Hause

Nach dem Hickhack mit den afrikanischen Drogendealern war Sergej Meschtscherski fest entschlossen, sich zu erholen und die Arbeit ruhen zu lassen. Für diesen Tag, den Freitag, hatte er allerdings noch eine Unternehmung geplant – den Besuch des Museums für Anthropologie, Paläontologie und prähistorische Kultur, das zum Anthropologischen Institut gehörte. Doch seine Digitaluhr zeigte schon halb sechs, und das Museum schloss um fünf. Außerdem äußerte Katja den ungeduldigen Wunsch, nach Hause zu fahren. »Ich muss etwas essen!«, wiederholte sie alle fünf Minuten. Und Sergej beschloss, für heute den Arbeitstag zu beenden.

»Ein Abendessen braucht der Mensch«, bestätigte er. »Wohin fahren wir? Zu dir oder zu mir? Falls wir zu mir fahren – denk daran, dass Wadim Andrejewitsch dort seine Zelte aufgeschlagen hat.«

Katja zog eine Schnute. Wadim Krawtschenko, ihr Freund und zugleich Sergejs bester Kumpel, hatte sich vor genau drei Tagen mit ihr zerstritten. Anlass war eine Bagatelle gewesen (so schien es zumindest Katja). Aber Wadim hatte plötzlich gebockt. Und nun wohnte er demonstrativ schon seit drei Tagen bei seinem Busenfreund und zeigte Charakter.

Katja kannte die zwei Freunde schon seit Ewigkeiten. Obwohl ihr niemand sonst näher stand, behandelte sie die beiden ziemlich ironisch. Aber gleichzeitig hing sie sehr an ihnen. Immerhin stammten beide aus höchst angesehenen Moskauer Familien. Und in ihrem Herzen war Katja ein schrecklicher Snob.

Nach dem Abschluss am Lumumba-Institut waren beide in für damalige Zeiten sehr solide Firmen eingetreten. Wadim hatte bis 1992 beim KGB gearbeitet, und Sergej hatte sich seinen Lebensunterhalt als Militärberater verdient. Später hatten beide ihr Leben abrupt geändert. Wadim wurde Leibwächter und Chef der Schutztruppe des bekannten Moskauer Unternehmers Wassili Tunigunow (des Tunichtguts, wie Wadim ihn zu nennen pflegte), und Sergej arbeitete zunächst eine Zeit lang bei einer Rüstungsfirma, häufte ein nettes Sümmchen Startkapital an, verließ dann die Firma und investierte ins Tourismusgeschäft.

Er gründete den »Russischen Touristenclub« und fungierte außerdem als Ehrenmitglied der »Moskauer Geographischen Gesellschaft«.

Beide Freunde hatten ihre individuellen Vorzüge: Wadim

Krawtschenko maß stolze ein Meter achtundachtzig und war strahlend blond (Katja schwärmte für blonde Männer). Sergej Meschtscherski dagegen kam zwar nur auf eins fünfundsechzig, war dafür aber eine Seele von Mensch und außerdem ein echter Fürst mit Stammbaum – als 1995 sein Fürstentitel von der »Russischen Heraldischen Assoziation« bestätigt worden war, hatte er sich umgehend sein verschnörkeltes Wappen auf seine Visitenkarten drucken lassen.

Sie erreichten Meschtscherskis Wohnung um halb sieben. Sergej schloss auf und ließ Katja in die halbdunkle, mit allerlei Trödel voll gestellte Diele ein. Die gesamte Ausrüstung der vom »Russischen Touristenclub« geplanten Afrika-Expedition schien hier zu lagern, von den aufblasbaren »Reebok«-Zelten bis zu Kisten mit eingewecktem Fleisch. Zweimal stolperte Katja über irgendetwas, ehe sie zum Bad gelangte. Aus dem Wohnzimmer, das als »Geographisches Kabinett« bezeichnet wurde – statt mit Tapeten waren die Wände mit Weltkarten und Karten der verschiedenen Kontinente beklebt –, drang eine leicht heisere, träge Stimme, die Katja sehr vertraut war: Wadim Krawtschenko tratschte am Telefon mit einem Bekannten.

Als er Katja erblickte, richtete er sich im Sessel auf und brummte ins Telefon:

»Hör mal, ich krieg gerade Besuch. Halt mich auf dem Laufenden und denk daran: Seine Kandidatur ist so gut wie sicher.« Er schob das Telefon beiseite, stand auf und nickte Katja mit komisch wirkender Förmlichkeit zu – seine ganze Haltung strahlte Gekränktheit und Unzufriedenheit aus.

Doch Katja war nicht nachtragend, vielmehr nachgiebig bis zur Naivität. Sie fand, dass es an der Zeit sei, sich zu versöhnen.

»Hast du dich erkältet?«, fragte sie in besorgtem Tonfall.

»Ich bin erstaunt, dass Sie sich für meinen Gesundheits-zustand interessieren, Jekaterina Sergejewna. Wenn ich elend krepiere, vergießen Sie doch keine Träne«, äußerte Wadim giftig, legte sich die Hand auf die breite Brust und hustete erbärmlich. »Sie haben mich mitten in der Nacht aus dem weichen Bett geworfen und bei strömendem Regen auf die Straße gesetzt!«

»Niemand hat dich auf die Straße gesetzt, du bist selbst ...«

»Immer geben Sie mir an allem die Schuld, niemals wer-de ich mich daran gewöhnen ...«

Wenn Wadim die Schwere der ihm zugefügten, seiner Meinung nach unverdienten Kränkung unterstreichen woll-te, redete er Katja jedes Mal mit »Sie« an.

Sie schwiegen eine Weile. Sergej, der taktvoll in der Kü-che gewartet hatte, steckte den Kopf ins Zimmer.

»Na, wie steht's? Katja, ich hab die Sardellen aus dem Eisfach genommen. Sollen wir Sauce dazu machen?«

Eine halbe Stunde später setzten sie sich zu Tisch. Sergej holte eine Flasche Bier aus dem Kühlschrank. Wadim stütz-te sich mit den Ellbogen auf den Tisch.

»Kann Bronchitis sich zu einer Tuberkulose entwickeln?«, erkundigte er sich kummervoll.

Katja konnte nicht mehr an sich halten und kicherte.

Sergej nahm seinen Teller.

»Iss eine heiße Sardelle. Soll ich dir Sauce darübergie-ßen? Hat Katja selbst gemacht.«

»Die ist hoffentlich nicht vergiftet?«

Sergej überhörte diese Bemerkung.

»Gestern hab ich einen Witz gehört, Kinder«, sagte er fröhlich. »Also, es treffen sich ein Tschuktsche, Clinton und

Berija. Clinton sagt ... Verdammt! Jetzt hab ich's vergessen. Ich hab vergessen, was Clinton sagt. Wadim, warum sind die Witze heute alle so kompliziert? Früher hat das Volk so lustige Sachen erzählt, und jetzt ...«

»Das Volk!« Wadim schnaubte unwillig. »Was für ein Volk, Sergej? Weißt du, wo man sich alle die guten alten Witze ausgedacht hat? In dem Häuschen auf dem runden Platz, wo das Denkmal für den Parteigenossen Dserschinski steht.«[1] Plötzlich fiel ihm etwas ein. »Wir hatten im Institut doch mal einen Meister im Witzeerzählen. Erinnerst du dich noch an Viktor Pawlow?«

»Er ruft ab und zu an«, erwiderte Sergej lakonisch.

»Wann?«

»Das letzte Mal vorgestern.«

»Aha, na, du hast ja auch früher immer Verbindung zu ihm gehalten. Wo ist er denn jetzt?«

»Er arbeitet beim Reisebüro ›Wostok‹[2] als Geschäftsführer. Schon lange, seit vier Jahren. Aber der Laden läuft miserabel, die sind so gut wie pleite.«

»Und wieso ruft er dich an?«

»Wir haben geschäftlich mit ihm zu tun«, erklärte Sergej. »Seine Tante arbeitet als leitende wissenschaftliche Mitarbeiterin im Museum für Anthropologie. Du weißt doch, unsere Expedition erfüllt verschiedene Aufgaben, und eins ihrer Projekte gehört auch dazu. Viktor hat mich mit ihr bekannt gemacht. Außerdem hat er Erkundigungen über eine Adoption eingezogen. Mit Katjas Hilfe habe ich alles in Erfahrung gebracht, was er wissen musste.«

Wadim schielte zu Katja hinüber, steckte sich eine Sardelle in den Mund und spülte sie mit einem Schluck Bier hinunter. »Die Bronchitis ist offenbar ausgeheilt!«, stellte Katja boshaft fest.

»Er ist nicht mehr mit Lena zusammen, wie ich gehört habe. Sie sind wohl schon lange auseinander«, bemerkte Wadim. »Wen will er da noch adoptieren?«

»Er hat erzählt, dass er nach der Scheidung nicht wieder geheiratet hat. Und hier hatte er Freunde – Chinesen, stell dir vor. Ein Ärzteehepaar. Er hat sie in Tadschikistan kennen gelernt. Sie sind im Krieg umgekommen – sie fuhren nach Murgab und wurden von den Mudschaheddin beschossen. Ihr fünfjähriger Sohn blieb als Waise zurück. Diesen kleinen Chinesen möchte er adoptieren. In der Abteilung für Minderjährige hat Katja für mich in Erfahrung gebracht, welche Papiere er braucht und wohin er sie schicken muss.«

»Der wird wohl auf seine alten Tage sentimental. Im Institut war er jedenfalls kein Kind von Traurigkeit. Trug sein Herz auf der Zunge. Deshalb hat ihn weder der KGB noch der diplomatische Dienst haben wollen. Hat er dann nicht als Dolmetscher gearbeitet?«

»Genau.« Sergej nahm einen Schluck Bier. »Morgen gehe ich ins Museum zu seiner Tante. Sie ist Professorin und Kustodin der Dauerausstellung. Ein großartiges Museum! Allerdings nicht der Öffentlichkeit zugänglich.«

»Darf ich mitkommen?«, fragte Katja. »Wenn es für die Gaffer geschlossen ist, heißt das, es muss dort wirklich etwas Interessantes zu sehen sein. Morgen ist sowieso Samstag.«

»Und du, Wadim?« Sergej zwinkerte ihm zu. »Viktor kommt auch auf einen Sprung vorbei. Willst du deinen alten Kommilitonen nicht mal wiedersehen?«

Wadim schaute die ganze Zeit auf Katja. Sie hob den Blick vom Teller – na los, gib dir einen Ruck, sagten ihre Augen.

Wadim schob seinen Teller zurück, warf einen Blick auf seine Armbanduhr und gähnte demonstrativ.

»Halb zehn ... Zeit, die Gäste vor die Tür zu setzen.«

Sergej lächelte. Katja stand auf. Wadim folgte ihrem Beispiel.

»Das Geschirr spült der gastfreundliche Hausherr.«

»Gut.« Sergej folgte ihnen in die Diele. »Wir treffen uns also morgen um vier am Museum.«

Katja öffnete die Tür und ging zum Lift. Wadim marschierte hinterdrein, wobei er mit den Autoschlüsseln klirrte.

In der engen Kabine des Aufzugs schmolz das Eis endgültig. Ein Lift ist für Männer wie Wadim Krawtschenko eine praktische Erfindung. Zwischen dem dritten und dem zweiten Stock wurde der Friede nachdrücklich geschlossen.

Das Museum

5

Der Samstag leitete die Zeit der drückend heißen Tage ein, die Mitte Juli über Moskau hereinbrachen. Katja wachte um kurz nach acht auf. Es kam ihr vor, als wäre sie in ein Dampfbad geraten: Sie konnte nicht frei atmen, die Luft im Zimmer war wie warme Watte oder Popcorn. Wadim schnarchte friedlich neben ihr. Wenn der elektronische Wecker nicht klingelte, brachte er es fertig, bis Mittag durchzuschlafen. Sie wollte schon aus Bosheit auf die Musiktaste am Wecker drücken und ihn mit irgendeinem ohrenbetäubend lauten Schlager aufschrecken – aber dann hatte sie doch Mitleid. Sollte er noch schlafen. Sie schlüpfte vorsichtig aus dem Bett und ging unter die Dusche.

Wadim verließ sein Lager nicht so bald. Katja hatte schon Kaffee getrunken und im Fernseher in der Küche »Tom und Jerry« auf Kanal Sechs gesehen.

»Und was machen wir bis vier?«, erkundigte sich Wadim, als er aus dem Bad kam und sich mit dem Handtuch abrieb.

Katja zuckte die Schultern und lächelte.

»Dann habe ich eine gute Idee«, sagte er munter, umarmte Katja und zog sie ins Zimmer.

»Nein«, sagte sie lachend und machte sich los.

»Nein?«

»Später.«

»In letzter Zeit höre ich ein bisschen oft ›nein‹, ›es reicht‹ und deinen Lieblingsausdruck«, er schnippte mit den Fingern, »›lass es‹.«

»Setz dich und iss.«

Diese schlichte Bemerkung brachte ihn augenblicklich auf andere Gedanken. Eine Sekunde später verzehrte er bereits Rührei mit Tomaten und hackte erbittert auf den Knöpfen des Toasters herum, im vergeblichen Bemühen, für sich und Katja Brotscheiben mit Käse zu rösten.

»Zu deiner Information, nächste Woche bin ich frei wie ein Vogel. Mein Tunichtgut (Wadims Spitzname für seinen Arbeitgeber Tunigunow) hat sich nach Sotschi verzogen und kommt erst in einem Monat wieder. Sollen wir auf eure Datscha fahren?«

»Im Moment will ich nirgends hinfahren, selbst wenn man mich gewaltsam in den Urlaub jagen würde. Die Polizei arbeitet gerade an einem interessanten Fall ... Kolossow sitzt daran ...«

Bei der Erwähnung dieses Namens mischten sich Hochmut und Herablassung auf Wadims Gesicht. Er blies sich regelrecht auf – Katja hatte nicht übel Lust, ihn zu behandeln wie einen Luftballon, den man loswerden will und gerade eine Stecknadel zur Hand hat.

»Ich verstehe.« Er zuckte die Achseln.

»Nichts verstehst du. Es geht um Mord. Man vermutet, ein Serienkiller.«

»Sag mal, was ich dich schon lange fragen wollte.« Er raschelte mit der Zeitung. »Warum schreibst du eigentlich nie etwas über richtig heiße Sachen?«

»Was meinst du mit ›richtig heiße Sachen‹?«

»Na, was jetzt so in Mode ist: Mafia, Gangsterfehden, das Gold der Partei, Korruption. In eurem Bezirk ist doch genug passiert. Alle möglichen Bonzen hat man per Auftragsmord ins Jenseits befördert: den Verwaltungschef, irgendeinen Bürgermeister. Und du lässt in der Presse nicht eine Silbe darüber verlauten.«

»Das sind Themen, die längst zum Himmel stinken. Und überhaupt«, Katja schüttelte ihre Mähne, »ich bin fest davon überzeugt, die grässlichsten und kompliziertesten Verbrechen geschehen nicht in Moskau, sondern in den Niederungen der Provinz. Auf den ersten Blick mag so ein Fall ganz banal aussehen, aber was manchmal dahinter steckt! Das reicht ohne weiteres als Vorlage für eine klassische Tragödie. Das Gold der Partei und die Mafia sind bloß Fingerübungen, Brosamen für Fantasielose.«

»Guck an, unsere Starreporterin!« Er packte und umarmte sie. »Sie geben ja ganz schön an, Madame. Das muss bestraft werden. Und damit werden wir uns jetzt beschäftigen. Bis um vier.«

Um Viertel vor vier fuhren sie in die Kolokolny-Straße. Katja schwitzte den ganzen Weg still vor sich hin und trank ununterbrochen Wasser. Wadim hatte ihr vorhin, noch in zärtlicher Stimmung, im Halbdunkel der zugezogenen Gardinen, ins Ohr geflüstert: »Wozu brauchen wir dieses verdammte Museum?« Doch sie hatte ihn gezwungen, sich anzuziehen. Jetzt allerdings, nach vierzig Minuten Busfahrt durch das glühend heiße Moskau, befielen sie heftige Zweifel. Ja, wozu eigentlich brauchten sie das Museum?

Doch an der Bushaltestelle wurden sie schon von Sergej erwartet. Neben ihm stand ein junger Mann, der ein etwa fünfjähriges Kind an der Hand hielt. Katja winkte ihnen zu.

»Guten Tag, da sind wir.«

Wadim umarmte den Mann bereits.

»Viktor, lass dich mal anschauen. Du siehst großartig aus! Katja, das ist Viktor Pawlow, unser alter Freund aus Studentenzeiten.«

Katja reichte Pawlow die Hand. Er war mittelgroß und sportlich. Sein Gesicht war unauffällig und durchschnittlich: graue Augen, nachdenklich und aufmerksam, trotzige Brauen, dunkelblonde, modisch kurz geschnittene Haare.

Das Kind interessierte sie mehr. Es hatte den Kopf mit dem schwarzen Haar in den Nacken gelegt und betrachtete die laut redenden Erwachsenen mit konzentrierter Ernsthaftigkeit. Es war ein Junge, ein reizender kleiner Chinese – schwarze Schlitzaugen, dicke rote Apfelbäckchen.

Katja hockte sich nieder.

»Hallo, mein Kleiner.«

Der Junge streckte ihr sofort vertrauensvoll die Hand hin – eine kleine braune Hand mit Grübchen. Katja drückte vorsichtig die kleinen Finger.

»Ich heiße Katja, und du?«

Der Knirps starrte sie schweigend an.

»Tien Zi heißen wir, Sohn des Himmels.« Pawlow beugte sich zu ihnen hinunter. »Wir freuen uns sehr, ein so reizendes Mädchen kennen zu lernen.« Er blinzelte Katja fröhlich zu. Als sie sich wieder aufrichtete, flüsterte er ihr ins Ohr: »Er ist seit der Geburt gehörlos.«

Katja warf einen erschrockenen Blick auf den Jungen, aber der lächelte sie fröhlich an, und seine kleinen Schlitzaugen funkelten so verschmitzt, dass ihr Entsetzen sogleich verflog.

»Na, Tien Zi, dann gib mir deine Hand«, sagte sie. »Wir gucken uns jetzt viele interessante Sachen an.«

Sergej, Wadim und Viktor Pawlow unterhielten sich angeregt und blieben hinter ihnen zurück. Katja drückte mit einiger Mühe die massive Eichenholztür auf, neben der auf der Hauswand auf einem spiegelnden schwarzen Schild die Aufschrift prangte: »Wissenschaftliches Institut zur Erforschung des Menschen. Museum für Anthropologie, Paläontologie und prähistorische Kultur.« Gemeinsam mit Tien Zi betrat sie das große, schattig-kühle Vestibül, das ihr nach der stechenden Sonne geradezu paradiesisch vorkam.

»Zu wem wollen Sie?«, rief ihr eine dicke Wächterin mit rotem Kopftuch zu.

»Wir wollen zu Ninel Grigorjewna Balaschowa«, erwiderte Sergej, der hinter Katja eingetreten war. »Sie erwartet uns.«

»Da ist ein Telefon. Wählen Sie 2-40«, brummte die Wächterin. »Dann kommt jemand runter und bringt Sie hin. So kann ich Sie nicht durchlassen.«

Doch niemand hob ab. Mürrisch musterte die Wächterin die ungebetenen Gäste. In diesem Moment kamen Pawlow und Wadim herein.

»Was steht ihr hier herum?«, fragte Pawlow erstaunt. »Was ist los, Tante Mascha? Eintritt verboten?«

»Das ist gegen die Vorschriften. Wer hier rein will, muss sich abholen lassen.«

Mit Pawlow sprach die Wächterin brummig, aber gutmütig. Man merkte, dass er hier ein und aus ging.

»Wartet einen Moment, ich hole eben jemand.« Pawlow lief zur Treppe.

Während sie auf den »Konvoi« warteten, schlenderte Katja zusammen mit dem Jungen durchs Vestibül und betrachtete die Wandgemälde: »Die Entdeckung des Feuers«, »Der Stammesrat«.

»Tante Mascha! Alles geregelt!« Pawlow kam in Begleitung eines vollschlanken brünetten Mannes die Marmortreppe herunter. »Sascha legt ein gutes Wort für die Gäste ein.«

»Olgin«, stellte der Mann sich vor und lächelte Katja höflich zu. »Gehen wir. Ninel Grigorjewna wartet schon.«

Katja betrachtete Olgin verstohlen: dunkle, warme Augen, das Haar schräg gescheitelt, große, starke Hände, breite Schultern. Vierzig oder ein bisschen darüber.

In dem Büro, das sie kurz darauf betraten, betrachtete Katja verblüfft die Gastgeberin, die Möbel – einfach alles. Ninel Balaschowa war eine stattliche grauhaarige Dame, so eindrucksvoll und gravitätisch wie eine spanische Galeone. Sie sprach gerade mit jemandem am Telefon:

»Mein Gott! Wie entsetzlich! Wer hätte das gedacht ... War es Raub? Wir helfen natürlich beim Begräbnis ... selbstverständlich ... Kommen Sie herein, nehmen Sie Platz.« Sie legte für einen Moment die Hand auf den Hörer. »Viktor, gib dem Mädchen einen Stuhl. Ja, ja, ich bin wieder dran ...«

Die respektgebietende Dame gefiel Katja. Ihre üppige Frisur und ihr gebieterischer Tonfall, ihre gekonnt geschminkten Lippen, die Perlenkette, die ausgezeichnet mit ihrem klassisch-eleganten Kleid harmonierte, waren ganz nach Katjas Geschmack. Solche älteren Damen vergötterte sie – sie gaben ihr die Gewissheit, dass auch sie sich nicht zwangsläufig in eine nuschelnde, senile Ruine verwandelte, wenn sie über vierzig war.

Als Katja »entsetzlich« und »Raub« hörte, spitzte sie einen Augenblick lang die Ohren, dann aber verlagerte ihr Interesse sich gleich wieder auf die Einrichtung des Zimmers. An den Wänden hingen Porträts bärtiger alter Männer mit professoralem Aussehen, vermutlich handelte es sich um berühmte Wissenschaftler; ferner verschiedene Schautafeln und Diagramme, die die Evolution des Menschen vom schwanzlosen affenartigen Monstrum zum stolz aufgerichteten Apoll darstellten. Vor dem Fenster, das mit schweren grünen Portieren verhängt war, stand ein Schreibtisch mit einer Lampe im Geschmack der Stalinära. In den Ecken verharrten reglos die Sendboten aus heißen Ländern – ein Gummibaum und eine Fächerpalme in Holzkübeln.

Die ganze Einrichtung strömte eine so altmodische Liebenswürdigkeit aus, dass es Katja warm ums Herz wurde. Von Sergej wusste sie schon, dass Ninel Balaschowa einen hohen Posten im Museum und im Anthropologischen Institut einnahm. Beide Institutionen sah Katja zum ersten Mal von innen. Die Einrichtung sagte ihr manches über den Charakter und die Gewohnheiten seiner Bewohnerin.

Da war zum Beispiel der Aschenbecher aus Marmor – ein Berg von Asche, eine nicht zu Ende gerauchte Zigarette mit Mundstück. Auf dem Tisch, auf sorgfältig gestapelten Akten, lag ein lateinisches Buch. Gleich daneben stand – etwas zur Seite gedreht, damit auch Besucher sie sehen konnten – die goldgerahmte Fotografie eines Mannes: ein schmales lebhaftes Gesicht, eine Stirn mit Geheimratsecken, eine Adlernase und unterm Kinn eine Geige.

»Machen Sie es sich bequem. Sie kenne ich ja schon, Sergej, aber Ihre Begleiter ...«

Sergej stellte Katja und Wadim vor.

»Bei uns hat sich ein schlimmes Unglück ereignet.« Frau Balaschowa schüttelte ihren Kopf mit der kunstvoll aufgetürmten Frisur. »Unsere älteste Mitarbeiterin ist ums Leben gekommen. Und unter welchen Umständen! Stellen Sie sich vor, sie wurde das Opfer eines Wegelagerers! So weit ist es mit uns gekommen! Früher hat es so was nicht gegeben!«

»Früher, unter dem alten Regime, sind die Menschen nicht einmal gestorben, stimmt's, Tante Ninel?«, sagte Pawlow spöttisch.

»Ach, hör auf. Du weißt sehr gut, was ich meine. In meiner Jugend, in den Jahren nach dem Krieg, brauchten wir vor nichts und niemand Angst zu haben. Mitten in der Nacht sind wir durch Moskau spaziert, nach Sokolniki gefahren und ins Theater gegangen.«

»Ninel Grigorjewna, während wir unsere Angelegenheiten besprechen«, Sergej nutzte rasch die erinnerungsselige Pause, die sie machte, »könnten meine Freunde das Museum besichtigen. Selbstverständlich nur, wenn Sie es gestatten.«

»Aber sicher. Vielleicht interessiert es sie ja – vielleicht auch nicht.« Frau Balaschowa warf einen Blick auf Wadim, auf dessen Gesicht sich säuerliche, höfliche Langeweile spiegelte.

Im Museum herrschten Stille und Ordnung. Wohin man auch sah – Knochen, nichts als Knochen. Vor einem Skelett mit furchteinflößenden Hauern, die wie Krummsäbel aus dem gelben Schädel ragten, blieben Katja und Tien Zi lange stehen.

Ein Säbelzahntiger. Ein gruseliges Geschöpf. Gott sei Dank schon ausgestorben. Katja blickte den Jungen an. Ein kleiner Chinese. Was für ein Name – Tien Zi! Diesen kleinen Kerl also wollte Pawlow adoptieren.

Tien Zi zog Katja an der Hand, trat von einem Fuß auf den anderen und schaute sie flehend an.

»Was hat er?« Katja führte ihn zu Pawlow.

»Ein wichtiges Geschäft, das man nicht lange aufschieben sollte.«

»Ach je!« Sie lachte. »Das kriegen wir schon allein hin. Wo ist es?«

»Am Ende des Flurs.«

Auf dem Rückweg machte Katja einen Abstecher ins Büro Balaschowas. Sie war in ein Gespräch mit Sergej vertieft.

»Die Fahrt zur Oldoway-Schlucht ist ungeheuer wichtig für uns«, verkündete die Professorin soeben und stieß eine Qualmwolke aus. Die Zigarettenspitze hielt sie auf altmodisch elegante Weise. »Wenn Ihre Expedition einen Film darüber drehen kann, ist das für uns Gold wert. Wir bereiten für das kommende Jahr eine Sonderausstellung vor, die Louis Leakey gewidmet ist. Dafür brauchen wir unbedingt Fotos.«

»Was für ein merkwürdiger Name. Der klingt ja wie eine Glocke. Kommt das aus dem Englischen, von ›old way‹?«, erkundigte sich Katja.

»Eine interessante Idee.« Frau Balaschowa lächelte und blies den Rauch aus den Nasenlöchern. »Ich versuche gerade, Ihren Freund zu überreden, bei seiner Expedition die Oldoway-Schlucht in Tansania zu besuchen. Vor dreißig Jahren wurde dort eine der größten Entdeckungen des zwanzigsten Jahrhunderts gemacht. Louis Leakey, Mitarbeiter am Museum von Nairobi, hat dort die fossilen Überreste von zwei erstaunlichen Geschöpfen gefunden, die sämtliche Theorien über unser Alter über den Haufen warfen.«

»Unser Alter?« Katja setzte sich auf das alte Ledersofa. Tien Zi krabbelte auf ihren Schoß.

»Über das Alter des Menschen und der Menschheit überhaupt. Er hat herausgefunden, dass wir viel älter sind, als bis dahin angenommen.«

»Und was hat man dort entdeckt, Ninel Grigorjewna?«

»Leakey hat dort den fossilen Schädel eines affenähnlichen Wesens gefunden, das er Australopithecus genannt hat. An derselben Stelle hat er dann später noch die Reste eines Schädels, eines Knochens und eines Fußes gefunden, die einem weit fortgeschritteneren Geschöpf gehören, das er Homo Habilis genannt hat, den geschickten Menschen. Erstaunlicherweise lebten beide in unmittelbarer Nachbarschaft. Seitdem werden in der Schlucht ununterbrochen Grabungen durchgeführt. Unser Institut möchte die günstige Gelegenheit nutzen«, sie lächelte Sergej zu, »die allerneuesten Nachrichten von dort zu bekommen.«

»Natürlich müssten wir die Route etwas ändern.« Sergej zupfte an seinem schwarzen, stutzerhaften Schnurrbärtchen. »Aber das ist im Grunde nicht weiter schwierig. Es ist ausschließlich eine Geldfrage. Unsere finanzielle Lage ist ziemlich angespannt. Die Fernreisen werfen kaum Gewinn ab.«

Frau Balaschowa drückte ihre Zigarette in dem marmornen Aschenbecher aus.

»Trotzdem, mein Lieber, versuchen Sie es. Sie sind meine letzte Hoffnung. Ich könnte mir vorstellen, Ihre Tour nach Afrika wird nicht unbeachtet bleiben. Natürlich müssen Sie sich zuerst hier bei uns im Museum darüber informieren, was wir in erster Linie brauchen. Ich will Ihnen gern dabei behilflich sein.«

»Gut, machen wir's so, Ninel Grigorjewna.«

»Auch Sie können gern jederzeit vorbeikommen.« Frau Balaschowa nickte Katja zu. »Wir freuen uns stets über Ihren Besuch.«

»Danke, ich komme gern einmal vorbei. Was ich Sie noch fragen wollte: Warum ist Ihr Museum nicht für Besucher zugänglich?«

»Unsere Exponate sind nur für wissenschaftliche Arbeit von Interesse.«

Frau Balaschowa erhob sich vom Stuhl.

Sergej und Katja standen ebenfalls auf. Die Audienz war beendet. Katja merkte, dass ihre letzte Frage der älteren Frau ein wenig unangenehm gewesen war – sie war einer direkten Antwort etwas zu rasch ausgewichen.

Aber vielleicht habe ich mir das auch nur eingebildet, dachte Katja. Welche dunklen Geheimnisse soll ein Museum für Anthropologie schon verbergen?

Ein wohltuender Juliabend senkte sich über Moskau, die Hitze ließ nach. Die ganze Gesellschaft stand vor dem Museum.

»So, Viktor, jetzt müssen wir unser Wiedersehen begießen«, erklärte Wadim. »Hier um die Ecke gibt es ein kleines Restaurant im fernöstlichen Stil, gerade das Richtige für dich.«

»Nein, ich kann nicht mit.« Pawlow nahm den Jungen auf den Arm. »Wir müssen nach Hause.«

Katja spürte, es war das Restaurant, das ihn abschreckte. Insgeheim tadelte sie Wadim: Wie konnte er nur so unsensibel sein, den Freund dorthin einzuladen, wo es für normale Leute (die nicht gerade Leibwächter bei einem »Geldsack« waren) längst unerschwinglich geworden war? Zugegeben, auch Wadim gönnte sich das nicht allzu oft, aber heute war es weniger Gastfreundlichkeit als Großspurigkeit, die ihn dazu veranlasst hatte: Sieh her und staune, alter Kumpel, wie reich und stilvoll ich geworden bin. Und wenn Wadim Krawtschenko angeben wollte, tat es ihm ums Geld nicht Leid.

»Mein bescheidener Lohn reicht für solche Restaurants nicht, Wadim«, sagte Katja mit leisem Spott. »Und überhaupt, was sollen wir uns an einem solchen Abend unter ein Dach verkriechen? Gehen wir lieber an die Moskwa und machen eine Dampferfahrt. Eine Bar und heiße Würstchen gibt's dort auch.«

Dieser demokratische Vorschlag gefiel allen.

Auf dem Schiff waren ausschließlich junge Leute: verliebte Pärchen, Studenten mit einer Gitarre und ihren Freundinnen. Sie sangen so ausgelassen, dass sie mit ihrer guten Laune schließlich auch Katjas Begleiter ansteckten. Zuerst wollte Sergej die Gitarre nehmen, gab sie dann aber an Pawlow weiter.

»Spiel uns die alten Lieder, Viktor.«

Pawlow ließ sich nicht lange bitten. Er sang solche Meisterwerke wie »Im Klo, da liegen vier Zähne« und »Ich wachte auf und war ein Neger«. Er hatte eine hervorragende Stimme und eine ausgeprägte schauspielerische Begabung, und Katja lachte Tränen.

Vom Lachen und Singen ganz erschöpft, tranken sie auf dem Oberdeck Bier und Coca-Cola, aßen heiße Würstchen und schauten auf die vorübergleitenden Felsufer. Im »Park der Kultur« fand gerade ein Feuerwerk statt: Silberne Pfeile fielen ins schwarze Wasser. Discomusik klang herüber. Das strahlend hell erleuchtete Riesenrad sah wie eine gewaltige, fantastische Sonne aus – gelb-orange in tiefblauer Nacht.

»Da drüben wohne ich«, sagte Katja zu Pawlow und zeigte auf den Frunse-Kai.

»Eine schöne Gegend – der Fluss und gegenüber der Park. Ich wohne in der Awtosawodskaja-Straße. Da haben wir bloß Dreck und Ölrückstände.« Er machte eine Kopfbewegung zu Tien Zi, der es sich auf seinen Schultern bequem gemacht hatte. »Jetzt im Hochsommer hab ich Urlaub genommen. Ich will für einen Monat eine Datscha mieten, damit wir eine Weile unsere Ruhe haben.«

»Sie suchen eine Datscha? Ich erkundige mich mal, ich habe Freunde in Kamensk. Am Moskwa-Kanal werden manchmal Datschen vermietet.«

»Das wäre großartig!« Pawlow lächelte. »Kann ich Sie anrufen?«

»Am Montag weiß ich mehr. Rufen Sie Montagabend an ... oder nein, ich rufe Sie an, das ist besser.«

Er schrieb ihr schnell seine Telefonnummer in den Notizblock.

Das Schiff fuhr weiter und weiter ... Dieser Abend auf dem Fluss blieb Katja lange in Erinnerung. Besonders das Feuerwerk über dem Park. Es war ihr letzter ruhiger Abend in diesem heißen Juli. Damals hatte sie noch nicht die leiseste Ahnung, was in den folgenden Tagen und Wochen alles auf sie zukommen würde.

6 Kamensker Überraschungen

Sobald die Montagsbesprechung zu Ende war, machte Katja sich auf den Weg zur Mordkommission, um Genaueres zu erfahren. Sie traf Kolossow, den Chef der

Mordkommission, auf der Schwelle seines Büros an – er wollte gerade gehen.

Dieser ständig überarbeitete, mürrische Mann erinnerte Katja an den Standardkommissar aus französischen Thrillern: ein Grobian, der sich bei genauerem Hinsehen als gar nicht so ungehobelt herausstellt. Wenn er nur etwas weniger rauchen und trinken würde. Und an die richtige Frau geriete.

Schöne Augen hat er. Und jung ist er auch noch. Doch in seinem Blick liegt Härte. Auch die eigensinnige Falte um den Mund drückt Härte aus. Seine rechte Hand ist verbunden. Die Verkörperung von grober Männlichkeit und Kühnheit. Noch ein Aufblitzen seines scharfen Verstandes, und das malerische Bild ist abgerundet.

»Hallo, hallo, Katerina Sergejewna.« Kolossow machte keinerlei Anstalten, sie in sein Büro zu lassen. »Willst du zu mir?«

»Ja.«

»Aber ich bin gerade auf dem Abflug, tut mir Leid.«

»Nach Kamensk?« Sie konnte es nicht leiden, wenn man sie so abrupt abfertigte.

Kolossow kniff nur die Augen zusammen.

»Du hast mir doch versprochen, dass du mir irgendwann bei einer Reportage über einen konkreten Fall hilfst.« Katja ging zum Gegenangriff über.

»Na und?«

»Meiner Ansicht nach ist jetzt der passende Zeitpunkt gekommen, um das Loblied der tapferen Miliz in der Provinz zu singen.«

»So?« Er zog erstaunt die Brauen hoch. »Tatsächlich?«

»Ich habe früher in Kamensk gearbeitet und kenne dort viele Leute. Außerdem ... der Mord an einem Kind, das ist ...«

»Aha, du weißt also schon Bescheid. Wer hält da eigentlich nicht dicht? Wenn ich den erwische, reiße ich ihm die Zunge raus.«

»Der Mord an einem Kind«, sagte Katja, »ist etwas so Schreckliches, dass du über jede Hilfe froh sein musst, die dir angeboten wird.«

Kolossow schaute sie prüfend an, dann schlug er die Tür zu seinem Büro zu und drehte den Schlüssel herum.

»Gehen wir«, sagte er knapp. »Der Wagen steht in der Seitenstraße.«

Auf der Fahrt nach Kamensk sprachen sie wenig. Kolossow berichtete kurz, was er am Tatort auf der Müllkippe gesehen hatte, und fügte hinzu:

»Sascha Sergejew wühlt dort jetzt die Erde um. Er ist ein fähiger Bursche.«

»Ich weiß.« Katja beobachtete ihren Begleiter. Er lenkte den Wagen leicht und sicher. Der Shiguli sauste fast die ganze Zeit auf der Überholspur und wich dem entgegenkommenden Verkehr aus.

Ein Blinder hätte sehen können, dass Kolossow angestrengt über irgendetwas nachdachte. Sie hätte gern gewusst, worüber.

»Ich setz dich am Milizrevier ab. Ich muss zur Staatsanwaltschaft.« Kolossow bog von der Neuen Chaussee ab und fuhr die Abfahrt zur Hauptstraße hinunter.

»Kommst du dann wieder?«

Er schüttelte den Kopf.

»Von da muss ich nach Nowospasskoje.«

»Was ist denn da los?«, fragte Katja.

»Mord an einer alten Frau.«

»Aha.« Das klang ziemlich gleichgültig.

»Interessiert sich die Presse nicht für gemeuchelte alte

Frauen?«, fragte Kolossow. »Ihr seid immer nur hinter Sensationen her. A propos ... ich wollte dich schon lange fragen«, er beugte sich etwas zu ihr hinüber. »Wieso ignorierst du die modischen Themen? Organisiertes Verbrechen, Korruption und so weiter ... Ehrlich gesagt, ich hatte dich schon letzte Woche erwartet.«

»Du meinst, als der Bürgermeister von Oktjabrsk erschossen wurde?«, fragte Katja. »Aber ich könnte ja auch dich fragen, Nikita, warum du als Leiter der Mordkommission jetzt nicht nach Oktjabrsk fährst, sondern in ein Kaff wie Kamensk, wo ein Junge ermordet wurde, und nach Nowospasskoje, wo eine alte Frau, die keiner kennt, umgekommen ist. Warum eigentlich, hm?«

»Mit dem Fall Oktjabrsk ist bei uns ein ganzes Einsatzkommando beschäftigt. Die brauchen mich nicht.«

»Das ist nicht die ganze Wahrheit.«

Er schaute sie im Rückspiegel an. Ein warmer Schimmer erschien in seinen Augen, ein vertrautes Funkeln.

»Wir kümmern uns sozusagen um die Erniedrigten und Beleidigten.« Er räusperte sich. »Ich hab dein Buch im Geschäft gesehen.«

»Und, hast du's gekauft?«

»Mhm.«

»Auch schon gelesen?«

»Nein, ich hatte noch keine Zeit. Ich heb's mir für den Urlaub auf. Ein gelungener Umschlag. Gratuliere.«

Katja seufzte nur.

In Kamensk suchte Kolossow zuerst Sergejew auf dem Revier auf, bevor er zur Staatsanwaltschaft fuhr. Katja wollte die großen Detektive nicht stören und ging zu ihrer Busenfreundin Ira Gretschko, die in Kamensk als Untersuchungs-leiterin arbeitete.

Sie und Ira kannten sich schon seit mehr als sieben Jahren. Diese frische, energische, sportliche Blondine hatte all das, was ihr selbst fehlte. Ihren Lebensunterhalt musste Ira sich sauer verdienen. Trotzdem ließ sie sich nie hängen, sondern fand sogar noch die Kraft, andere wieder aufzu-muntern.

Ihre Arbeit erledigte Ira stets tadellos. Ihre Akten kamen fast nie vom Gericht zur Nachuntersuchung zurück. Die Mi-lizuniform, die die weiblichen Mitarbeiterinnen oft gar nicht erst anzogen, trug sie nicht nur professionell, sondern auch mit einem gewissen Schick und Charme. Und schießen konnte sie besser als viele Männer.

»Hast du über Mittag schon was vor?«

Ira schaute auf die Uhr. »Um drei habe ich einen Termin, Täteridentifizierung eines Raubüberfalls, in der Pobeda-Straße.«

»In der Pobeda-Straße?« Katja fiel das Versprechen ein, das sie Pawlow gegeben hatte. »Weißt du, ob man dort noch Datschen mieten kann? Ein Bekannter hat mich gebeten, mich zu erkundigen.«

»Warum gerade dort?« Ira zog das Telefon zu sich heran. »Da rufen wir lieber mal bei Aljoscha Karawajew an. Der ist für Bratejewka zuständig. Das ist eine der schönsten Dat-schensiedlungen im gesamten Moskauer Gebiet. Der Kanal und ein Jachtklub sind ganz in der Nähe, und bis zur Bahn-station ist es nur ein Katzensprung.«

Aljoscha Karawajew, Chef des Kamensker Milizreviers, war seit ewigen Zeiten hoffnungslos in Ira Gretschko ver-liebt. Alle Kollegen wussten das und kicherten hinter sei-nem Rücken über ihn. Karawajew machte übrigens gar kein

Geheimnis daraus und hatte sich bei den feuchtfröhlichen Feiern aus Anlass eines erfolgreich abgeschlossenen Falles schon öfters an der starken Schulter seiner Kameraden ausgeweint und seine Liebe zu der »grausamen« Ira gestanden. Ständig sprach er davon, in den Kaukasus zu gehen, nach Tschetschenien, um sie, die ihm »das Herz zerrissen hatte wie eine afghanische Kugel« (er war ein Dichter und liebte blumige Ausdrücke), im Krieg mit den Separatisten zu vergessen. Karawajew sagte, er wisse eine passende Datscha, die gar nicht teuer sei, fragte aber sehr hartnäckig nach, für wen Ira sich so bemühe. Erst als Katja sich einmischte, beruhigte er sich.

Kaum hatte Ira aufgelegt, betrat ein junger Mann das Büro, den Katja noch nicht kannte.

»Ich hab den Film vom Tatort entwickelt, Ira. Du wolltest dir die Bilder doch sofort ansehen.«

Katja stand auf.

»Ich gehe inzwischen zu Sergejew.«

Die Tür zum Büro des Chefs der Kamensker Miliz war weit aufgerissen, um die Schwaden des graublauen Zigarettenqualms hinauszulassen. Kolossow selbst war schon verschwunden.

»Sherlock Holmes ist abgereist«, knurrte Sergejew und leerte den Aschenbecher zum Fenster hinaus. »Leider konnte ich ihm nichts Erfreuliches melden.«

»Das heißt, der Junge ist noch nicht identifiziert worden?« Katja zückte Notizblock und Kugelschreiber.

»Wir haben alle Vermisstenanzeigen überprüft, ohne Ergebnis.«

Katja wollte gerade vorschlagen, das Bild des Jungen im

Fernsehen zu zeigen, als plötzlich Ira ins Büro stürzte. In der Hand hielt sie einen Stapel Fotos.

»Sascha, hast du einen freien Wagen?«, fragte sie leise.

Sergejew schnaufte mürrisch.

»Selesnjow wird dir die Zeugen schon herbeikarren. Du hast doch noch massenhaft Zeit, wozu die Eile?«

»Ich rede nicht von den Zeugen. Ich muss zum Leichenschauhaus.«

»Wieso?«

Ira legte ihm die Fotos auf den Schreibtisch. Katja reckte den Hals, um zu sehen, was darauf abgebildet war.

»Ich glaube, ich kenne ihn ... den Jungen von der Müllkippe.« Ira stützte sich schwer auf die Stuhllehne.

Katja sah mit Betroffenheit, wie ihr Gesicht sich verändert hatte. Noch vor zehn Minuten, als sie über Datschen und Karawajew geplaudert hatten, hatte sie fröhlich und verschmitzt gestrahlt, nun sah ihr Gesicht grau aus, wie mit Asche bedeckt, müde und unschön.

Sergejew nahm die Autoschlüssel vom Schreibtisch und ging mit Ira und Katja rasch in den Hof, wo die blauen Shigulis der Kriminalabteilung standen.

Das Leichenschauhaus von Kamensk war in einem abgelegenen Nebengebäude des städtischen Krankenhauses untergebracht. Das einstöckige kleine Gebäude war frisch verputzt und mit giftgelber Farbe gestrichen. Unter den Fenstern blühte üppig der Jasmin. Auf den moosbewachsenen Treppenstufen sonnte sich eine gefleckte Katze.

Katja blieb einen Augenblick vor der Tür stehen. So ein friedlicher Ort – Sonnenflecken auf den Fensterscheiben, tief herabhängende Zweige voller sternförmiger Blüten, Stille ... Friedhofsstille. Der Duft des Jasmin vermischte sich mit dem Geruch von Formalin, der aus der geöffneten Tür kroch – und noch einem anderen Geruch: klebrig, süßlich, zäh, Übelkeit erregend.

Sergejew und Ira Gretschko standen mitten in dem großen Raum zwischen verzinkten Tischen mit Abflussrinnen. Der vordere Tisch war leer, der daneben auch, aber dort hinten lag etwas Weißes, etwas Weißrotes. Katja wandte sich schnell ab. Sie erblickte Iras bleiches Gesicht und hinter ihr noch einen weißen Fleck – den Kittel des Gerichtsmediziners Bodrow.

»Gehen wir weiter, hier liegt er nicht«, erklang seine Altmännerstimme.

Der Geruch nahm einem fast den Atem. Wie Kleister klebte er an Kleidern und Haut. Ira und Sergejew gingen hinter Bodrow in einen der Nebenräume. Katja wartete an der Tür auf sie. Sie blieben etwa fünf Minuten, dann kamen sie wieder heraus.

Im Auto wühlte Ira in ihrer Handtasche, fischte eine Schachtel Zigaretten und ein Feuerzeug heraus und zündete sich eine Zigarette an.

»Es ist Stassik von der Retschnaja-Straße«, sagte sie heiser. »Stassik Korablin. Gegen seinen älteren Bruder habe ich wegen Autodiebstahls ermittelt. Vor einem halben Jahr wurde er verurteilt, hat drei Jahre bekommen. Sie haben in dem Haus gewohnt, in dem die Bäckerei ist, hinter der Fabrik.«

Im Reich der Schlangen

7

Unterdessen fuhr Kolossow nach Nowospasskoje. Wenn er ehrlich zu sich selbst war – er wusste nicht recht, was er dort eigentlich wollte. Nach dem Gespräch mit Sascha Sergejew hatte seine Laune sich abrupt verschlechtert. In der Mordsache des Jungen gab es noch keinerlei Ergebnisse. Drei Tage hatten nicht gereicht, um auch nur die Identität festzustellen. Es war immer sehr schwierig, wenn es sich um Streuner handelte, und allem Anschein nach war dieser Junge einer gewesen.

Die Meinung Sergejews, dass in ihrem Bezirk gleich zwei neue Serienmörder aufgetaucht seien, nahm Kolossow mit Interesse, aber auch mit vorsichtiger Zurückhaltung auf. Bei dem Mord in Nowospasskoje hatte er daran allerdings kaum Zweifel. Nowospasskoje war ein Glied in einer ganzen Kette merkwürdiger, blutiger Ereignisse, die vor drei Monaten angefangen hatten. Anhaltspunkte gab es auch hier kaum. Manches freilich hatte ihn verblüfft – so sehr, dass er sich die ganze Nacht von Freitag auf Samstag schlaflos im Bett gewälzt hatte.

Erstens gaben ihm die Fakten der Leichenbeschau im Mordfall Kaljasina keine Ruhe. Zum Leichenschauhaus war er gleich nach dem Besuch der Tierstation gefahren.

Der Gerichtsmediziner hatte mit der eigentlichen Untersuchung zwar noch nicht angefangen, erklärte sich aber bereit, dem Leiter der Mordkommission einiges zu erläutern.

Ein merkwürdiges Gefühl überkam Kolossow, als er in dem kleinen provinziellen Leichenschauhaus vor dem verzinkten Tisch stand, auf dem der Körper der toten Frau lag. Auf dem Foto, das etwa fünf Jahre alt war, sah »Oma Sima« noch gar nicht aus wie eine alte Frau. Sie wirkte kräftig, munter, sympathisch.

Hier aber gab es gar kein Gesicht mehr, nur noch ein blutiges, mit Schmutz und Gras verunreinigtes Gemisch aus Knochensplittern, Hautfetzen, graublauen Haarsträhnen und dem gelb-braunen Schleim der Hirnmasse. Der Pathologe deutete mit grünem Gummifinger auf diesen gruseligen Brei und zählte sachlich auf:

»Zertrümmerung der Stirn-, Schläfen- und Nackenregion, Bruch der Schädelbasis. Teilweise Entfernung der Hirnmasse.«

Der letzte Satz traf Kolossow wie ein elektrischer Schlag.

»Man hat ihr das Gehirn herausgenommen?!«

»Nur einen kleinen Teil davon«, erwiderte der Mediziner und wies auf einen weiß schimmernden Knochensplitter. »Sehen Sie, hier. Und hier.«

»Sind Sie sicher?«

»Ich irre mich gewöhnlich nicht.«

Kolossow dachte fieberhaft: Ja, hier haben wir etwas Neues. In den früheren Fällen war so etwas wie die »Entfernung von Hirnmasse« aus den Schädeln der Opfer nie festgestellt worden. Oder hatte man es bloß nicht bemerkt?

Zusammen mit dem Pathologen besichtigte er die Leiche der Kaljasina wie ein seltenes Ausstellungsstück im Museum. Der Körper einer alten Frau: faltige, schuppige Haut, braune Flecken, schlaffe Brüste, ein aufgedunsener Bauch voller blauroter Äderchen, Beine wie uralte Wurzeln ...

»Spermaspuren wurden nicht festgestellt«, teilte der Experte mit. »Hundertprozentig kann ich allerdings nicht ausschließen, dass der Mann, der sie überfallen hat, auch sexuellen Kontakt mit ihr hatte. Es gibt ja verschiedene Varianten.«

Kolossow seufzte und beugte sich über die Leiche.

»Was ist denn das?«

Auf dem gelblichen, greisenhaft schlaffen Unterarm waren ungleichmäßige weiße Furchen zu sehen, wie riesige Pockennarben.

»Das sind verheilte Narben.« Der Pathologe ergriff die

schlaffe Haut, zog sie etwas ab und maß mit den Fingern irgendetwas nach. »Offenbar von einem Biss. Wahrscheinlich ein Hund, der zugeschnappt hat. Ziemlich große Kiefer – vermutlich ein Schäferhund oder ein Neufundländer. Aber das ist schon länger her. Keine Beziehung zu unserem Fall.«

Noch etwas ließ Kolossow keine Ruhe: Es hing damit zusammen, was er auf der Tierstation gesehen und gehört hatte. Von allen Bewohnern der Station – ließ man die Schimpansen einmal außer Acht –, hatte beim letzten Besuch eine Person die besondere Aufmerksamkeit Kolossows auf sich gezogen: die Tierärztin Soja Iwanowa. Sie hatten sich nur kurz unterhalten – nicht mehr als fünf Minuten. Die ganze Zeit hatte Soja Iwanowa geweint und ständig und monoton wiederholt: »Arme Oma Sima, arme Oma Sima!« Auf den ersten Blick hatte es wie eine normale, ein wenig hysterische Reaktion ausgesehen, zugleich aber hatte dabei ein stumpfes Erstaunen in ihren tränenverschleierten Augen gelegen: Wie konnte so etwas nur geschehen? Und worauf sich diese Frage bezog, hätte Kolossow zu gern erfahren.

Und genau dabei konnte Katja ihm helfen. Katja ... Seltsam, dass sie dieser Sache so gleichgültig gegenüberstand. Andererseits – sie wusste vieles noch nicht. Auch er hatte ihr ja bisher noch nichts erzählt, obwohl sie ihm bei der Iwanowa wirklich nützlich sein konnte. Als Journalistin war sie eine ausgezeichnete Zuhörerin. Sie war imstande, einen Menschen auch ohne Worte zu verstehen; sie konnte sogar erraten, was man vor ihr verbergen wollte. Davon hatte er sich selbst schon des Öfteren überzeugen können – Kolossow grinste. Katja ließ nicht locker und hatte sehr feine Antennen. Und sie war verteufelt neugierig – eine Eigenschaft, die manchmal sehr hilfreich war.

Sie war schon ein tolles Mädchen. Er durfte nur nicht so viel an sie denken. Diese Sahneschnitte ist nicht für dich, Bruder Nikita.

Er stoppte den Wagen vor dem grün gestrichenen Tor, stieg aus und horchte. Ringsum war es still – nur das Laub rauschte, im Gras zirpten die Grillen, und hoch oben im Wipfel der Eberesche strengte sich aus Leibeskräften irgendein Piepmatz an: Pi-iep, pi-iep. Ganz dünn und kläglich. Kolossow zögerte einen Moment, dann wandte er sich um und ging über den betonierten Weg in die andere Richtung, vom Tor weg. Er wollte noch einmal den Weg zur Station abschreiten. Er ging langsam und versuchte sich vorzustellen, wie die Kaljasina wohl gegangen war: Schritt für Schritt – Sonnenhitze, Verschnaufen, wieder ein paar Schritte, wieder Sonnenglut, wieder Verschnaufen. Kolossow schaute auf die Uhr – es war jetzt elf, und weit und breit war niemand zu sehen. Und um neun war es hier genauso. Eine stille, eine sehr stille Gegend.

Er schlenderte weiter, schaute nach rechts und links, um nicht den kleinen Pfad in den Fichtenwald zu übersehen, auf den Oma Sima damals abgebogen war. Musste ein sonderbarer Typ gewesen sein, der dort auf sie gewartet hatte. Wie lange mochte er ihr wohl aufgelauert haben? Eine Stunde, anderthalb? Er musste mit dem Acht-Uhr-Zug gekommen sein – einen anderen gab es nicht – und sich im Gebüsch versteckt haben.

Aber wieso war er so sicher gewesen, dass ihm gerade eine alte Frau über den Weg lief? Die anderen Orte, an denen er zuvor seine Opfer überfallen hatte, waren verhältnismäßig belebt gewesen. Warum hatte er sich nicht an der Straße zur Datschensiedlung auf die Lauer gelegt? Da war die Wahrscheinlichkeit, dass ihm ein passendes Opfer über den Weg lief, tausendmal größer. Aber nein, er hatte sich diesen völlig verlassenen Pfad ausgesucht.

Als Kolossow zurückkehrte, musste er lange an das verschlossene Tor klopfen. Schließlich ließ der Laborant Shenja ihn ein.

»Schlaft ihr noch, oder was ist los?«, knurrte Kolossow. »Ist der Chef da?«

»Nein, er ist in Moskau.«

»Ist eure Tierärztin zu sprechen?«

»Bitte sehr, Soja Iwanowa ist in Sektor eins.«

Kolossow wandte sich zum Affengehege.

»Nicht dorthin.« Der Laborant grinste boshaft. »Sie ist im Schlangenhaus. Dort häutet sich gerade ein Python. Hat irgendwelche Risse auf der Pelle. Soja und Wenedikt Wassiljewitsch baden sie in Mangan.«

»Wenedikt Wassiljewitsch – wer ist das?«

»Wenedikt Wassiljewitsch Rodsewitsch ist der Verwalter des Schlangenhauses.«

»Aha.«

Mit forschen Schritten ging Kolossow aufs Schlangenhaus zu. Er spürte den Blick des Laboranten im Rücken.

Auf dem Gelände der Tierstation herrschte immer noch die gleiche Stille wie vorhin. Unwillkürlich horchte er, ob hinter den gestutzten Büschen das Brüllen des Kraftprotzes Humphrey ertönte, doch alles blieb ruhig. Die entfernten Verwandten des Menschen machten sich diesmal nicht bemerkbar.

»Shenja, wissen Sie zufällig, ob Serafima Kaljasina oder ihre Verwandten einen Hund gehalten haben?«, fragte er und wandte sich um.

»Einen Hund?« Der Laborant zuckte mit den Achseln. »Keine Ahnung. Warum?«

»Ich wollte mich nur vergewissern.« Kolossow blieb vor der Eisentür des bewussten Gebäudes stehen, das einem großen Treibhaus ähnelte, holte einmal tief Luft und trat ein.

Es war heiß, feucht und dämmrig. Und still wie im Grab. Weiches gelbes Licht fiel von der Decke. Kolossow fühlte sich wie in einem gigantischen Aquarium mit einzelnen Sektoren und einem Durchgang in der Mitte.

Er ging an den dicken Scheiben vorbei, hinter denen in großen, mit gelbem Flusssand ausgestreuten Käfigen, unter den Strahlen elektrischer Sonnen, die Schlangen dösten. Verdammt, es gab hier ja Unmengen von diesen Viechern!

Zum Glück hatte die Folter bald ein Ende: Am anderen Ende des Durchgangs erblickte er zwei Gestalten in weißen Kitteln – Soja Iwanowa und einen grauhaarigen alten Mann mit Brille. Der Alte schloss gerade die gläserne Flügeltür eines Käfigs auf. Kolossow trat schnell auf sie zu.

»Guten Tag. Sie sind ja wirklich eine mutige Frau, Soja Petrowna. Gerade habe ich gehört, dass Sie auch mit den Pythons auf Du und Du stehen.«

Soja Petrowna Iwanowa, eine stämmige, kurzbeinige und breithüftige Blondine mit zarter, matt schimmernder Haut, ruhigen grauen, leicht vorstehenden Augen und dichtem, langem Haar, das im Nacken mit einem Gummiband zu einem Pferdeschwanz gebunden war, lächelte ihn an.

»Guten Tag. Wieder mal bei uns?«

»Mein Weg führte mich hier vorbei. Wie geht's dem Python?«

»Ein Netzpython, junger Mann.« Der Alte hustete streng und rückte seine Brille zurecht. »Ein äußerst seltenes Exemplar. Und ein wunderschönes. Sehen Sie mal her.«

In einer kleinen, trogartigen Vertiefung im Sand des Käfigs lag zusammengerollt eine mächtige gestreifte Schlange.

Sie erinnerte Kolossow an eine Gummiabdeckung für Autos.

»Ja, Sie haben schon eine ausgefallene Arbeit.« Er schauderte. »Nicht jedermanns Sache. Wäre es möglich, an einem weniger exotischen Ort als einem Schlangenhaus mit Ihnen zu reden?«

»Gehen wir in die Praxis«, schlug Soja vor.

Sie gingen an den Käfigen vorbei.

»Das da ist eine Brillenschlange – die Schlange der Kleopatra.« Soja wies auf einen der Käfige. »Nach ihrem Biss tritt der Tod in zweieinhalb Minuten ein, es sei denn, man injiziert rechtzeitig ein Serum. Die da vorn ist eine Klapperschlange.«

»Und die da hinten, die aussieht wie ein Nashorn?«

»Das ist eine Hornotter.« Soja nickte lässig zu dem Käfig hinüber, in dem eine rotbraune Schlange mit einem hornartigen Auswuchs am Kopf lag. »Ebenfalls äußerst giftig.«

»Behandeln Sie solche Schlangen auch?«, erkundigte Kolossow sich.

»Die auch, ja.«

»Und an der Jagd auf die Ausreißer, haben Sie auch daran teilgenommen?«

»Welche Ausreißer?«

»Die sich hier mal aus dem Staub gemacht und in alle Himmelsrichtungen davongekrochen sind. Es gab doch so einen Zwischenfall?«

»Ach, das.« Sie blieb stehen. »Nein, damals hat sich Wenedikt Wassiljewitsch selbst um die Schlangen gekümmert. Aus dem Gebäude sind aber nur die ungefährlichen kleinen Nattern herausgekommen und der Netzpython. Man hat sie an der Mauer wieder eingefangen. Olgin hat sie eigenhändig eingesammelt.«

»Wie konnte das passieren?«

»Das sind die typischen Scherze von Charly.«

»Charly?«

»Olgins Schimpanse.«

»Soll das heißen, die Affen sitzen bei Ihnen nicht nur im Käfig, sondern können frei umherspazieren?«

Iwanowa schien seine Frage nicht gehört zu haben. Kolossow wunderte sich darüber. Doch er beschloss, vorläufig nicht weiter nachzubohren.

Sie stiegen eine kleine Holztreppe hinauf in einen gemütlichen, blitzsauberen Wohnwagen, der sich hinter dem Schlangenhaus im Fliedergebüsch verbarg. Hier roch es wie in einer Arztpraxis, und es herrschte sterile Sauberkeit: ein Untersuchungstisch mit einem gestärkten Laken darauf, darüber eine runde Lampe. Verschiedene Apparate mit elektronischen Anzeigen, ein Waschbecken, durch einen Wandschirm abgetrennt, ein kleiner Glasschrank mit Medikamenten.

Soja Iwanowa bat ihn in den angrenzenden Raum, ein Wohnzimmer. Hier standen ein Tisch mit einer Tischdecke aus kariertem Wachstuch und ein Sofa, über das eine gemusterte Decke gebreitet war. Auf dem Fensterbrett stand eine Kochplatte, und in die Wand eingelassen war ein Schrank mit Schiebetüren.

Soja wusch sich die Hände und setzte sich aufs Sofa. Für Kolossow blieb nur ein durchgesessener Stuhl.

»Sind Sie etwa extra von Moskau so weit gefahren, um mich zu sprechen?«

»Sie und Olgin.«

»Den kann man im Moment besser in Moskau erwischen. Er hat im Institut und im Museum alle Hände voll zu tun.«

»Das habe ich schon gehört. Und Swanzew ist auch nicht

hier, wie ich sehe. Wer kümmert sich denn um die Tiere?« Kolossow lehnte sich zurück und beobachtete unter halbgeschlossenen Augen hervor seine Gesprächspartnerin. Ein hübsches Mädchen, rundlich, proper, appetitlich. Was machte ein so ansehnliches Ding in dieser Einöde? Mit wem war sie wohl verbandelt? Mit Swanzew? Mit Shenja? Oder mit dem nie anwesenden Olgin? Wer verschönerte ihr die einsamen Stunden hier auf diesem Sofa? »Wer kümmert sich denn jetzt um die Affen? Frau Kaljasina kann es ja nicht mehr ...«, fuhr er fort.

»Oma Sima hat sich in der letzten Zeit von den Affen fern gehalten. Olgin und Swanzew haben die ganze Arbeit gemacht«, erwiderte Soja.

»Aber die sind jetzt nicht da. Wer gibt denn heute den armen Äffchen zu fressen?«

»Heute Morgen hat Swanzew das erledigt, und heute Abend macht es Shenja, falls Swanzew nicht früh genug zurückkommt.«

»Erfrieren Ihnen die Tiere denn nicht? Ein Klima wie in Afrika haben wir hier ja nicht gerade. Sind sie auch im Winter hier?«

»Nein, im Winter werden sie ins Institut gebracht. Die Affen bleiben nur bis Oktober hier.«

»Und wann kommen sie zurück?«

»Anfang April.«

»Anfang April ... Na, Gott mit ihnen, den Äffchen und den Schlangen. Ich wollte Sie noch etwas fragen. Wegen Frau Kaljasina. An dem Morgen der Tat haben Sie mit ihr gesprochen, bevor sie weggegangen ist. Am Tor, erinnern Sie sich?«

Na, das war ja interessant – sie zuckte zusammen und senkte den Blick.

»Wir haben über ihre Enkelin gesprochen. Woher wissen Sie das?«

»Jemand hat es mir gesagt – wer, weiß ich nicht mehr. Ist sie für gewöhnlich mit dem Neun-Uhr-zwanzig-Zug gefahren?«

»Ja.«

»Sie ist morgens immer mit diesem Zug gefahren?«

»Immer. Hätte sie sich verspätet, hätte sie drei Stunden auf den nächsten Zug warten müssen.«

»Aha.« Kolossow legte den Kopf auf die Seite. »Was hat Sie eigentlich beim letzten Mal so verblüfft, Soja Petrowna?«

»Verblüfft?« Sie stützte die Ellbogen auf den Tisch. »Meinen Sie, der Tod von Oma Sima hätte mich nur verblüfft?«

»Sie waren traurig über den Tod der alten Dame. Aber es gab auch noch etwas, worüber Sie verblüfft waren, allerdings haben Sie versucht, das zu verbergen.«

»Sie irren sich.«

»Ich irre mich selten.« Der Leiter der Mordkommission lächelte selbstzufrieden. »Als Solowjow Sie beim letzten Mal als Zeugin befragt hat, haben Sie nicht alles gesagt. Warum?«

»Weil die Vertreter Ihres Berufsstandes manchmal aus einer Mücke einen Elefanten machen! Aus nichts entsteht plötzlich ein ganzes Knäuel von Mutmaßungen und Gerüchten. Theorien heißt das dann bei Ihnen.«

»Hatten Sie schon mal Gelegenheit, mit unserer Tätigkeit nähere Bekanntschaft zu machen?«

»Allerdings.« Soja runzelte die Stirn. »Als meine Mutter sich von meinem Stiefvater, diesem Trottel, hat scheiden lassen. Deshalb will ich jetzt niemanden ...«

»Was meinen Sie?«

Soja wandte sich ab.

»Nichts. Sie irren sich«, sagte sie leise. »Sie hören das Gras wachsen, wo keins ist. Das macht wohl Ihr Beruf.«

Kolossow erhob sich. Nun zeigst du also doch noch deine Krallen, dachte er.

»Sie sagen also, Frau Kaljasina ist nicht mehr in die Nähe der Käfige gekommen«, sagte er, um das Thema zu wechseln. »Auch mich hat Swanzew beim letzten Mal gewarnt, näher zu kommen. Obwohl«, er ging schon auf die Tür zu, »ich würde das Verbot vermutlich doch übertreten. Zu ulkig, diese Viecher. Ich würde sie rauslassen und im Gras herumlaufen lassen. So sitzen sie ja wie im Kerker.«

»Früher *hat* man die Affen freigelassen«, seufzte Soja. »Bis dieser Zwischenfall passierte.«

»Welcher Zwischenfall?«

»Humphrey hat sich auf Oma Sima gestürzt. Irgendetwas war mit ihm geschehen. Er war eigentlich ganz zahm, schließlich kam er aus einem Zirkus. Vorher hatte er so etwas niemals getan.«

8   Mama, Mama ...

Während Ira Gretschko sich wieder mit ihrem Raubüberfall beschäftigte, machten sich Katja und Sergejew zu den Korablins in die Retschnaja-Straße auf.

»Dieser Junge, Stassik, hat mit seinem älteren Bruder und seiner Mutter zusammengewohnt, soweit ich mich erinnere«, gab Ira ihnen mit auf den Weg. »Die Mutter ist ein Arbeitstier. Hat in der Fabrik als Monteurin geschuftet. Als der

Bruder bei uns in U-Haft saß, ist der Kleine bei mir aufgetaucht und hat ihm Wäsche und Zigaretten gebracht. Ein stilles Kind, wie ein Mäuschen. Er hing sehr an seinem Bruder, das war deutlich zu spüren.«

»Und die Mutter?«, fragte Katja.

»Die habe ich nur einmal gesehen, als ich sie wegen des älteren Sohnes verhören musste. Eine einfache Frau, durchschnittlich. Interessiert sich nur für ihre Arbeit.«

»Hat diese einfache Frau ihr Kind denn nicht vermisst, verflucht noch mal? Er war vier Tage nicht zu Hause!«, empörte sich Sergejew. »War sie betrunken?«

»Unwahrscheinlich«, erwiderte Ira.

In der Retschnaja-Straße, zwischen grünen Pappeln und Linden, standen dicht gedrängt und wie gigantische Streichholzschachteln vierstöckige Mietskasernen aus der Chruschtschow-Zeit, salatgrün und himmelblau gestrichen. Auch einen alten, heruntergekommenen Hof mit einem schiefen Kletterpilz und einem halb zerfallenen Sandkasten gab es hier.

Vor dem Haus mit der Bäckerei im Erdgeschoss hielt Sergejew den Wagen an.

»Die Wohnungsnummer wusste Ira nicht mehr, aber das macht nichts. Da vorn ist die Auskunft. Da bekommen wir alle nötigen Informationen.« Er steuerte zielsicher auf eine Gruppe alter Frauen zu, die auf der Bank vorm Hauseingang saßen. Sie ähnelten Dohlen auf einem Zaun – neugierig und abwartend.

»Meine Damen, können Sie mir sagen, wo hier die Korablins wohnen?«, erkundigte sich Sergejew.

Die Frauen tauschten Blicke.

»Wohnung sechsundvierzig«, antwortete eine, die einen geblümten Baumwollkittel und ein weißes Kopftuch trug.

»Was wollen Sie denn von unserer Ljuba?«, fragte eine andere in einer dicken Strickjacke.

»Wir sind Verwandte von ihr. Entfernte Verwandte«, erklärte Sergejew und trat ins Haus.

»Das ist Ljuba ihr Galan«, krächzte die Alte ihren schwerhörigeren und begriffsstutzigeren Gefährtinnen zu.

»Ihr Galan? Und wer ist dann die in dem langen Rock, mit den Stöckelschuhen?«

Katja, die merkte, dass man über sie redete, lief eilig hinter Sergejew her.

Die Wohnung sechsundvierzig befand sich im vierten Stock direkt unter dem Dach. Sergejew klingelte lange an der zerkratzten Tür. Schließlich war Gepolter zu vernehmen.

»Wer ist da?«, fragte eine verschlafene Frauenstimme.

»Die Miliz. Öffnen Sie bitte.«

Es vergingen zwei Minuten. Dann wurde die Tür ein Stückchen geöffnet, und durch den Spalt schaute eine Frau mit zerzaustem Haar heraus, die einen gestreiften Bademantel über der vollen Brust zuhielt.

»Sind Sie Ljuba Korablina?«

»Ja, und?«

»Wo ist Ihr Sohn?«

»Was meinen Sie, wo? Der sitzt seine Strafe ab. Ist er ausgebrochen?« Ihre Augen wurden groß und rund.

Katja bemerkte, dass die Frau barfuß und unter dem Bademantel völlig nackt war. Auch Sergejew war es aufgefallen, und er schnaufte kurz.

»Ich meine Ihren jüngeren Sohn. Stassik.«

Die Frau zuckte die Schultern.

»Wo soll er schon sein? Treibt sich vermutlich auf dem Hof herum.«

In Sergejews Gesicht zuckte es.

»Wann ist er aus dem Haus gegangen?«

»Nach dem Frühstück.«

Also doch, Ira hat sich geirrt, wir sind umsonst hierher gekommen, dachte Katja und seufzte unwillkürlich vor Erleichterung: Gott sei Dank, Stassik ist noch am Leben.

»Warum sind Sie nicht bei der Arbeit?«, fragte Sergejew trocken.

»Ljuba, wer ist da? Was ist los?«, knurrte ein heiserer Bariton hinter der Frau, und gleich darauf tauchte der Besitzer der Stimme auf – ein stämmiger, untersetzter, behaarter Mann, der nur mit einem verwaschenen Unterhemd und einer äußerst knappen Unterhose bekleidet war.

»Die sind von der Miliz, Nikolai.«

»Na und?« Nikolai heftete seinen trüben Blick auf Sergejew. »Was'n los?«

»Die wollen wissen, warum wir nicht bei der Arbeit sind«, sagte die Frau kichernd.

»Wir haben Urlaub. Unbefristeten. Ist das neuerdings vom Staat verboten?« Nikolai schob die Korablina mit seiner tätowierten Schulter beiseite. »Lohn kriegen wir keinen, dafür dürfen wir's uns zu Hause gemütlich machen. Was woll'n Se denn?«

»Wer sind Sie?«, fragte Sergejew.

»Prochorow, Nikolai. Sie können mir glauben. Oder wollen Sie meinen Pass sehen?«

»Dürfen wir hereinkommen?« Sergejew machte einen Schritt nach vorn.

»Warum nicht. Aber lassen Sie mich erst mal Ihre Hundemarke sehen.«

Er studierte lange und misstrauisch Sergejews Ausweis und sagte schließlich:

»Guck mal an, ein Major. Na, dann komm rein, Major,

sollst unser Gast sein. Hast du 'ne Flasche dabei, darfst du sogar den Gastgeber spielen.«

Katja wollte Sergejew schon in die halbdunkle Diele folgen, als sich plötzlich die Tür der Nachbarwohnung öffnete. Ein hellblonder Kopf guckte heraus, und ein etwa achtjähriger Junge schaute zu Katja hinauf.

»Zu wem willst du, Tante?«, fragte er mit dünnem Stimmchen.

»Zu Stassik Korablin.«

»Der ist nicht da.«

»Wo ist er denn? Läuft er draußen herum?«

Der Junge zog seine Stupsnase hoch.

»Den hat seine Mutter rausgeschmissen.«

Katja beugte sich zu ihm hinunter und senkte ihre Stimme zu einem Flüstern:

»Weißt du das genau?«

»Ja. Er hat eine Wurst aufgegessen und ein Gurkenglas zerdeppert. Da hat Onkel Nikolai ihn verhauen, und dann hat er dem seinen Wodka ins Klo geschüttet, damit sie wieder quitt waren. Da hat seine Mutter ihn rausgeschmissen. Er hat gesagt, er kommt nie wieder nach Hause.«

»Wann war das?«

»Montag.«

»Und weißt du, wohin er gegangen ist?«

Der Kleine schüttelte den Kopf.

»Mit wem war er denn befreundet?«

»Mit Wowka aus dem Nebenhaus. Aber der ist mit seinen Eltern in die Türkei gefahren, schon vor langem. Und auch noch mit Shuk[1].«

»Shuk?«

»Ja, aus Nummer sieben. Ich muss jetzt meine Fische füttern, Tante.« Der Junge huschte von der Tür weg.

Atemlos vor Wut ging Katja in die Wohnung der Korablins. Im Zimmer mit dem ungemachten Bett und den zum Schutz vor der Hitze zugezogenen Vorhängen saßen Sergejew, Nikolai und Frau Korablina an einem runden Tisch, auf dem eine mit Schnitten und Brandlöchern übersäte Wachstuchdecke lag.

»Der wird schon wiederkommen, der Bursche. Wenn er Hunger kriegt, taucht er wieder auf«, brummte Nikolai. »Das is'n pfiffiger Bursche, machen Sie sich um den mal keine Sorgen.«

Offenbar hatte Sergejew noch nichts von Stassiks Tod gesagt. Der Leiter des Milizreviers sprach wenig, er hörte lieber zu. Doch Katja war diese widerlichen Lügen leid.

»Stassik ist also nach dem Frühstück weggerannt?«, fragte sie zornig. »Ich wüsste gerne, nach welchem Frühstück?«

»Wie meinen Sie das?« Frau Korablina wippte auf ihrem Stuhl hin und her.

»Ich meine, dass dieses Frühstück schon am letzten Montag war!«, rief Katja. »Ihr Kind ist schon eine ganze Woche nicht mehr zu Hause gewesen! Sie haben den Jungen hinausgeworfen, wegen eines Gurkenglases!«

»Was geht das Sie an?«, mischte Nikolai sich ein.

»Wo ist Stassik?«, fragte Katja die Korablina. »Haben Sie sich etwa sieben Tage lang nicht dafür interessiert, was mit ihm los ist? Sie sind vielleicht eine Mutter!«

»Was wird schon mit ihm sein? Er treibt sich bestimmt bei Sweta rum«, brummte Frau Korablina. »Er ist auch sonst immer zu ihr gelaufen, wenn er was angestellt hatte.«

Sergejew stand auf.

»Wer ist diese Sweta?«

»Die Frau meines Ältesten. Sie ist Lehrerin an Stassiks Schule.«

»Dort ist er nicht«, sagte Sergejew.

Katja wusste, was nun folgen würde, drehte sich um und verließ die Wohnung. Im Treppenhaus drang das tierische Geheul der Korablina an ihre Ohren.

»So ein Miststück! So eine Rabenmutter!« Katja saß bei Ira Gretschko im Büro und spuckte Gift und Galle. »Wirft das Kind raus, damit sie ungestört mit ihrem Kerl herummachen kann. Ist ja bloß eine Ein-Zimmer-Wohnung. Das Gurkenglas war nur ein Vorwand.«

»Das hätte ich ihr nicht zugetraut! Früher hat sie wie ein Ackergaul geschuftet, und jetzt schafft sie sich auf einmal einen Liebhaber an.« Ira schüttelte den Kopf. »So ein Zwangsurlaub wegen Arbeitsmangel kann offensichtlich auch sein Gutes haben.«

»Nur für Stassik nicht.« Katja setzte sich auf die Schreibtischkante. Ihre Wangen brannten. »Ich komme morgen wieder zu euch, wenn es geht. Sergejew hat versprochen, herauszufinden, wer dieser Shuk ist. Und zu der Lehrerin fahren wir auch. Merkwürdig. Ein Krimineller – und ist mit einer Lehrerin verheiratet.«

»Er ist kein Krimineller. Stassiks Bruder ist einfach nur ein Pechvogel. Eigentlich ganz sympathisch. Außerdem sieht er sehr gut aus«, bemerkte Ira. »Nicht wie seine Mutter.«

»Wer sieht hier gut aus?« In der Tür erschien Aljoscha Karawajew – braun gebrannt, in angeregter Stimmung und außer Atem. Sein Erscheinen lockerte die Atmosphäre ein wenig. Katja beruhigte sich.

Aljoscha hatte sein Versprechen gehalten und sich nach der Datscha erkundigt.

»Die Besitzer sind nach Deutschland zu Verwandten gefahren. Den ganzen Sommer über kann man die Datscha mieten. Für wen ist sie denn?«, wollte er wissen.

»Für einen allein erziehenden Vater. Stell dir vor, der hat einen kleinen Chinesen adoptiert.«

»Einen Chinesen? Wo hat er den denn aufgegabelt?«

»Das weiß ich nicht.« Katja seufzte. »Aber er ist ein netter Kerl, ein Freund von Freunden. Man muss ihm helfen.«

»Einem netten Kerl helfen wir immer«, versicherte Karawajew. »Gib mir seine Telefonnummer. Wo fährst du jetzt hin?«

»Sie fährt zu mir.« Ira räumte ihre Sachen zusammen. »Du bleibst heute bei mir, Katja. Wozu sollst du erst nach Hause fahren und morgen früh mit dem Bus wieder hierher?«

Katja wollte schon zustimmen, doch als sie den Blick sah, mit dem Karawajew Ira anstarrte, überlegte sie es sich anders. Ich mache mich lieber aus dem Staub, dachte sie. Er ist ja gekommen, um Ira nach Hause zu bringen. Warten wir's ab, da ergibt sich noch was. Er braucht nicht nach Tschetschenien zu fahren, um dort den Heldentod zu sterben.

9 Eine geheimnisvolle Spur

Am nächsten Tag fuhr sie doch nicht nach Kamensk. Um zehn Uhr abends teilte man ihr mit, dass die »Kriminalchronik« dringend ein Interview mit dem Untersuchungsleiter haben wolle, der die Ermittlungen in einem Fall führte, bei dem es um Metalldiebstähle in großem Maßstab ging. Man hatte für sie bereits einen Termin um elf Uhr vormittags vereinbart.

Na schön, warum nicht. Aber vor dem Interview musste sie noch einen nicht weniger gut informierten Mitarbeiter besuchen.

Um Viertel nach zehn trommelte Katja bereits an Kolossows Bürotür. Sie wollte ihm unbedingt als Erste mitteilen, dass die Identität des Jungen feststand.

Nikita Kolossow saß auf der Ecke seines Schreibtisches und versuchte gerade, jemanden telefonisch zu erreichen. Er lächelte Katja verschlafen und höflich zu.

Ihr fiel ein, wie Wadim gestern, als sie halb tot vor Müdigkeit aus Kamensk zurückgekommen war, friedlich im Sessel geschnarcht hatte – vor dem laufenden Fernseher, der gerade von den Olympischen Spielen aus Atlanta übertrug. Auf dem Fußboden neben dem Sessel stand eine ganze Batterie leerer Bierdosen. Augenscheinlich genoss Wadim den Urlaub, den sein Tunichtgut ihm gegeben hatte, aus vollen Zügen. Auf Katjas Vorwürfe reagierte er trocken.

Katja trat mit der Schuhspitze gegen die Bierdosen. Wadim nahm ihre Hand, küsste sie und zog Katja in seine Arme.

»Dein Odeur, Wadim Andrejewitsch, hat nichts Menschliches mehr – Tuborg pur«, protestierte sie und riss sich los.

»Du hast auch immer was zu nörgeln!« Er stieß einen matten Seufzer aus. »Na, egal. Dafür ist das hier ein Duft, der nach deinem Geschmack sein wird, das weiß ich.« Und bevor Katja sich noch umsehen konnte, hatte er sich schon einen Flakon Eau de Toilette von »Givenchy« aus dem Regal geangelt, den Korken herausgezogen und sich die Flüssigkeit in den Mund gekippt.

Derartige Scherze pflegte Wadim sich nur zu erlauben, wenn er entweder stark angeheitert oder sehr schlecht gelaunt war. Katja war es egal, warum er das getan hatte, es tat ihr nur schrecklich Leid um das Parfum.

»Du wirst vom Faulenzen noch ganz behämmert«, sagte sie. »Tu irgendwas Vernünftiges. Ruf morgen früh deinen Pawlow an und gib ihm diese Telefonnummer hier. Morgen könnt ihr dann nach Bratejewka zu Karawajew fahren, er wird euch die Datscha zeigen.«

»Zu Aljoscha?« Wadim kannte Katjas Kollegen genauso lange wie sie selbst. »Jederzeit. Mit Vergnügen. Aber ich hab vergessen ... welchen Kognak trinkt Aljoscha am liebsten? War es daghestanischer oder armenischer? Was haben wir beim letzten Mal getrunken?«

Am nächsten Morgen, bevor Katja zur Arbeit ging, holte Wadim sich das Telefon ins Bett und rief Pawlow und Sergej an.

»Unser Fürst kommt auch mit«, sagte er. »Deine Bullen geben ihm eine Auszeit, damit er seine Kenntnisse der Barba-Sprache im Selbststudium vervollständigen kann. Er hat sich beim Dolmetschen seiner exotischen Mundarten derart verausgabt, dass er kaum noch ein deutliches Wort herausbekommt.«

Katja hatte den Verdacht, dass an Sergejs Ausspracheproblemen nicht nur sein professioneller Ehrgeiz, sondern auch die Gastfreundschaft des Leiters des Drogendezernats schuld war. Dieser Petrow wusste, wie man wertvolle Mitarbeiter bei Laune hielt.

All das ging ihr durch den Kopf, während Kolossow monoton ins Telefon brummelte. Plötzlich schnappte sie etwas auf, was sie aufhorchen und auf den Sinn des Gesagten achten ließ.

»Diese Fußspur, die beim Mord an der Kaljasina gesichert wurde, hast du dich damit schon beschäftigt? Kannst du mir irgendwas dazu sagen? Es ist dringend.«

»Eine isolierte Spur, leider stark deformiert, außerdem

gründlich ausgewaschen. Derjenige, der sie hinterlassen hat, ist vermutlich ausgerutscht.«

»Eignet sie sich noch zur Identifizierung?«

»Ich glaube nicht. Wer sie hinterlassen hat, war vermutlich von mittlerer Größe. Das ist wohl alles.«

An diesem Punkt stellte Kolossow die Frage, die Katja so verblüffte:

»Bist du ganz sicher, dass es sich um eine menschliche Fußspur handelt?«

»Von wem soll sie sonst sein? Von einem Marsmenschen? Ich habe doch gesagt, dass die Spur verwischt und deformiert ist. Allzu viel kann man damit nicht anfangen.«

»Na schön. Danke. Entschuldige die Störung.«

Kolossow seufzte und warf Katja einen fragenden Blick zu. Darauf hatte sie nur gewartet. Sofort sprudelte sie los und erzählte ihm alles, was sie gestern in Kamensk erreicht hatte.

»Nach der Besprechung setze ich mich mit Sascha Sergejew in Verbindung«, versprach Kolossow. »Man muss ja schon für den kleinsten Erfolg dankbar sein.«

»Was ist das für eine Fußspur, Nikita?«, fragte Katja.

»Das hängt mit dem Mord an der alten Frau in Nowospasskoje zusammen.«

»Wie kommst du darauf, dass es keine menschliche Spur sein könnte?«

Kolossow setzte sich und stützte das Kinn auf die verschränkten Fäuste. Sollte er es ihr erzählen? Dann würde sie sofort dorthin flitzen und aus einem Nichts eine Sensation machen. Nein, es war besser, noch zu warten.

»Wessen Spur soll es dann sein?«, hakte Katja nach. »He, bist du eingeschlafen?«

»So einfach kann man das nicht erklären, Katja. Du hast dich ja bisher nicht näher für diesen Fall interessiert.«

»Dann interessiere ich mich eben jetzt dafür. Du hast mich neugierig gemacht.«

»Ich bin selbst neugierig.« Er blickte auf die Uhr. »Unsere Besprechung fängt gleich an, ich muss los.«

Katja stand enttäuscht auf. So zog er sich immer aus der Schlinge, wenn er ihr keine Informationen geben wollte.

Von Kirschgärten, Lehrerinnen und Bikern

10

Am nächsten Vormittag zwängte sich die ganze Gesellschaft in den Shiguli von Wadim und machte sich auf den Weg nach Kamensk. Katja nahm zusammen mit Tien Zi und Pawlow auf der Rückbank Platz.

»Danke für die Datscha«, sagte Pawlow.

»Vielleicht gefällt sie Ihnen ja gar nicht.«

»Ist uns ganz egal, wie sie aussieht, Hauptsache, sie ist bezahlbar und wir sind an der frischen Luft. Das letzte Mal war ich 1982 in der Sommerfrische, unmittelbar vor dem Afghanistan-Einsatz, zusammen mit meiner Mutter. Meine Tante hatte uns ein Quartier besorgt.«

»Sie waren in Afghanistan?«, fragte Katja und blickte Pawlow respektvoll an.

»So ist es.«

»Geschichten aus grauer Vorzeit.« Sergej drehte sich vom Vordersitz zu ihnen um. »Wo hast du die Muselmänner denn besiegt? Bei Kandahar?«

»Wer wen besiegt hat, ist noch die Frage ... Ja, ich war in

Kandahar und an der Gilmenda ... Und im Pandschir-Tal. Da gibt's nicht viel zu erzählen. Westen ist Westen, und Osten ist Osten, das wird sich nie überbrücken lassen.«

»Da gab es ja ganz brisante Gegenden, heißt es«, sagte Wadim gewichtig und gab Gas. »Umschlagplätze für Opium aus China und Heroin aus Pakistan.«

»Bist du aus irgendeinem Grund traurig, Katja?«, fragte Pawlow leise. »Hast du dienstlich in Kamensk zu tun?«

Sie seufzte tief.

»Dort wurde ein Junge ermordet. Auf bestialische Weise. Ich schreibe eine Reportage über den Fortgang der Ermittlungen.«

»Ein kleiner Junge?«

»Zehn Jahre.«

»Der Mörder ist noch nicht gefunden?«

»Nein.«

»Eine Bestie ist das.« Pawlow blickte Tien Zi an. »Wenn ich der Vater des Kindes wäre, würde ich diese Kreatur mit eigenen Händen erwürgen.«

»Dieser Junge hat keinen Vater mehr. Und die Mutter ... Da ist manche Stiefmutter besser. Wo ist eigentlich deine Frau, Viktor?« Katja stellte die Frage beiläufig – sie dachte an etwas ganz anderes –, fing aber im selben Moment im Rückspiegel den interessierten Blick Wadims auf, der offensichtlich die Ohren spitzte.

»Wir haben uns vor fünf Jahren scheiden lassen«, erwiderte Viktor ruhig und sachlich. »Sie hat sich in einen anderen verliebt und ist gegangen. Im Übrigen«, er fuhr Tien Zi durchs Haar, »uns geht es auch zu zweit ganz gut. Wir brauchen niemand sonst.«

Der Junge wandte den Kopf vom Fenster ab und lächelte, drückte dann aber die Nase gleich wieder an die Scheibe:

Ein Feuerwehrwagen mit blinkendem Blaulicht raste an ihnen vorbei, und vor Entzücken über dieses rote Ungetüm streckte der kleine Kerl seine rosige Zunge heraus.

Sie setzten Katja am Milizrevier ab und fuhren weiter nach Bratejewka. Fünf Minuten später saß sie bereits mäuschenstill in einer Ecke des Büros von Sascha Sergejew und betrachtete Fotos vom Tatort.

Neugier war tatsächlich ein hervorstechender Charakterzug Katjas. Neugier hatte sie auch getrieben, als sie Kolossows sonderbare Bemerkungen über die Fußspur gehört und ihm Fragen gestellt hatte – sie wollte unbedingt auf dem Laufenden sein, was die Ermittlungen im Mordfall der alten Frau anging. Doch als sie jetzt die Fotos des entsetzlich zugerichteten Kindes sah, empfand sie keine Neugier, sondern war nur noch atemlos vor Zorn. Du Schwein, du mieses Schwein!, dachte sie. Wir kriegen dich. Wir kriegen dich ganz bestimmt!

Sergejew, der irgendeine Akte gelesen hatte, hob den Kopf.

»Gestern hat Bodrow angerufen und die vorläufigen Ergebnisse der Autopsie mitgeteilt. *Dafür* gibt es keine Anzeichen. Das ist seltsam, aber eine Tatsache.«

Katja wusste, dass mit *dafür* sexuelle Kontakte gemeint waren. Die Ausdrücke, die in Bezug auf Erwachsene akzeptabel gewesen wären, wollten Sergejew für ein Kind nicht über die Lippen.

»Vielleicht ist er nicht mehr dazu gekommen und verscheucht worden.« Katja gab ihm die Fotos zurück.

»Vielleicht hatte er keine Zeit mehr, vielleicht war er auch gar nicht imstande ...« Sergejew stockte. »Na, lassen wir das. Diesen Shuk haben wir übrigens gefunden, und nicht nur einen, sondern gleich zwei – Roman und Innokenti, genannt

Kescha, die Gebrüder Shukow. Der eine ist neunzehn, der andere elf.«

»Und wer war der Freund von Stassik?«

»Vermutlich der kleinere. Der ältere gehört zu einer Bande, die nachts mit ihren Motorrädern die Gegend unsicher machen – Biker nennt man sie wohl. Gestern war ich bei ihnen zu Hause, habe aber nur die taube Oma angetroffen. Die Eltern sind im Norden, Geld verdienen.«

»Wann willst du zu ihnen?«

»Um die Mittagszeit.«

»Ich komme mit. Warst du gestern bei der Lehrerin?«

»Weißt du, Katja, darum wollte ich dich bitten.« Sergejew lächelte. »Ich glaube, eine Frau erreicht dort mehr.«

»Gut.« Katja stand auf, erfreut, dass sich auch für sie eine Aufgabe gefunden hatte. »Ich sage dir ja, Sascha, ohne Frauen kommt man bei der Kripo nicht aus! Wo wohnt sie denn?«

»Sie hat eine Dienstwohnung in einem Seitenflügel der Schule. Es ist ja unsere älteste Schule. Vor der Revolution war es das Städtische Gymnasium, mit eigenen staatlichen Wohnungen. Man hat sie erhalten und eine Gemeinschaftswohnung für die Lehrer daraus gemacht.«

Katja machte sich auf den Weg. Unterwegs schaute sie weder nach links noch nach rechts, nur vor ihre Füße. Nach den Bildern des Jungen konnte sie sich weder über den stillen sonnigen Morgen noch über das Rauschen der Blätter im »Park der Arbeit« freuen, auch nicht über den ausgelassenen Neufundländerwelpen, der sich in einem unbewachten Moment von seinem Frauchen losgerissen hatte und ihr wie ein kleines Wollknäuel entgegengesprungen kam.

Ein blutrünstiges, grausames Monster hatte den Jungen auf dem Gewissen! Was musste es für ein Mensch sein, der neunundzwanzigmal mit einem Messer in den Körper eines Kindes stach? Wahrscheinlich hatte er sich an den Qualen des Jungen geweidet. So wie damals ...

Katja dachte zurück: Ähnliche Fälle hatte es in der Zeit der Operation »Waldgelände« gegeben, als man Jagd auf Tschikatilo machte. Die Leichen der Kinder, die ihm in die Hände gefallen waren, waren bis zur Unkenntlichkeit verstümmelt gewesen.

Damals hatte man sich auch den Kopf zerbrochen: Warum fügt er ihnen so viele Wunden zu? Warum sticht er nicht einfach zu, sondern dreht das Messer in der Wunde noch herum?

Die Experten, die das psychologische Profil des Mörders erstellten, sprachen die Vermutung aus, dass das Messer vom Täter als Geschlechtsorgan empfunden würde. Wenn er damit Wunden zufügte, so war es für ihn wie ein orgiastisches Ritual, eine Nachahmung des Geschlechtsakts. Die Experten stellten damals die Hypothese auf, der Mörder sei impotent – was sich später bestätigen sollte.

An der Tür der Lehrerwohnung musste Katja lange klingeln. Niemand öffnete. Sie schaute sich um: Die Bleibe der Korablina nahm den linken Teil des einstöckigen Gebäudes ein. Das ganze Milieu erinnerte sie an Tschechows »Kirschgarten« – Glastüren, an den Wänden abblätternder Stuck, verzierte, stellenweise abgeschlagene Gesimse, ein efeubewachsenes Fundament. Die Zweige alter Kirschbäume reichten bis an die Fenster, und in den Bäumen zankten sich Heerscharen von Spatzen um die unreifen Früchte.

Endlich schob jemand die Spitzengardine beiseite. Einen Augenblick später knarrte ein Riegel, und die Tür wurde aufgesperrt. Auf der Schwelle stand ein junges, zierliches Mädchen in einem schlichten Sarafan aus Kattun. Ihr Gesicht war verschwollen, gerötet und so verweint, dass Katja erschrak.

»Guten Tag. Ich bin Katja Petrowskaja, Hauptmann der Miliz. Hier ist mein Ausweis. Ich hätte gern mit Ihnen über ...«

Das Mädchen schlug die Hände vors Gesicht. Ihre Schultern zitterten. Der dicke weizenblonde Zopf hüpfte zwischen den spitzen Schulterblättern, die zusammengelegten kleinen Flügeln ähnelten.

»K-kommen Sie herein.« Sie unterdrückte mühsam das Schluchzen und wandte sich ab – Tränen liefen ihr über die Wangen. »Sie wollen ... über Stassik ...?«

Katja nickte stumm. Sie erkannte, warum Sergejew nicht selbst zur Korablina gegangen war, sondern sie geschickt hatte.

Das kleine Zimmer der Lehrerin lag rechts hinter der Tür an einem langen, dunklen, nur von einer trüben Glühbirne beleuchteten Flur. Es war sauber und ärmlich eingerichtet: ein Tisch mit einem Nummernschildchen, offensichtlich Staatseigentum, eine Lampe, ein Sofa mit bunten Kissen, darüber ein verschwommenes Aquarell in einem selbst gefertigten Rahmen, auf einem Tischchen ein Fernseher und ein uraltes Tonbandgerät.

»Er war letzte Woche nicht bei Ihnen?«

Die Lehrerin schüttelte den Kopf. Sie saß zusammengekrümmt da, die Arme um die Schultern gelegt, als würde sie an diesem heißen Tag frieren.

»War er denn früher oft bei Ihnen?«

»Ja. Sergej und ich wollten ihn sogar schon ganz zu uns nehmen. Seitdem sich dieser grässliche Nikolai bei seiner Mutter eingenistet hat, ist das Leben für den Jungen dort unerträglich geworden. Aber dann ...«, die Lehrerin wurde blutrot, »als Sergej verhaftet wurde ... Er hatte Schwierigkeiten auf der Arbeit. Der Lohn wurde nicht gezahlt. Er hat mir gesagt, er hätte eine interessante Stelle gefunden, hat mir Geld gebracht. Aber in Wirklichkeit ...« Sie schluchzte wieder. »Sie haben Autos gestohlen, sie in irgendeiner Garage auseinander genommen und die Einzelteile verkauft. Daran ist nur dieses verfluchte Motorrad schuld! Er hat immer darauf gespart ...« Sie winkte resigniert ab.

»Und wann war Stassik das letzte Mal bei Ihnen?«

»Am fünfundzwanzigsten Juni. Zwei Tage hat er bei mir gewohnt. Dann habe ich ihn nach Hause gebracht. Er wollte nicht zurück. Ich wusste, er hatte es dort schwer, aber ... ich wusste damals keinen anderen Ausweg.« Das Mädchen stützte den Kopf auf ihre kleine Faust.

»Haben Sie Stassik irgendwann in der Gesellschaft erwachsener Männer gesehen?«, fragte Katja.

»Nein.«

»Hat er sich oft am Bahnhof aufgehalten?«

»Seitdem dort Spielautomaten aufgestellt wurden, zieht es die Jungen dorthin wie Fliegen zum Honig. Ich habe ihn dort einmal erwischt, als er die Schule schwänzte ...«

»Wussten Sie, dass seine Mutter ihn hinausgeworfen hat?«, fragte Katja nach einer Pause.

Swetas Wangen flammten auf.

»Was sagen Sie da? Wenn ich das gewusst hätte ... Ich hätte doch nicht zugelassen, dass er auf der Straße übernachtet!«

»Wie kommen Sie darauf, dass er auf der Straße übernachtet hat?«

»Ich weiß nicht. War es denn nicht so?«

»Wir versuchen zu ermitteln, wohin er gegangen sein könnte, wo er in diesen Tagen gelebt hat. Kennen Sie einen gewissen Shuk? Innokenti Shukow, genannt Kescha?«

Sweta beugte sich ein wenig vor.

»Nein ...« Ihre Stimme klang unsicher. »Das ist keiner von meinen Schülern ... keiner von unserer Schule.«

Plötzlich erklang draußen ein ohrenbetäubendes Knattern. Katja schob den Vorhang zur Seite. Auf dem Weg unmittelbar vor dem Fenster drehte ein Motorradfahrer am Gashebel. Seine Maschine war leuchtend bunt: rot und schwarz wie ein Coloradokäfer. Katja musterte den Besitzer genauer: ein sonnengebräunter junger Mann mit langen braunen Haaren. Er blickte zum Fenster herüber. Seine Arme und Schultern waren noch jungenhaft mager, aber er war sichtlich bemüht, Eindruck zu machen: Er trug ein schwarzes ärmelloses T-Shirt und schwarze Jeans mit Metallnieten und hatte die Lederjacke lässig in der Taille zusammengeknotet.

»Ein Schüler von Ihnen?«, fragte Katja scherzend.

Sweta warf einen Blick zum Fenster hinaus und zog mit einer heftigen Bewegung die Gardine zu. Ihre Augen waren leer.

»Wann kann der Körper aus dem Leichenschauhaus abgeholt werden?«, fragte sie dumpf.

»Rufen Sie bei der Staatsanwaltschaft an, dort wird man Ihnen Auskunft geben.«

Sweta begleitete Katja hinaus und schlug die Tür hinter ihr zu.

Der Motorradfahrer gab Gas, seine Maschine heulte auf, beschrieb einen Kreis im Hof und war in Sekundenschnelle auf und davon.

Ein interessanter Typ, dieser Motorradfahrer, dachte Katja. Was ihn wohl in den Kirschgarten und zu dieser alten Schule zieht – die Kirschen oder die hübsche Lehrerin?

11 Zerschmetterte Schädel

Mit Olgin, dem Leiter des Labors in Nowospasskoje, hatte Kolossow sich am Vormittag telefonisch in Verbindung gesetzt.

»Was wollen Sie denn von mir wissen?«, fragte er, nachdem Kolossow sich vorgestellt und um ein Treffen gebeten hatte. »Na schön, kommen Sie um halb vier ins Museum. Aber ich glaube kaum, dass ich Ihnen nützlich sein kann.«

Um elf wurde Kolossow zum Chef gerufen. Das Übliche: Der Prozentsatz der aufgeklärten Fälle muss steigen, die Arbeit an den Verbrechen verstärkt werden, die große Resonanz in der Öffentlichkeit finden.

»Du hast dich mit Haut und Haaren auf diesen Fall in Nowospasskoje gestürzt, wie ich sehe«, sagte der Chef. »Das ist wichtig, sicher, aber du darfst die anderen Fälle nicht vergessen.«

Kolossow machte ein finsteres Gesicht und schwieg. Das Wichtigste war, nicht zu widersprechen, selbst wenn der Chef in Rage kam und losbrüllte – das ging vorüber.

»Ein typischer Serienmörder«, fuhr der Chef nachdenklich fort. »Das ist bereits der dritte Fall in unserem Bezirk ... Hast du schon eine Theorie?«

»So weit bin ich noch nicht«, erwiderte Kolossow.

»Dann sieh zu, dass du so weit kommst, Nikita Michailowitsch! Wir brauchen Resultate. Dieses Karussell dreht sich schon seit April. Sechs Jahre, wie damals bei Golowkin, gibt uns jetzt keiner mehr.«

»Die hat man uns damals auch nicht gegeben.«

»Nun stell nicht gleich die Stacheln auf. Geh an die Arbeit und denk daran – ich erwarte die Klärung dieses Falles von dir persönlich, wenn du schon alles an dich gerissen hast. Was gibt es Neues im Mordfall des Jungen? Die Identität ist festgestellt, und was weiter?«

»Sergejew arbeitet daran. Er ...«

»Richtig, und er ist davon überzeugt, dass die Art der Verletzungen darauf schließen lässt, dass in Kamensk ebenfalls ein Serientäter am Werk ist. Das wäre dann das erste uns bekannte Opfer dieses Täters. Aber es ist nicht ausgeschlossen, dass es vorher schon andere gab, von denen wir noch nichts wissen.«

Mein Gott, wie unerträglich war Moskau doch in so einem glutheißen Juli! Kolossow wischte sich ununterbrochen die feuchte Stirn ab und zischte leise Flüche. Könnte man doch jetzt an einem kühlen See im goldgelben Sand liegen, Bier aus der Flasche trinken und sich die hübschen Beine der jungen Strandnixen begaffen! Stattdessen standen Anthropologie und Paläontologie auf dem Programm, morsche Knochen, und als Zugabe dann noch diese Affenstation. Der Teufel sollte das alles holen!

Endlich hatte er die hohe Eichenholztür mit dem schwarzen Schild daran erreicht und trat ins kühle Vestibül des Museums.

»Major Kolossow, Bezirkskriminalabteilung, hier ist mein Ausweis. Ich möchte Alexander Nikolajewitsch Olgin sprechen«, sagte er betont laut und deutlich zu der dicken älteren Wächterin, die ihm entgegenkam.

»Ach ja, guten Tag, er hat mir schon gesagt, dass Sie kommen. Gehen Sie nach oben«, sagte sie. »Zimmer 23.«

Kolossow schlenderte durch die leeren, hallenden Säle. Neugierig schaute er sich um: Stellwände, Vitrinen, Knochen, Wandgemälde mit Bildern aus dem prähistorischen Leben, und wieder Knochen, Knochen, Knochen ...«

In einem der Säle erblickte Kolossow erstaunt eine Fülle an Schädeln. Einer lag auf einem separaten Untergestell unter einer Glocke aus kugelsicherem Kunststoff. Kolossow ging um den Schädel herum. In der Genickregion erkannte er zu seinem Erstaunen eine saubere Öffnung von der Größe eines Tischtennisballs.

Daneben lagen weitere Schädel in einer Glasvitrine. Kolossow beugte sich hinunter und pfiff unwillkürlich durch die Zähne: Die Schädel waren mit etwas Hartem, Schwerem zerschlagen worden, besonders die Stirn- und die Scheitelpartie: Risse, gesplitterte Knochen ... Erst kürzlich hatte er etwas ganz Ähnliches gesehen. Nur waren dort die zersplitterten Knochen weiß und frisch gewesen, hier aber waren sie im Laufe der Jahrhunderte und Jahrtausende dunkel geworden.

»Das sind Fundstücke aus der Höhle von Tscho-Ko-Tsan in China«, ertönte ein angenehmer Bariton mit südrussischem Akzent – lang gezogenen Vokalen und weichen Konsonanten. »Ich nehme an, Sie sind Major Kolossow?«

Der Angesprochene fuhr herum. Vor ihm stand ein stämmiger brünetter Mann in schneeweißem Hemd mit kurzen Ärmeln und kakifarbenen Gabardinehosen. Sein breites, rundes Gesicht wirkte sympathisch. Die dunklen Augen waren zusammengekniffen.

»Darf ich mich vorstellen – Alexander Olgin«, sagte er langsam. »Gefallen Ihnen unsere Souvenirs?«

»Ein wenig makaber.« Kolossow zuckte die Schultern.

»Das sind Beispiele für die Evolutionsgeschichte. Gehen wir zu mir, wenn es Sie hier gruselt.« Er führte Kolossow auf den Flur, stieß eine der Türen auf und geleitete den

Chef der Mordkommission in ein enges kleines Zimmer, das von einem antiken gelben, mit Papieren überhäuften Schreibtisch und einem überraschend modernen Computertisch samt Computer fast völlig ausgefüllt wurde.

»Nehmen Sie Platz.« Olgin räumte Papiere vom Stuhl aufs Fensterbrett. »Sie kommen wegen des Mordes an Oma Sima? Hat man diesen Kerl immer noch nicht gefunden?«

»Bis jetzt noch nicht.«

»Swanzew hat mir gesagt, dass es sich um einen Raubmörder handelt. Statt alter Frauen sollte der sich lieber mal die Datschen der neuen Russen vornehmen.«

»Wir gehen davon aus, dass es sich nicht um einfachen Raubmord handelt. Der Mörder wird von alten Menschen besonders angezogen«, erwiderte Kolossow und lenkte das Gespräch sofort auf ein anderes Thema. »Ich war schon zweimal auf Ihrer Tierstation. Wer hätte gedacht, dass nur fünfundvierzig Kilometer von Moskau entfernt die Affen ein so freies Leben führen können! Wie vertragen sie unser mitteleuropäisches Klima?«

»Ganz gut. Vor ein paar Jahren hat man eine Herde Schimpansen im Gebiet Pskow den Sommer über freigelassen. Sie lebten auf einer Insel. Und sie lebten gar nicht schlecht, haben sich sogar vermehrt.«

»Man hat sie zu Forschungszwecken freigelassen, meinen Sie?«

Olgin nickte zerstreut. Man merkte, das Gespräch mit dem neugierigen Ermittler langweilte ihn.

»Entschuldigen Sie, aber wozu lässt man überhaupt Schimpansen in Moskauer oder Pskower Wäldern frei? Welchen Sinn soll das haben?«

Olgin lächelte.

»Sie wissen sicher, dass diese Primaten so etwas wie unsere Urgroßeltern sind. Ist es denn nicht interessant zu beobachten, wie sie hier leben, was sie tun, wenn niemand sie stört?«

»Ich weiß nicht ...« Kolossow seufzte. »Ihr Kollege Swanzew hat mir gesagt, man dürfe sich ihnen nicht einmal dann nähern, wenn sie im Käfig sitzen. Einer, so ein richtiges Schwergewicht, hat fürchterlich gebrüllt, als er mich erblickt hat.«

»Sie meinen sicher Humphrey? Er mag keine Fremden. Bewacht sein Territorium. Affen haben ein sehr gut entwickeltes Gefühl für ihr Herrschaftsgebiet, genau wie wir Menschen. Aus Humphreys Affengebrüll ist vielleicht unser Patriotismus hervorgegangen. Schon das ist ein Grund, die Affen zu beobachten. Sie dürfen Humphrey nicht böse sein, er ist immer noch ein wildes Tier ...«

Olgin verstummte abrupt und wandte sich ab.

»Lassen Sie Ihre Schimpansen denn auch ab und zu aus dem Käfig?« Kolossow näherte sich dem Thema, das ihn eigentlich hierher ins Museum geführt hatte.

»Zurzeit nicht.«

»Und früher?«

»Früher auch nicht.«

»Als ich auf der Tierstation war, hatte dieser große Affe, dieser Humphrey, Dreck an den Füßen. Oder sagt man Hinterpfoten? Aber der Boden im Käfig ist aus Beton. Wie ist das zu erklären?«

»Ich habe keine Ahnung.« Olgin zuckte die Achseln. »Ich war an dem Tag nicht auf der Station. Darf ich Ihnen auch eine Frage stellen, Nikita Michailowitsch?«

Kolossow nickte.

»Warum interessieren Sie sich so für unsere Menschenaffen? Haben die Tiere Ihrer Meinung nach etwas mit dem

Mord an Oma Sima zu tun? Hält man sie jetzt schon für Raubmörder?«

Kolossow wurde rot, fühlte sich ertappt. Doch sofort wies er sich zurecht: Lass dich nicht provozieren, führe das Gespräch normal weiter, sonst macht er sich über dich lustig, der große Experte. Und Recht hätte er, tausendmal Recht!

»Wenn ein Mord geschieht, versuchen wir immer, so gründlich wie möglich das Umfeld zu erforschen, in dem das Opfer gelebt hat. Ich gebe zu, mit einer Einrichtung wie der Ihren habe ich es zum ersten Mal zu tun.« Kolossow bemühte sich, ruhig zu sprechen. »Vieles ist mir völlig unverständlich. Deshalb brauche ich Ihre Hilfe.«

Olgin lächelte versöhnlich und warf einen verstohlenen Blick auf die Uhr.

»Ich helfe Ihnen gern.«

»Wie heißt das Forschungsprogramm, das von Ihnen auf der Station Nowospasskoje durchgeführt wird?«

Olgin griff in eine Schreibtischschublade und nahm eine Mappe heraus.

»Der offizielle Titel lautet ›Die Schwelle zum Menschen. Zum Wesen des Unterschieds zwischen Mensch und Tier.‹«

»Und welches Thema bearbeiten Swanzew und Sie konkret? Das da ist ja wohl eher«, er nickte zur Mappe hinüber, »etwas Abstraktes, nicht wahr?«

»Unser konkretes Thema lautet«, Olgin kniff die Augen zusammen, als würde er in grelles Sonnenlicht blicken, »›Das Verhalten von Anthropoiden unter den Bedingungen des Übergangs zur Benutzung von Werkzeugen.‹ Wir führen eine Versuchsreihe durch.«

»Wollen Sie den Schimpansen beibringen, wie man einen Schraubenzieher benützt?«

»Ich will das Gegenteil beweisen.«

»Was für ein Gegenteil?«

»Das Gegenteil zu der Behauptung, dass angeblich die Arbeit aus dem Affen einen Menschen gemacht hat ... vereinfacht ausgedrückt natürlich. Verstehen Sie das bitte nicht im buchstäblichen Sinn.«

»Hm, ja ... natürlich ...«, murmelte Kolossow gedehnt.

Was, zum Teufel, sollte man darauf erwidern? Er wusste nicht einmal mehr, wonach er fragen sollte. Diese Wissenschaftler waren eine Prüfung des Himmels.

»Ich habe gehört, dass es mit Ihren Primaten verschiedene Zwischenfälle gegeben hat«, sagte er schließlich. »Humphrey soll sich mal auf Frau Kaljasina gestürzt haben. Wie konnte das passieren?«

»Sie ist ihm zur unpassenden Zeit in die Quere gekommen. Das kommt unter Menschen ja auch mal vor.«

»Trotzdem wüsste ich gern Genaueres. Wie und wann ist das geschehen?«

»Es war letztes Jahr, im Dezember, glaube ich. Hier im Labor des Instituts, nicht auf der Station. Sie wollte die Schüssel aus dem Käfig nehmen, weil Humphrey das Wasser verschüttet hatte. Da hat er sie in den Arm gebissen. Nicht sehr fest, aber seitdem hat Oma Sima die Käfige nicht mehr sauber gemacht.«

»Und Sie? Auf Sie geht er nicht los?«

Olgin schaute wieder auf die Uhr.

»Wissen Sie, in der Gemeinschaft der Primaten halten sich alle Mitglieder einer Herde an eine strenge Hierarchie. Sie bestrafen nur diejenigen, die diese Regeln verletzen. Oleg und ich sind immer und unter allen Umständen bemüht, diese Regeln zu beachten.«

»Wie ist das mit den anderen Affen? Haben sie schon einmal versucht, Menschen anzufallen?«

Olgin runzelte die Stirn und schaute wieder auf die Uhr.

»Müssen Sie irgendwohin?«, fragte Kolossow, in dem allmählich Zorn aufstieg.

»Nein ... vielmehr, ja. Ich darf mich zu einem bestimmten Termin nicht verspäten.«

»Dann gehe ich gleich«, versicherte Kolossow. »Nur noch ein paar letzte Fragen. Vergangenes Jahr gab es einen Zwischenfall mit den Schlangen. Jemand hat sie aus ihren Käfigen gelassen. Ihre Tierärztin Soja Iwanowa hat gesagt, ein Affe namens Charly habe das getan. Das heißt also, die Affen können bei Ihnen auf der Station frei herumlaufen?«

»Hat Frau Iwanowa Ihnen nicht gesagt, wer an diesem Zwischenfall schuld war?«, fragte Olgin verärgert.

»Nein.«

»Bei Charly waren Darmparasiten entdeckt worden. Wir hatten ihn zur Untersuchung in die Praxis gebracht. Von dort ist er durch die Unachtsamkeit der Iwanowa entwischt. Er hatte Angst vor den Spritzen.«

Kolossow musste unwillkürlich lächeln.

»Die Affen haben also auch Angst vor dem Arzt?«

»Und wie! Iwanowa ist eine ausgezeichnete Ärztin, aber ...« Olgin hob entschuldigend die Arme. »Sie ist eine Frau, da kann man nichts machen. Das Private ist ihr wichtiger als der Beruf.«

»Sie war die letzte Person, die Oma Sima vor ihrem Tod gesehen hat«, sagte Kolossow beiläufig. »Die beiden haben sich am Tor noch unterhalten. Wer hätte da vermuten können, dass eine halbe Stunde später so etwas passiert!«

Olgin erhob sich. Offensichtlich war er der Meinung, dass sein Gast lange genug auf diesem mit behördlichem Wachstuch bezogenen Stuhl gesessen hatte.

»War bei dieser Unterhaltung nicht auch ein sympathischer junger Mann dabei?«, fragte er mit schiefem Lächeln.

Kolossow wurde stutzig. Was waren das für Neuigkeiten?

»Nein. Frau Iwanowa sagte, sie hätten zu zweit am Tor gestanden.«

»So? Na, vielleicht. Wenn sie es sagt, wird es wohl so gewesen sein«, erklärte Olgin, doch seine Augen funkelten. »Tut mir Leid, dass ich so in Eile bin. Ich war Ihnen gern behilflich. Leider konnte ich Ihnen nicht gerade viel sagen. Wir alle hier trauern um Oma Sima. Für das Begräbnis sorgen übrigens die Verwandten. Wir unterstützen sie natürlich so gut wie möglich. Wenn es Neuigkeiten gibt, sagen Sie mir Bescheid. Ich hoffe, dass Sie diesen Verbrecher möglichst bald finden.«

»Danke.« Kolossow erhob sich widerwillig.

Als sie durch den Saal mit den Schädeln schritten, zeigte er auf das Exemplar mit dem Loch im Genick und auf die anderen mit den zersplitterten Knochen und fragte:

»Woher stammen diese seltsamen Verletzungen?«

»Das sind Schädel von Neandertalern«, erklärte Olgin. »Dieser hier wurde in Krapina gefunden, einem kleinen Ort in Nordjugoslawien. Die anderen sind aus China. Was die Verletzungen betrifft ... Auf diese Weise hat man ihnen das Gehirn entfernt. Die Neandertaler waren große Feinschmecker, und Hirn schätzten sie ganz besonders – als den Sitz von Verstand und göttlicher Inspiration, wovon sie allerdings selbst noch nicht allzu viel besaßen.«

»Aber das sind doch ... das sind ihre eigenen Schädel, von Menschen ...«

»Von Neandertalern, wollen Sie sagen. Tja«, Olgin seufzte, »unsere Vorfahren waren nun mal primitive Kannibalen.«

Kolossow verließ das Museum mit sehr gemischten Gefühlen. Olgin sah ihm lange aus dem Fenster nach. Dann stieg er wieder hinauf in sein Arbeitszimmer, schaute auf die Uhr und nahm aus einer zuvor verschlossenen Schublade des Schreibtisches eine kleine Flasche mit einer farblosen Flüssigkeit und eine in Zellophan verpackte Einwegspritze aus Plastik. Etwa eine Minute lang starrte er die Spritze an, dann zerriss er die Hülle.

12 Ein Meer von Gras

Die Nadel drang leicht in die Haut ein. Kein besonders schöner Anblick, so ein nacktes Männerbein. In den verschämt heruntergelassenen Hosen lag etwas Schimpfliches, Kindliches – Erinnerungen an einen Riemen, den Vater, eine Fünf in Geometrie ...

Langsam sank er in die Finsternis. Als würde er in einem tintenschwarzen, samtenen, schwülen Meer ertrinken. Aber noch immer hatte er Gewalt über sich, analysierte seine Empfindungen. Wie schwer ihm das Atmen fiel! Diesmal war es besonders schlimm. Als müsste er in dieser undurchdringlichen Finsternis querfeldein laufen und wäre völlig atemlos vom Rennen ...

Wie viel Zeit verging, wusste er nicht. Die Zeit hatte zu existieren aufgehört. Wahrscheinlich gab es noch gar keine Zeit, sie war noch nicht aus dem Chaos geboren. Statt der Zeit gab es nur Finsternis.

Das Atmen wurde ihm etwas leichter, doch in den Schlä-

fen klopften erbarmungslos die Hämmerchen: tack-ticki-
tack ... Sie schlugen sein Fleisch platt und hämmerten weiter, immer weiter ...

Dann verblasste die Dunkelheit, wurde grau, als hätte jemand Wasser auf einen Tintenklecks geschüttet. Das Herz
klopfte wieder wie im Galopp, donnerte in der Brust wie ein
Schnellzug in einem endlosen Tunnel. Und dieses Donnern
übertönte alle Gedanken, alle Geräusche. Alles, außer ...

... Dort, in der Höhe, schrie ein Vogel. Seine Stimme war
laut und durchdringend: ke-ak, ke-ak. Die Finsternis verschwand. Stattdessen war jetzt ein Himmel zu sehen – ein
riesiger, vielfarbiger Himmel. Sonnenuntergang. Und der
Vogel – ein kleines schwarzes Flugzeug – beschrieb gleitend
Kreis um Kreis: ke-ak, ke-ak.

Und Wolken. Sie schwebten nicht weiter, sondern standen unbewegt in der windstillen Luft. Die Sonne war hinter
diesen Wolken verschwunden, ließ sie rosig leuchten. Und
an diesem grenzenlosen, unermesslichen Himmel flammten
alle Farben des Regenbogens: rot, purpurn, violett, zartgrün
wie das erste Gras im Frühling oder wie das Meer an einer
weit entfernten Mole ...

Sonnenuntergang. Die Sonne verschwindet hinter den
Wolken. Gras. Meer. Ein Meer von Gras.

Es war ganz nah, das Gras. Direkt vor seinen Augen. Mein
Gott, was waren das für Augen, mit wessen Augen sah er das
alles?! Grashalme wie ein undurchdringlicher Wald. Dicker
weißer Saft quillt aus ihren Gelenken. Geruchloser Saft.
Überhaupt gibt es hier gar keine Gerüche. Dort läuft eine
Ameise, da hinten noch eine ... Seltsam, sie sehen genauso
aus wie ... nun, wie ganz gewöhnliche Ameisen. Kleine. Rote.

Der Vogel hoch über ihm schreit wieder: ke-ak, ke-ak. Wahrscheinlich ein Aasfresser. Man kann ihn nicht sehen. Nur der Himmel ist deutlich zu erkennen, nur das Gras. Wie beim letzten Mal.

Dann fuhr ein wilder Schmerz durch seinen Körper. In seinem Kopf zuckte gerade noch der Gedanke auf: Jetzt fängt es wieder an. Er begann zu zittern, stieß ein heiseres, tierisches Stöhnen aus. Bin ich das, der so schreit? Man wird mich hören!

Finsternis. Sie stürzte von nirgendwo über ihm zusammen, zerquetschte ihn wie eine Lawine. Schmerz und Finsternis. Dann nur noch Finsternis.

Olgin schlug die Augen auf, sah als Erstes den Metallfuß des Schreibtisches. Er begriff nicht sofort, dass er offenbar vom Sessel auf den Fußboden gerutscht war. War er aufgestanden? Hatte er sich bewegt? Oder war er wie ein Sack umgefallen? Was war mit ihm geschehen, während ... Er leckte sich krampfhaft die trockenen Lippen, horchte in sich hinein. Das Herz schlug dumpf – das war normal. Der Puls ... aber er hatte immer noch Angst, sich zu rühren.

Er starrte mit stumpfem Blick auf sein nacktes Bein. Es zitterte leicht. Auch seine Hand zitterte. Die Spritze lag neben ihm auf dem Boden, das Plastikröhrchen war leer. Olgin verdrehte die Augen: Die Uhr am Handgelenk zeigte Viertel vor acht. Es waren also insgesamt nur drei Stunden vergangen. Und während dieser Zeit hatte er nichts gehört, nichts gesehen als Himmel, Gras und diesen Vogel, der mit seinem Schrei seine Gefährten zum erwarteten Mahl zusammenrief.

War vielleicht er selbst dieses Mahl? Ein Sterbender in einem Meer von Gras? Wer war er in diesen drei Stunden gewesen? Mit wessen Augen hatte er diesen uralten Himmel gesehen – den Himmel unserer Träume und undeutlichen Erinnerungen?

Übelkeit stieg ihm in die Kehle. Nein, diese Experimente sollte er besser nicht hier machen.

Draußen fuhr ein Lastwagen über die Straße. Bei diesem Geräusch zerriss etwas in Olgin, und er musste sich heftig übergeben.

13 | Ein blauer Junge

Als Katja in ihre Abteilung zurückkehrte, herrschte dort hektische Betriebsamkeit, wie in einem aufgeregten Ameisenhaufen. Der Chef der Abteilung »Schwere Straftaten gegen Personen« eilte an ihr vorbei und nickte ihr knapp zu. Er verschwand hinter der Tür zu Sergejews Büro.

Im benachbarten Raum, wo die Ermittler des Kamensker Falles saßen, bemerkte Katja zwei Jugendliche von zwölf, dreizehn Jahren mit verkehrt herum aufgesetzten amerikanischen Baseballkappen, die lebhaft über irgendetwas schnatterten.

»Kannst du mir sagen, was passiert ist, Ira?«, fragte Katja.

»Man hat ein paar Halbwüchsige festgenommen, die auf dem Platz des Sieges die Kioske beklaut haben. Sagurski hat sie erwischt.« Ira lauschte einen Moment. »So viel Unruhe hatten wir hier schon lange nicht mehr.«

In diesem Augenblick flog Sergejew ins Zimmer, wie Münchhausen auf der Kanonenkugel. Seine Augen blitzten.

Hinter ihm her donnerten die Stiefel des Riesen Sagurski. Sergejew nickte der Streife zu. Sofort sprangen alle auf, verteilten sich auf die beiden Bereitschaftswagen und jagten mit unbekanntem Ziel davon.

»Die schwirren zu einer so genannten ›Operation‹ aus«, bemerkte Ira giftig. »Die Jagd hat begonnen, die Hunde sind losgelassen, aber ausbaden muss ich es!«

Während Ira die Anklageschrift zu einem ihrer zahllosen Fälle tippte, holte Katja sich bei den anderen Untersuchungsleitern einen ganzen Stapel alter Urteile und verfasste im Eiltempo eine Chronik besonderer Art. Blutige Mordgeschichten konnte man bei den Zeitungen leicht loswerden, sie wurden einem buchstäblich aus den Händen gerissen.

Der Chef der Fahndungsabteilung erschien erst zwei Stunden später. Katja sah seinen Dienstwagen aus dem Fenster und lief schnell nach unten. Auf dem Flur kamen ihr die Streifenpolizisten von vorhin entgegen; zwischen ihnen schlurfte ein versoffen aussehender Mann in einem zerrissenen Matrosentrikot und verdreckten Hosen. Er drehte unablässig den zottigen runden Kopf und nuschelte dabei: »Was'n los, was wollt ihr von mir?«

»Los, weiter«, zischte einer der Streifenpolizisten durch die Zähne. Ein zweiter riss vorsorglich die Tür zum Büro des Abteilungsleiters weit auf und stieß den sich sträubenden »Matrosen« hinein.

Katja reckte den Hals, um ihm über die Schulter zu sehen, und hörte, wie der am Schreibtisch sitzende Sergejew ins Telefon brummte: »Wir haben ihn, ja ... vermutlich ... weiß ich noch nicht ... Ich hab doch gesagt, ich weiß es nicht!«

Hatte man den Mörder schon gefasst? So schnell?

»Gleich erfahren wir alles aus erster Hand«, versicherte Ira Gretschko. Sie spannte ein neues Formular für die Zeugenvernehmung in die Schreibmaschine. »Der Chef hat mich beauftragt, einen von den Jungen zu befragen. Du wirst sehen, uns erzählt er mehr als der gesamten glorreichen Kripo!«

Katja verzog sich in eine Zimmerecke, um zuzuhören. Wieder einmal konnte sie sich davon überzeugen, wie geschickt Ira als Untersuchungsleiterin war. Das Protokoll zu den Kioskdiebstählen ging ihr leicht und schnell von der Hand. Die noch unklaren Einzelheiten erfragte sie im Gespräch.

»Aber der Zeitungskiosk ist doch rundherum vergittert«, sagte sie in leisem, vertraulichem Tonfall. »Es gibt doch nur ein kleines Fenster, um das Geld durchzureichen. Wie seid ihr denn da hineingekommen?«

Der Junge senkte den Kopf.

»Wir haben so 'n Knirps dabeigehabt. Der passte genau durchs Fenster, so dünn und gelenkig war der.«

»Gelenkig, aha. Und wann war das?«

»In der Nacht zum Samstag.«

»Und wo habt ihr diesen gelenkigen Knirps aufgelesen?«

»Der ist uns zugelaufen. Bison hat ihn für einen Fünfer angeheuert.«

»Bison ist dein Partner?«

»Mhm.«

»Und der Kleine, wer war das? Wie hieß er?«

»Wie soll ich das wissen!« Der Junge zuckte die Schultern. »Wir haben ihn nicht gefragt. Bison hat gesagt: Willst du dir was verdienen? Und er hat gesagt: Klar! War ja kein Trottel. Bison hat ihn zum Fenster hochgehoben und den Fensterladen eingestoßen, der war bloß aus Sperrholz. Schon passte der Kleine durch. Dann hat er uns die Tür aufgemacht. Man brauchte von innen nur einen Riegel wegschieben, war ganz leicht. Aber da war bloß Schrott! Zeitungen und Luftballons. Nicht mal 'ne Kasse!«

»Hieß dieser Kleine zufällig Stassik?«, fragte Katja vorsichtig.

»Ich sag doch, ich weiß es nicht!«

»Und früher habt ihr ihn nie gesehen, Bison und du?«

»Ich hab ihn mal in Kanatschiki gesehen. Am Hafen, wo sich die Biker treffen. Da hat er sich mal rumgetrieben.«

»Na gut, dann lasst uns jetzt noch mal auf den Bahnhofskiosk zurückkommen«, fuhr Ira fort. »Wie viele Flaschen Wodka habt ihr dort insgesamt gestohlen?«

»Zwei Kisten.«

»Wie viele?«

»Zwei ... oder drei ...«

»Was habt ihr mit so viel Wodka gemacht?«

»Zwanzig Flaschen haben wir an den Zugschaffner verkauft. Die anderen ...«

»Na, wer hat die bekommen?«, hakte Katja neugierig nach.

»Die hat Bogomol sich unter den Nagel gerissen! Platzen soll er!«, rief der Junge wütend.

»Ist das dieser Typ im Matrosentrikot?«, fragte Katja.

Ira drohte ihr mit dem Finger.

»Warum habt ihr denn gerade ihm alles gegeben, was ihr aus den Kiosken geholt habt?«

Der Junge namens Mischa schwieg und polkte mit dem Finger am Knie seiner Jeans herum.

»Das ist so 'n Verrückter«, brummte er widerwillig. »Der hat uns gleich am ersten Tag gesagt: Ich geh in der Klapsmühle ein und aus, ich hab 'ne Bescheinigung. Ich kann euch die Augen ausstechen und die Därme rausreißen, mir passiert gar nichts. Ich werd bloß ins Bett gelegt, krieg ein paar Spritzen, und dann kann ich wieder gehen. Aber ihr werdet danach euer ganzes Leben keine Männer mehr sein!«

Katja spitzte die Ohren: Was erzählte dieser Dreikäsehoch da?

»So, so, keine Männer mehr ... Wie ich sehe, Mischa, bist du schon eine erwachsene, aufgeklärte Persönlichkeit.« Ira sprach langsam und eindringlich. »Bogomol hat euch also mit seiner Bescheinigung aus der Psychiatrie eingeschüchtert und euch gezwungen, diese Diebstähle für ihn zu begehen. Was hat er noch gemacht?«

Der Junge duckte sich zusammen und starrte beharrlich auf seine Turnschuhe.

»Das hab ich doch schon Ihren ... das hab ich doch schon gesagt ...«

»Hat er irgendetwas von dir verlangt?«

»Nee ... das nicht ... er hat bloß gezeigt ... und gesagt, wenn ihr die Klappe nicht haltet, dann könnt ihr was erleben ... dann ... dann fick ich euch in alle Löcher. Der ist wirklich so verrückt und lauert uns irgendwo auf!« Der Junge wurde dunkelrot.

»Gut möglich, dass Stassik diesem perversen Säufer in die Hände gefallen ist«, sagte Ira, nachdem der Junge von einem Inspektor zurück in die Abteilung für Minderjährige gebracht worden war.

Sie saßen eine Weile da und warteten. Katja, die vor Ungeduld zappelte, wollte schon in die Kriminalabteilung – vielleicht stand dort die Tür offen, und sie konnte etwas aufschnappen. Aber da kam Sergejew selbst zu ihnen. Er sah sorgenvoll und finster aus.

»Na, hat Bogomol schon gestanden?«, fragte Katja ihn ohne Umschweife.

»Was gestanden? Woher wisst ihr überhaupt seinen Spitznamen?«

»Wir wissen alles.« Ira stützte die Ellbogen auf die Schreibmaschine. »Der Mord an Stassik ist doch sein Werk, oder?«

Sergejew seufzte tief. Katja hatte im Fernsehen einmal eine Tiersendung über afrikanische Büffel gesehen, die ebensolche tiefen Seufzer ausstießen, bevor sie in die kühlen Fluten des Tanganjika-Sees stiegen.

»Wir nehmen den Burscheen erst mal für die gesetzlich vorgeschriebenen dreizehn Tage fest und sperren ihn wegen Landstreicherei in die Zelle. Da kann er eine Weile sitzen und nachdenken. Vielleicht fällt ihm dann wieder was ein. Anstiftung Minderjähriger zum Diebstahl, Hehlerei ...«

»Unsittliche Handlungen kannst du noch hinzufügen«, sagte Ira. »Und was ist mit dem Mord?«

»Den streitet er kategorisch ab. Ich war's nicht, und basta.«

»Ist er wirklich nicht normal?«, fragte Katja.

»In der Bescheinigung, die er allen unter die Nase hält, steht nur was von Psychopathie. Mit so einer Diagnose kannst du hundert Jahre alt werden, allen den Idioten vorspielen und dabei so normal sein wie ich und du.«

Katja merkte, dass Sergejew sich seiner Sache noch gar nicht sicher war.

»Es gibt doch so eine Methode, Sascha, wo Mikrofasern untersucht werden ...«, sagte sie schüchtern.

»Der Regen, Katja.« Der Leiter der Kriminalabteilung griff nach dem Teekessel und goss sich kalten Tee in einen Keramikbecher. »Nach dem Mord hat es geregnet, verstehst du? Alles wurde abgespült. Sämtliche Spuren. Alles, außer seinem Blut ... Den ganzen zerrissenen Plunder, den er anhat, und sämtliche Klamotten, die wir noch in seinem Kellerloch finden, geben wir zur biologischen Untersuchung. Aber viel wird es nicht bringen.« Er winkte resigniert ab.

14 Sag mir, wer dein Bruder ist ...

Katja liebte es über alles, ausgiebig zu baden. Sie konnte stundenlang im Wasser liegen, ein Buch lesen, sich die Fingernägel lackieren oder einfach nur ihren Gedanken nachhängen. Schließlich sollen auch der berühmten Agatha Christie die besten Ideen für ihre Krimis in der Badewanne gekommen sein.

Sie lag in der Wanne und dachte daran zurück, wie sie gemeinsam mit Ira den kleinen Shukow besucht hatte – Innokenti oder Kescha, wie er gerufen wurde, elfeinhalb Jahre, sommersprossig, blauäugig, wohnhaft im Haus Nr. 7 auf der Retschnaja-Straße.

Kescha war zu Hause und öffnete selbst die Tür.

»Ach, da sind Sie ja«, sagte er lang gezogen und enttäuscht. »Aber wieso ... Die Oma hat gesagt, dass ein Mann mit 'ner Pistole kommt. Ich sitz da und warte, und jetzt kommen statt 'nem Ranger ...«

Die beiden Frauen betrachteten Kescha schweigend.

»Tja.« Ira schüttelte den Kopf. »Wir sind keine Ranger, Kescha. Wir sind Ermittler.«

»Von der Miliz?«, fragte er misstrauisch.

»Genau.«

Kescha Shukow sah aus wie ein Zwillingsbruder von Kevin allein zu Haus: von den vielen Sommersprossen bis zu dem zerzausten Haarschopf von undefinierbarer Farbe, von den großen, kräftigen, zerkratzten Händen bis zu den Segelohren und den neugierigen blauen, verschmitzt strahlenden Augen.

Die Schläfen hatte er sich in Punkermanier ausrasiert. An den schmalen sonnenverbrannten Handgelenken trug er dunkelblaue Pulswärmer aus Wolle. Von seinem verwaschenen roten T-Shirt lächelte eine halb nackte Marilyn Monroe, seine Jeans waren mit dekorativen Flicken verziert, und die Turnschuhe waren der allerneueste Modegag – mit batteriebetriebenen Signallämpchen an den Fersen.

Als wäre das alles noch nicht genug, entdeckte Katjas geübtes Auge außerdem Lippenstiftspuren in der Farbe »Gold Brushed Pink« auf der Wange des Jungen.

»Sie kommen wegen Stassik? Wegen dem Grünen? Ich weiß, wer ihn gekillt hat«, fuhr der gestylte Knirps ohne Pause fort und stemmte gewichtig die Arme in die Seiten.

»Dürfen wir vielleicht zuerst hereinkommen?«, erkundigte Katja sich.

»Aber klar, immer rein in die gute Stube!«

Sie folgten dieser gastfreundlichen Einladung und betraten die Wohnung der Shukows. Die Einrichtung war solide, allerdings ziemlich chaotisch: überall Telefone, Rekorder, Kopfhörer und Kassetten. Aus der Küche, wo offenbar gerade etwas angebrannt war, guckte eine verrunzelte alte Frau, die offenbar so gut wie taub war. Ira musste ihr ins Ohr schreien, um ihr zu sagen, wer sie waren und was sie wollten.

Im Wohnzimmer lief der Videorekorder: Die »Blues Brothers« feuerten krachend aus allen Rohren.

Kescha ließ sich in einen Sessel plumpsen, zog die Beine hoch und griff nach der Fernbedienung.

»Was haben Sie für einen Dienstgrad?«, fragte er im strengen Tonfall eines Generals.

»Hauptmann«, erwiderte Katja demütig.

»Mussten Sie schon mal schießen?«

»Das ist schon vorgekommen.« Das war geflunkert, aber nur, was sie selbst betraf, nicht in Bezug auf Ira.

»Wie diese Tussi vom CIA aus ›Kongo‹«?

»Ich glaube, die hatte eine Laserpistole, stimmt's? So ein Firlefanz gehört nicht zu unserer Ausrüstung. Wir haben solidere Sachen. Aber was hast du da eigentlich auf der Wange?«, ging Katja zum Gegenangriff über. »Aquarellfarbe?«

»Das?« Kescha wischte mit dem Handrücken nachlässig den Lippenstift weg. »Ach, da hab ich mit einer rumgeknutscht, bevor Sie kamen. Meine Freundin.«

Katja warf Ira einen verblüfften Blick zu, aber die lächelte nur. Sie sprach überhaupt wenig, beobachtete den Jungen stattdessen interessiert.

»Du hast also eine Freundin, das ist gut«, sagte Katja.

»Ist nicht übel«, erwiderte Kescha. »Wenn sie nicht so 'ne dumme Kuh wäre. Kreischt die ganze Zeit und hat vor allem Angst. Vor Raupen, vor Wespen. Und Rap kann sie auch nicht tanzen. Werd wohl mit ihr Schluss machen. Wahrscheinlich schon morgen.«

»Ich sehe schon, Kescha, du bist ein erwachsener und selbstständiger Mensch«, sagte Katja so ernst wie möglich. »Deshalb möchte ich dein Urteil hören: Was denkst du über diese ganze Sache mit Stassik?«

Kescha beugte sich vor und schaute seine Gesprächspartnerin misstrauisch an.

»Ich hab doch schon gesagt, ich weiß, wer Stassik umgebracht hat.«

Ira machte eine ungeduldige Bewegung und fragte:

»Kescha, wo ist dein Bruder?«

Der Junge zuckte nur die Schultern.

»Lässt er sich zu Hause gar nicht mehr blicken?«

»Mal so, mal so. Heute Vormittag war er noch da.«

»Wo kann man ihn abends am ehesten treffen?«

»Auf dem Arbat, in Moskau, in Kanatschiki, im Jachtklub, was weiß ich wo noch!«

»Arbeitet er denn nicht?«

»Er muss ja doch im Herbst zur Armee. Tschetschenien.« Kescha sagte das alles gleichsam beiläufig, nachlässig, beinahe gelangweilt, doch man spürte, dass es ein wunder Punkt war. »Da macht er sich jetzt noch 'n schönes Leben, ist ja noch jung. Außerdem ist er Biker. Wissen Sie, was Biker sind?«

»Burschen, die auf Motorrädern herumfahren ...«

»Das Freie Volk. Und das Freie Volk kümmert sich einen Dreck darum, was andere Leute denken. Das sagt auch Akela.«

»Akela? Der Wolf aus ›Mowgli‹?«, fragte Ira erstaunt.

Kescha grinste bloß und sang:

»Man ist nur einmal ju-hung ...«

»Welchen Spitznamen hat dein Bruder beim Freien Volk, Kescha?«, fragte Katja schnell. Allmählich verstand sie.

»Chil.«

»Das war doch der Geier, der Mowgli geholfen hat?«

»Mhm. Scharfes Auge.«

»Und du heißt immer noch einfach nur Shuk?«

»In einem Jahr nicht mehr.«

»Wieso?«

»Dann ist meine Wartezeit um, und ich werde ins Rudel aufgenommen.«

»Die Inauguration, aha ... Wollte Stassik auch in das Rudel aufgenommen werden?«

Kescha nickte.

»Und ob! Aber er hatte keine Chance. Ein Motorrad war bei ihm nicht drin, nicht in einem Jahr und auch nicht in fünf. Und es geht nur mit Motorrad.«

»Und wo soll bei dir das Motorrad herkommen?«

»Mein Bruder hat's mir versprochen. Und der hält sein Wort.«

»Aber du bekommst doch sowieso erst mit achtzehn einen Führerschein.«

Kescha grinste wieder, als wollte er sagen: Mit deinem Führerschein kannst du dir den Hintern wischen, Alte.

»Du weißt also, wer Stassik ermordet hat«, sagte Katja.

»Mhm.«

»Tut es dir Leid um ihn?«

Er blickte ihr gerade in die Augen und sagte fest:

»Ja. Es tut mir Leid um den Grünen. Sehr.«

»Dann erzähl mir alles, was du weißt. Wer war es?«

»Freddy Krueger«, kam die blitzschnelle Antwort.

»Freddy Krueger? Der aus dem Film?«

»Mhm.«

»So ein erwachsener, selbstständiger Junge wie du glaubt an solche Märchen?«

»Das sind keine Märchen.« Der Kleine holte tief Luft. »Ihr Großen, ihr glaubt an gar nichts, aber das ist ein Fehler ... Das sagt auch Akela.«

»Kescha, entschuldige, aber das ist Unsinn.«

»Sie haben gefragt, ich habe geantwortet, basta.«

Katja merkte, der Junge verkroch sich wie eine Schildkröte in ihrem Panzer. Es gefiel ihm nicht, wenn man ihm nicht glaubte.

»Wann hast du Stassik das letzte Mal gesehen?«

»Er hat bei mir gewohnt.«

»Gewohnt? Wann?«

»Nachdem seine Mutter ihn rausgeschmissen hat. Er hat hier auf dem Sofa geschlafen.«

»Und warum ist er am Freitag weggegangen?«

»Was weiß ich. Er wollte eben wieder weg.«

»Dein Bruder Chil ist nach Hause gekommen, stimmt's?«, fragte Ira vorsichtig.

»Nein ...«

»Doch, Kescha.«

»Nein!«

»Hat dein Bruder ein schwarzrotes Motorrad, eine Yamaha?«, fragte Katja.

»Eine geile Maschine, nicht?«

»Obergeil. Dein Bruder ist nicht zufällig mit Stassiks Lehrerin befreundet?«

»Der erzählt mir doch nichts von seinen Tussis.«

»Das ist sein gutes Recht. Du tust es ja auch nicht, oder?«

»Versteht sich.« Der Kleine grinste.

»Wo sind deine Eltern, Kescha?«, fragte Ira.

»Auf einer Polarstation in der Arktis. Sie sind Meteorologen. Ich fahre auch zum Nordpol, sobald ich die Schule los bin.«

»Was war denn Stassik für ein Junge? Wohin wollte er fahren? Wofür hat er sich interessiert?«

Kescha senkte den zerzausten Schopf.

»Motorradfahren wollte er lernen. Und unbedingt zum Rudel gehören, bloß ...«

»Was – bloß?«

»Nichts.« Kescha wandte sich zum Fenster.

Ira stand vom Sofa auf. Mehr war aus dem Jungen wohl nicht herauszubekommen.

»Also, deiner Meinung nach hat Freddy Krueger Stassik umgebracht«, sagte sie. »Habt ihr euch diesen Horrorfilm hier gemeinsam angeschaut?«

»Ja.«

»Und wann?«

»Freitag.«

»Und danach ist Stassik gegangen?«

»Mhm.«

»Warum?«

»Das hab ich doch gesagt, einfach so.«

»Na gut. Danke, Kescha. Du hast uns sehr geholfen.«

Der Junge brachte sie zur Tür.

»Hör mal, wenn dir doch noch etwas einfällt, ruf mich unter einer dieser Nummern an. Das ist meine Telefonnummer in Moskau, und das die bei der Miliz. Frag nach Sergejew«, sagte Katja. »Das ist der Ranger mit den Pistolen. Sieht genau aus wie Chuck Norris.«

»Gut, vielleicht mach ich's.«

»Und sag deiner Liebsten, ein so knalliger Lippenstift ist in ihrem Alter nicht angesagt. Der passt zu Alten und Hässlichen.«

»Okay. Ich werd's ihr sagen.«

»Und noch was.« Katja lächelte. »Sag deinem Bruder, wenn du ihn siehst, dass ein Mädchen unter dieser Telefonnummer hier auf seinen Anruf wartet. Sie würde ihn gern kennen lernen und mal auf seiner Yamaha fahren.«

Der Kleine schaute auf den Zettel mit der Telefonnummer, dann auf Katja und grinste von einem Ohr zum anderen.

»Bist du das?«

»Genau.«

»Bist nicht ohne.«

»Ich weiß. Richtest du es Chil aus?«

»Mach ich.« Er öffnete die Tür und sagte zum Abschied ganz unerwartet: »Ich habe mich gefreut, Ihre Bekanntschaft zu machen.«

»Wir uns auch, Kescha«, versicherte ihm Katja.

»Das sind vielleicht Kinder heutzutage, du lieber Himmel!«, stöhnte Ira auf dem Weg zum Revier.

»Das macht die Akzeleration.« Katja schüttelte den Kopf. »Was meinst du, hat er sich das mit Freddy Krueger ausgedacht? Oder könnte da was dran sein?«

»Quatsch«, erwiderte Ira knapp. »Das Ergebnis von zu vielen Videofilmen und Computerspielen.«

»Bist du sicher?«

»Ganz sicher. In dem Alter sind die Einbildungskraft und die Sehnsucht nach Wundern, guten wie bösen, so stark wie nie mehr sonst. Auch der Tod wird nur als Spiel wahrgenommen, falls überhaupt.«

Katja seufzte tief. Akzeleration. Was sollte man dazu sagen?

Auch jetzt, in der warmen Badewanne, seufzte sie wieder. Sie rutschte tiefer ins Wasser und schloss die Augen, um weiter über die junge Generation nachzudenken, als es kurz, aber heftig an der Wohnungstür klingelte. Ausgerechnet jetzt!

15 Kolossow macht einen Besuch

Katja stieg aus der Wanne und wickelte sich rasch in ein großes Frotteebadetuch. Für Wadim war so eine luftige Bekleidung gerade recht. Dass es wirklich Wadim war, der da Sturm läutete, davon war Katja zu achtundneunzig Prozent überzeugt. Zwei Prozent ließ sie für das zwar unerwartete, aber durchaus mögliche Erscheinen Sergej Meschtscherskis übrig. Wenn Sergej sich Mut angetrunken hatte, überwältigten ihn seine zärtlichen Gefühle, und dann wagte er es, ungeachtet seiner angeborenen Zurückhaltung und ritterlichen Freundschaft zu Wadim, davon zu sprechen, wie sehr, wie ungewöhnlich hoch er Katja schätzte.

»Moment.« Sie drehte den Türgriff und hielt gleichzeitig die Enden des rutschenden Badetuchs fest. Auf der Schwelle stand – Nikita Kolossow. Der gestrenge Chef der Mordkommission höchstpersönlich.

»O je!«

Er blickte sie an, und sein Gesicht überzog sich plötzlich und unaufhaltsam mit flammender Röte. So erröten fünfzehnjährige Jungen, wenn sie an ihrem ersten Disco-Abend ihr erstes Mädchen in einer dunklen Ecke knutschen.

»Nikita! Entschuldige ... Komm doch herein ...«

»Ich dachte, ich ... schau mal vorbei. Entschuldige, dass ich vorher nicht angerufen habe ... ich dachte, du wärst beschäftigt ... oder vielmehr nicht beschäftigt ... Ich kann auch ein anderes Mal wiederkommen.«

Du lieber Himmel! Wann hatte er früher schon einmal so herumgestottert? Katja amüsierte sich über ihn, obwohl sie in sehr gedrückter Stimmung gewesen war.

»Nein, komm ruhig rein! Ich war gerade in der Badewanne. Einen Augenblick, ich ziehe mich rasch an.« Sie flitzte in die Küche.

Der hochrote Kolossow begab sich gemessenen Schritts ins Zimmer.

In der Küche schaute Katja sich hilflos nach allen Seiten um: verflixt! Die Sachen waren im Schrank drüben im Zimmer: Kleider, Hosen, Pullover. Gott sei Dank, auf der Stuhllehne hing noch ein seidener Sarafan. Ein reichlich offenherziges Teil – sie zog es nur an, wenn sie zusammen mit Wadim irgendwohin ins Grüne fuhr, um sich zu sonnen. Aber was sollte sie machen?

Kolossow ging derweil im Zimmer auf und ab. Eine Zeit lang stand er am geöffneten Fenster und atmete tief durch. Doch die Woge der Erregung, die ihn in der Diele überrollt hatte, wollte sich nicht legen.

Er war erst ein Mal bei Katja zu Besuch gewesen, irgendwann im Frühling. Sie hatten Tee in der Küche getrunken und einen Fall besprochen. Es war ein bis zur Langeweile gesittetes und konventionelles Gespräch gewesen, und mehr hatte sich nicht daraus entwickelt. Doch er – der alte Narr, der er war – hatte sich damals schon Hoffnungen gemacht ...

Diese verfluchten Gewichte! Kolossow ging zur Balkontür und schaute hinter den grünen Vorhang. Dort hatten im Frühjahr zwei wuchtige Eisengewichte gestanden, jedes viele Kilo schwer. Die Fotografie ihres Besitzers prangte auf dem Bücherregal.

Auch jetzt war alles an seinem Platz: die Gewichte und das Foto. Und auf dem Sofa lag nachlässig hingeworfen ein Männer-T-Shirt – ziemlich groß, grau und mit der Aufschrift »Lee«. Kolossow seufzte.

Die Idee, zu Katja zu fahren, war ihm ganz plötzlich gekommen. Die zweite Hälfte des Arbeitstages hatte er bei der Staatsanwaltschaft verbracht, wo er sorgfältig sämtliche Akten studiert hatte, die mit Überfällen und Morden an älteren Frauen zu tun hatten. Er hatte alle Protokolle von der Untersuchung des Tatorts und der Leichen fotokopiert. Er hatte sich in die gerichtsärztlichen und biologischen Gutachten vertieft, hatte verglichen und gegenübergestellt und sich jede Menge Notizen gemacht.

Auf ein separates Blatt hatte er das Wort »Gerontophilie« geschrieben und dahinter ein dickes Fragezeichen gesetzt. Das folgende Wort, das er eingerahmt hatte, war »Neandertaler«. Dahinter standen gleich zwei Fragezeichen.

Kolossow hatte noch keine sicheren Erkenntnisse und zweifelte noch an allem und jedem. Nur eines wusste er mit Sicherheit: Einen ähnlichen Fall hatten er und seine ganze Abteilung noch nie erlebt, und es würde wohl auch nie wieder der Fall sein. Kolossow war beinahe besessen von dem Wunsch, diese verworrene, seltsame Geschichte persönlich aufzuklären, denn diese ganze Exotik, die plötzlich über ihn hereingebrochen war – Gerontophilie, Affen, Schlangen, prähistorische Knochen, Neandertaler und fossile Schädel mit mysteriösen Beschädigungen hatten seine professionelle Neugier aufs Äußerste angestachelt.

Wahrscheinlich zum ersten Mal im Leben wollte Kolossow schrecklich gern mit jemandem darüber reden – mit jemandem, der ihm ohne albernes Grinsen zuhörte und vielleicht sogar verstand, was er bis jetzt noch nicht richtig begreifen konnte.

Für die Rolle eines solchen geduldigen Zuhörers hatte er Katja ausgewählt. Sie war ein kreativer Mensch mit Fantasie – man brauchte sich ja nur anzusehen, was für flotte

Zeitungsartikel sie schrieb. Ihr konnte man die verrücktesten Ideen anvertrauen, ohne sich genieren zu müssen.

»Woher kommst du, Nikita?«

Er drehte sich um.

Katja stand vor ihm. Ihre Haare waren noch nicht ganz trocken, aber ihre Augen strahlten. Wundervoll war sie, entzückend. Und der bunte Sarafan stand ihr verteufelt gut.

»Ich komme gerade von der Staatsanwaltschaft und dachte, du bist bestimmt schon zu Hause, es ist ja schon halb neun. Und da habe ich beschlossen ... wie ich versprochen hatte ... tja, hier stehe ich nun als ungebetener Gast.«

»Was redest du! Ich freue mich immer über deinen Besuch. Ehrenwort. Möchtest du was essen?«

»Ja ...«, sagte er und konnte den Blick nicht von ihr losreißen. »Und ich möchte auch ... ich würde jetzt auch gern ...«

Katja wandte sich ein wenig ab. Alles klar, Nikita Michailowitsch, dachte sie. Plötzlich verspürte sie den dringenden Wunsch, sich vollständiger anzuziehen. Dieser verfluchte Sarafan – nichts als nackte Arme, Schultern, Knie. Man fühlte sich darin wie ausgestellt.

»Ich habe noch Fleischbraten und kann uns Toast mit Käse machen. Willst du?«

»Ja. Danke. Ich mache dir nur Arbeit.«

»Ach was! Ich freue mich wirklich sehr, dass du kommst. Ich habe dir viel zu erzählen! Es gibt Neuigkeiten aus Kamensk.«

Sie saßen in der Küche. Kolossow aß, und Katja schenkte ihm Kaffee ein und redete und redete.

»Ich wüsste gern, wovon diese Brüder Shukow eigentlich leben«, bemerkte Kolossow nachdenklich. »Die Eltern kriegen doch jetzt keinen Rubel mehr, auch wenn sie hundertmal hochdekorierte Polarforscher sind. Und dieses Früchtchen von einem erwachsenen Sohn lungert nur herum, fährt ein sündhaft teures Motorrad ... Rudel, Biker, Freies Volk. Das sind bei ›Mowgli‹ doch wohl die Wölfe, nicht? Noch so ein Zoo, als ob mir der eine nicht schon reichte!« Er schaute Katja an. »Warum isst du nichts?«

»Ich esse im Moment kein Fleisch, Nikita.«

»Machst du Diät?«

»So was Ähnliches. Eine Fastenkur.«

»Du brauchst wirklich nicht abzunehmen.«

Sie lächelte.

»Das sind Flausen.« Sein Blick glitt über ihr Gesicht. »Wenn ich sage, du hast es nicht nötig, stimmt das. Für so was habe ich einen Blick.«

Ganz schön kess, der Herr, dachte Katja. Hat mein Auftauchen aus der Badewanne eine solche Wirkung auf ihn gehabt?

»Danke für das Essen.« Er schob den Teller zurück. »Und danke auch für Kamensk. Nur schreib bitte vorläufig noch nichts, ohne dich mit mir abzustimmen. Ich habe so ein Gefühl, dass uns das Wichtigste dort noch bevorsteht. Aber jetzt ... Ich bin eigentlich aus einem anderen Grund gekommen, Katja. Ich muss mich mit dir beraten.«

Katja lauschte seiner Erzählung mit angehaltenem Atem und strahlte vor Stolz. Endlich kam dieser hochmütige »Profi« selbst zu ihr und teilte ihr seine Informationen mit.

Kolossow erzählte ihr alles über den Mord an Oma Sima, über die am Tatort gesicherte Fußspur und über seinen Besuch auf der Tierstation und im Museum.

Von den Affen berichtete er mit einem entschuldigenden Unterton: Ich hab's zwar gesehen, aber *was* ich gesehen habe, verstehe ich selbst nicht ganz. Als er von den Neandertalerschädeln erzählte, stockte Katja der Atem, und als er zu den Ergebnissen der gerichtsmedizinischen Untersuchung kam, erblasste sie. Schließlich verstummte Kolossow, und auch Katja schwieg lange – überrascht, aufgeregt und völlig konsterniert.

»Verstehst du, Katja? Als dieser Mord geschah, bin ich in der festen Überzeugung dorthin gefahren, dass es ein Serienmörder ist, vielleicht ein Schizophrener, vielleicht ein Gerontophiler – was weiß ich. Ist alles schon da gewesen. Es gibt Parallelen. Aber jetzt auf einmal diese Tierstation und dieser Affe mit seinen verdreckten Pfoten. Ehrlich gesagt, ich habe keine Ahnung, wie ich an die Sache herangehen soll. Da denkt man, man steht mit beiden Beinen fest auf dem Boden, und plötzlich fühlt man sich wie der letzte Trottel. Die Realität löst sich in Nichts auf und fliegt in alle Richtungen davon ...«

»Übrigens, dieser Junge, dieser Kescha, hat Ira und mir genau dasselbe gesagt. Ein gewisser Akela, der Anführer des Freien Volkes, lehrt es sie. Den würde ich gern mal kennen lernen.« Katja ging in der Küche auf und ab. »Aber lass uns alles der Reihe nach und in Ruhe durchgehen. Du glaubst also, die alte Frau wurde von diesem Schimpansenmännchen umgebracht?« Katja sprach ganz ernst, ohne einen Anflug von Ironie.

»Ich bin nicht sicher. Aber ich komme unwillkürlich immer darauf zurück.«

»Und womit wurde Frau Kaljasina getötet?«

»Mit einem Stein. Man hat ihn in einer Pfütze nicht weit von der Leiche gefunden.«

»Ich bin kein Experte für Zoologie, aber ich dachte immer, Schimpansen wären friedliche Vegetarier. Schließlich hält man sie ja auch im Zirkus und dressiert sie. Du sagst doch, Humphrey kommt aus einem Zirkus.«

»Ja, aber man hat ihn aus irgendeinem Grund von dort weggebracht. Und er ist aggressiv. Seine Reaktion auf mich, sein Angriff auf Frau Kaljasina letzten Winter, dieser Biss – als hätte ein Schäferhund ihr seine Zähne in den Arm geschlagen. Du hättest mal seine Hauer sehen sollen!«

»Trotzdem, Nikita, das ist unwahrscheinlich.« Katja stützte sich mit den Ellbogen auf den Tisch. »Es stimmt, in der Kriminalliteratur werden Fälle beschrieben, wo Menschenaffen Morde begehen. Bei Edgar Allan Poe zum Beispiel. Aber da kommt der Ermittler erst ganz am Ende zu diesem Schluss, nachdem er viele andere Theorien erwogen und verworfen hat. Erst dann hält er den Orang-Utan für den Täter. Aber du nimmst diese fantastische Theorie gleich als Grundlage!«

»Ich verstehe deine Bedenken, Katja, aber du musst auch mich verstehen. Du hättest das Biest mal sehen müssen!«

»Der Affe hat sich nicht auf den Professor gestürzt, sondern auf Roy«, zitierte sie düster. »Das ist aus ›The Creeping Man‹ von Arthur Conan Doyle. Dort will sich ein Wissenschaftler verjüngen und spritzt sich irgendein Makaki-Serum. Er verwandelt sich in ein Ungeheuer, und sein Schäferhund Roy frisst ihn beinahe auf. Werden auf der Tierstation vielleicht auch irgendwelche Experimente an den Affen durchgeführt?«

»Vielleicht.« Kolossow zog eine finstere Miene. »Bestimmt sogar, sie haben ja davon geredet. Alles hängt eng zusammen. Und alles deutet auf die Tierstation hin, auf dieses Institut ... Experimente oder was auch immer, irgendetwas geht dort vor sich. Etwas Seltsames.«

»Na schön, aber was haben diese fossilen Schädel damit zu tun, die du im Museum gesehen hast? Und dieser Olgin.« Katja stockte. Sie wollte ihm noch nicht sagen, dass auch sie schon im Museum gewesen war und Olgin und die Kustodin der Sammlung, Ninel Balaschowa, bereits kennen gelernt hatte. »Er hat gesagt, die Neandertaler seien Kannibalen gewesen? Sie hätten das Hirn ihrer Stammesgenossen gegessen?«

»Ja.«

»Das ist ja grässlich! Die Neandertaler waren doch prähistorische Menschen.«

»Ich weiß es nicht, Katja. Ich weiß gar nichts über sie. Was wir in der Schule gelernt haben, habe ich längst vergessen. Ich weiß kaum etwas über die Steinzeit. Ich merke schon, ich muss nachsitzen.«

»Aber trotzdem, wie kann man das alles zusammenbringen – die Fußspur, den verdächtigen Schimpansen und die Schädelverletzungen der Kaljasina, die Ähnlichkeit mit den Verletzungen an den Steinzeitschädeln haben, wie du sagst?«, fragte Katja leise.

Kolossow zuckte die Schultern und lächelte resigniert.

»Da gibt es noch mehr, das ich nicht in Einklang bringen kann. Ich weiß auch nicht mehr, wie ich den Anfang dieser ganzen Geschichte einschätzen soll.«

»Erzähl mal.« Katja stellte den Wasserkocher an.

»Angefangen hat alles am siebzehnten April. Morgens gingen Leute aus dem Dorf Iljinskoje zum Bahnhof und stießen dabei auf die Leiche der dreiundsiebzigjährigen Nadeshda Sacharowa. Sie hatte früher auf dieser Bahnstation gearbeitet und war dann in Rente gegangen. Wie der Experte sagte, ist sie zwischen sieben und acht Uhr morgens gestorben. Als man sie fand, war der Körper noch warm. Jemand hatte sich von hinten an sie herangeschlichen, sie zu Boden geschlagen und ihr den Kopf zerschmettert. Ich bin selbst zum Tatort gefahren. Es war ein entsetzlicher Anblick: statt des Kopfs nur noch eine blutige Masse. Gestohlen war nichts. Geld, ein silbernes Kreuz, ihr Sparkassenbuch – sie hatte alles noch bei sich. Die Tatwaffe haben wir damals nicht gefunden. Aber wir vermuten, dass es sich entweder um einen Ziegel oder um einen großen Stein gehandelt hat. Die Spuren waren leider schon alle vor dem Eintreffen der Miliz zertrampelt worden. Als die Züge kamen, rannten natürlich alle Schaulustigen sofort dorthin.

Es gab damals eine Unstimmigkeit: Die Frau war denselben Weg zum Bahnhof gegangen, den sie immer nahm – ihre Straße hinunter, und danach über einen kleinen Weg hinter den Garagen. Dort ist sie überfallen worden. Es ist ein ganz verlassener Ort, ein stiller Seitenweg – man sollte meinen, gerade recht für den Täter. Aber nein. Nachdem er sie bewusstlos geschlagen hatte, hat er sie näher zur Station geschleift und sie erst dort so lange auf den Kopf gehauen, bis er ihr sämtliche Schädelknochen zerschmettert hatte. Die Stelle, an der das geschah, ist zu allen Seiten hin offen! Jederzeit konnten Leute vom Bahnhof kommen! Er hatte höchstens sieben Minuten Zeit, nicht mehr. Die Frau wurde nicht vergewaltigt, allerdings waren ihre Kleider völlig zerrissen.«

Katja schwieg betroffen. Kolossow blickte in seine Tasse und fuhr fort:

»Der zweite Mord geschah am neunundzwanzigsten Mai im Dorf Brjanzewo.«

»Brjanzewo? Das ist ja nur ein paar Schritte von Nowospasskoje entfernt«, flüsterte Katja.

»Genau. Das alles passiert etwa im gleichen Radius, wenn man als Ausgangspunkt ...«

»Die Tierstation nimmt?«, ergänzte Katja aufgeregt.

Wieder seufzte Kolossow tief.

»Beim zweiten Mal war wieder eine ältere Frau das Opfer. Antonina Glikowskaja. Sie war Grafikerin gewesen, hatte Bücher illustriert. Aber mittlerweile war sie natürlich Rentnerin.«

»Wie alt?«

»Fünfundsiebzig. Auch diese Frau ist morgens überfallen worden, ungefähr um halb acht. Und ebenfalls nicht weit von der Eisenbahnstation entfernt. Sie wurde niedergeschlagen, betäubt, dann auf einen Kiesweg geschleppt – eine sonnige, freie Stelle – und mit ungefähr achtzehn Schlägen auf den Kopf getötet. Die Waffe – den Stein – fanden wir fünf Meter von der Leiche entfernt. Er lag unter einem Gebüsch. Ein schwerer, gerippter Pflasterstein. Ein ganz ähnlicher wurde bei der Kaljasina gefunden. Und noch ein Detail. Auf dem Kies gab es natürlich keine Fußspuren, auch nicht im Gras ringsum. Aber zehn Meter weiter war ein Wassergraben. Und dort, am Rand dieses Grabens, haben wir etwas entdeckt.«

»Was?« Katja zog fröstelnd die Schultern hoch.

»Die verwischte, stark deformierte Spur eines nackten Fußes. Der Experte hat mir damals gesagt: Derjenige, von dem diese Spur stammt, ist offensichtlich auf dem lehmigen Boden ausgerutscht.«

Katja schwieg.

»Auch die Glikowskaja war nicht beraubt worden, obwohl es sich in ihrem Fall gelohnt hätte. Sie hatte am Vortag für sich und ihren Mann die Rente bekommen, und ihr Sohn hatte ihr auch noch etwas gegeben. Jedenfalls hatte sie in ihrer Handtasche rund anderthalb Millionen. Die Handtasche mit dem Geld war einfach weggeworfen worden, wie Abfall. Mantel und Kleid waren auf barbarische Weise zerrissen – das Kleid war von oben bis unten aufgeschlitzt.

Doch Anzeichen für einen sexuellen Missbrauch gab es nicht.«

»Aber das ist doch alles hirnverbrannt! Das kann doch nicht sein! Überleg doch mal – kann ein Schimpanse von dieser Station fliehen und dreißig Kilometer bis nach Iljinskoje traben? Man hätte ihn doch sofort entdeckt! Stell dir mal das Aufsehen vor! Außerdem ist das schon im April passiert. Da liegt auf dem Land noch Schnee! Affen lieben die Wärme, sie können solche Kälte nicht aushalten«, sprudelte Katja so schnell hervor, als wollte sie möglichen Einwänden zuvorkommen, obwohl ihr niemand widersprach. »Und überhaupt – es ist einfach unmöglich! Wann werden diese Schimpansen auf die Station gebracht?«

»Im April, wie ich erfahren habe.«

»Im April?« Katja verschluckte sich. »Nein, das ist Unsinn, völliger Blödsinn! Eine fixe Idee. Wir müssen den Gedanken an die Affen vergessen und die Sache aus einer anderen Perspektive betrachten.«

»Und aus welcher?« Kolossow lächelte spöttisch.

»Aus einer menschlichen Perspektive!«, platzte Katja heraus.

»Gut, dann beschäftigen wir uns nur noch damit, und das andere bleibt meine persönliche Fieberfantasie.« Er seufzte. »Aber unterhaltsam ist die Theorie, nicht wahr? Lässt einen nicht los, hm?«

»Sag mal, wurde bei den ersten Fällen auch Hirnmasse aus den Schädeln entfernt?« Katja bemühte sich vergeblich, irgendeinen greifbaren Anhaltspunkt zu finden.

»Das versuche ich gerade herauszubekommen. In Nowospasskoje haben sie einen erstklassigen Gerichtsmediziner. Er hat das sofort bemerkt. Aber die anderen ...«

»Könnte er sich vielleicht auch geirrt haben?«

»Das glaube ich nicht. Eher haben die anderen Experten geschlampt. Man wird neue Untersuchungen vornehmen müssen. Keine Exhumierung natürlich, das würde jetzt nichts mehr nützen, aber eine Überprüfung der Protokolle und Aufzeichnungen.«

»Dürfte ich mal mit dir zusammen auf die Tierstation?«, fragte Katja in flehendem Tonfall.

»Ich fürchte, das geht nicht. Neugierige sind dort nicht gern gesehen. Besonders Frauen, warum auch immer. So hab ich's jedenfalls verstanden.«

Katja beharrte nicht auf ihrer Bitte. Wenn nötig, würde sie versuchen, mithilfe Olgins oder Balaschowas ein Schlupfloch zu finden – Sergej würde sie schon unterstützen.

»Also, alles in allem, Nikita – nach dem, was ich von dir gehört habe, scheint mir, dass du dich verrannt hast.« Katja trat an das dunkle Fenster. Draußen war bereits Nacht. Wenn nun plötzlich Wadim auftauchen würde?

»Verrannt? Inwiefern?«

»Na, du redest mir zu viel von Tieren. Aber dort arbeiten ja Menschen, sowohl auf der Station wie im Museum. Es wäre sicher interessant, sie näher kennen zu lernen. Ich persönlich wüsste gern mehr über sie. Und solange wir diese Menschen nicht verstehen ...«

Kolossow schaute sie müde und traurig an.

»Alle diese Fakten kann man nicht zu einem Ganzen verknüpfen«, sagte Katja. »Vorläufig jedenfalls noch nicht. Entweder ist es bloß eine Kette von Zufällen, oder ...«

»Ja, ich weiß.« Kolossow kniff die Augen zusammen. »Aber eine Kette von Zufällen kann manchmal auch sehr interessant sein. Zum Beispiel in unserem Fall: An ein und demselben Tag werden nicht weit voneinander entfernt eine alte Frau und ein Kind ermordet. Und dann – alle reden davon, dass in unserem Bezirk gleich zwei Serienmörder am Werk sind, und zwar mit entgegengesetzten Neigungen: ein Gerontophiler und ein Pädophiler.«

»Diese Verbrechen haben überhaupt nichts miteinander zu tun«, sagte Katja.

Kolossow erhob sich.

»Bis jetzt nicht, aber wer weiß, was noch kommt. Es ist schon spät. Ich sehe, mein dummes Geschwätz ermüdet dich. Aber ich bin trotzdem froh, dass du mir zugehört hast, Katja, und mich nicht an die Luft gesetzt hast.«

Sie standen im Flur.

»Dieses Kleid steht dir prima«, sagte Kolossow ernst.

»Das ist ein Sarafan.«

»Egal. So solltest du öfter mal zur Arbeit kommen.« Er lächelte.

»Das würde der Chef kaum billigen.«

»Pfeif auf den Chef.«

»Ist gut.« Sie lächelte ebenfalls. »Gute Nacht, Nikita.«

Er blickte sie schweigend an. Dann öffnete er die Tür und ging zum Lift.

Als sein Wagen hinter der Hausecke verschwand, ging Katja vom Fenster weg, spülte das Geschirr und stellte es auf das Abtropfsieb. Sie tat alles rein mechanisch. Ihr Kopf dröhnte wie eine Glocke, ohne dass ihr ein einziger vernünftiger, zusammenhängender Gedanke gekommen wäre. Sie bekam in der leeren, dunklen Wohnung plötzlich Angst. Schnell knipste sie überall Licht an, zog sich aus und schlüpfte ins Bett. Dann überlegte sie es sich wieder anders, stand auf, schaltete die Lampen aus und ließ nur das Nachttischlämpchen und den Radiowecker an.

Die leise Musik, die »Europa-Plus« brachte, verscheuchte

allmählich die nächtlichen Schreckgespenster. Trotzdem hörte sie noch, während sie sich in ihr Kissen eingrub, ein hohes, vibrierendes Flüstern, das hartnäckig durch den Gesang von Chris de Burgh drang und ihr direkt ins Ohr zischelte. Was es war, konnte sie nicht verstehen, doch ihr Herz tickte wie eine kleine Zeitbombe ...

16 Am folgenden Morgen, am folgenden Abend

Am folgenden Morgen ging Katja in finsterster Laune zur Arbeit: Die nächtlichen Schrecken hatten sich in heftige Kopfschmerzen verwandelt. Sie musste auf Kaffee verzichten und sich stattdessen einen widerlich schmeckenden, aber sehr gesunden (so behauptete das Etikett) Kräutertee kochen und eine Analgintablette schlucken.

Mit Abscheu trank sie das Gebräu, spülte die Tasse, ging ins Bad und warf verärgert den Jogginganzug von Wadim, in dem er gewöhnlich seinen morgendlichen Lauf absolvierte, in die Waschmaschine. Danach schleppte sie seinen Powertech-Hometrainer für die Bauchmuskulatur, der bereits seit ewigen Zeiten den Flur versperrte, auf den Balkon, kehrte wieder in die Küche zurück, holte ein tiefgefrorenes Huhn aus dem Kühlschrank und ließ es zum Auftauen in die Spüle plumpsen.

Alle diese Tätigkeiten waren nichts anderes als eine unzweideutige Demonstration und ein Wink mit dem Zaunpfahl: Meinst du nicht, lieber Wadim Andrejewitsch, dass es Zeit wird, mit dem Herumgammeln aufzuhören, die Ärmel hochzukrempeln und endlich der Frau zu helfen, die sich von morgens bis abends abrackert wie ein Pferd, Artikel schreibt, auf der Schreibmaschine klappert, die Hausarbeit macht und nebenbei noch versucht, irgendwelche grässlichen Morde aufzuklären? Übrigens wusste Katja schon, bevor sie die Wohnungstür hinter sich geschlossen hatte, dass das alles für die Katz war.

Doch kaum hatte sie sich im Büro an ihren Schreibtisch gesetzt, beruhigte sie sich merkwürdigerweise. Sie kam zu dem Schluss, dass alles, was sie gestern erfahren hatte, so wichtig und ernst war, dass sie sich damit auch in der Arbeitszeit und in den Diensträumen beschäftigen musste. Diese sonderbaren, fantastischen Neuigkeiten verlangten danach, sorgfältig und in aller Ruhe mit einem klugen und kompetenten Menschen besprochen zu werden (eine Rolle, die Katja in Gedanken Sergej zuteilte), um sie dann ebenso sorgfältig zu durchdenken und auf offensichtliche Ungereimtheiten abzuklopfen. Hier war weder das eine noch das andere möglich – es war zu laut und zu hektisch. Im Pressezentrum klingelten ununterbrochen die Telefone, ständig schickte jemand Faxe oder diktierte Nachrichten fürs Radio, die Schreibmaschinen klapperten. Zu allem Überfluss war auch noch der Computer kaputt – er hatte sich irgendeinen bösartigen Virus eingefangen. Er spuckte nur noch einen einzigen Satz aus: »In Bagdad ist die Lage ruhig.«

Katja wandte dem frechen Gerät den Rücken zu, nahm sich einen Stapel frisches Papier und einen Kugelschreiber und machte sich daran, einen Artikel über die Beseitigung der Rauschgiftspelunken in Snamensk zu verfassen. Die Zeit drängte – der »Moskauer Landbote« wollte den Artikel für seine Kriminalspalte haben.

Gegen drei Uhr, als sie fast fertig war, rief sie bei sich zu

Hause an. Niemand hob ab. Dann wählte sie die Nummer von Sergej – mit dem gleichen Ergebnis. Sie rief in Wadims Wohnung an – auch dort blieb alles still.

Ihr nächster Anruf galt Sergejew.

»Sascha, es kann sein, dass der kleine Shukow dich anruft, wenn ihm noch etwas einfällt«, teilte sie ihm mit, nachdem sie ihm kurz die spärlichen Informationen aus der Unterredung mit dem Jungen Kescha übermittelt hatte. »Ich habe ihm deine Telefonnummer gegeben.«

»Ich glaube, das hat inzwischen keine Bedeutung mehr, Katja«, brummte Sergejew.

»Keine Bedeutung? Wieso?«, fragte Katja überrascht.

»Es gibt Neuigkeiten.«

»Was für Neuigkeiten?«

Er machte eine vielsagende Pause.

»Sineuchow hat den Mord gestanden.«

Katja verstummte erstaunt. In Sergejews Stimme war weder Freude noch Begeisterung über den aufgeklärten Fall zu hören.

»Er hat beim Verhör durch Saizew gestanden. Nicht bei uns, sondern in der Staatsanwaltschaft, wohin wir ihn in aller Eile bringen mussten, bevor Saizew in Urlaub geht«, sagte Sergejew.

»Saizew?!«

»Höchstpersönlich. Vor einer Stunde hat er mich angerufen. Jetzt triumphiert er natürlich: Bei euch hat der Verdächtige sich stumm und taub gestellt, aber ich, *ich* habe es geschafft, bei mir hat er ein volles Geständnis abgelegt.«

»Waren deine Mitarbeiter dabei?«

»Du kennst doch Saizew. Das hätte er nie erlaubt.« Sergejew sprach spöttisch und abgehackt, offensichtlich erbost, dass man ihm die Aufklärung eines so spektakulären Falls vor der Nase weggenommen hatte.

»Hat Sineuchow denn alle Einzelheiten berichtet? Wie und womit er getötet hat, wohin er die Mordwaffe getan hat?«, wollte Katja wissen.

»Man hat es bisher noch nicht für nötig gehalten, mir diese wichtigen Details mitzuteilen. Er ist noch auf der Staatsanwaltschaft.«

»Aber sie werden ihn bestimmt zu euch zurückbringen. Ärgere dich nicht.«

»Wer ärgert sich? Ich? Also weißt du ...« Sergejew räusperte sich geräuschvoll. »Da kennst du mich aber schlecht, Katja. Ich mache mir nur über eines Sorgen. Ich befürchte, er wird den Fall kaltmachen.«

Katja fiel plötzlich ein paradoxer Ausspruch ein, den sie einmal von einem erfahrenen und altgedienten Ermittler gehört hatte.

»Je mehr Schuldbeweise gegen einen Mordverdächtigen ich bekomme«, hatte er ihr gesagt, »desto mehr zweifle ich an ihrer Richtigkeit und glaube an seine Unschuld. Das Zusammentreffen bestimmter Umstände ist eine tückische Sache.«

Wir werden nichts überstürzen, dachte Katja. Die Schuld Sineuchows ist bislang durch nichts erhärtet als durch sein Geständnis. Und man darf nicht vergessen – seine Diagnose lautet auf Psychopathie. Erst mal muss man die Ergebnisse des biologischen Gutachtens abwarten. Vielleicht wird dann einiges klarer.

Es war schon sieben Uhr abends, als sie endlich nach Hause ging und auf der Treppe zur Unterführung unverhofft auf Pawlow stieß.

»Sie, Katja? Wie schön!« Frisch, glattrasiert, schlank, in einem schneeweißen Hemd mit Krawatte und tadellos gebügelter Hose stand er vor ihr, wie ein adretter, geschniegelter Bankangestellter – ganz anders, als Katja ihn vom Vortag in Erinnerung hatte. »Wo wollen Sie hin?«

»Eigentlich nach Hause, und Sie ...« Katja stockte verwirrt.

Pawlow nahm ihr galant die Tüte mit den Lebensmitteln ab.

»Haben Sie nicht Lust, eine Kleinigkeit mit mir zu essen?« Er nickte zu dem imposanten Gebäude von MacDonald's hinüber, das sich hinter ihnen erhob. »Ich habe schon seit Ewigkeiten nicht mehr mit einem Mädchen im Café gesessen. Machen Sie mir die Freude.«

Bei MacDonald's bugsierte Pawlow Katja an einen weißen Plastiktisch oben auf der Galerie, stieg dann hinunter zur Theke und kam eine Minute später mit einem Tablett voller Papierschachteln und Pappbecher zurück.

»Sie sind ja gewissermaßen im Urlaub, Viktor«, sagte Katja, während er Cheeseburger, Pommes Frites, Getränke und Desserts auf den Tisch stellte.

»Eigentlich schon. Heute bin ich allerdings wieder ins Büro gerufen worden, in einer dringenden Sache. So ist das, wenn man in Moskau bleibt.«

»Sie arbeiten in einem Reisebüro?«

Er nickte.

»Es heißt ›Wostok‹.«

»Und was für Reisen kann man bei Ihnen buchen? In den Nahen Osten? Den Fernen Osten?«

Er seufzte.

»Im Moment weder in den Nahen noch in den Fernen, nicht einmal in den Mittleren. Finanzprobleme. Ich glaube«, er legte Katja einen riesigen, appetitlich aussehenden

Burger auf den Teller, »ich muss mir nach dem Urlaub eine neue Arbeit suchen.«

»Es ist sicher nicht leicht für Sie, sich um den Jungen zu kümmern und gleichzeitig zu arbeiten. Aber er ist wirklich ein entzückendes Kind.«

»Ein prächtiger Bursche. Er versteht mich wie niemand sonst.« Pawlow lächelte. »Meine Nachbarin, eine ältere Frau, passt auf ihn auf. Ich bezahle sie dafür. Sie hilft mir auch im Haushalt, putzen, waschen und so weiter, und sie hilft mir gern.«

»Tien Zi ist der Sohn Ihrer Freunde, nicht wahr?«

»Das war er. Jetzt ist er mein Sohn.« Pawlow schob Katja einen Cocktail hin. »Wissen Sie, das ist ein unglaubliches Gefühl: Man wacht eines Morgens auf und ist plötzlich Vater. Dass ich nicht der leibliche Vater bin, ist dabei nicht wichtig. Tien Zis leibliche Eltern waren meine Freunde, das stimmt. Mehr noch als Freunde. In Tadschikistan lebten vor dem Krieg viele Chinesen. Ich habe Tien Tschou, den Vater von Tien Zi, schon 1983 kennen gelernt, als ich in Kuljab im Militärlazarett lag. Er war dort Arzt – ein begnadeter Chirurg. Auch seine Braut arbeitete dort, so ein chinesisches Porzellanpüppchen, als Anästhesistin. Sie haben mir das Leben gerettet, mich operiert, als alle anderen mich schon längst aufgegeben hatten. Sie haben das Risiko auf sich genommen, und die Operation verlief erfolgreich. Ohne sie wäre ich dort jämmerlich krepiert. Später haben sie geheiratet. Ich war auf ihrer Hochzeit. Eine richtige chinesische Hochzeit. Später habe ich sie immer wieder besucht, nachdem ich den Militärdienst quittiert hatte und am Institut studierte. Als Tien und seine Frau ums Leben gekommen sind, habe ich ...«

»Sind sie von Banditen getötet worden?«

»Von Mitgliedern der bewaffneten Opposition, wie es in den Nachrichten immer heißt.« Pawlows Augen – eigentlich die Gläser seiner getönten Brille – blitzten auf und spiegelten die untergehende Sonne wider, die ins Panoramafenster des Restaurants schien. »Wir hätten diesen Abschaum in Afghanistan mit Stumpf und Stiel ausrotten sollen!«

Katja blieb der Bissen fast im Halse stecken. Ihr wurde unheimlich zumute, und ein kalter Hauch wehte sie an. Sie wusste, der Krieg kommt nicht in Samthandschuhen daher, erst recht nicht der Krieg in Afghanistan. Aber es wollte so gar nicht zusammenpassen – Pawlows schneeweißes Hemd, seine getönte Brille und diese harten Worte aus einer schrecklichen Vergangenheit.

Aber er sprach schon wieder von seinem Sohn, und sein Gesicht erhellte sich.

»Jetzt machen wir erst mal drei Wochen Urlaub, und im Herbst will ich mich dann ernsthaft darum kümmern, dass etwas mit seinem Gehör passiert. Es soll ein medizinisches Zentrum geben, wo man mit den neuesten Methoden und der besten Technik arbeitet. Vielleicht kann man ihm da helfen. Das schulde ich ihm und seinen Eltern. Soweit möglich, will ich ihnen vergelten, was sie für mich getan haben.«

Katja blickte Pawlow an und dachte: Das ist ein Mann, der im Museum ein- und ausgeht und die Leute kennt, die dort und auf der Tierstation arbeiten. Außerdem ist er ein mutiger Mann, der in seinem Leben schon viel durchgemacht hat. Es wäre nicht schlecht, sagte sie sich, ihn zum Bundesgenossen zu haben, wenn ich mich dorthin aufmache, wo diese merkwürdigen Dinge geschehen. Soll ich ihm nicht einfach frei von der Leber weg erzählen, was ich erfahren habe? Er könnte zusammen mit Sergej ...

»Wie gehen denn die Ermittlungen im Fall dieses Kindermörders voran? Hat man dieses Monster noch nicht gefunden?«, fragte Pawlow plötzlich.

Katjas Überlegungen rissen jäh ab. Die Frage war ganz beiläufig gestellt worden, doch sie spürte, dass er nicht einfach so fragte. Sie warf ihm einen verstohlenen Blick zu: Tust du das alles vielleicht nicht ohne Grund? Hat auch diese Einladung zum Essen etwas zu bedeuten?

Sie kannte diese Reaktion bei sich nur zu gut: Die sieben Jahre Arbeit bei der Miliz waren ihr in Fleisch und Blut übergegangen. Nicht dass sie eine übertrieben misstrauische Person geworden wäre, doch sie war stets wachsam und auf der Hut. Warum fragte er gerade sie nach dem Mörder von Stassik? Seltsam, dass er das nicht vergessen hat ...

Doch Pawlow war ein prima Kerl. Ein Freund und Kommilitone ihrer Freunde. Was willst du eigentlich?, haderte Katja mit sich selbst. Wieso bist du so misstrauisch? Nur weil er diese Frage gestellt hat?

»Nein, bis jetzt wurde der Täter noch nicht gefunden«, erwiderte sie. »Leider findet man diese Sorte von Verbrechern meist nicht so schnell.«

»Warum ich frage«, sagte Pawlow und holte eine Zigarette und ein Feuerzeug hervor. »Rauchen Sie?«

»Nein, danke.«

»Sie erlauben, dass ich rauche? Ich bin nicht gerade überängstlich«, er tat einen tiefen Zug, »aber ich frage mich, ob ich ein kleines Kind in eine Gegend bringen soll, wo ein irrer Mörder sein Unwesen treibt.«

Katja atmete durch und schimpfte insgeheim auf sich selbst: Na, bist du jetzt zufrieden? Schließlich ist er ein Vater. Jeder an seiner Stelle hätte in einer solchen Situation Angst.

»Nun, Sie dürfen Tien Zi natürlich nicht unbeaufsichtigt lassen. Und lassen Sie ihn auch nicht allein auf die Straße. Aber mit Ihnen zusammen ist er absolut sicher.«

»Meinen Sie? Na, wir wollen hoffen, dass Ihre Kollegen möglichst bald Erfolg haben. Es wäre zu schade, wegen dieser Bestie auf eine solche Datscha zu verzichten! Sie müssen uns zusammen mit Wadim und Sergej unbedingt besuchen, an einem Ihrer freien Tage, egal wann. Ich kenne ein Rezept aus dem Pandschab: Schaschlik-Pelor mit Aprikosen und Quitten. Schmeckt fantastisch.«

»Danke. Und wenn etwas sein sollte, wenden Sie sich an Aljoscha Karawajew. Er arbeitet auf dem Milizrevier an der Bahnstation.«

»Ja, ich weiß.« Pawlow nickte. »Ein prächtiger Kerl. Er hat mir die ganze letzte Nacht von dem Mädchen erzählt, das er heiraten will. Ein sehr schönes Mädchen, sagt er.«

»Das ist meine Freundin. Aber ihre Beziehung ist ziemlich kompliziert«, sagte Katja lachend.

»Ja, das kenne ich. Bei mir und meiner Frau war es auch schwierig ...«

In der Metro bot ihr Pawlow ritterlich an, ihr die Einkaufstasche bis nach Hause zu tragen, doch Katja winkte ab.

»Nein, nein, das ist nicht nötig. Der Kleine wartet sicher schon auf Sie.«

Als die Türen der U-Bahn sich bereits schlossen, winkte sie ihm noch einmal zu.

Zu Hause war es still und leer, doch die Anwesenheit Wadims hing bereits in der Luft: Der Hometrainer nahm wieder seinen gewohnten Platz in der Diele ein, das Huhn war bereits gebraten, allerdings völlig verbrannt – es ähnelte einem verkohlten Stück Holz. Die Turnschuhe und das Sporthemd mit den Shorts waren verschwunden – Wadim machte seinen Lauf. Offensichtlich wollte er sich für den Abend fit machen.

Auf Katjas Schreibtisch, zwischen Papieren, Alben und Büchern, stand ein Flakon des wunderbaren Parfums »Spellbound«. Wadim hatte einen ausgezeichneten Geschmack, was Parfums betraf. Er hatte für das verlorene »Givenchy« einen würdigen Ersatz ausgesucht.

17 Der Diebstahl

Kaum hatte Kolossow am Freitagmorgen sein Büro betreten, da klingelte bereits ohrenbetäubend laut das Telefon: lang, aufgeregt, hartnäckig, die Signale eines Anrufs von auswärts.

»Hallo! Nikita Michailowitsch! Hier Solowjow. Bist du sehr beschäftigt?«

Kolossow brummte nur – was hatte es für einen Sinn, auf dumme Fragen zu antworten?

»Lass alles stehen und liegen.« Die Stimme Solowjows bebte. »Komm sofort her.«

»Wohin? Was ist passiert?«

»Komm zur Tierstation. Was passiert ist, wirst du selbst sehen.«

Am anderen Ende der Leitung wurde aufgelegt. Kolossow legte den Hörer ebenfalls auf, sehr vorsichtig, als wäre er aus Glas.

Die Fahrt nach Nowospasskoje erwies sich als Nervenprobe. Der Motor des Shiguli krächzte die ganze Zeit seltsam. Bisweilen verstummte er aus unbekannten Gründen für Sekundenbruchteile ganz, als wolle er warnend verkünden:

Ich muss dringend in die Werkstatt, sonst erlebst du noch dein blaues Wunder!

Am »Alten Platz« musste Kolossow dreist gegen die Verkehrsregeln verstoßen, um langes Warten an der Ampel zu vermeiden. Der Verkehrspolizist pfiff und ruderte verspätet mit seinem Stab in der Luft herum. Kolossow gab ihm nur ein Signal mit der Lichthupe: Du siehst doch, das ist ein Wagen der Miliz. Es geht nicht anders. Also lass mich in Ruhe.

An der Tierstation angekommen, schlug er mit der Faust donnernd gegen das grüne Eisen, und sofort öffnete sich das Tor, als hätte auf der anderen Seite ein Pförtner nur darauf gelauert. Der Pförtner erwies sich als der Laborant Shenja. Hinter ihm tauchte noch ein kräftiger Kerl in einer Milizuniform mit den Abzeichen eines Oberleutnants auf.

»Der Untersuchungsleiter ist gerade wieder zurück aufs Revier gefahren. Hier ist vorläufig nur jemand von der Spurensicherung geblieben«, teilte Shenja mit. »Er ist bei der Arbeit.«

»Und wo ist die Leiche? Hat man sie schon abtransportiert?«, fragte Kolossow heiser.

Shenja fuhr zusammen. Der Leutnant räusperte sich und sprudelte dann rasch und abgehackt hervor:

»Also, die ... die gibt es gar nicht ... hier wurde ein Diebstahl verübt, von Staatseigentum ... und ein Einbruch.«

»Was? Ein Diebstahl? Mehr nicht?«

Kolossow ging rasch den Kiesweg hinunter. Er hätte am liebsten ein paar saftige Flüche vom Stapel gelassen, verkniff es sich aber. In solchen Fällen hilft nur Humor, sonst gar nichts.

Vor dem Schlangenhaus hatte sich eine buntscheckige Gesellschaft versammelt: Soja Iwanowa, der grauhaarige

Alte namens Wenedikt Wassiljewitsch und ein junger Bursche in einem karierten Hemd und mit einer Kamera über der Schulter. Offensichtlich war das der Mann von der Spurensicherung, der seine Aufnahmen vom Tatort bereits in der Tasche hatte.

»Wir sind schon seit heute Morgen hier«, meldete der Leutnant munter. »Um acht Uhr fünfzehn wurde die Meldung in unserer Dienststelle aufgenommen ...«

»Na, dann zeigen Sie mir mal alles«, unterbrach Kolossow ihn und nickte der Iwanowa und dem Alten höflich zu. »Was wurde denn gestohlen?«

»Schlangen«, erwiderte der Leutnant mit leisem Schaudern.

»Schlangen?« Kolossow stieß einen Pfiff aus. »Wenedikt Wassiljewitsch«, wandte er sich an den Verwalter des Schlangenhauses, »seien Sie so gut und führen Sie uns herum. Wir würden uns gern alles ansehen.«

Der Alte kam herangetippelt. Die Schöße seines Kittels blähten sich wie die Flügel eines gigantischen Kohlweißlings.

»Das ist völlig absurd, junger Mann!«, jammerte er. »Der reinste Kafka! Gestern Abend habe ich hier noch persönlich alles abgeschlossen. Und heute ... Es kann einfach nicht sein!«

Sie gingen auf die Metalltür des Serpentariums zu. Kolossow musterte sie prüfend.

»Von hier sind sie gestohlen worden? Wie konnten die Diebe denn in das Gebäude eindringen? Durch die Tür doch wohl kaum. Es ist ja kein einziger Kratzer zu sehen. Und das Schloss ist auch unversehrt. Ein solides Schloss übrigens.«

»Gestern Abend um halb neun habe ich es selbst abgeschlossen, hier ist der Schlüssel.« Der Alte griff mit zitternder Hand in die Tasche seines Kittels. »Und wie ich heute Morgen komme, da ist die Tür nur angelehnt.«

Kolossow betrachtete die Türzargen und den Fußboden. Der Boden war aus Beton, kalt und hallend. Was konnte es da für Spuren geben?

»Und welche Schlangen hat man geklaut?«, fragte er ungläubig.

»Kommen Sie, kommen Sie.« Der Alte rannte vor ihm her den Durchgang entlang. »Hier, hier, hier und hier.« Er wies mit dem Finger auf die verschiedenen Käfige.

Deren Glastüren standen offen, ihre Bewohner waren spurlos verschwunden.

»Die seltensten Exemplare sind fort! Eine Katastrophe«, lamentierte der Alte, »diese hier, ein wundervolles Exemplar der Gattung Morelia arcus, haben wir erst im Mai unter großen Schwierigkeiten im Austausch aus dem Serpentarium von San Diego bekommen. Und der Python sebae dort ...«

»Sind die Schlangen giftig?«, erkundigte sich Kolossow.

»Was?«

»Ist ihr Biss für den Menschen gefährlich?«

Der Verwalter des Schlangenhauses stieß einen tiefen Seufzer aus.

»Alle gestohlenen Exemplare gehören zur Familie der Boiden, der Stummelfüßer.«

»Und? Was ist das?«

»Pythons, Riesenschlangen.«

»Hm. Wissen Sie was, schreiben Sie mir die lateinischen Namen und den ungefähren Wert jeder dieser kriechenden Schönheiten auf ein Blatt Papier. Geht das?«

»Natürlich. Gehen wir in mein Büro.«

Sie gingen bis zum Ende des Gebäudes, wo sich in der mit Kalkstein verkleideten Wand eine schmale Metalltür befand. Dahinter befanden sich eine Art Flur und ein kleiner fensterloser Raum mit niedriger Decke. Der Raum war mit Bücherregalen, Tischen und Tischchen voll gestopft, auf denen verschiedene Geräte, Papiere und Fläschchen lagen.

»Nehmen Sie Platz.« Der Alte ließ sich an seinem Schreibtisch nieder, knipste eine Tischlampe an und begann rasch eine Liste der entwendeten Tiere aufzuschreiben.

»Wo bewahren Sie den Schlüssel gewöhnlich auf?«

»Hier, er ist immer hier!« Der Alte klirrte mit dem Schlüsselbund in seiner Tasche. »Ich trage ihn stets bei mir.«

»Wohnen Sie ständig hier auf der Station?« Kolossow stellte die Frage ohne Hast, beinahe gleichgültig.

»Anders geht es nicht. Wir haben dort drüben einen Wohnbereich.« Der Alte zeigte auf die fensterlose Wand. »Da ist ein kleines Haus mit vier Zimmern. Dort haben wir früher alle gewohnt.«

»Früher? Und wen meinen Sie mit alle?«

»Ich, Olgin, Shenja, wenn er über Nacht bleiben darf, und Serafima Kaljasina, wenn sie Nachtdienst hatte.«

»Und Swanzew?«

»Er wohnt neben dem Labor in Sektor zwei.«

»Neben den Affenkäfigen? Ist das so ein kleines Holzhaus mit Schnitzereien?«

»Genau.«

»Also der Schlüssel zum Serpentarium ist immer bei Ihnen. In Ihrem Zimmer?«

»So ist es.«

»Und wie erklären Sie sich dann, dass die Tür, die Sie

eigenhändig verschlossen haben, offen stand?«, erkundigte Kolossow sich geradeheraus.

Der Alte zuckte ratlos die Schultern. Er sah ganz mager und blass aus. Sogar seine dünnen grauen Haare, die zerzaust zu Berge standen, wirkten empört und ungläubig.

»Es ist mir unerklärlich, junger Mann.«

»Das kommt ja nicht zum ersten Mal vor, dass die Schlangen so mir nichts dir nichts plötzlich ihre Käfige verlassen«, sagte Kolossow. »Im letzten Jahr gab es schon mal so einen Zwischenfall, oder?«

»Ach, das.« Wenedikt Wassiljewitschs Miene verfinsterte sich.

»Und beim letzten Mal hat man einem armen Schimpansen die Schuld in die Schuhe geschoben. Charly heißt er, glaube ich.« Kolossow setzte sich vor den Verwalter des Schlangenhauses und stützte die Ellbogen auf den Schreibtisch. »Sind Sie sicher, dass es damals wirklich ein Affe getan hat?«

»Ja, ich bin sicher.« Wenedikt Wassiljewitsch nahm seine Brille ab und legte sie vor sich auf den Tisch. »Charly ist in einem unbeaufsichtigten Moment ins Serpentarium eingedrungen und hat mehrere Käfige geöffnet. Allerdings ...«

»Was?«

»Es ist sehr ungewöhnlich, junger Mann.«

»Was ist ungewöhnlich? Dass ein Schimpanse Käfige öffnen kann?«

Wenedikt Wassiljewitsch trommelte mit den Fingern auf die Tischplatte.

»Ungewöhnlich ist, dass ein Schimpanse sich Schlangen nähert«, sagte er mit Nachdruck. »Sehen Sie, für Affen, besonders für die Menschenaffen, gibt es in der Natur keine schlimmeren Feinde als die Schlangen.«

Kolossow hörte gespannt zu. Irgendetwas stimmte hier nicht.

»Sie meinen also, es war doch nicht Charly, der damals ins Schlangenhaus eingedrungen ist?«, fragte er.

»Nein, junger Mann, das war er, man hat ihn ja gesehen. Aber ...«, der Alte bewegte sich unruhig auf seinem Stuhl, »ein solches Benehmen ist für ihn einfach anomal. Und ich begreife immer noch nicht, was damals mit ihm los war.«

»Aber Sie arbeiten doch mit den Tieren. Wieso können Sie dann nicht ...«

»Mit den Affen habe ich überhaupt nichts zu tun«, schnitt ihm Wenedikt Wassiljewitsch das Wort ab. »Olgins Projekt fällt nicht in meinen Kompetenzbereich, ich befasse mich nur mit meiner Arbeit – mit dem Schlangenhaus.«

»Aber Ihre Kollegen haben doch sicher mit Ihnen darüber gesprochen.«

»Mir hat man zu diesem Vorkommnis keinerlei Erklärungen gegeben, junger Mann. Jedenfalls keine, die mir eingeleuchtet hätten.«

Kolossow schwieg. Dann fragte er:

»Was haben Sie ausgerechnet? Wie hoch ist der Verlust?«

Der Alte reichte ihm schweigend das Blatt.

Kolossow überflog es, stolperte verärgert über die lateinischen Bezeichnungen, die rasch und unleserlich hingekritzelt waren, und pfiff dann erstaunt durch die Zähne.

»Sieh einer an! So viel!«

»Es handelt sich durchweg um Arten, die vom Aussterben bedroht sind. Sehr seltene Exemplare. Fast alle dürfen aus den Ländern, in denen sie noch existieren, nicht exportiert werden. Der Austausch findet nur durch Zoos und wissenschaftliche Institute statt.«

»Also muss der Dieb sich mit Ihren Stummelfüßern bestens ausgekannt haben. Er hat nur die gestohlen, die wertvoll sind, und die billigen ignoriert?«

»Ja, so ist es.«

»Und wie erklären Sie sich das alles?«, fragte Kolossow verwundert und achtete zum wiederholten Mal genau auf die Reaktion des Alten.

Der seufzte nur.

»Na gut. Wer hatte in den letzten Wochen Zutritt zum Schlangenhaus?« Kolossow zückte seinen Notizblock, um mitzuschreiben.

»Ich, Oleg, Soja, Shenja, Olgin – aber der war in der letzten Woche nicht da. Das sind alle.«

»Aber vermutlich gibt es hier auf der Station auch noch andere Leute. Arbeiter zum Beispiel?«

»Nein. Wenn Reparaturen und Ähnliches anfallen, schickt man uns Leute aus dem Institut. Wir müssen hier leider sehr sparen. Das Institut ist gezwungen ...«

»Ich verstehe. Außenstehende haben hier keinen Zutritt?«

»So ist es. Olgin achtet streng darauf.«

»Aber jetzt ist er ja nicht auf der Station.«

»Wieso? Gestern Morgen ist er gekommen.«

»Gestern Morgen? Wissen Sie, mit welcher Bahn?«

»Mit der, die neun Uhr fünfundfünfzig aus Moskau eintrifft.«

»Aha. Gut, Wenedikt Wassiljewitsch, wir werden uns auf die Suche nach Ihren Stummelfüßern machen. Was glauben Sie, wer könnte sich überhaupt für die gestohlenen Schlangen interessieren?«

Der Alte überlegte. »Nun, vielleicht Liebhaber exotischer Tiere, Sammler, dann auch unsere ehemaligen Sowjetrepubliken – dort gibt es entsprechende Institute und auch

Zoos. Auch im Ausland. Und nicht zuletzt Zirkusunternehmen. Pythons und Riesenschlangen werden oft für Zirkusnummern benutzt.«

»Zirkusunternehmen?« Kolossow grinste spöttisch. »Ein Zirkus hat mir zu meinem Glück gerade noch gefehlt. Sonst habe ich ja schon alles.«

Er verließ das Schlangenhaus finster wie eine Gewitterwolke. Die Mittagssonne stach ihm in die Augen. Ein heißer Wind wehte den würzigen Duft der Kapuzinerkresse vom Blumenbeet herüber, das vor dem so genannten Wohnbereich angelegt war.

Am Tor standen Shenja und der Leutnant untätig herum.

»Hören Sie, Shenja, was ich Sie noch fragen wollte.« Kolossow suchte einen Gedanken festzuhalten, der ihm im Schlangenhaus gekommen und wieder entglitten war. »Mit welcher Bahn sind Sie heute gekommen?«

»Mit der Acht-Uhr-Bahn«, erwiderte der Laborant erschrocken.

»Mit der Acht-Uhr-Bahn, so, so ... An dem Tag, an dem die Kaljasina ermordet wurde, waren Sie doch gewissermaßen ihre Wechselschicht, ja?«

»Ja.«

»Und um wie viel Uhr sind Sie damals gekommen?«

»Auch mit der Acht-Uhr-Bahn.«

»Und Sie sind am Tor nicht Serafima Kaljasina begegnet? Als sie gerade aufbrach? Soja Iwanowa war ebenfalls am Tor. Haben Sie die beiden vielleicht gesehen?«

»Nein. Ich musste dringend die Geräte ablesen. Ich war sowieso zu spät dran. Der Plan sieht vor, dass sie um acht Uhr zwanzig abgelesen werden müssen.«

»Warum ist das so wichtig?«

»Der Plan schreibt es vor.« Der Laborant zuckte die Achseln. Seine Augen hinter den Brillengläsern blickten misstrauisch. »Olgin braucht genaue Daten.«

»Ich verstehe. Danke.« Kolossow wandte sich zur Tierpraxis. »Ist Soja Iwanowa jetzt da?«

Aber da machte der Leutnant sich bemerkbar. Er war sichtlich bestrebt, die Aufmerksamkeit des Chefs auf sich zu ziehen.

»Ähm ... also, Genosse Major ... Möchten Sie nicht einen Blick auf die Stelle des vermutlichen Zu- und Abgangs werfen?«

»Auf was?«

»Die Stelle, wo der Dieb aller Wahrscheinlichkeit nach auf das Gelände dieses Objekts eingedrungen ist, und wo er es später mit seinem Diebesgut wieder verlassen hat?«

»Warum haben Sie mir das nicht gleich gesagt?«, explodierte Kolossow. »Damit hätte man doch anfangen müssen!«

Der Leutnant führte ihn über einen Weg, der hinter dem Affenhaus verlief. Sie kamen an Fliederbüschen vorbei. Die Gebäude verschwanden hinter Baumkronen, und der Kiesweg wurde von einem schmalen Pfad abgelöst, der in dichtes Unterholz führte. Hier hörte der von Menschenhand gepflegte Park auf, und das wilde Dickicht begann.

»Wir haben einen Kynologen mit einem Hund hierher gebracht. Aber die Spur von diesem Schlangendieb hat der Köter nicht gefunden«, berichtete der Leutnant und schob mit dem Fuß am Boden liegende Tannenzweige beiseite. »Wir sind dann die gesamte Mauer abgegangen.«

Die Mauer durchschnitt einen sanft abfallenden Abhang, an dessen Rändern wie ein Staketenzaun krumme Kiefern standen. Am Fuß der Mauer wucherten üppig wilde Himbeeren. Durch das Himbeergesträuch hatte jemand einen

Durchgang geschlagen, die Himbeersträucher waren zertreten und geknickt. Der Durchgang endete an einer gähnenden Öffnung, die mit irgendetwas Hartem in die Betonmauer geschlagen worden war. Das Loch sah ziemlich beeindruckend aus. Kolossow berührte die Ränder: schartiger Stein, verschmutzt und mit Regennässe vollgesogen. In den Rissen hatte sich bereits Moos eingenistet. Ja, dieses Loch war schon einige Monate alt. Wahrscheinlich war es schon seit dem Frühling dort.

Er stand auf und wischte sich die Knie ab.

»Hat man hier nichts gefunden?«

Der Leutnant schüttelte bedauernd den Kopf.

Als sie zurückgekehrt waren, begab sich Kolossow zur Praxis der Tierärztin.

Er traf Iwanowa auf dem Fensterbrett sitzend an. Die Arme tief in den Taschen ihres weißen Kittels vergraben, schaute sie gedankenverloren zum Fenster hinaus. Den Chef der Mordabteilung schien sie zunächst gar nicht zu bemerken.

»Na, haben Sie Ihre Exkursion durchs Schlangenhaus beendet?«, fragte sie mit gespielter Gleichgültigkeit, als er näher trat.

»Die Exkursion ja. Aber sonst ist noch kein Ende in Sicht, was Ihren ganzen Betrieb hier mit Schlangen und Affen angeht.« Kolossow stützte einen Arm an die Wand und hielt Iwanowa auf diese Weise gewissermaßen gefangen. »Haben Sie jemanden im Verdacht, diesen Diebstahl begangen zu haben?«

»Ich?« Ihre Augen wurden groß. »Nein.«

»Nein?«

»Warum sprechen Sie in diesem Ton? Warum stellen Sie mir eine solche Frage?«

»Ich habe gehört, dass am Tag des Mordes an Kaljasina ein neugieriger Mensch hier bei Ihnen war ...«

Er spielte Vabanque. Was er von dem Alten, von Shenja und vor allem vor ein paar Tagen von Olgin gehört hatte, der im Zusammenhang mit der Iwanowa von einem »jungen Mann« gesprochen hatte, verknüpfte sich plötzlich zu einem Knoten.

»Sie haben nicht das Recht!« Iwanowa stieß plötzlich heftig seinen Arm beiseite und sprang vom Fensterbrett. Rote Flecken erschienen auf ihren Wangen.

»Zu was habe ich kein Recht?«

»Konstantin zu verdächtigen und hineinzuziehen.«

Zwei Fragen brannten Kolossow auf der Zunge: Wer ist Konstantin? Und was für ein Verdacht? Aber er holte tief Luft (das beste Mittel gegen voreilige und unüberlegte Handlungen), zog eine geheimnisvolle Miene und gab sich noch rätselhafter.

»Da bin ich anderer Meinung.«

»Aber warum?« Iwanowa durchbohrte ihn mit einem kalten Blick. »Er ist ein ehrlicher Mensch!«

»Die Umstände ...«

Kolossow wunderte sich über sich selbst: Obwohl er sich den Weg durch dieses dunkle und geheimnisvolle Gespräch nur tastend bahnte, riskierte er es, noch einen zweiten Probeballon steigen zu lassen.

»Aber er könnte niemals stehlen und erst recht nicht töten!« Das Mädchen atmete schwer. »Zu so etwas wäre er niemals imstande! Begreifen Sie das denn nicht? Was bedeutet es denn schon, dass er losgegangen ist, um sie zu begleiten! Sie hätten sich doch auch verpassen können!«

Da erst bemerkte sie den Blick, mit dem Kolossow sie anschaute, und stockte.

Kolossow begriff in diesem Moment überhaupt nichts. Nur seine Zunge arbeitete weiter, und er erfüllte eifrig und nachdrücklich die Pflicht aller professionellen Ermittler: ununterbrochen Fragen zu stellen. Immer mehr, immer schneller!

Der folgende Dialog ähnelte einem Pingpongspiel.

»Kennen Sie Konstantin schon lange?«

»Zwei Jahre, nein, weniger ... Auf jeden Fall schon lange.«

»Er hat früher hier auf der Tierstation gearbeitet? So ist es doch?«

»Ja.«

»Und wann wurde er entlassen? Oder ist er von selbst gegangen?«

Iwanowa wandte sich ab.

»Das hat Olgin Ihnen gesagt. Er hat schon alles weitergetratscht. Was fragen Sie mich noch danach? Gehen Sie doch zu ihm. Das ist seine Geschichte.«

»Er hat Sie hier die ganze Zeit besucht?«

»Ich liebe ihn!« Ihre Antwort klang wie ein Schuss.

»Am Abend davor, vor dem Mord, meine ich, war er da auch bei Ihnen?«

»Ja.«

»Wann ist er gegangen?«

»Er hatte es eilig, weil er die Bahn um neun Uhr zwanzig noch erreichen wollte. Genau wie Oma Sima. Sie wollten zusammen fahren.«

»Aber Oma Sima ist doch allein aus dem Tor gegangen.«

»Ja, sie ist schon vorgegangen, sie wollte uns beim Abschied nicht stören. Sie war sehr taktvoll, hat alles verstanden ...«

»Wie ist er eigentlich immer hereingekommen?«

»Von da drüben.« Die Iwanowa nickte zum Wald hinüber. »In der Mauer ist ein Loch. Konstantin hat es gefunden. Durch dieses Loch ist er geklettert. Früher, im Frühling, ist er auch mal ganz offen zu mir gekommen, und da ist er mit Olgin zusammengestoßen. Es gab einen gewaltigen Skandal. Und dann ...«

»Alles klar. Also, Sie haben sich voneinander verabschiedet. Was war dann?«

»Ich habe das Tor geschlossen, und er ist den Betonweg hinuntergelaufen, um Oma Sima einzuholen.« Soja sah zu Kolossow auf. In ihren Augen erschien wieder dieser fragende, ungläubige Ausdruck, der Kolossow bereits früher so erstaunt hatte.

»Und danach ... nach diesem Ereignis, haben Sie sich noch mit ihm getroffen?«

Sie schüttelte verneinend den Kopf.

»Wo arbeitet Ihr Konstantin denn?«

»Er hat hier gearbeitet. Früher.« Iwanowas Stimme klang traurig. »Wo er jetzt beschäftigt ist, weiß ich nicht.«

Kolossow drehte sich um und ging zur Tür. Iwanowa zu fragen, wie dieser geheimnisvolle Konstantin mit Nachnamen hieß, wäre fehl am Platze gewesen – ein unverzeihlicher Lapsus in dem so virtuos geführten Gespräch, in dem einer der beiden Gesprächspartner bis zum Schluss nur eine sehr vage Vorstellung davon hatte, worum es eigentlich ging.

Der Verbannte

18

Konstantins Nachnamen erfuhr Kolossow von Olgin. Ihn und Swanzew traf Kolossow im Büro des Milizchefs von Nowospasskoje. Solowjow thronte auf einem imponierenden lederbezogenen Drehstuhl, die Wissenschaftler hatten sich am Konferenztischchen niedergelassen. Kolossow begrüßte die beiden und nahm ihnen gegenüber Platz.

»Wie geht es der Hand?«, fragte Swanzew. »Ich sehe, Sie haben wieder einen Verband.«

»Es ging nicht anders. Im Dienst bin ich die ganze Zeit unter Menschen, da ist das peinlich.«

»Vorurteile«, schnaubte Swanzew.

Sowohl er wie Olgin trugen ihre übliche Arbeitskleidung: Jeans und Jacken in Tarnfarben.

»Ich war bei Ihnen auf der Tierstation.« Kolossow schaute Olgin an. »Und ich will Ihnen eins sagen, Alexander Nikolajewitsch: Die Tür zum Schlangenhaus wurde mit dem dazugehörigen Schlüssel aufgeschlossen.«

»Was reden Sie da! Wie können Sie auf so eine Idee kommen!« Swanzew wurde rot im Gesicht. »Wenedikt Wassiljewitsch ist ein durch und durch ehrlicher Mensch.«

Kolossow räusperte sich.

»Ich wiederhole: Die Tür wurde mit dem dazugehörigen Schlüssel geöffnet. Oder mit einem Duplikat.«

»Das Duplikat wird im Institut aufbewahrt«, warf Swanzew rasch ein.

»Bei wem?«

»Bei der derzeitigen kommissarischen Direktorin des Instituts, Ninel Grigorjewna Balaschowa. Sie ist auch die Kustodin unseres Museums.«

»Und wo genau hebt sie den Zweitschlüssel auf?«, fragte Kolossow. »Im Safe?«

»Ninel Grigorjewna hat keinen Safe. Ein Safe, oder besser gesagt, ein abschließbarer Schrank befindet sich im Sekretariat des Instituts«, erklärte Olgin. »Dort werden auch sämtliche Nachschlüssel aufbewahrt.«

»Ich verstehe. Auf jeden Fall müssen jetzt alle Personen überprüft werden, die Zugang zu diesem Safe haben. Ihr ganzes Institut. Geben Sie mir bitte die Telefonnummer Ihrer Chefin. Ich brauche eine Liste der Mitarbeiter.« Kolossow blickte zur Decke und dann mit nicht geringerem Interesse auf seine verbundene Hand. »Fremde kommen nicht auf Ihre Tierstation?«

Die Wissenschaftler schüttelten den Kopf.

»Trotzdem wurde die Tür des Schlangenhauses von jemandem geöffnet, und die Schlangen wurden geraubt – noch dazu die seltensten und wertvollsten Exemplare. Es drängt sich die Schlussfolgerung auf, dass ...«

»Dass wir uns selbst bestohlen haben.« Olgin kniff dreist und spöttisch die Augen zusammen. »Das kommt Ihnen als Erstes in den Sinn, nicht wahr? Und wen werden Sie als Ersten verdächtigen? Mich? Ihn?« Er nickte zu Swanzew hinüber, der vor Zorn rot angelaufen war. »Oder unsere Tierärztin?«

»Nein, ich würde bei jemand ganz anderem anfangen.« Kolossow stützte die Ellbogen auf den Tisch. »Bei einem Mann, der auf der Station kein Unbekannter ist. Bei einem gewissen Konstantin ...«

»Jusbaschew?« Olgin lehnte sich zurück.

Da ist irgendwas zwischen dir und diesem Knaben gewesen, dachte Kolossow, als er Olgins finsteren Gesichtsausdruck sah. Wie hat sie doch gesagt: »Er ist mit Olgin zusammengestoßen, und es gab einen gewaltigen Skandal.« Aus welchem Grund? Wegen der kurvigen Iwanowa? Olgin selbst hat mir ja als Erster diesen Köder hingeworfen und von einem jungen Mann gesprochen. Er selbst. Und bestimmt nicht zufällig.

»Bei Jusbaschew«, wiederholte er laut und ließ sich nicht anmerken, dass er diesen Familiennamen zum ersten Mal hörte. »Wann haben Sie ihn entlassen?«

»Ich habe ihn nicht entlassen. Er hat selbst gekündigt.«

»Und wann war das?«

»Anfang Mai«, erwiderte Olgin gleichgültig und müde.

»Was ist Jusbaschew von Beruf?«

»Ethologe«, erwiderte Swanzew.

Kolossow zuckte die Achseln und grinste schief.

»Was bedeutet das?«

»Er beschäftigt sich mit dem Verhalten der Tiere und der Evolution dieses Verhaltens.«

»Ist Jusbaschew aus Moskau?«, fragte Solowjow.

»Er hat am Biologischen Institut der Universität Kasan gearbeitet. Danach ist er zu uns gekommen, weil das Thema seiner Dissertation mit unserem Forschungsprojekt zusammenfiel.«

»Wo wohnt er?«

»Die ersten neun Monate hat er auf der Station gewohnt, im Winter ist er ins Studentenwohnheim umgezogen.«

»Ist er dort auch jetzt?«

Olgin zuckte die Schultern.

»Wann haben Sie ihn das letzte Mal gesehen, Alexander Nikolajewitsch?«

»Das war im Mai, glaube ich.« Olgin antwortete nur widerwillig. Man merkte, das Thema war ihm unangenehm.

»Und er ist nicht wieder bei Ihnen aufgetaucht, sozusagen als Privatperson? Schließlich gab es freundschaftliche Verbindungen.« Kolossow räusperte sich.

Olgin lächelte. Seine Augen wurden zu funkelnden Schlitzen. Kolossow bekam Lust, zurückzulächeln.

»Ich habe ihn nicht gesehen«, erwiderte Olgin.

»Aber bei unserer letzten Unterhaltung haben Sie selbst sehr zartfühlend auf einen jungen Mann und Ihre Soja Iwanowa angespielt.«

»Vielleicht habe ich ja Oleg gemeint?«

Kolossow lachte.

»Dann habe ich Sie wohl falsch verstanden.«

»Spaß beiseite.« Der Laborleiter seufzte. »Sie haben das schon ganz richtig verstanden. Aber ich möchte nicht tratschen, verstehen Sie? Ich mag so etwas nicht.«

»Warum hat Jusbaschew die Tierstation verlassen?« Kolossow wechselte sofort das Thema. »Gab es Konflikte?«

»So kann man es ausdrücken.«

»Und aus welchem Grund? Ich hoffe, das ist jetzt keine indiskrete Frage?«

»Nein, das geht in Ordnung. Der Grund war rein dienstlich. Und Soja Iwanowa, da muss ich Sie leider enttäuschen«, Olgin schaute Kolossow spöttisch, aber durchaus freundlich an, »hat damit nicht das Mindeste zu tun. Konstantin hat sich in unsere Arbeit eingemischt. Er hat uns eine ganze Forschungsreihe verdorben.«

»Alexander Nikolajewitsch, ich weiß, Sie tratschen nicht gern.« Kolossow machte ein ernstes Gesicht. »Aber trotzdem ... Glauben Sie mir, es ist äußerst wichtig für mich, das zu erfahren. Haben Sie Jusbaschew am neunundzwanzigsten Mai auf der Station gesehen?«

Olgin senkte den Blick. Seine Wimpern waren dicht, wie

kleine schwarze Bürsten, und warfen dunkle Schatten auf seine kräftigen Wangenknochen.

»Tja, Alexander, das musst du ihm schon sagen«, mischte Swanzew sich ein. »Nicht am neunundzwanzigsten, Nikita Michailowitsch, aber am achtundzwanzigsten Mai. Da hatte Soja nämlich Geburtstag, und da durfte er natürlich nicht fehlen.«

»Er war bei der Iwanowa?«

Swanzew nickte.

»Über Nacht?«

Auf diese Frage gab niemand eine Antwort.

»Und zurückgefahren ist er am folgenden Morgen ... Tja, das ist mir der Richtige, euer Ethologe ...«

»Verdächtigen Sie etwa ihn des Diebstahls?«, fragte Olgin mürrisch.

»Nun, unter Berücksichtigung verschiedener Umstände würde ich an Ihrer Stelle alles tun, um mir darüber Klarheit zu verschaffen.« Kolossow seufzte. »So wäre die Sache mit dem Schlüssel ja ganz einfach zu erklären.«

»Ich fürchte, Sie irren sich«, widersprach Olgin.

»Was, zum Teufel, sollte er mit den Schlangen?«, wunderte sich auch Swanzew. »Er ist sowieso nicht ganz von dieser Welt, für Geld interessiert er sich nicht. Er hat bloß seine Dissertation im Kopf. Er selbst hat kaum was zu essen, füttert aber noch alle möglichen Tiere durch, Katzen, streunende Hunde. Nein, denken Sie von uns, was Sie wollen«, er wurde wieder rot, »aber Konstantin werde ich niemals für einen Dieb halten. Ganz gleich, wie ich sonst zu ihm stehe.«

»Das gilt auch für mich«, erklärte Olgin. »Wir mögen verschiedene Ansichten haben, was die Arbeit betrifft, aber ich habe nicht die Absicht, ihn grundlos zu verleumden.«

»Gut, wir werden uns darum kümmern.« Kolossow stand auf. »Geben Sie mir bitte noch die Adresse des Wohnheims und die persönlichen Daten von Jusbaschew.«

»Da müssen wir erst zurück auf die Tierstation«, sagte Olgin. »Ich habe mein Notizbuch nicht bei mir.«

»Na schön, wenn's nicht anders geht.«

Als sie das Revier von Nowospasskoje bereits verlassen hatten und in den Shiguli stiegen, nahm Kolossow Solowjow, der sie nach draußen begleitet hatte, kurz beiseite.

»Ich weiß nicht, was aus der übrigen Sache wird, aber den Diebstahl dieser Giftnattern klären wir auf«, flüsterte er ihm zu. »Das hab ich im Gefühl.«

»Die Liste der Mitarbeiter des Instituts fordere ich bei der Balaschowa an«, versicherte Solowjow, ebenfalls im Flüsterton. »Noch heute.«

»Unbedingt. Man darf kein Detail außer Acht lassen.«

Sobald sie auf der Tierstation angekommen waren, begaben sie sich in das Holzhäuschen, das als Labor und gleichzeitig als Unterkunft für Swanzew diente. Die drei engen Räume waren bis zum Rand mit schweren technischen Geräten vollgestellt. Kolossow warf nur einen flüchtigen Blick darauf – mit dieser Art Technik hatte er nichts am Hut. Er erkannte gerade mal einen Computer, und auch das nur mit Mühe.

»Falls ich Jusbaschew in diesem Wohnheim nicht antreffe – er könnte ja ausgezogen sein, zum Beispiel –, wo kann ich ihn dann finden?«, fragte Kolossow.

»Wenn man berücksichtigt, dass der Moskauer Zoo gerade umgebaut wird und das Biologische Institut keine freien Stellen anzubieten hat, bleiben in der Hauptstadt nicht allzu viele Orte, wo man den Gegenstand studieren kann, mit dem er sich beschäftigt. Dort können Sie ihn finden. Unter die Straßenhändler geht Konstantin bestimmt nicht. Auch wenn er verhungert – seine Ethologie gibt er niemals auf.«

»Ist das eine so nützliche Wissenschaft?«, erkundigte Kolossow sich misstrauisch.

»Nützlich und aussichtsreich, nur nicht bei uns.« Olgin runzelte die Stirn. »Bei uns bietet bloß der Handel gute Aussichten. Und der ist durch und durch kriminell.«

Kolossow wollte gerade aufstehen und sich verabschieden, als plötzlich die Tür zum Labor krachend aufgestoßen wurde und Shenja auf der Schwelle stand, verschwitzt und atemlos.

»Schon wieder!«, rief er. »Alexander Nikolajewitsch, ich hab's gesehen! Ich hab's mit eigenen Augen gesehen!«

»Wer?«, fragte Olgin und sprang auf. »Flora?«

»Nein, Charly! Kommen Sie schnell!«

Am aufgeregten Gesichtsausdruck der beiden erkannte Kolossow, dass etwas Schlimmes geschehen war.

»Ich störe Sie doch nicht?«, fragte er.

Olgin gab keine Antwort, er lief schon die Treppe hinunter.

»Machen Sie, sonst kommen wir zu spät!«, rief Shenja.

Sie rannten so schnell sie konnten zum Affenhaus. Kolossow schlug das Herz bis zum Hals. Er hatte Jusbaschew in diesem Moment völlig vergessen.

Vor dem Käfig des Schimpansen namens Charly blieben sie stehen. Olgin gab ihnen ein Zeichen, sich still zu verhalten. Kolossow reckte den Hals, um zu erkennen, was im Innern des Käfigs vor sich ging.

Charly kauerte tief gebeugt auf dem Betonboden, er hatte ihnen den Rücken zugedreht und wühlte knurrend in einem dunklen Haufen. Kolossow begriff zuerst nicht, worum es sich handelte, dann erkannte er, dass es Federn waren. Etwas Rotes schimmerte. Unter Shenjas Füßen knirschte der Kies. Charly drehte sich um.

Kolossow erstarrte: Die Schnauze des Schimpansen war dick mit frischem Blut verschmiert. Auch die Pfoten, die so sehr menschlichen Händen ähnelten, waren voller Blut. In der Faust presste er ein blutiges, mit rosigen Sehnen durchzogenes Stück Fleisch, aus dem ein weißer Knochen ragte. Vor dem Schimpansen auf dem Boden lag ein halbzerfetzter Vogelkadaver. Ein leichter Windstoß bewegte die dunklen Federn.

Charly blickte die Menschen finster an und knurrte dumpf.

»Eine Dohle, glaube ich«, flüsterte Olgin. »Shenja, wie ist das passiert?«

»Er hat mich nicht gesehen«, flüsterte der Laborant. »Ich lag gerade auf der Bank in der Sonne. Plötzlich höre ich Geräusche. Ich gucke hoch und sehe drei Dohlen vor dem Käfig herumhüpfen. Sehen Sie die Apfelstückchen da bei den Gitterstäben? Andere Stückchen hat Charlie da drüben ins Gras geworfen. Aber diese da lagen direkt vor dem Gitter. Als eine Dohle mutig auf diesen Köder zugehüpft ist, hat er sie gepackt und sie totgebissen.«

»Also ist es Charly. Das habe ich mir gleich gedacht.« Olgin trat dicht an den Käfig heran.

»Fressen Schimpansen denn Vögel?«, fragte Kolossow.

»In freier Natur ziemlich häufig«, erwiderte Swanzew. »Das kann man auch in der Fachliteratur nachlesen. Aber in der Gefangenschaft sind solche Fälle sehr selten. Zum ersten Mal hat man es 1983 im Londoner Zoo beobachtet. Dort hat ein Schimpansenmännchen jeden Tag eine Taube gefangen und verspeist. Charly hat die gleichen Angewohnheiten. Er ist Fleischfresser.«

»Seine ganze Schnauze ist ja voller Blut«, bemerkte Kolossow angewidert.

»Affen lieben Blut. Nicht alle, aber für manche ist es ein richtiger Leckerbissen. Alexander«, rief Swanzew seinem Kollegen zu. »Was hast du vor?«

Olgin schob vorsichtig den Arm durch das Gitter. Charly knurrte lauter.

»Was soll denn das heißen?« Olgins Stimme war leise und sanft. »Was sind das für Streiche, Charly? Komm, gib her.«

Das Knurren wurde tiefer und drohender.

»Gib es sofort her!« Olgin hob die Stimme.

Der Schimpanse brach in ein hysterisches Kreischen aus und sprang wie ein zottiger schwarzer Ball in die hinterste Käfigecke. Dort kletterte er auf einen dicken Ast und ließ eine ganze Kanonade von lauten, empörten Schreien auf den Wissenschaftler niedergehen.

»Shenja, hol mir eine Schaufel, ich will den Vogel ins Labor bringen«, bat Olgin.

Als Charly sah, dass man seine Beute fortschaffte, drehte er völlig durch: Er kreischte, hüpfte auf seinem Ast herum, fuchtelte mit den Armen, machte jedoch keinen Versuch, sich dem Gitter zu nähern.

Als sein Kreischen die Luft mit einem besonders hohen Ton durchschnitt, antwortete aus dem Nachbarkäfig ein tiefes, rollendes Gebrüll. Kolossow erkannte die Stimme von Humphrey.

Olgin holte die Überreste der Dohle aus dem Käfig, übergab die Schaufel rasch dem Laboranten und lief zu Humphrey hinüber. Kolossow folgte ihm.

Der Affe saß wieder unmittelbar hinter dem Gitter. Als er die Menschen erblickte, fletschte er schweigend seine gelben Hauer.

»Was hast du?«, fragte Olgin leise. »Was ist los?«

Kolossow stellte fest, dass der Schimpanse in Gegenwart Olgins überhaupt nicht auf ihn reagierte, als hätte er den Fremden gar nicht bemerkt. Humphreys Augen waren fest auf Olgin gerichtet. Er wollte ihn offensichtlich provozieren.

»Na, mein Alter, was hast du denn?«, fragte der noch einmal leise und ließ den Blick ebenfalls nicht von dem Affen.

Humphrey krümmte den Rücken. Seine Augenlider zitterten. Die Muskeln spannten sich. In dem Blick, den er auf den Wissenschaftler gerichtet hielt, waren brennender Hass und Angst zu lesen. Dann erloschen die Augen plötzlich. Humphrey drehte sich um und humpelte schwer in die Ecke des Käfigs.

Kolossow zog sich unwillkürlich das Herz zusammen.

19 Der Weg ins Rudel

Am Samstag wollte Sergej Viktor Pawlow und Tien Zi auf die Datscha bringen. Man hatte sich für zwölf Uhr mittags verabredet.

»Soll ich auch mit hinaus in die Natur?«, bot Wadim mit matter Stimme an. Er saß auf dem Bett, hatte sich ein Kissen in den Rücken gestopft und beobachtete Katja, die in einem Frotteebademantel im Zimmer auf und ab ging.

Wadim merkte, dass sich über seinem blonden Kopf seit dem gestrigen Abend (an dem man trotz des Parfums kaum mit ihm gesprochen hatte) schwarze Wolken zusammenzogen, und bald würde es donnern. Er musste dringend etwas unternehmen.

»Katja ...«

»Was?« Sie setzte sich vor den Spiegel und begann sich zu kämmen.

»Möchtest du deinen Kaffee ans Bett?«

»Ich bin ja schon längst aufgestanden. Und zwar früher als du.«

»Ja? Tatsächlich. Das war wohl kein so guter Anfang.« Er seufzte. »Irgendwie streiten wir uns in letzter Zeit dauernd«, sagte er kummervoll. »Wahrscheinlich bin ich ein kompletter Idiot. So ein kluges, schönes Mädchen, und ich gehe ihm nur auf die Nerven ...«

Katja starrte ihn misstrauisch an – wieso raspelte er so ein Süßholz? Aber dann hielt sie es nicht aus und prustete los. Auch Wadim musste lachen. Er streckte die Hand nach ihr aus, und sie ging zu ihm. Er hatte wunderbare Haare von der Farbe reifen Roggens, die man gleich berühren und verwuscheln wollte. Die Finger glitten wie von selbst in diese dichte Mähne, in dieses goldfarbene Dickicht ...

Katja schloss die Augen. Bei Wadim fühlte sie sich immer klein, trotz ihrer stattlichen Größe.

Nachdem die Versöhnung in aller Form stattgefunden hatte, duschten sie und setzten sich zum Frühstück.

»Katja, was war gestern los?«, fragte Wadim. »Du warst so aufgeregt und nervös. Hattest du Ärger bei der Arbeit?«

»Du hast jetzt Urlaub und musst dich erholen. Also, keine Gespräche über die Arbeit, weder über deine noch über meine.«

»Nein, wirklich, ich meine es ernst. Was war los?«

Katja schaute ihn an: Er wollte es wirklich wissen. Und da ging es ihr genauso, wie vor kurzem Kolossow – sie musste jemandem ihr Herz ausschütten. Rasch erzählte sie alles, was sie von Kolossow erfahren hatte. Wadim lauschte ihr mit undurchdringlichem Gesicht. Kein spöttisches Lächeln – Gott sei Dank.

»Na?«, fragte Katja, als sie geendet hatte. »Was sagst du dazu?«

»Hat dein Kolossow das alles vielleicht nur geträumt?«

»Erstens ist er nicht *mein* Kolossow.« Katja verzog unwillig das Gesicht. »Und zweitens träumt er so etwas bestimmt nicht, dazu ist er viel zu realistisch.«

»Ja?« Wadim schmierte für sich und für sie Butterbrote.

»Also glaubst du nicht, dass der Schimpanse aus der Station fliehen und einen Menschen töten könnte?«

»Glaubst du es denn?«

»Nein. Vielleicht einmal, das könnte ja noch sein, aber dreimal? Es gab ja drei solche bestialischen Morde.«

»Du bist ein kluges Kind.« Wadim kaute nachdenklich. »Zweifelsfrei fest steht nur eins: dass alte Frauen ermordet wurden. Alles andere ist Unsinn. Willst du dich jetzt etwa auch noch mit diesem Fall beschäftigen?«

»Nach allem, was ich gehört habe, kann ich gar nicht anders. Das ist schließlich eine ganz ungewöhnliche Sache. Sensationelles Material!«

Wadim trank seinen Kaffee aus und wischte sich die Lippen mit der Serviette ab.

»Gut. Machen wir es so. Sergej und ich bringen jetzt Pawlow und seinen Knirps auf die Datscha, dann schleppe ich Sergej hierher. Zwei Köpfe sind besser als einer, und drei sind besser als zwei.«

»Weißt du was«, Katja stand auf. »Ich fahre mit.«

»Wozu? Was willst du auf der Datscha?«

»Ich will gar nicht auf die Datscha. Du bringst mich bis zur Schule. Ich zeige dir, wo das ist. Ich bin heute irgendwie so zappelig, ich kann nicht ruhig zu Hause sitzen.« Katja holte schon ihr Sommerkleid aus dem Schrank. »Ich möchte mich dort mit einem Mädchen unterhalten, mit der Frau des älteren Bruders von Stassik.«

»Tu, was du nicht lassen kannst.« Wadim machte keine Einwände mehr. »Und pass auf, dass du die Übersicht behältst. Zwei Morde, die nichts miteinander zu tun haben – das sind zwei Vexierbilder. Beide gleichzeitig zu drehen ist nicht jedermanns Sache.«

Katja musste sofort an Kolossow denken, an seine Bemerkung, dass zwischen den Morden *bis jetzt* keine Verbindung bestände. Woran er dabei wohl gedacht hatte?

Wadim rief bereits bei Sergej an und teilte ihm mit, es gäbe wichtige Neuigkeiten.

»Ich bringe jetzt erst Katja nach Kamensk, danach fahre ich zu Viktor auf die Datscha. Oder soll ich zuerst zu euch fahren? Habt ihr viele Sachen?«

»Nein, überhaupt nicht. Pawlow hat gesagt, nur zwei Sporttaschen. Er lebt spartanisch«, erwiderte Sergej.

»Warum kauft dieser Spartaner sich eigentlich kein eigenes Auto?«

»Er hatte eins. Und was für eins! Gleich im ersten Jahr, nachdem er Miteigentümer seines Reisebüros geworden war, hat er sich einen schwarzen Volvo gekauft – den ›Traum eines Banditen‹.«

»Und wo ist der Traum geblieben?«

»Verkauft. Als sie in finanzielle Schwierigkeiten kamen, hat er ihn abgestoßen. Mit dem Erlös hat er versucht, die Löcher im Budget zu stopfen.«

»Na schön, was geht's mich an. Hol deinen bankrotten Freund ab. Wartet auf mich.«

»Was ist passiert, Wadim? Was sind das für Neuigkeiten?«, fragte Sergej beunruhigt.

»Wirst du noch früh genug hören.«

»Katja ist doch gesund?«

»Putzmunter. Sie lässt dich grüßen und erwartet dich heute Abend.«

»Ich komme, ich komme ganz bestimmt!«

In Kamensk setzte Wadim Katja am Schulgebäude ab.

»Du brauchst meine Hilfe wirklich nicht?«

»Wirklich nicht, fahr ruhig nach Bratejewka.« Katja schaute die ganze Zeit zu den Fenstern des Anbaus hinüber, die mit Spitzengardinen verhängt waren.

Wadim fuhr los, und Katja stieg die kleine Vortreppe hinauf und klopfte laut an die Tür. Niemand antwortete. Zu dumm! Wo konnte die junge Lehrerin bloß sein?

Langsam kam eine füllige Frau mit einem bunten Kattunkopftuch den Asphaltweg zur Schule hinaufgehumpelt. Sie ging zum Schuleingang, holte einen Schlüsselbund hervor und sperrte das Vorhängeschloss auf.

»Entschuldigen Sie bitte«, wandte sich Katja an sie. »Ich will zur Lehrerin Korablina, aber sie ist nicht zu Hause. Hat sie vielleicht Ferien und ist weggefahren?«

»Nein, sie ist nur gerade einkaufen. Im Geschäft ist Milch angekommen und frischer Quark. Ich hab sie dort getroffen. Warten Sie, sie kommt sofort.«

»Sind Sie auch Lehrerin?«, erkundigte Katja sich höflich.

»Ich? Ich bin die Hausmeisterin. Ich wohne da drüben, im Haus gegenüber.« Die mollige Frau zeigte über den Hof auf ein baufälliges vierstöckiges Gebäude. »Sind Sie eine Freundin von unserer Sweta?«, fragte sie und musterte ihre Gesprächspartnerin mit einem raschen Blick. So betrachten

Krähen einen glitzernden Gegenstand, bevor sie ihn in ihr Nest tragen.

»Ich bin von der Miliz.«

»Was Sie nicht sagen, von der Miliz! Und noch so jung. Kommen Sie wegen des ermordeten Jungen? Ich hab davon gehört. Der arme Kleine, Gott gebe ihm die ewige Ruhe! Ist der Mörder schon gefunden?«

Katja schüttelte den Kopf. Die Hausmeisterin seufzte.

»Den soll der Zug überfahren und in zwei Hälften schneiden!«, sagte sie hitzig. »So ein Vieh! Was hat der noch auf der Welt verloren!«

»Haben Sie den Jungen hier mal gesehen?«

Die Hausmeisterin rieb sich mit Daumen und Zeigefinger über den Mund.

»Natürlich werd ich ihn gesehen haben. Er ist ja hier zur Schule gegangen. Aber erinnern kann ich mich nicht an ihn, es sind zu viele Kinder hier.«

»Sagen Sie bitte, haben sich in der Nähe der Schule in der letzten Zeit irgendwelche Erwachsenen herumgetrieben?«

»Ich weiß, woran Sie denken. Aber das gibt es bei uns nicht. Wir passen sehr gut auf. Und bei der Schule drückt sich sowieso nie jemand herum, nur ...« Die Hausmeisterin stockte.

»Nur bei den Lehrerinnen, stimmt's?«, fragte Katja rasch. »Bei den jungen Frauen?«

Die Hausmeisterin bedachte sie wieder mit einem scharfen Blick zu und kniff ein Auge zu.

»Bei der Korablina?«

»Sie ist ja wohl verheiratet.«

»Aber der Mann ist schon ein halbes Jahr weg«, sagte Katja und blinzelte ebenfalls – listig, wie sie meinte.

Ihre Gesprächspartnerin lächelte herablassend.

»Was ist schon ein halbes Jahr? Ich bin seit fünfzehn Jahren Witwe und muss allein mein kaltes Bett wärmen.«

»Ihre Generation ist aus anderem Holz geschnitzt«, schmeichelte Katja mit honigsüßer Stimme.

»Ja, wir hatten unseren Stolz.« Die Frau setzte sich auf die Bank, die neben der Schultreppe in den Boden eingelassen war, und rückte ein Stück zur Seite, um Platz für Katja zu machen.

»Jetzt herrschen andere Sitten: Kaum ist der Mann aus dem Haus ...«

»Hat die Korablina einen Geliebten?«, platzte Katja unvermittelt heraus.

Die Hausmeisterin lachte laut auf.

»Wie es mit der Liebe steht, weiß ich nicht, aber einen Verehrer hat sie. Der ist wie wild hinter ihr her. Kommt dauernd angefahren.«

»Auf dem Motorrad?«

»Auf so einer knatternden Höllenmaschine. Den ganzen Hof verpestet er uns mit dem Benzingestank.«

»Ihre Fenster gehen nach hier heraus, auf die Schule?«

Die Hausmeisterin nickte.

»Und wann hat dieses Motorrad das letzte Mal hier geknattert?«

»Der gibt fast keinen Tag Ruhe. Bloß, ihm wird die Tür jetzt nicht mehr aufgemacht.«

»Wie war das vor ungefähr zwei Wochen? Wissen Sie noch, ob er da auch hier gewesen ist?«

Die Hausmeisterin überlegte.

»Ja, da war er auch hier. Und dort hat er das Motorrad abends hingestellt.« Sie wies unter die Fenster des Anbaus. »Und früh morgens hat er's wieder mitgenommen.«

Nachdem sie zum Schluss noch ein paar giftige Bemerkungen über den »unangebrachten Stolz gewisser Leute« von sich gegeben hatte, trottete die Hausmeisterin in die Schule. Katja blieb auf der Bank sitzen und wartete geduldig auf die Korablina. Sie erschien nach zwanzig Minuten. Sie ging langsam, in beiden Händen trug sie schwere Einkaufstaschen.

»Sweta, guten Tag. Ich wollte zu Ihnen.«

»Guten Tag.« Die Stimme der Lehrerin zitterte. »Ich schließe sofort auf.«

In ihrem Zimmer verstaute sie die Lebensmittel im Kühlschrank.

»Möchten Sie Tee? Ich mache sofort die Kochplatte in der Küche an.«

»Nein, danke. Sweta, worüber ich mit Ihnen sprechen wollte ...« Katja stockte. Sie suchte verzweifelt nach passenden Worten, um das Vertrauen des Mädchens zu gewinnen. »Ich ... ich habe hier einen Jungen kennen gelernt, Kescha Shukow. Er war ein Freund von Stassik. Bei ihm hat Stassik auch gewohnt, in den letzten Tagen vor ... kurz vorher. Und Kescha hat einen älteren Bruder namens Roman. Den muss ich dringend sprechen. Glauben Sie mir, es ist sehr wichtig. Helfen Sie mir, ihn zu treffen?«

Die Korablina senkte den Kopf. Röte breitete sich über ihr Gesicht und ihren Hals aus.

»Nein.« Ihre Antwort war kaum zu hören.

»Aber Sie brauchen mir nur zu sagen, wann er wieder herkommt, und ich ...«

»Er kommt nicht mehr her. Nie wieder.« Das Mädchen stand abrupt auf und ging zum Fenster. »Es ist vorbei. Was ich getan habe, war abscheulich. Dafür gibt es keine Entschuldigung und keine Rechtfertigung.«

Katja blickte sie traurig an. Was hast du denn Schlimmes getan, Mädchen? Dein Mann sitzt im Gefängnis, du bist allein, in einer fremden Stadt ... Da taucht so ein Bürschchen auf seinem Motorrad auf. Jünger als du, natürlich. Diese jungen Wölfe von neunzehn zieht es immer zu den Älteren. Ihr wart zusammen im Bett, es war schön ...

»Hören Sie, Sweta, das ist nicht Ihre Schuld, so ist das Leben.« Katja ging zum Angriff über und sprach munter drauflos. »Dieser Roman ... ich glaube, er liebt Sie. Schließlich kommt er dauernd her, er will Sie sehen.«

»Aber ich will ihn nicht sehen!«

»Trotzdem – so geht es doch nicht! Vielleicht hat er ja gar nichts damit zu tun.«

»Warum wollen Sie ihn treffen, wenn er nichts damit zu tun hat?«

»Weil ich dachte, er hat Stassik in den letzten Tagen noch gesehen ...«

»Er war bei mir. Hier.« Die Korablina wies mit den Augen auf ihr altersschwaches Sofa.

»Egal, ich muss ihn trotzdem sehen. Er hat Freunde, diese Motorradclique. Es gibt da so eine Art Organisation. Stassik wollte dort Mitglied werden.«

»Im Rudel?« Die Frage der Lehrerin fiel wie ein Stückchen Eis auf den Boden eines Glases.

»Ja, im Rudel. Wissen Sie Genaueres darüber?«, fragte Katja überrascht.

»Sie haben sich selbst diesen Namen gegeben.« Die Lehrerin lächelte bitter. »Es sind noch richtige Kinder.«

»Sweta, ich muss Roman Shukow sehen«, sagte Katja mit Bestimmtheit. »Hier haben Sie meine Telefonnummer. Rufen Sie mich an, sobald er auftaucht. Glauben Sie mir, es ist sehr wichtig!«

Das Mädchen schwankte ein wenig und nahm schließlich den aus Katjas Notizblock gerissenen Zettel.

»Es geht um Stassik«, sagte Katja. »Ich bitte Sie sehr.«

»Gut, ich rufe Sie an«, versprach Sweta mit matter, ausdrucksloser Stimme. »Sie haben mein Wort.«

»Aha, die schöne junge Lehrerin hat sich also in den jungen Mann auf dem Motorrad verliebt. Der Wilde Westen in Russland. Und der Ehemann ist wie immer ein Bandit«, fasste Sergej nachdenklich zusammen. Er und Wadim waren abends zu Katja gefahren, um Kriegsrat zu halten. »O ihr Witwen, ihr seid doch alle gleich!«

»Sie ist keine Witwe«, brummte Wadim. Er saß im Sessel und blätterte in dem von Sergej zusammengestellten Drogenhandbuch.

»Eine Strohwitwe, mein Lieber, eine Strohwitwe.« Sergej lehnte sich müde im Sessel zurück.

Müde waren sie alle drei. Katja, die allein aus Kamensk zurückgekehrt war, vielleicht noch mehr als die anderen. Und sie musste den Freunden noch von den neuesten Entwicklungen in Kamensk und den rätselhaften Morden in Nowospasskoje erzählen.

»Der Tod ist eine sonderbare Sache, Kinder«, fuhr Sergej fort. »Neuerdings habe ich das Gefühl, er kommt uns näher und näher. Das Museum, das Institut, Pawlows Datscha – das alles erscheint mir wie das Exposé für ein Drama, das uns bevorsteht ...«

»Wie meinst du das?«, fragte Katja leise.

»Ein Drama, bei dem wir entweder Zuschauer sein oder selbst mitspielen werden, als unfreiwillige Statisten. Ich frage mich, ob wir nicht einen Fehler gemacht haben, als wir

Viktor und das Kind ausgerechnet in eine Gegend brachten, in der ein wahnsinniger Kindermörder sein Unwesen treibt.«

Also auch er macht sich deshalb Sorgen, dachte Katja.

»Sergej ist heute in mystischer Stimmung. Die frische Luft ist ihm zu Kopf gestiegen«, sagte Wadim, legte das Buch beiseite und stand auf. »Das ist alles sehr interessant und fantasievoll, aber ...«

Katja wartete darauf, dass er den Satz beendete, doch Wadim verstummte, genau wie sein Freund.

Natürlich, sie glauben mir nicht, dachte Katja bitter. Ich würde es ja auch nicht glauben, wäre nicht Kolossow gewesen, der es erzählt hatte.

»Morgen arbeite ich im Museum. Die Balaschowa kommt eigens ins Haus, um mit mir gemeinsam das Material über die Funde von Oldoway durchzugehen«, erklärte Sergej unvermittelt. »Wollt ihr euch nicht anschließen?«

»Ich komme mit! Ich komme auf jeden Fall mit!«, rief Katja erfreut, hielt aber dann plötzlich inne: Womöglich rief die Korablina ja noch an. Zu dumm! Wie sollte sie das nur unter einen Hut bringen? Sie fühlte sich hin und her gerissen.

»In einem hat dein Kolossow zweifellos Recht«, bemerkte Sergej. »Alle diese Geschehnisse besitzen eine erstaunliche Symmetrie. Der Anfang und das Ende des Lebens: Kindheit, Alter.«

Wadim brummte spöttisch.

»Eine Art Abgeschlossenheit, Abgerundetheit der Handlung«, fuhr Sergej unbeeindruckt fort. »Und über allem ...«

»Was ist über allem?«, spornte Katja ihn an. Sie liebte es, wenn der Fürst so poetisch und nebelhaft sprach.

»Über allem kreist der Tod, wie ein Walzer oder wie ein

Brummkreisel. Irgendein Dichter, ich weiß nicht mehr, wer es war, hat vom Kreislauf des Lebens gesprochen. Und hier haben wir einen Kreislauf des Todes. Du kennst weder die Gründe noch das wahre Ziel, noch das nächste Opfer – nichts.«

»Dann müssen wir es eben herausbekommen!« Katja stand auf. »Warum habe ich euch das alles denn erzählt? Ich will, dass wir den Dingen gemeinsam auf den Grund gehen.«

Sergej schloss die Augen. Wadim schaute zum Fenster hinaus. Doch Katja beschloss, ihr kränkendes Schweigen als Zeichen der Zustimmung zu werten.

20 Vor der Sintflut

Am nächsten Morgen holte Sergej Katja ab, und sie fuhren zum Museum für Anthropologie, Paläontologie und prähistorische Kultur.

Von dem friedlichen Interesse, mit dem sie das Museum beim ersten Mal besichtigt hatte, war nichts geblieben. Ihr schien mittlerweile, dass sich in allem, was sie erblickte – den Fresken, den figürlichen Gesimsen, den Funden aus der Steinzeit – ein drohender, unbekannter Sinn verbarg.

Sergej nannte alles eine »Allegorie der Zeit«, und diese Zeit spürte Katja schmerzhaft, kaum dass sie das Vestibül des Museums betreten hatte – wie ein Hypertoniker den Druck der Atmosphäre spürt. Als befände sie sich plötzlich in einem Lift, der immer tiefer und tiefer nach unten fuhr. Und die auf den Wandbildern festgehaltene Jagd auf den Höhlenbären, die groben, vom Purpurschein des Feuers beschienenen Gesichter der Frühmenschen, der Säbelzahntiger, der sich auf das Mastodon stürzte – das alles waren nur Meilensteine auf diesem langen Weg nach unten.

Sie schickte Sergej los, die Balaschowa zu suchen, und blieb selbst lange vor der Vitrine mit den zerschmetterten Schädeln der Neandertaler stehen. Sie betrachtete die versteinerten Splitter, starrte in die leeren Augenhöhlen und fühlte gleichsam den Luftzug, den eisigen Windhauch, der durch das gespaltene Genick wehte. Man verspürte den Wunsch, sich zusammenzukrümmen, die Arme um sich zu legen, sich vor irgendetwas Unbekanntem, doch unerbittlich Näherkommendem zu schützen.

»Guten Tag«, sagte eine energische, angenehme Stimme hinter ihr.

Katja drehte sich um und erblickte die Balaschowa mit Sergej. Die Museumskustodin begrüßte sie mit einem wohlwollenden, hoheitsvollen Lächeln.

»Sie haben sich entschlossen, Ihren freien Tag zu opfern und uns einen Besuch abzustatten? Ich freue mich, ich freue mich wirklich sehr.«

»Sergej hat mich gebeten, einige Notizen für ihn zu machen«, log Katja. »Ich schreibe sehr schnell. Er diktiert mir manchmal, wenn er arbeitet.«

»Ich habe alles Material für Sie vorbereitet. Aber ich sehe, dieser Teil des Museums hat Ihr Interesse geweckt?«

»Sehr sogar.« Katja berührte den kühlen Kunststoff der Vitrine. »Was für seltsame Verletzungen ... Das sind die Schädel von Neandertalern ...?«

»Ninel Girgorjewna, ich gehe schon mal und lese mir die Sachen in Ruhe durch. Wenn Katja sich hier alles angesehen hat, kann sie ja nachkommen«, unterbrach Sergej.

»Gehen Sie nur, mein Lieber, gehen Sie. Machen Sie sich keine Sorgen. Ich werde Ihre Bekannte begleiten«, erwiderte die Balaschowa und wandte sich Katja zu. »Ja, das sind Neandertaler oder, wie einer unserer Mitarbeiter zu sagen pflegt, die Menschen, die vor der Sintflut erschaffen wurden.«

»Sie meinen, vorsintflutliche Menschen, im Sinne von primitiv?«

»Selbst im Vergleich mit uns würde ich niemals etwas so Herabsetzendes über sie sagen.« Die Balaschowa führte Katja an den Vitrinen entlang. »Nur Pseudowissenschaftler behaupten, dass dieser verdorrte Zweig des Menschengeschlechts primitiv war.«

»Aber ich habe gelesen, dass sie Kannibalen waren.«

»Ja, es gibt bei uns Exponate, die das bestätigen«, erwiderte die Balaschowa mit unverhohlenem Stolz. »Nur wenige anthropologische Museen auf der Welt können sich solcher Zeugnisse rühmen.«

»Dann waren sie also grausam und blutgierig.«

»Urteilen Sie nicht so streng. Heutzutage neigen immer mehr Fachleute zu der Meinung, dass der Kannibalismus bei den Neandertalern nicht die Norm, sondern Pathologie war.«

»Pathologie?«, fragte Katja.

»Wir beschäftigen uns auch mit diesem Problem. Die Verhaltenspathologie der höchsten Primaten ist sehr unzureichend erforscht. Und von der Verhaltenspathologie der ältesten Vorfahren des Menschen wissen wir praktisch überhaupt nichts.«

Katja hätte jetzt gern eine Frage nach der Tierstation und dem Schimpansen gestellt, traute sich jedoch nicht und fragte stattdessen:

»Aber die Neandertaler haben das Gehirn aus den Schädeln ihrer getöteten Stammesgenossen geholt und es gegessen. Wenn das pathologisch war, war ihr ganzes Volk pathologisch, nicht wahr? Sind diese Schädel nicht ein Beweis für die entsetzliche Grausamkeit dieser prähistorischen Menschen? Oder waren unsere Vorfahren wie die Tiere? Kannten sie noch keine moralischen Tabus, hatten sie keinen Begriff von gut und böse?«

Die Balaschowa führte Katja zu einer samtbezogenen Bank und forderte sie auf, sich zu setzen.

»Wir, meine Liebe, betrachten die Welt so, wie es uns die Epoche nahe legt, in der wir leben«, sagte sie ruhig.

»Aber es sind doch unsere Vorfahren. Es muss doch etwas Gemeinsames geben. Wir sind doch aus ihnen hervorgegangen«, beharrte Katja.

»Das ist noch strittig. Die Frage der Abstammung ... Wer war Abel, wer war Kain, wer Adam ... Eine rätselhafte Materie, in der wir noch gar keine Klarheit haben. Aber Sie haben Recht – Gemeinsamkeiten gibt es.«

»Und welche?«

»Schmerz, Lachen, Hunger, Tränen, Begierde, Schönheit, Zuneigung, Hoffnung.«

Katja schwieg. Sie wusste nicht, welcher von diesen Begriffen ihr im Zusammenhang mit diesen fossilen Schädeln am unwahrscheinlichsten vorkam.

Schließlich fragte sie:

»Haben die Neandertaler die Schönheit verstanden und geschätzt?«

Die Balaschowa lächelte.

»In einigen ihrer Grabstätten hat man Blütenstaub gefunden. Sie haben ihren Toten Blumen ins Grab gelegt. Was hat sie dazu veranlasst? Zuneigung! Und in der Schanidar-

Höhle im Iran hat man das Grab eines verkrüppelten Neandertalers entdeckt. Nach ihren Maßstäben hatte er ein langes Leben hinter sich und starb in hohem Alter. Und die ganze Zeit haben seine Stammesgenossen sich rührend und sorgsam um ihn gekümmert, diesen von Arthritis geplagten Menschen mit einem verkrüppelten Arm, der seinem Stamm keinerlei Nutzen bringen konnte, sondern nur ein überflüssiger Esser war.«

»Das heißt, die Neandertaler haben ihre Alten nicht getötet?«

»Die, die in der Schanidar-Höhle lebten, jedenfalls nicht.«

»Und die anderen?«

Die Balaschowa schwieg.

»Sie haben Blumen gesammelt, sich um die Kranken gekümmert und gleichzeitig mit Steinen Schädel zerschlagen, ja?«, fragte Katja. »Und dann haben sie mit Appetit das Gehirn verspeist ... Wie konnte das alles nebeneinander in ihnen existieren?«

»Es war halt so. Und das ist ein Beweis dafür, wie wenig wir davon wissen, was vielleicht und was tatsächlich ist, sowohl beim Menschen wie bei seinen Urahnen. Wie bei uns allen, Katja.« Die Balaschowa lächelte. »Beim modernen, vernünftigen Menschen gibt es sehr viele ›vielleicht‹, sehr viele Überraschungen ... Als Journalistin haben Sie sich bestimmt auch schon ihre Gedanken darüber gemacht, nicht?«

Katja nickte.

»Und trotzdem, Sie sagen, der Kannibalismus der Neandertaler ist ein pathologisches Verhalten. Was ist denn dann der Kannibalismus bei den Menschen? Bis heute gibt es Stämme, bei denen das die Norm ist. Und nicht einfach aus Hunger. Sogar in unserer Welt gibt es Menschen, die das tun.«

»Aber ist das für uns auch die Norm?«

»Nein, natürlich nicht. Das sind Kranke, Psychopathen ...«

»Ein pathologisches Verhalten ist nicht immer die Folge einer psychischen Erkrankung«, wandte die Balaschowa ein. »Die Wurzeln dafür liegen in einem kranken Gehirn. Wenn Sie sich für dieses Thema interessieren, sollten Sie sich einmal mit einem unserer Mitarbeiter unterhalten – mit Oleg Swanzew. Er beschäftigt sich mit der Erforschung dieser Frage.«

An dieser Stelle wollte Katja gerade zum Thema Tierstation überleiten, als die Balaschowa auf die elektronische Uhr an der Wand blickte und sagte:

»Schon halb zwölf. Heute kommt mich eine alte Freundin besuchen. Entschuldigen Sie, ich muss Sie für eine Weile allein lassen.«

Sie führte Katja in den Raum, in dem Sergej arbeitete, und stieg die Treppe hinunter. Sergej saß an einem Schreibtisch, auf dem sich Mappen und Alben türmten, und blätterte in einem dicken Hefter mit fotokopierten Berichten.

»Na, hast du was aus der Balaschowa herausbekommen?«, fragte er, ohne seine Lektüre zu unterbrechen. »Worüber habt ihr euch unterhalten?«

»Über die Moralbegriffe der Neandertaler.«

»Und?«

»In diesem Institut, Sergej, erforscht man die Pathologie.«

Sergej hob den Kopf.

»Und zwar die Verhaltenspathologie der höchsten Primaten«, fuhr Katja fort. »Mit diesem Thema beschäftigt sich ein gewisser Oleg Swanzew. Kolossow hat ihn erwähnt. Er ist jetzt auf der Tierstation in Nowospasskoje.«

»Sehr interessant«, brummte Sergej. »Nur völlig unverständlich.«

»Allerdings.« Katja öffnete ihre Handtasche und nahm zwei Karamellbonbons für den Fürsten heraus. »Aber das kommt alles nur daher, dass wir in den Naturwissenschaften ahnungslose Laien sind. Ich habe schon in der Schule immer die Biostunden geschwänzt. Wie sich jetzt herausstellt, war das ein großer Fehler.«

Sergej arbeitete noch bis drei Uhr. In dieser Zeit schlenderte Katja durchs Museum.

Bevor sie gingen, schauten sie noch bei der Balaschowa hinein, um sich zu verabschieden. Sie saß gemütlich beim Tee in Gesellschaft einer hageren, stocksteif aufgerichteten alten Frau mit kurzen Haaren, die trotz der Hitze ein warmes Wollkostüm trug. Vor ihnen auf dem Tisch, zwischen Teetassen, Schälchen und Pralinenschachteln, stand die Fotografie des Mannes mit einer Geige, die Katja schon vorher aufgefallen war.

»Leonid war so ein prachtvoller Mensch, Ninel. Er hatte ein ritterliches Herz«, verkündete die Dame im Kostüm und berührte die Fotografie. »Ich gebe zu, ich habe dich immer um deine Ehe beneidet. Wie geht es denn mit dem Grabmal voran? Hat Viktor etwas erreicht?«

»Ja«, erwiderte die Balaschowa. »Aber die Preise sind astronomisch!« Sie erblickte Sergej und Katja. »Ah, Sie sind schon fertig? Das ist schön. Darf ich Sie bitten, meine Gäste zu sein?«

Katja wollte ablehnen, doch die Balaschowa und ihre gesprächige Freundin bestanden darauf, dass sie blieben.

»Wer ist das, Ninel Grigorjewna?«, fragte Katja und zeigte auf das Foto. »Das Gesicht kommt mir sehr bekannt vor.«

»Das ist mein verstorbener Mann«, erwiderte sie.

»Leonid Olejnikow ist das«, sagte ihre Freundin mit Nachdruck. »Ja, ja, der große Leonid Olejnikow.«

»Der Geiger? Mein Gott, natürlich!« Katja starrte überrascht auf das Foto.

»Ja, der Geiger und Dirigent, Ninels Ehemann. Ein Vierteljahrhundert haben sie zusammen gelebt und sich kein einziges Mal gestritten. Und das«, die alte Frau blickte Katja und Sergej verschmitzt an, »wünsche ich auch euch.«

21 Die Arena

Die Suche nach Konstantin Jusbaschew begann gleich nach Kolossows Rückkehr in die Hauptverwaltung. Nachdem er sich informiert hatte, wer von seinen Mitarbeitern anwesend war, rief er alle zu sich und händigte jedem ein Telefonbuch aus, mit dem Auftrag, alle dort verzeichneten wissenschaftlichen Institute mit den Schwerpunkten Biologie, Zoologie oder Anthropologie anzurufen. Es waren nicht allzu viele. Kolossow selbst machte sich daran, Erkundigungen über die Studentenwohnheime einzuziehen. Doch der Anruf am Serebrjany-Kai brachte keine Klarheit. Der Heimleiter, zu dem man ihn nach längerem Hin und Her endlich durchstellte, teilte mit, dass Jusbaschew vor einer Woche ausgezogen sei und alle seine Sachen mitgenommen habe.

Freitag ist ein kurzer Arbeitstag. Um fünf Uhr nachmittags irgendwo anzurufen hat keinen Sinn. Deshalb hängte sich Kolossow Samstagmorgen, kaum dass er die Schwelle seines Büros überschritten hatte, sofort wieder ans Telefon.

Er rief nacheinander im Moskauer Zoo und im Biologischen Institut der Universität an und nahm sich dann die Zirkusunternehmen vor.

Um halb eins schaute Kowalenko bei ihm herein.

»Na, wie steht's? Irgendwelche Ergebnisse?«

»Nichts, rein gar nichts.« Kolossow warf das Telefonbuch auf die Fensterbank. »Gerade hatte ich den Zirkus auf dem Zwetnoi-Boulevard an der Strippe. Fehlanzeige. Wo kann ich jetzt noch anrufen?«

Kowalenko blätterte im Telefonbuch.

»Was hältst du vom Olympischen Dorf?«

Kolossow riss seinen trüben Blick von seiner verbundenen Hand los.

»Was gibt es denn da?«

»Einen Wanderzirkus. Letzten Samstag war meine Lena mit ihren Freundinnen dort.«

»Der wird keine Telefonnummer haben, aber ... warte mal.« Kolossow rief rasch in der Dienststelle für den Bezirk Südwest an und ließ sich die Nummer des Milizreviers geben, das fürs Olympische Dorf zuständig war.

Etwa eine halbe Stunde lang sprach er mit verschiedenen Diensträngen vom Leutnant bis zum Major, dann verband man ihn mit Einsatzleiter Swiderko.

Nachdem Kolossow den Hörer aufgelegt hatte, lehnte er sich zurück.

»Das war's.«

»Was denn? Haben Sie ihn gefunden?« Kowalenko beugte sich vor.

»Swiderko saust jetzt gleich rüber und prüft es nach. Aber es sieht ganz so aus.«

Der Einsatzleiter rief anderthalb Stunden später zurück.

»Er ist hier«, meldete er geschäftig. »Am besten, du

kommst selbst rüber. Um halb fünf haben sie Vorstellung, wir können zusammen hingehen. Ihr habt diesen Konstantin im Verdacht, einen Mord begangen zu haben?«

»Drei Morde.«

»Dann schaff mir diese Laus bloß so schnell wie möglich aus dem Pelz und aus meinem Revier. Abgemacht?«

»Abgemacht.« Kolossow grinste.

»Wir treffen uns an der Kasse. Ich fahre einen grünen Moskwitsch.«

Kolossow öffnete den Safe. Kowalenko beobachtete, wie er eine Waffe herausnahm und prüfte.

»Willst du ihn hierher bringen? Und was dann?«

»Nicht ich«, erwiderte Kolossow. »Du, Slawa, wirst ihn herbringen. Wir werden folgendermaßen vorgehen ...«

Er nahm den Hörer ab und ließ sich mit der Einsatzabteilung verbinden.

Der Zirkus begrüßte den Chef der Mordkommission mit einem schneidigen Marsch, der aus großen Lautsprechern auf die Straße dröhnte, und mit Fahnen, die wie bunte Wäschestücke an den Stangen flatterten, und mit dem Stimmengewirr der Zuschauer, die sich an der Kasse drängten, den Rufen der Popcorn-Verkäufer und dem Quietschen und Lachen von Kindern.

Swiderko erwartete ihn an der Kasse. Er war ein kräftiger, kleiner blonder Mann, der einem elastischen Tennisball ähnelte, mit leuchtendblauen Augen und einem weizenblonden Schnurrbart. Er trug verwaschene Jeans und ein schwarzes T-Shirt. Um seinen kräftigen Hals hing eine goldene Kette.

»Weidmannsheil, Kollege«, begrüßte er Kolossow. »Ich

habe bereits Erkundigungen eingezogen. Er arbeitet bei der Tigernummer der Brüder Polewoi mit.«

»Tritt er etwa in der Manege auf?«

»Nein. Er kümmert sich hinter der Bühne um die Viecher.« Swiderko grinste. »Die musst du dir mal angucken, Kumpel! Denen sollte man nicht zu nahe kommen. So, ich erwarte deine Befehle. Wie werden wir vorgehen? Schnappen wir ihn uns sofort?«

»Nein, zuerst möchte ich hier noch mit ein paar Leuten reden.«

Swiderko nickte billigend.

»Nichts dagegen. Gucken wir uns erst mal die Vorstellung an. Dann bringe ich dich zum hiesigen ›Auskunftsbüro‹ – zu Onkel Senja.«

»Und Jusbaschew?«

»Was glaubst du, wen du vor dir hast, Kollege? Vor dir steht Swiderko, Nikolai Akimytsch. Das ist dein Sparringspartner. Der macht keine halben Sachen, der macht alles tiptop!«

»Na schön, Herr Tiptop, gehen wir, sonst lässt man uns nicht mehr rein«, sagte Kolossow lächelnd.

Nachdem sie sich in der Nähe des Ausgangs auf eine harte Bank gesetzt hatten, blickte Kolossow sich um. Unter einer Kuppel aus orangefarbener Leinwand flammten Lichter auf. Dort oben, zwischen Trapezen, Strickleitern, Tauen und Sicherheitsseilen drehte sich eine große verspiegelte Kugel und warf Tausende von Lichtreflexen in die Arena, das Parterre und die Logen, die sich allmählich mit Zuschauern füllten.

Kolossow atmete diesen unvergleichlichen Zirkusgeruch ein – ein Gemisch aus Pferdestall, exotischen Tieren, dampfender, mit einem heißen Bügeleisen bearbeiteter Seide, abgestandenem Schweiß und würzigem Heu. Halbvergessene Kindheitserinnerungen stiegen in ihm auf.

Sie schauten sich die Vorstellung an. Das Programm zeichnete sich nicht durch besondere Originalität aus, doch die Artisten arbeiteten geschickt und professionell. Es gab Luftakrobaten, die elegant von Trapez zu Trapez flogen, einen Äquilibristen, der in ein silbernes Kostüm gekleidet war und Saltos schlug, bunte Clowns mit Cowboyhüten, die auf einem widerspenstigen scheckigen Pferdchen ein Rodeo parodierten.

Bei der Nummer der Schlangenfrau schaute Kolossow besonders gespannt zu. Die gelenkige, als Scheherazade kostümierte Akrobatin führte einen Tanz mit zwei Riesenschlangen vor, die sich graziös um ihren Hals und ihre Taille wanden.

»Lass uns gehen«, raunte Swiderko ihm zu, »und ein wenig mit dem ›Auskunftsbüro‹ schwatzen.«

Sie schlichen sich leise nach draußen, gingen um das Zelt herum und gelangten auf einen Hinterhof, der von einem hohen Eisengitter umgeben war.

Hier standen Transport- und Wohnwagen – große und kleine, kurze und lange. Sie wirkten wie gigantische Zauberwürfel auf Rädern. In einem wieherten Pferde, in einem anderen spielte ein Radio, im dritten klapperte Geschirr, im vierten schnatterten Gänse, und aus dem fünften drang ein tiefes »A-a-u-u-mm«, als wäre die Saite eines Kontrabasses gerissen. Es war das ungeduldige Grollen eines Tigers, der auf seine abendliche Fütterung wartete.

Onkel Senja, früher Jongleur und Akrobat, jetzt Pferdetrainer, empfing die Ermittler gastfreundlich. Er lud sie in seine enge Behausung ein, stellte den Teekessel auf die Kochplatte, schnitt Wurst an, holte Tomaten und eine Flasche Wodka.

Während er herumfuhrwerkte, erfuhr Kolossow von seinem Moskauer Kollegen, wieso dieser im Milieu der Zirkusartisten so gut gelitten war.

Swiderko erzählte ihm, dass vor anderthalb Monaten eine Gruppe organisierter Banditen den Zirkus unter Druck gesetzt hatte. Die Mafiosi waren vorgefahren und hatten von den Artisten Schutzgelder für ihren Auftritt im Olympischen Dorf gefordert.

»Beim ersten Mal konnten die Zirkusleute sie noch selbst verjagen. Sie haben hier so einen Kraftmenschen mit Fäusten wie Schmiedehämmer. Der hat ihnen die Rippen wie Streichhölzer gebrochen«, berichtete Swiderko. »Aber so leicht waren die Banditen nicht kleinzukriegen, nachts sind sie wiedergekommen. Es gab einen Schusswechsel, und die ganze Bande ist auf den Kraftmenschen losgegangen und hat ihn verprügelt. Ich hatte in der Nacht gerade mit meinen Jungs Dienst. Wir sind hingesaust und haben gründlich aufgeräumt. Dieses Pack hat die Zähne nur so auf den Asphalt gespuckt. Elf Mann haben wir eingebuchtet und Anklage wegen Erpressung erhoben. Die Zirkusleute sind uns natürlich sehr dankbar dafür. Es sind anständige Leute. Ihr Leben ist kein Zuckerschlecken. Stimmt's, Onkel Senja?«

Der Pferdetrainer antwortete nicht sofort. Er wartete erst, bis die Gäste getrunken und gegessen hatten.

»So ist das Leben nun mal, wir kennen es nicht anders. Die Einnahmen sind nicht hoch, aber es reicht. Das Publikum ist zufrieden. Die Tiere müssen nicht hungern. Was will man mehr?«

»Die meisten Einnahmen bringen die Tiger der Brüder Polewoi«, sagte Swiderko. »Was ist los mit ihnen? Warum treten sie heute nicht auf?«

»Der ältere Polewoi hat Hexenschuss. Liegt schon seit zwei Tagen flach«, erwiderte Onkel Senja. »Die Leute heutzutage sind verweichlicht. Kaum zwickt es sie irgendwo, lassen sie sich krankschreiben. Früher war das ganz anders. Haben Sie von Filatow gehört, dem Bärendompteur? Ein Bär hatte ihm das Rückgrat gebrochen, und kaum war er aus dem Korsett heraus, ist er schon wieder in die Manege gegangen. Er hat höllische Schmerzen ertragen. Vor dem Auftritt hat man ihm Spritzen gegeben, und er ist raus in die Manege, hat seine Nummer durchgezogen, ist wieder hinter die Kulissen gegangen und zusammengeklappt. So eine Einstellung hatte man damals zu seiner Arbeit! Aber heute ...« Er schenkte ihnen ein zweites Glas ein.

»Das heißt, eure gestreiften Kätzchen werden jetzt von dem jüngeren Polewoi und diesem neuen ... wie heißt er noch ... Konstantin betreut. Wo habt ihr den eigentlich aufgegabelt?«

»Unser Verwalter hat ihn irgendwo aufgetrieben. Es heißt, er fährt mit uns weiter. Die Polewois sind wohl ganz zufrieden mit ihm. Er kommt gut mit den Tieren aus. Er mag sie – die Käfige sind stets sauber. Und Courage hat er auch, keine Angst vor Tigern. Warum fragen Sie nach ihm? Hat er etwa irgendwas angestellt?«

»Sieht ganz so aus.« Kolossow seufzte. »Haben Sie die Nummer mit den Riesenschlangen eigentlich schon lange im Programm?«

»Ungefähr acht Jahre.«

»Wo bekommen Sie die Schlangen her?«

»Die kaufen wir.«

»Hat es in den letzten Tagen derartige ... Käufe gegeben?«

»Nein. Das würden wir wissen.«

»Na schön. Vielen Dank für die Bewirtung.« Kolossow stand auf. »Wo kann man Ihren neuen Kollegen finden?«

»Die vier Wagen dahinten, das ist ihr Reich.« Der Trainer zeigte mit dem Finger durchs Fenster. »Aber seien Sie vorsichtig.«

Sie gingen zum Hydranten und wuschen sich die Hände. Von hier waren sowohl die Wagen wie auch ihre gestreiften Bewohner gut zu sehen.

»Da ist Jusbaschew«, sagte Swiderko und wies mit dem Kopf hinüber. »Der in den Stiefeln, mit dem Eimer.«

Kolossow musterte den großen, schlanken, braunhaarigen Mann im blauen Arbeitskittel, der bedächtig zu einem Wohnwagen schritt, auf dessen Türen geschrieben stand: »Vorsicht – kein Zutritt für Unbefugte.«

»Gehen wir«, sagte Kolossow und drehte sich um.

»Wie? Du hast doch versprochen ...«

»Dafür habe ich meine Untergebenen.« Kolossow nickte zu Kowalenko und den zwei Ermittlern aus seiner Abteilung hinüber, die soeben durchs Zirkustor kamen. »Ich sehe ihn in meinem Büro. Und dort werde ich mich auch mit ihm unterhalten.«

Man brachte Jusbaschew um halb acht Uhr abends in Kolossows Abteilung. Er wirkte weder aufgeregt noch erschrocken. In seinen dunklen Augen lag nur Erstaunen. Ohne den verschmutzten Kittel sah er wie ein durchaus solider junger Mann aus – Cordjeans, Adidas-Shirt, Turnschuhe. Am Handgelenk eine teure japanische Uhr.

Sein Gesicht, gebräunt, mit hervorstehenden tatarischen Backenknochen, scharf gezeichneten Brauen und kurzem schwarzen Schnäuzer erinnerte Kolossow an das Gesicht des jungen Khan aus einem Märchen von Puschkin, das er als Kind gelesen hatte. Er begriff, warum die Iwanowa diesen Mann so temperamentvoll verteidigte. Jusbaschew war wie geschaffen, um rosige, rundliche, jungfräuliche Blondinen zu betören.

Kolossow stellte sich vor und bat Jusbaschew, Platz zu nehmen.

»Sagen Sie, Konstantin ...«

»Ruslanowitsch.«

»Konstantin Ruslanowitsch, Sie haben auf der Tierstation des Anthropologischen Institutes in Nowospasskoje gearbeitet?«, fragte Kolossow.

»Ja. Was ist denn los? Ist Soja ... Soja Iwanowa etwas passiert?« Das Blut wich Jusbaschew aus den gebräunten Wangen.

»Warum sollte ihr etwas passiert sein?«, fragte Kolossow verwundert. »Sie ist gesund und munter. Aber auf der Station ist tatsächlich etwas passiert.«

»Und was?«

»Ein Diebstahl.«

»Ein Diebstahl? Was hat man denn gestohlen?«

»Schlangen aus dem Serpentarium.«

»Das ist ja ein Ding!« Jusbaschew stieß einen Pfiff aus. »Aber was habe ich damit zu tun?«

»Wie lange haben Sie auf der Station gearbeitet?«

»Ungefähr zwei Jahre.«

»Und mit welchen Tieren hatten Sie zu tun?«

»Mit den Schimpansen. An einer der Versuchsreihen haben auch die Schlangen teilgenommen. Aber ich bin kein Spezialist für Schlangen.«

»Warum haben Sie die Arbeit nicht zu Ende geführt? Warum haben Sie gekündigt?«

Jusbaschew grinste schief.

»Ich hatte meine Möglichkeiten dort erschöpft.«

»Aber im Zirkus ... Ein seriöser Wissenschaftler als Hilfsarbeiter beim Zirkus ist schon seltsam.«

»Wieso? Was ist denn dabei? Ich bin ein anspruchsloser Mensch. Und im Zirkus habe ich interessantes Anschauungsmaterial. Die Polewois, bei denen ich arbeite, haben eine Nummer mit Tigern und Pferden – Raubtieren und Opfern. Alle leben bis jetzt ohne Blutvergießen zusammen. Ist das nicht ein Thema für die Erforschung der Evolution des Verhaltens von Tieren untereinander und der durch die Dressur bewirkten Verhaltensveränderungen?«

»Möglich. Sie kennen sich besser damit aus«, sagte Kolossow. »Aber kommen wir noch einmal auf die Tierstation zurück. Sie haben dort Freunde zurückgelassen, Kollegen ... Soja Iwanowa zum Beispiel ... Besuchen Sie die Leute dort nicht manchmal?«

»Nein.«

»Wann waren Sie das letzte Mal dort?«

»Mitte Mai, am fünfzehnten, als ich gegangen bin.«

»Und seitdem haben Sie keinen Fuß mehr dorthin gesetzt?«

»Das sagte ich doch schon.«

Kolossow schaute über Jusbaschews Kopf hinweg in die Ferne, seine Miene war undurchdringlich.

»Als Sie vorhin nach der Iwanowa gefragt haben, hatten Sie da etwas Konkretes im Auge?«

»N-nein. Ich dachte einfach ...« Jusbaschew stockte, dann beendete er den Satz entschlossen: »Wenn man mich am späten Abend zur Miliz bestellt, muss wirklich etwas Ernstes vorgefallen sein.«

»Mit der Iwanowa? Aber genauso gut hätten Sie das doch von Ihren anderen Kollegen denken können – Olgin, Swanzew oder die alte Frau ...« Kolossow machte eine Pause und beobachtete den Gesichtsausdruck seines Gesprächspartners. »Kaljasina ist ihr Name, glaube ich.«

Jusbaschew schaute zum Fenster hinaus, wo der letzte Widerschein des Abendrots erlosch.

»Wäre es denn möglich, dass den Kollegen auf der Station etwas zugestoßen ist?«

»Möglich schon«, erwiderte Jusbaschew widerstrebend.

»Und was genau?«

»Woher soll ich das wissen?«

»Aber Ihre Vermutung muss doch irgendeine Grundlage haben.«

»Instinkt.« Der Ethologe grinste. »Angeborener Selbsterhaltungstrieb, wie jedes Lebewesen ihn hat.«

»Hm – ja.« Kolossow berührte das Grübchen an seinem Kinn. »Sie können uns also nichts zum Diebstahl der Schlangen sagen?«

»Leider nein.«

»Dann bedanke ich mich bei Ihnen und will Sie nicht länger aufhalten.« Kolossow erhob sich. »Hier ist Ihr Passierschein. Alles Gute.«

Nachdem der Ethologe gegangen war, setzte Kolossow sich sofort mit dem Dienst habenden Milizionär in Verbindung. Kowalenko, der im Nebenzimmer gewartet hatte, kam mit zwei Tassen starkem Kaffee herein.

»Vom Mord an der Kaljasina habt ihr gar nicht gesprochen?«, fragte er.

»Nein.« Kolossow reckte sich raubtierhaft und dehnte die Muskeln. »Mit diesem Gelehrten werde ich noch einige ausführlichere Gespräche führen. Heute habe ich ihn erst mal ein bisschen aufgeschreckt.«

»Und wieder gehen lassen?«

»Lange wird der gute Konstantin sowieso nicht mehr frei herumlaufen«, zischte Kolossow. »Also soll er vorläufig noch eine Weile Auslauf haben. Unter Beobachtung, versteht sich. Mal sehen, was er treibt. Was er mir eben aufgetischt hat, war alles erlogen. Aber wir haben ihn aufgescheucht und ihm einen Schrecken eingejagt. Jetzt ist er am Zug. Und ich glaube, wir werden nicht lange warten müssen.«

22 Einer ist hier überflüssig

Am Sonntag machte Katja einen gründlichen Hausputz, wischte die Küche, wusch die Wäsche in der Maschine und begab sich dann ins Bad.

Eine halbe Stunde später wählte sie die Nummer von Sergej.

»Wir gehen heute Abend aus. Du hast es doch nicht vergessen?«

»Wie?« Sergej erschrak. »Aber wollten wir denn nicht ...«

»Hast du es vergessen? Beginn um sieben.«

»Wohin denn?« Sergej war völlig verwirrt. Doch Katja hatte schon aufgelegt.

Um sechs erschien er bei ihr am Frunse-Kai. Die Tür wurde ihm von Wadim geöffnet.

»Komm rein, Alter«, begrüßte er den Freund. »Katja hat Karten gefunden, die sie schon längst vergessen hatte. Da sieht man, wie nützlich es ist, hin und wieder sauber zu machen!«

Sergej trottete müde ins Wohnzimmer.

Doch nachdem die Theatervorstellung vorbei war und er

zusammen mit Katja durch das abendliche Moskau schlenderte, besserte seine Laune sich erheblich.

Katja bemerkte die gehobene Stimmung ihres Begleiters und war traurig, weil sie den Grund dafür nur zu gut kannte.

Sergej brachte sie bis zum Aufzug und wollte noch etwas sagen, brachte aber nicht mehr hervor als:

»Also ... dann mach's gut. Ich werde in dieser Woche im Museum arbeiten und versuchen, alles herauszufinden.«

»Gut.« Katja lächelte.

»Auch über die Pathologie ...« Er hielt noch immer ihre Hand.

»Gut. Ich ruf dich an, Sergej.« Sie beugte sich hinab und küsste ihn auf die nach Rasierwasser duftende Wange.

Die Tür des Aufzugs schloss sich hinter ihr.

In der Wohnung lärmte der Fernseher. Wadim lag gemütlich im Sessel. Katja setzte sich zu ihm auf die Armlehne.

»Ein guter Film?«, fragte sie müde.

»Eine tapfere Brünette, Hauptmann bei der Miliz, muss einen gefährlichen Auftrag ausführen und trifft unverhofft ihre erste große Liebe in Gestalt des Paten der Provinzmafia«, fasste Wadim kurz zusammen und fügte hinzu: »Zu viel Schmalz.«

Katja drückte auf die Fernbedienung. Wadim umarmte sie und vergrub sein Gesicht in ihren Haaren.

»Die Lehrerin hat angerufen«, flüsterte er. »Vor einer Stunde. Sie erwartet dich morgen um acht. Sie sagte, du weißt, wo.«

Sie erblickte die beiden sofort, kaum dass sie den Schulhof betreten hatte: zwei Silhouetten in der sommerlichen Dämmerung zwischen den alten Kirschbäumen.

Sweta erwartete sie auf der Vortreppe des Anbaus. Roman Shukow stand am Fuß der Treppe. Neben ihm lehnte sein Motorrad, bunt und glänzend, mit bordeauxrotem Sitz und verchromtem Schnickschnack.

Aus der Nähe sah der ältere Shukow noch sehr jung aus. Sein gebräuntes, staubbedecktes Gesicht war noch kindlich glatt – kein Anflug von Bartwuchs. Die Figur war eckig und schmächtig. Die Augen wirkten irgendwie verschleiert. Katja suchte nach einem passenden Begriff, um den Ausdruck in diesen Augen zu beschreiben. Begierde? Hoffnung? Jedenfalls hatte es etwas mit Sweta Korablina zu tun.

Eine seltsame Sache, die erste Liebe. Besonders, wenn man sie als Außenstehender betrachtet. Nirgends fühlt man sich so überflüssig wie in der Gesellschaft von Verliebten, die sich genieren, im Beisein Dritter miteinander zu sprechen.

Doch Katja beschloss, ganz gegen ihre Gewohnheit, keine Rücksicht darauf zu nehmen.

»Ich bin Jekaterina Petrowskaja. Guten Abend«, stellte sie sich vor.

»Was willst du von mir?«, fragte Roman Shukow. »Du bist von den Bullen?«

»Ich arbeite als Journalistin bei der Miliz. Ich möchte, dass du mich mit eurem Anführer bekannt machst. Mit Akela.«

Shukow grinste und rieb sich mit dem ledernen Bikerhandschuh, der die Finger freiließ, den Staub von der Wange.

»Ziemlich viel verlangt.«

»Wann hast du Stassik zum letzten Mal gesehen?«, fragte Katja streng.

»Am Morgen. Ich meine, am Morgen des Tages, bevor ...«

»Er hat bei euch gewohnt?«

»Ja.«

»Und warum hast du ihr nicht gesagt«, Katja nickte zu der Lehrerin hinüber, »dass Stassik von seiner Mutter hinausgeworfen wurde? Du hat es doch gewusst.«

Roman schwieg.

Du Hundesohn, dachte Katja erbost. Du hattest deine eigenen Interessen, deshalb hast du geschwiegen. Stassik sollte dich hier nicht stören.

»War außer dir noch jemand in eurer Wohnung?«

»Nein.« Die Antwort klang irgendwie anders als die vorherigen.

»Aber irgendetwas ist doch vorgefallen! Warum ist Stassik denn so plötzlich gegangen? Warum hat er sich nachts auf der Straße herumgetrieben und ist nicht nach Hause gekommen? Warum?«

»Was weiß ich. Vielleicht hatte er Krach mit Kescha.«

Die Korablina wandte sich ab und lehnte sich an die Wand. Ihr Zopf hatte sich gelöst. Die dicken Haare hüllten ihre Schultern ein wie ein Schal.

»Vielleicht wissen deine Freunde etwas. Oder dieser Akela. Ich könnte ja mal mit ihm sprechen«, sagte Katja.

»Der wird nicht mit dir reden!«

»Das ist nicht dein Problem. Du brauchst mich einfach nur dorthin zu fahren, wo sich eure Clique trifft.«

Roman schüttelte den Kopf. Katja trat dicht auf ihn zu, packte ihn und drehte ihn zu sich herum.

»Hör mal, du Mistkerl«, zischte sie. »Kapierst du nicht? Ein Kind ist ermordet worden. Auf bestialische Weise. Ein Kind, das deine Sweta geliebt hat! Seinetwegen wird sie sich ihr Leben lang schuldig fühlen, obwohl sie an gar nichts schuld ist! Stassik ist tot. Mit neunundzwanzig Messerstichen umgebracht. Ein elfjähriger Junge, so alt wie dein Bruder Kescha! Und der Täter ist frei und spaziert in dieser Stadt herum. Er kann das Gleiche noch heute Nacht mit irgendeinem anderen Kind tun. Ich bitte dich gar nicht, ihn zu suchen, denn ich weiß, du bist ein erbärmlicher Feigling und würdest sagen, dass du den Bullen nicht hilfst. Ich bitte dich nur darum, mich dorthin zu bringen, wo eure bescheuerte Bande sich trifft, von der Stassik so hingerissen war!«

Roman riss sich heftig los.

»Ich bin kein Feigling!«, rief er. »Ich ... wenn ich nur wüsste ... herausbekäme ... ich würde selber ... Sweta! Sweta!«

Doch die Korablina hatte schon die Tür hinter sich geschlossen.

»Du Trottel!« Katja hätte ihn am liebsten geohrfeigt und so heftig geschüttelt, dass alle die idiotischen Nieten, Reißverschlüsse und Metallverzierungen an seiner Jacke laut geklirrt hätten. »Du Trottel! Kindskopf! Sie liebt dich, und du willst für sie nicht einmal ...«

»Aber Akela wird nicht mit dir sprechen! Er ist nicht wie ich.«

»Das ist nicht dein Problem. Du fährst mich zu ihm. Basta.«

Er schwieg eine Weile und blickte auf die dunklen Fenster von Swetas Zimmer.

»Na schön.« Er holte tief Luft, als wollte er ins Wasser springen.

»Wann?«

»Am Mittwoch, dann ist Vollmond. Komm um elf hierher. Allein, ohne diese degenerierten Typen mit Masken und Gummiknüppeln.«

»Hat euer Akela auch einen normalen Namen?«, fragte Katja spöttisch.

»Iwan.«

»Ich werde am Mittwoch um elf hier sein – alleine«, versprach Katja. Sie zögerte einen Moment, dann drehte sie sich um und schritt durch den finsteren, schwülen Kirschgarten zur Haltestelle. Als sie ein Stück weit gegangen war, blickte sie sich noch einmal um.

Roman Shukow stand noch immer an der Vortreppe.

»Worauf wartest du?«, rief Katja. »Geh zu ihr. Sie wartet auf dich. Geh!« Und halblaut fügte sie noch hinzu: »Kindskopf.«

23 Das Rätsel Frau

Es war sieben Uhr an diesem schwülen Sommerabend, als jemand laut und fordernd an Sergej Meschtscherskis Tür klopfte.

Als Sergej die Tür öffnete, erblickte er Wadim Krawtschenko auf der Schwelle. Der schob den Hausherrn einfach beiseite, marschierte ins »Geographische Kabinett«, setzte sich aufs Sofa, holte Zigaretten aus der Tasche seiner Jeans und steckte sich eine an.

»Heute Nacht schlafe ich bei dir, Alter«, teilte er ihm ungerührt mit.

Sergej setzte sich ebenfalls aufs Sofa.

»Habt ihr euch schon wieder gestritten?«, fragte er.

Wadim schüttelte verneinend den Kopf.

»Sie hat gesagt: Geh irgendwohin, heute störst du mich.«

»Will sie arbeiten? Aber sie hat doch gesagt, sie fängt das neue Buch nicht an, ehe ...«

Sergej verstummte. Wadim verschränkte die Arme vor der Brust und streckte sich langsam auf dem Sofa aus. Die Zigarette klebte an seiner Unterlippe.

»Es macht dir doch nichts aus? Nach Hause will ich nicht«, sagte er leise.

Sergej nickte.

»Was habt ihr bloß immer? Wozu?«

»Freiheit, Gleichheit, Unabhängigkeit, Kreativität«, zählte Wadim auf und grinste spöttisch, »außerdem noch Sinn für Humor und Nichteinmischung.«

»Du bist selber schuld, Wadim. Du hast zuerst damit angefangen.«

»Ich weiß.« Wadim stieß den Rauch in kleinen Kringeln aus. »Ich glaube, ich fange wieder mit dem Rauchen an.«

»Was genau ist zwischen euch passiert?«

»Absolut gar nichts. Sie ist zu diesem Mädchen nach Kamensk gefahren. Gestern war sie den ganzen Tag im Büro. Dann ist sie nach Hause gekommen. Dann habe ich ... Na, eigentlich ist es gar nicht wichtig, was ich gemacht habe. Ich war Luft für sie. Sie saß wie ein Ölgötze über so einem Band mit bekloppten Märchen und hat die ganze Zeit einen Satz aus ›Mowgli‹ wiederholt: ›Es war sieben Uhr abends in den Seeonee-Hügeln, als Vater Wolf ...‹ Und ihre Augen ... Na, du weißt ja selbst, wie sie dann ist. Sie starrt einen an und sieht einen gar nicht, wenn sie in diesem Zustand ist.«

»Merkwürdige Leute seid ihr.«

»Nur ich.«

»Nein, ihr beide!« Sergej rüttelte seinen Freund an der

Schulter. »Und der größte Trottel bin ich, dass ich für euch den Blitzableiter spiele. Katja braucht Hilfe! Sie hat selbst noch vorgestern gesagt: Ich möchte, dass wir alle zusammen ...«

»Die Morde aufklären«, zog Wadim ihn auf. »Immer aufklären und aufklären.«

»Daran ist nichts Komisches. Sie spürt, wie ihr euch voneinander entfernt. Das will sie verhindern. Aber anders kann sie es nicht. Du bist selbst schuld daran. Du hast diese Beziehung geformt. Wenn sie spürt, dass du nicht auf sie eingehst, verschließt sie sich.«

»Sie könnte mich ja bitten.«

»Gerade dich wird sie bestimmt nicht bitten!«, explodierte Sergej. »Langsam solltest du ihren Charakter doch kennen.« Er winkte ab. »Ist sie jetzt zu Hause?«

»Gestern hat sie gesagt, dass sie heute noch mal nach Kamensk fahren will.«

»Warum?«

Wadim zuckte die Achseln.

»Ich hab nicht gefragt. Es wäre mir in diesem Augenblick taktlos vorgekommen.«

»Du hast sie gar nicht gefragt?« Sergej schnappte sich das Telefon vom Couchtisch und warf es seinem Freund zu. »Da, ruf sie an.« Als er sah, dass Wadim keine Anstalten machte, hob er die Stimme, was er ziemlich selten tat: »Ruf sie an, hab ich gesagt!«

Widerstrebend wählte Wadim Katjas Nummer. Niemand hob ab.

Auch um neun meldete sich niemand, und nicht um zwölf, nicht um eins und auch nicht um halb zwei Uhr nachts.

Um drei Uhr früh gingen die Freunde nach unten auf den

Hof und setzten sich in Wadims Shiguli. Auf dem Weg nach Kamensk schwiegen sie. Der Fürst sah im Rückspiegel das Gesicht seines Freundes: Es war wie versteinert. Im Mundwinkel hing eine längst erloschene Zigarette.

24 Der Hauptverdächtige

Die Tage, die seit dem denkwürdigen Gespräch mit Konstantin Jusbaschew vergangen waren, waren für Kolossow alles andere als einfach gewesen. Die neue Situation forderte eine klare Entscheidung. Der Untersuchungsleiter der Staatsanwaltschaft von Nowospasskoje, der den Fall Kaljasina bearbeitete, wollte offensichtlich nichts überstürzen und den Ethologen nicht so rasch unter Mordanklage stellen. Völlig zu Recht forderte er stichhaltigere Beweise und gesicherte Indizien. Andernfalls würde man wohl bald mit einem müden Achselzucken zu den anderen Fällen zurückkehren.

Ein Tag verging, zwei Tage, drei. Über Jusbaschew war nichts Neues in Erfahrung zu bringen. Die Observierung ergab, dass Jusbaschew tagelang nicht das Gelände des Wanderzirkus verließ. Kolossow wartete geduldig ab, hatte die Hoffnung im Grunde seines Herzens aber schon aufgegeben, als ein Ereignis am Mittwochmorgen plötzlich Bewegung in diese eintönige Jagd auf ein Gespenst brachte.

An diesem Vormittag kam Kowalenko wie ein Wirbelsturm in Kolossows Büro gestürmt.

»Sie haben ihn!«, verkündete er schon auf der Schwelle. »Sie haben den Gerontophilen! Er hat wieder versucht, eine alte Frau zu überfallen – und jetzt, beim vierten Mal, ist er in die Falle gegangen!«

»Wo?« Obwohl ihm das Herz in der Brust hüpfte, legte Kolossow vornehme Zurückhaltung in seine Stimme.

»In Krasnaja Datscha.«

Die Siedlung Krasnaja Datscha war durch die gleichnamige Fabrik berühmt, in der emailliertes Geschirr hergestellt wurde. Das Einsatzkommando war sofort dorthin gefahren. Und dieses Mal führten die Spuren die Ermittler auf die andere Seite der Tierstation von Nowospasskoje.

Die kargen Einzelheiten des Vorfalls wurden Kolossow vom Leiter der örtlichen Miliz telefonisch mitgeteilt: In der vergangenen Nacht hatte ein maskierter Unbekannter die fünfundsiebzigjährige Warwara Filimonowna Tichonowa überfallen, die als Nachtwächterin in der Verpackungsabteilung der Fabrik arbeitete. Er hatte der alten Frau den Mund zugehalten, sie in die Lagerräume gezerrt und dort, wie der Leiter der Miliz sich feinfühlig ausdrückte, »versucht, sie ihrer Kleidung und Wäsche zu berauben und sexuellen Kontakt mit ihr aufzunehmen«. Die Tichonowa hatte laut geschrien. Zu ihrem Glück gingen gerade zwei Arbeiter, die blaugemacht hatten, am Lager vorbei. Die beiden überwältigten den Mann und riefen von der Pförtnerloge aus die Miliz an.

Als die Milizionäre ihm die Maske abnahmen, die aus einem Wollstrumpf mit Augenschlitzen bestand, erkannten sie zu ihrem großen Erstaunen den Techniker der Fabrik, Ilja Kisseljow.

»Wie alt ist der Mann?«, erkundigte sich Kolossow.

»Siebenunddreißig«, erwiderte der Leiter der Miliz. »Ein allgemein geachteter, kultivierter Mann. Hat eine bildhübsche Ehefrau. Und dann so was!«

Auf der Fahrt nach Krasnaja Datscha erörterten die Ermittler lebhaft den Vorfall. Manche glaubten schon, mit der Ergreifung des Technikers sei der Fall des gerontophilen Mörders abgeschlossen; andere, die vorsichtiger waren, warnten, den Ereignissen vorzugreifen.

»Gerontophilie ist eine äußerst seltene Perversion«, wandte Kowalenko ein. »Nach der Wahrscheinlichkeitstheorie kann es nicht sein, dass in unserem Bezirk gleichzeitig zwei gerontophile Mörder ihr Unwesen treiben. Also muss es dieser Techniker sein!«

Kolossow hörte den anderen schweigend zu. Er saß auf dem Rücksitz des Dienst-Wolga, rauchte und schnippte die Asche durch das heruntergekurbelte Fenster nach draußen. Widersprüchliche Gefühle machten ihm zu schaffen. Unzweifelhaft schien ihm nur eins: Gerontophilie war wirklich eine sehr seltene Perversion.

Die Kriminalgeschichte kannte nur zwei echte gerontophile Mörder. Gleich nach dem zweiten Mord, bei dem die alte Künstlerin in Brjanzewo umgekommen war, war Kolossow zu den Kollegen in die Hauptverwaltung gefahren, um sich dort fachlichen Rat zu holen. Er hatte die Unterlagen zu den bekannten Serienmördern durchgesehen und zwei auffällige Analogien gefunden: den Fall Kulik und den Fall des Würgers von Boston.

So seltsam es war, doch Kulik – selbst ein ausgezeichneter Arzt – konnte seine manische Leidenschaft für alte Frauen nicht erklären. Und der Fall des anderen »klassischen« gerontophilen Mörders war gar nicht erst aufgeklärt worden. Er hatte seine Verbrechen Anfang der Sechzigerjahre in den USA verübt und war unter dem Namen »Würger von Boston« in die Geschichte eingegangen. Seine sieben Mordopfer waren ältere alleinstehende Frauen, die er teils mit dem

Gürtel ihres Bademantels, teils mit Strümpfen oder einem Handtuch erdrosselt hatte.

Und jetzt, überlegte Kolossow, schnappten in einem stillen Provinzkaff in der Nähe von Moskau zwei angetrunkene Schlawiner so ganz nebenbei einen klassischen Gerontophilen. War es nicht eine Ironie des Schicksals, dass der Erfolg ausgerechnet denen zufiel, die ihn überhaupt nicht nötig hatten?

Der festgenommene Kisseljow befand sich in einer Einzelzelle. Kolossow beschloss, ein Gespräch unter vier Augen mit ihm zu führen.

Die eiserne Tür fiel scheppernd hinter ihm zu, und er befand sich in einer kleinen Kammer mit einem winzigen vergitterten Fenster unter der Decke, einer trüben, in ein Drahtnetz gehüllten Glühbirne, Wänden, die mit einer grünen klebrigen Farbe gestrichen waren, und einem eiskalten Betonfußboden.

Kisseljow stand gebückt und mit hängenden Armen an der Wand. Sein Gesicht war in der dämmrigen Zelle schwer zu erkennen. Kolossow trat ganz dicht an ihn heran und sah, dass über die aschgrauen Wangen des Mannes, die bereits von einem bläulichen Stoppelbart bedeckt waren, Tränen liefen.

»Setz dich«, sagte er. »Wir wollen reden.«

Kisseljow fiel mehr auf den Rand des an die Wand geschraubten Stuhls, als dass er sich setzte.

»Es ist alles zu Ende«, flüsterte er, »mein Leben ist zu Ende.« Er schwieg einen Augenblick, dann fragte er: »Weiß Vera schon davon?«

»Wer ist Vera?«

»Meine Frau.«

»Nein. Bis jetzt noch nichts.«

»Sagen Sie es nicht ... Sagen Sie nicht, was ich getan habe. Sagen Sie lieber, ich hätte jemanden umgebracht und ausgeraubt. Nur nicht die Wahrheit.«

»Warum?«

Kisseljow schwieg.

»Glaubst du, wenn sie hört, du hättest jemanden umgebracht, wäre es leichter für sie?«, fragte Kolossow. »Und bist du sicher, dass wir sie belügen, wenn wir dich des Mordes beschuldigen?«

»Ich verstehe nicht.«

»Du verstehst nicht? Na schön. Was hattest du mit dieser alten Frau vor? Was wolltest du mit ihr tun?«

»Mit der Nachtwächterin? Nichts. Ich weiß nicht. Es war alles wie im Nebel ...«

»Hast du sie früher schon gesehen?«

»Natürlich. Jeden Abend, wenn ich von der Arbeit kam, bin ich ja an ihr vorbeigegangen.« Kisseljow schluckte.

»Und wieso hast du das getan? Was ist plötzlich über dich gekommen?«, fragte Kolossow mit erhobener Stimme.

Kisseljow schwieg.

»Warum hast du sie überfallen? Woher hast du diese idiotische Maske?«

»Das ist ein alter Strumpf. Den habe ich gestern zufällig im Kleiderschrank gefunden. Seltsam ... Ich hätte nie gedacht, dass es so sein würde ... Ich habe ihn genommen, auseinander gezogen und gedacht: Wenn ich den überstreife, wird mich niemand erkennen. Nicht einmal sie ...«

»Die Nachtwächterin? Du hast also gleich an sie gedacht?«

Kisseljow schluckte wieder.

»Ja«, presste er hervor und verbarg sein Gesicht an der Wand. »Lieber Gott, was für eine Schande, was für eine

schreckliche Schande! Warum haben sie mich nicht totge-
schlagen?«

Kolossow schaute ihn halb mitleidig, halb angewidert an.

»Es wäre also eine Lüge, wenn wir deiner Frau sagen, du
bist ein Mörder?«, fragte er.

Kisseljow wandte sich abrupt um. Etwas lag in seinen Augen, was Kolossow plötzlich eine Gänsehaut über den Rücken jagte. »Und wenn ich ... wenn ich sage ... gestehe ...
dass ich sie umbringen wollte? Werde ich dann erschossen?«

In seinen zwanzig Jahren bei der Miliz hatte Kolossow
diese Frage schon oft gehört. Jedes Mal wurde sie anders gestellt: Die einen sprachen sie mit aufgesetzter Lässigkeit aus,
andere voller Angst, wieder andere mit stumpfer Hartnä-
ckigkeit. Aber diesen Tonfall hatte er noch nie gehört. In
der Frage des Technikers schwang deutlich ein Unterton
von ... Hoffnung mit.

»Haben Sie Kinder?«

»Vera wollte keine. Später konnte sie keine mehr bekommen – sie ist nierenkrank.«

»Hat sie dich nicht mehr rangelassen, oder was?«, fragte
Kolossow grob.

Kisseljow schüttelte den Kopf.

»Ich bin ein Monstrum«, flüsterte er. »Ich weiß es schon
lange.«

»Warst du schon mal in Nowospasskoje?«, fragte Kolossow weiter.

»Ja.«

»Wann?«

»Letzten Herbst bin ich mit meiner Frau zum Pilzesam-
meln dorthin gefahren.«

»Und in Ljuberzy, in Iljinskoje?«

»In Ljuberzy, ja. Da ist die Schwiegermutter meines Kollegen beerdigt worden. Den anderen Ort kenne ich nicht.«

»Und in Brjanzewo?«

»Wo ist das?«

Kolossow seufzte nur.

»Was ist nur über dich gekommen, kannst du mir das sagen?«

»Ich bin ein Monstrum«, wiederholte Kisseljow. »Ich will nicht mehr leben. Begreifst du das nicht? Du bist doch ein Mensch, du musst doch verstehen! Ich kann nicht mehr ... ich kann nicht mehr ...«

»Wenn du mit Kisseljow sprichst, musst du unbedingt jeden konkreten Hinweis auf die Morde vermeiden«, wies Kolossow Kowalenko an, der den Fall zu betreuen hatte. »Keine direkte Frage. Er darf keinerlei Informationen bekommen. Klar?«

»Warum nicht?«, fragte Kowalenko verwundert.

»Er nimmt sonst alles auf sich, verstehst du? Alles. Weil er nicht mehr leben will.«

»Wie erklärt er seine Neigung?«, wollte der Leiter der örtlichen Miliz wissen, der bei diesem Gespräch zugegen war.

»Als Wahnvorstellung, die ihn schon lange verfolgt. Den Anstoß zu handeln hat ihm ein Strumpf gegeben, den er zufällig im Schrank gefunden hat ... Stimmt es, dass er die Arbeiter angefleht hat, ihn totzuschlagen, als sie ihn verdroschen haben?«, wollte Kolossow dann seinerseits wissen.

»Ja. Sie haben ihn mit seinem Gürtel gefesselt, und er hat

mit nacktem Hintern vor ihnen gelegen und immerfort geschrien: Bringt mich um, ich will nicht mehr leben.«

»Tja, dann«, Kolossow stand auf. »Lügenmärchen kann ich nicht gebrauchen, deshalb geht sorgsam mit ihm um.«

25 Auf frischer Tat ertappt

Die Nachricht, dass »Jusbaschew aktiv wird«, erreichte Kolossow, als er im Dienstwagen saß und zurück nach Moskau fuhr.

Es war die Stunde, in der die Dämmerung schon der Nacht weicht, der Lärm des Tages verstummt und man nach der Hektik, Lauferei und Nervenanspannung nur noch schlafen möchte.

»Der Arbeitstag ist noch nicht zu Ende«, teilte Kolossow seinen verdutzten Kollegen mit. »Auf, Jungs, wir fahren zum Zirkus.«

Ein paar Minuten später meldete sich über Funk Slawjankin, der für Jusbaschews Observation verantwortlich war. Er berichtete, im nächtlichen Zirkus habe ein lebhaftes Treiben eingesetzt. Etwa zwei Stunden nach dem Ende der Abendvorstellung sei ein Kleinbus der Marke Toyota durch das hintere Tor auf das Zirkusgelände gefahren. Zwei Männer seien ausgestiegen. Gleich darauf seien Jusbaschew und noch ein anderer Mann erschienen. Swiderko hätte in ihm den Finanzchef des Zirkus erkannt.

Alle gemeinsam hätten den Kleinbus zu den Wohnwagen geschoben, in denen die Habe des Zirkus gelagert war, und rasch begonnen, irgendwelche Schachteln und Ballen zu verladen.

Kolossow wies Slawjankin an, die Observierung fortzusetzen, und ließ sich mit Swiderko verbinden.

»Sei so gut, und hilf mir noch mal. Meine Männer sind genauso tatendurstig und hitzig, wie sie grün hinter den Ohren sind. Ich setze meine ganze Hoffnung auf dich, Nikolai, auf deine Erfahrung. Ich werde in etwa dreißig, vierzig Minuten bei euch sein.«

Ach, welcher Russe liebt nicht die schnelle Fahrt! Doch eine Fahrt wie in dieser schwülen Julinacht war sogar einem so schneidigen Fahrer wie dem Chef der Mordkommission zu viel. Der strapazierte Motor des Dienst-Wolga heulte dumpf, und der Wagen zitterte wie bei einem epileptischen Anfall. Ungerührt blieb nur der Chauffeur. Er hatte sich eine Zigarette zwischen die Zähne geklemmt, einen scharfen Blick auf den Tacho geworfen und dann die Existenz der Bremsen völlig vergessen. Halsbrecherisch jagte er um die Kurven, blendete den spärlichen Gegenverkehr mit den Scheinwerfern und betäubte ihn mit der Sirene, die auf volle Lautstärke gestellt war.

Als Kolossow am Ziel aus dem Auto sprang, sah er sofort, dass sie auf dem Höhepunkt der Ereignisse eingetroffen waren: Menschen schrien, Tiere gebärdeten sich wie wahnsinnig, brüllten und trompeteten, Eisen krachte, und als Krönung von allem knallten plötzlich nacheinander zwei Schüsse dumpf durch die Nachtluft. Daraufhin begann der Tiger drohend und zornig zu brüllen! Das alles kam so überraschend, dass Kolossow der kalte Schweiß ausbrach. Wieder fiel ein Schuss. Er riss sich zusammen und stürzte vorwärts.

Neben dem voll beladenen Toyota-Bus standen wie erstarrt Slawjankin und drei Kolossow unbekannte Männer und drückten sich furchtsam an die Metalltüren des Wagens. Hinter den Wohnwagen, die als Lager dienten, drängten sich die Mitarbeiter des Zirkus, schauten ab und zu um die Ecken und huschten dann rasch wieder zurück, wie Mäuse in ihr Loch. Alle waren nur halb angezogen. Es war offensichtlich, dass der Lärm sie gerade aus dem Bett gejagt hatte.

Einige von ihnen gestikulierten lebhaft und wollten den soeben Eingetroffenen irgendwelche Zeichen geben. Kolossow konnte nichts erkennen: Das Licht eines Scheinwerfers, der auf dem Dach eines Wohnwagens mit der riesigen Aufschrift »Vorsicht – kein Zutritt für Unbefugte« befestigt war, schien ihm direkt in die Augen.

Als er sich an das Licht gewöhnt hatte, sah er, dass die Türen des Wohnwagens sperrangelweit offen standen.

»Nikita Michailowitsch!« Kolossow erkannte mit Mühe die Stimme Slawjankins (er krächzte aus irgendeinem Grund ganz furchtbar). »Er ... Jusbaschew ist dort! Er hat die Raubtierkäfige geöffnet!«

In diesem Moment erblickte Kolossow Swiderko. Der Moskauer Einsatzleiter stand breitbeinig, in der klassischen Pose des Schützen, allein mitten auf dem leeren Hof. In der Hand hielt er eine Pistole, die auf die geöffneten Türen des Wohnwagens gerichtet war.

Kolossow zog ebenfalls seine Waffe. Von hinten eilten seine Leute herbei. Er ging auf Swiderko zu.

»Er ist im Bus«, flüsterte der, ohne den Blick von der Türöffnung abzuwenden. »Sie haben da irgendwas verladen. Als sie uns gesehen haben, sind sie auseinander gerannt. Bis auf Jusbaschew haben wir sie alle erwischt. Ich hab nicht gleich kapiert, was er vorhatte. Wir sind hinter ihm her, und da kommt uns plötzlich von dort ein Tiger entgegen. Und was für ein Vieh! Jusbaschew hat den Käfig geöffnet. Na, ich hab das Biest mit ein paar Schüssen zurück in den Wagen gejagt.«

»Jusbaschew!«, rief Kolossow. »Kommen Sie sofort heraus!«

Sein Ruf hallte über das leinene Zirkuszelt.

»Jusbaschew, wir sind bewaffnet, ich warne Sie!«

Schweigen.

Kolossow blickte Swiderko fragend an. Der zögerte, grinste dann und sagte heiser:

»Gehen wir. Der Himmel stehe uns bei.«

Die schwarze Türöffnung des Wohnwagens kam immer näher. Ein Schritt, ein zweiter, ein dritter. Im Innern brannte trübes Licht. Scharfer Raubtiergeruch schlug ihnen entgegen. Vorsichtig traten sie über die Schwelle.

Zum Glück hatte Jusbaschew nur einen Käfig geöffnet, den äußersten rechts. Sein furchteinflößender Bewohner hatte sich mitten im Wohnwagen auf der eisernen Karre ausgestreckt, auf der den Tigern das Futter gebracht wurde. Die Raubkatze wandte den Unbekannten den Kopf zu und knurrte drohend.

Kolossow, der Jusbaschew noch nicht sah, rief:

»Sperren Sie das Tier sofort wieder in den Käfig! Andernfalls müssen wir schießen.«

Am anderen Ende des Wagens rannte ein Schatten hin und her. Der Tiger blaffte kurz und tief auf und sprang von der Eisenkarre. Ein Schuss krachte: Swiderko hatte in die Luft geschossen.

Der Schatten löste sich von der dunklen Wand: Es war Jusbaschew, bleich, in einem zerrissenen T-Shirt, auf der Wange eine Schramme. Mit der Hand umklammerte er einen Stock, wie ihn die Dompteure in der Manege benutzen.

»Treiben Sie den Tiger zurück!« Kolossow wies mit dem Kopf zum Käfig hinüber.

»Treiben Sie ihn doch selbst hinein! Na? Versuchen Sie's doch mal!«

Swiderkos Augen verengten sich, er zielte und ...

Was zuerst geschah, konnte Kolossow später nicht mehr sagen – der Schuss, der Sprung Jusbaschews zum Tiger, der Schlag mit dem Stock auf dessen orange gestreifte Flanke, der Satz des Tiers in den Käfig – weiß der Teufel!

Jusbaschew schlug scheppernd die Käfigtür zu, schob den Riegel vor und lehnte sich schwer atmend an die Gitterstäbe.

»Was kann man von euch schon erwarten, ihr Schurken! Kein Mitleid habt ihr, mit niemandem«, murmelte er. Dann sank er zusammen und barg das Gesicht in den Händen.

Als man Jusbaschew aus dem Wohnwagen führte und ihm Handschellen anlegte, kamen die Zirkusleute in Scharen aus ihrem Versteck geströmt. Alle lärmten durcheinander. Der dicke Zirkusdirektor tauchte auf, in Unterwäsche, über die er hastig einen Mantel geworfen hatte. Kolossow achtete nicht auf das Geschrei und nahm aufs Geratewohl Kartons aus dem Toyota. Er öffnete einen nach dem anderen. Sie enthielten Schuhe und Geschirr.

»Was ist das?«

»Waren, die wir in Polen erstanden haben«, erklärte der Direktor. »Wenn wir auf Tournee sind, machen wir gleichzeitig Geschäfte. Wir kaufen in den Städten, in denen wir auftreten, Waren an, und setzen sie später wieder ab. Was soll man machen? Wir haben große Ausgaben. Die Tiere müssen gefüttert werden.«

Kolossow interessierte das wenig. Er öffnete einen Karton nach dem anderen.

»Was suchst du?«, fragte Swiderko.

Kolossow öffnete einen neuen Karton: Taschenrechner, Uhren. Er zog einen weiteren hervor, der schwerer war als die vorherigen. In die Seitenwände waren Löcher gebohrt. »Moment mal.« Er kniete nieder und horchte. Ihm schien, als hätte er aus dem Innern ein leises Rascheln gehört.

Vorsichtig hob er den Deckel an, der mit einem durchsichtigen Klebeband befestigt war. In dem Karton ringelte sich in einem Haufen Sägespäne ein ganzes Knäuel Schlangen.

Nun saßen sie im Büro in der Nikitski-Straße – Kolossow hinter seinem Schreibtisch, Jusbaschew ihm gegenüber auf einem Stuhl. Jusbaschew blickte am Chef der Mordkommission vorbei und starrte angestrengt auf ein Plakat an der Wand, auf dem Rutger Hauer zu sehen war. Die dunklen Brauen des Ethologen stießen über der Nasenwurzel zusammen. Sein ganzes Äußeres drückte eisige Verachtung für die Vertreter der Staatsmacht aus.

»Wie ich schon sagte, Konstantin Ruslanowitsch, der Zirkus ist eine unterhaltsame Sache«, begann Kolossow in aufgeräumter Stimmung das Gespräch. »Aber was war bloß gestern Nacht mit Ihnen los? Warum haben Sie sich den Mitarbeitern der Justiz so heftig widersetzt?«

Jusbaschews Augen funkelten.

»Woher sollte ich wissen, dass die von der Miliz waren? Mitten in der Nacht kommen da plötzlich welche angerannt, einer mit einer Pistole, wüstes Gefluche ... Unser Zirkus hat schon traurige Erfahrungen im Umgang mit Banditen gemacht.«

»›Unser‹ Zirkus ist hübsch gesagt. Sie haben also die Milizionäre für Banditen gehalten. Meinetwegen. Aber danach bin ich gekommen, habe Sie gewarnt und gerufen, bis mir fast die Stimme gebrochen ist.«

»Ich habe nichts gehört.«

»Angenommen, das stimmt«, brummte Kolossow. »Nur mal angenommen. Aber wissen Sie noch, worüber wir uns vor drei Tagen unterhalten haben? Erinnern Sie sich? Na also. Drüben im Nebenzimmer steht ein großer Karton. Dessen Inhalt beunruhigt uns in höchstem Maße. Oder wollen Sie jetzt sagen, dass Sie von diesem Karton nichts wissen?«

»Nein, warum?« Jusbaschew beugte sich vor. Seine Wangen überzogen sich mit flammender Röte. »Den Karton mit den Schlangen hat mir gestern Abend ein Typ gebracht, den ich nicht kannte, und gesagt, ich solle ... ich solle ihn irgendwo losschlagen.«

»Für wie viel?«

»Vierhunderttausend.«

»Zu wenig.« Kolossow zog ein betrübtes Gesicht. »Ein kümmerlicher Preis. Und Ihnen ist gar nicht der Gedanke gekommen, es könnte sich um eben die bewussten Schlangen handeln? Von Ihrer Tierstation, die bekanntlich bestohlen wurde?«

Jusbaschew wandte sich ab.

»Wie Ihre Kollegen versichern, sind Sie ein großer Tierfreund. Ich hab's ja auch selbst gesehen, wie Sie den Tiger beschützt haben und das Tier nicht opfern wollten. Aber warum sind Sie mit diesen Stummelfüßern so unschön umgegangen? So grausam und barbarisch. In dem Karton haben sie doch weder zu fressen noch zu trinken bekommen.«

»Was glauben Sie denn?«, zischte Jusbaschew. »Dass es

den Schlangen auf der Station besser geht? Ich ... Der Mensch, der das getan hat, hat sie vielleicht gerettet! Erkundigen Sie sich doch mal auf der Station, wie viele dort leben und wie hoch die Sterblichkeitsrate ist! Wie viele bei diesen Experimenten jämmerlich krepieren! Bei diesen Sadisten, diesen Schlächtern!« Jusbaschew schrie beinahe.

»Wen meinen Sie mit ›Sadisten‹?«

»Alle! Olgin, Swanzew. Und diesen Shenja. Der ist doch pervers! Wie oft hat die Alte mir geklagt ...«

»Die Alte?«

»Ja! Er hat ... Ach, was soll ich da noch reden!« Jusbaschew schlug sich mit der Faust aufs Knie. »Sie verstehen es ja doch nicht!«

»Ist Soja Iwanowa auch eine Sadistin?«, fragte Kolossow leise.

Jusbaschew holte tief Luft – es klang fast wie ein Schluchzen.

»Ein Unbekannter hat Ihnen also die Schlangen gebracht?«, fragte Kolossow.

»Ja.«

»Fix und fertig verpackt im Karton?«

»Ja!«

»Und auf der Station in Nowospasskoje waren Sie seit Mai nicht mehr?«

»Nein!«

»Und die Alte hat sich bei Ihnen beklagt ... Was denn für eine Alte?«

»Die Kaljasina. Fragen Sie sie doch selbst!«

»Sie wurde ermordet.«

Jusbaschew erstarrte.

»Serafima Pawlowna Kaljasina wurde ermordet«, wiederholte Kolossow langsam, »ausgerechnet an dem Morgen, als

Sie mit ihr zusammen zum Neun-Uhr-zwanzig-Zug gehen wollten. Hören Sie zum ersten Mal davon?«

Im Gesicht Jusbaschews ging eine Veränderung vor sich. Die Züge blieben äußerlich dieselben, doch zugleich zerfielen, zerbrachen sie gleichsam. Kolossow kam plötzlich der Gedanke, wie passend der Ausdruck »das Gesicht verlieren« war.

»Serafima Kaljasina ermordet?«, flüsterte Jusbaschew. »Wie ... wie hat man sie denn getötet?«

»Man hat ihr mit einem Stein den Kopf zerschmettert«, sagte Kolossow.

Jusbaschew wurde leichenblass. In seinem Blick, der vorher böse und verächtlich gewesen war, lag nun ein verzweifeltes Flehen.

»Ich habe sie nicht getötet!«, flüsterte er. »Ich war es nicht!« Es war kein Aufschrei, es war ein unbeherrschtes, unmännliches Winseln. »Ich *war* es nicht!«

»Reißen Sie sich zusammen. Jetzt ist nicht die Zeit für hysterische Anfälle.« Kolossow trat zu ihm und rüttelte ihn an der Schulter. »Eine Lüge ist nicht in Ihrem Interesse, schon gar nicht eine so plumpe. Antworten Sie: Waren Sie in der betreffenden Nacht auf der Station?«

»J-ja.«

»Und in der Nacht vom achtundzwanzigsten auf den neunundzwanzigsten Mai?«

»Auch. Soja hatte Geburtstag, ich ...«

»Haben Sie die Schlangen gestohlen?«

»Ja.«

»Haben Sie Rodsewitsch die Schlüssel zum Serpentarium entwendet?«

»N-nein, oder vielmehr ... doch, ich habe einen Abdruck gemacht ... Ich werde Ihnen alles erklären ...«

»Wann haben Sie den Abdruck gemacht?« In Kolossows Stimme klirrte es metallisch.

»An jenem Morgen ... Ich ... Kann ich etwas Wasser haben?« Jusbaschew leerte das Glas in einem Zug. Dann brach es förmlich aus ihm heraus: »Ich brauchte dringend Geld. Meine Forschungsarbeiten ... Als ich die Arbeit im Zirkus angetreten habe, hat der Finanzchef zu mir gesagt: Wenn du uns wertvolle Exemplare beschaffen kannst – ich hatte ihm von den Schlangen erzählt –, soll es dein Schaden nicht sein. Und die Schlangen wären auf der Station ja sowieso krepiert. Einen Monat früher oder später. Ich habe ja gesehen, was sie dort mit ihnen machen, schließlich habe ich dort zwei Jahre gearbeitet. Und ich konnte nicht mehr, verstehen Sie, ich konnte nicht mehr! Für alles gibt es eine Grenze. Wir sind doch Menschen!« Ein wenig leiser fuhr er fort: »Ich bin immer wieder heimlich zu Soja gegangen. Sie ist ein lieber Kerl, aber ... Olgin war dagegen. Deshalb kam ich immer erst abends. In der Mauer ist ein Loch, da bin ich durchgekrochen.

An jenem Morgen habe ich beschlossen, nicht länger zu warten. Ich hatte mich tatsächlich mit der Kaljasina verabredet, zusammen mit ihr zur Bahn zu gehen. Sie ist vorgegangen. Ich habe mich von Soja verabschiedet, bin zum Tor hinausgeschlüpft und an der Mauer entlang gerannt, bis zu dem Loch. Durch das Loch bin ich zurück auf die Station, in den Wohnbereich. Das Fenster zu Rodsewitschs Zimmer stand offen. Ich wusste, wo er die Schlüssel aufbewahrt – zigmal habe ich gesehen, wie er sie an einen Nagel hinter die Gardine gehängt hat. Nun, ich hatte Glück: Rodsewitsch stand gerade unter der Dusche, und die Schlüssel hingen an Ort und Stelle. Ich habe einen Abdruck gemacht und bin am Affenhaus vorbei zurück zu dem Loch gelaufen.«

»Welchen Weg sind Sie zur Bahn gegangen?«

»Ich bin nicht zur Bahn gegangen! Ich hätte den Zug sowieso nicht mehr erwischt, weshalb sollte ich dorthin? Ich bin auf die Chaussee hinaus und habe dort einen LKW angehalten. Der Fahrer war in meinem Alter, mit Tätowierungen auf den Fingern.«

»Und was war dann?«

»Dann ... dann habe ich den Abdruck dem Finanzchef gegeben, und er hat einen Schlüssel fertigen lassen. In der Nacht sind wir dann in seinem Auto zur Tierstation gefahren. Ich bin durch das Loch auf das Gelände geschlüpft, habe das Schlangenhaus aufgeschlossen und die Schlangen mitgenommen. Und heute sind die Käufer gekommen.«

»Wie viel Geld sollten Sie dafür bekommen?«

»Tausend Dollar.«

»Für alle zusammen?«

»Für jede Einzelne.«

»Tja, Konstantin Ruslanowitsch – Sie sind ein guter Ethologe, aber leider ein beschissener Dieb, entschuldigen Sie den groben Ausdruck. Statt mit Dingen, von denen Sie nichts verstehen, sollten Sie sich lieber mit Ihrer Ethologie befassen.«

»Das ist nicht Ihre Sache.« Jusbaschew zitterte am ganzen Körper. »Das geht Sie nichts an! Ich bin nicht schuld, dass man bei uns die Wissenschaftler wie Hunde mit Füßen tritt!« Er wandte sich ab. »Vielleicht bin ich ein Dieb«, murmelte er. »Aber die Frau habe ich nicht ermordet. Ich schwöre es! Bei allem, was mir heilig ist!«

»Haben Sie sich nur deshalb mit Soja getroffen, um an die Schlüssel zu kommen?«, fragte Kolossow finster.

»Ich mag sie, aber ... Das hat mit den Schlüsseln nichts zu tun, die hätte ich auch ohne sie gekriegt. Ich ... ich wollte immer, dass sie von dort weggeht, weg von Olgin. Dann wäre es mit uns vielleicht was geworden.«

»Haben Sie denn gedacht, dass ihr dort Gefahr droht?«

Jusbaschew fuhr hoch.

»Wissen Sie, was für ein Ort das ist?« Seine Stimme klang hart. »Sie werfen mir Grausamkeit vor – wissen Sie überhaupt, was das ist? Wenn Sie mal eine Woche dort verbringen würden, wüssten Sie's!« Er wandte sich ab und sank zusammen. »Ich bin sehr müde. Ich weiß nicht mehr, was ich sagen soll.«

Um sechs Uhr brachte man Jusbaschew in einem Wagen der Miliz nach Nowospasskoje zum Untersuchungsleiter der Staatsanwaltschaft, der den Diebstahl auf der Tierstation untersuchte. Von einer Anklage wegen Mordes war vorläufig nicht mehr die Rede.

Ein Anführer, der aussieht wie Mickey Rourke, oder: Fahrten im Mondschein

26

Katja hatte die Existenz des Chefs der Mordkommission völlig vergessen. An Sergej dachte sie nur einmal, an Wadim zweimal: morgens auf dem Weg nach Kamensk. Am Vorabend hatte Wadim ihr seine Unabhängigkeit demonstriert: Spät abends hatte er plötzlich erklärt, er müsse noch ins Büro, um die Arbeit der Wachleute zu kontrollieren.

Katja forschte nicht weiter nach, ob es sich tatsächlich so verhielt. Weshalb war er überhaupt gekränkt? Weil sie versuchte, sich so intensiv wie möglich auf die wichtige Sache zu konzentrieren, die sie in Kamensk erwartete, und seiner Person nicht genügend Beachtung schenkte? Als Katja am nächsten Morgen in fieberhafter Eile zur Arbeit aufbrach, fand sie nicht einmal Zeit, eine Notiz für Wadim zu hinterlassen. Sie beschloss, ihn von Ira Gretschko aus anzurufen, vergaß es aber fast augenblicklich. Sie hatte anderes im Kopf!

Ira hatte ihr Tagespensum fast erledigt, und sie setzten sich zusammen, um ihren Plan in allen Einzelheiten zu besprechen.

»Trotzdem, ich finde es falsch, dass du Sergejew nicht informieren willst«, sagte Ira und zupfte nachdenklich an ihren goldblonden Locken. »Sascha ist vielleicht ein wenig impulsiv, aber dafür hat er Mut für zehn! Der steht wie eine Mauer vor dir.«

»Mir reicht schon Aljoscha Karawajew«, wehrte Katja ab. »Sergejew kehrt mir auch ein bisschen zu sehr den Vorgesetzten heraus. Verstehst du, Ira, ich muss ganz offen mit diesem Jungen sprechen. Zumindest will ich's versuchen.«

»Aber warum bist du so sicher, dass von diesem Rudel eine Spur zu Stassik führt?«

»Ich bin mir überhaupt nicht sicher. Aber ich habe so ein Gefühl. Außerdem – andere Spuren gibt es nicht. Wie ich gehört habe, war Sineuchow ja ein völliger Reinfall.« Katja machte ein betrübtes Gesicht. »Er soll im letzten Verhör gesagt haben, er hätte den Jungen erwürgt?«

»Genau. Der Anwalt ist vor Freude an die Decke gesprungen.«

»Warum nimmt er den Mord denn auf sich?«, fragte Katja verständnislos.

»Ein Psychopath. Außerdem hat man ihn bestimmt die

ganze Zeit bearbeitet: ›Gib es endlich zu!‹ Man hat ihm vermutlich was dafür versprochen.«

»Wir tappen also wieder im Dunkeln.« Katja schaute auf die Uhr an Iras Handgelenk. »Komm, Mädel, lass uns gehen. Aljoscha wird schon nachkommen.«

Karawajew holte sie ein, als sie schon fast vor Iras Haus waren. Er saß am Steuer eines uralten Moskwitsch. Aus seinem Auto stieg ein junger Kerl, den Katja nicht kannte, in einer teuren Sportjacke und Jeans, und ging zur Bushaltestelle. (Kolossow hätte ihn wiedererkannt – es war einer der Zeugen, die bei der Tatortbesichtigung des Mordes an Stassik dabei gewesen waren.)

»Wer war das?«, fragte Katja.

»Einer von unseren freien Mitarbeitern. Ich hab ihn bis Kamensk mitgenommen, denn sein Motorrad hatte den Geist aufgegeben.« Aljoschas Miene war ernsthaft und besorgt, doch kaum wandte er seinen Blick Ira zu, verflüchtigte sich der finstere Gesichtsausdruck, und sein Mund verzog sich zu einem breiten, glückseligen Lächeln. »Na, wie steht's, ist alles in Ordnung? Dieser Shukow wird dich nach Kanatschiki fahren, Katja. Dort versammelt sich ihre Clique. Du brauchst keine Angst zu haben«, fuhr er fort, als sie bei Ira im Zimmer am Tisch saßen (sie wohnte schon seit einem Jahr äußerst beengt in einer Kommunalwohnung) und zu Abend aßen oder zumindest so taten, denn Appetit hatte keiner von ihnen. »Ich werde die ganze Zeit in der Nähe sein. Möchtest du noch Tee, Ira? Bist du müde? Warum nehmt ihr nicht von den Pralinen?«

Katja kaute lustlos und schaute dauernd auf die Uhr: Viertel vor zehn – es wurde Zeit, zu fahren.

Sie zog sich mit besonderer Sorgfalt an. Die Sachen hatte sie in einer Tasche mitgebracht – Kleidungsstücke, die sie nie zur Arbeit trug: enge Jeans, eine modische Reißverschlussjacke. Ihre Haare ließ sie offen über die Schultern fallen und betrachtete sich dann im Spiegel: Nicht übel, das passte. Die richtigen Akzente für den Eindruck, den sie bei dem Treffen machen wollte: Geradlinigkeit, Weiblichkeit und ein bisschen Hilflosigkeit.

Ira begleitete ihre Freunde zum Aufzug, setzte sich dann in den Sessel am Fenster und nahm ein Buch. Doch sie blickte häufiger in das immer dichter werdende Dunkel draußen vorm Fenster und auf den Wecker neben dem Sessel als in die aufgeschlagenen Seiten.

Karawajew brachte Katja bis zur Ecke der Schule. Sie stieg aus dem Auto und fühlte sich sofort wie der letzte Angsthase: Noch nichts war passiert, aber ihre Knie waren jetzt schon weich wie Watte.

Sweta Korablina und Roman Shukow standen auf der Vortreppe.

»Hallo.« Der junge Mann nickte ihr zu und kam schnell herunter. »Ich dachte schon, du kommst nicht.«

»Was du nicht alles denkst!«, sagte Katja. »Guten Abend, Sweta.«

»Guten Abend.« Die Korablina kam ebenfalls die Treppe herunter. »Dumme Jungs sind das, ohne Manieren. Aber Roman hat mir versprochen ...«

»Sprichst du von uns?« Shukow stand hinter ihnen. Seine Lippen verzogen sich. »Wie grässlich wir sind, und wie schlecht erzogen? Wir könnten sie vergewaltigen, wie? Natürlich können wir das, wir sind ja solche Typen. Schließlich verdächtigt man uns auch des Mordes an Stassik.«

»Roman.« Sweta fasste nach seiner Hand. Er drückte sie so fest, dass Sweta das Gesicht verzog. »Lass das, bitte.«

Katja wusste nicht recht, ob sie damit den schmerzhaften Händedruck oder Romans letzte Worte meinte.

Sie näherte sich zaghaft dem Motorrad.

»Setz dich drauf«, brummte sein Besitzer.

Katja kletterte mit einiger Mühe auf den Rücksitz hinter ihn und klammerte sich an seine Lederjacke. Das Motorrad brauste los. Sie kniff die Augen fest zusammen. Eine Fahrt auf einem Motorrad war ein Traum ihrer Kindheit gewesen. Doch in der Kindheit sind wir unerschrocken und unvernünftig. Die Jahre vergehen, und wenn unser Traum dann unverhofft in Erfüllung geht, stellen wir fest, dass wir nichts dagegen hätten, wenn der Gegenstand unseres Traums sich bedeutend langsamer fortbewegen und über den Schlaglöchern nicht so furchteinflößend hüpfen würde.

Ein riesiger blassgrüner Mond schwebte über der Hügelkette und spiegelte sich im schwarzen Wasser des Kanals. Auf dem Fluss brannten Lichter: Bojen, die die Fahrrinnen kennzeichneten.

Die Dorfstraße bog nach links ab und verlief in Schleifen – nach oben, nach unten, eine Kurve, ein steiler Anstieg, ein Abhang. Der Motor heulte wie ein wildes Tier. In dem Klang war beinahe etwas Revolutionäres im friedlichen, ruhigen Atmen der Nacht. Die Blätter der Ahornbäume und der Linden ähnelten vor dem Hintergrund des Mondhimmels zartem, durchbrochenem Schnitzwerk. Es duftete intensiv und herb nach Wermut, Benzin, erwärmtem Metall und – wenn der Wind sich drehte – nach Flusswasser, Schlamm und Riedgras. Katja schien es, als könnte sie auch den Duft dieses zauberischen Mondes riechen, der so voll und rund und wie zum Greifen nahe am Himmel stand, dass man meinte, man brauche nur die Hand auszustrecken und könne die Mondberge und Krater berühren.

Auf einem Hügelkamm stoppte Roman plötzlich, ohne den Motor abzustellen. Er drehte sich um. Seine Augen wurden vom Plastikschild des Helms verdeckt. Katja, die sich krampfhaft an seine Jacke geklammert hatte, wich unwillkürlich zurück. Er hatte wohl ihre Gedanken erraten, denn er rief ihr ins Ohr:

»Keiner will was von dir! Du bist mir vielleicht ein Schätzchen! Halt dich gut fest! Jetzt kommt eine Achterbahn! Ich will nicht, dass du dir den Hals brichst!«

Und er sauste in die Tiefe. Katja blieb die Luft weg. Sie hüpften in die Höhe, jagten den nächsten Hügel hoch und stürzten wieder hinunter. Katja presste ihr Gesicht an Romans Rücken und schlug die Augen erst wieder auf, als sie über einen ebenen Weg brausten, eine fließende Wendung vollführten und zum Stehen kamen.

»Wir sind da«, erklärte Roman und nahm Katja den Helm ab. »Gib mir die Hand.«

Katja stützte sich schwer auf ihn, die Knie gaben unter ihr nach.

Auf dem großflächigen Gelände am alten, verlassenen Hafen, der unter dem Namen Kanatschiki bekannt war, hatte sich das Rudel versammelt. Die Lichter der eingeschalteten Scheinwerfer warfen helle Flecken in den Staub und bildeten eine geisterhafte Arena. Katja trat in diesen hellen Kreis, und die Stimmen verstummten für einen Moment. Dann ertönten Pfiffe und Gelächter, danach wurde es ganz still.

Katja ließ ihren Blick von einem unbekannten Gesicht zum andern schweifen: Jungen, Jungen, Jungen. Hinter vielen saßen Mädchen auf den Motorrädern; in Aussehen und Aufmachung passten sie zu ihren Kavalieren. Katja prägte sich besonders eine ein; das Mädchen war vielleicht sechzehn Jahre alt, mit grellrot gefärbten Haaren, blauweiß geringeltem T-Shirt und durchbrochenen Lederstiefeln.

»Hallo«, sagte Katja.

Niemand antwortete. Man musterte sie. Sie spürte keine Feindseligkeit, eher Neugierde. So studiert man ein seltenes Insekt, bevor man es auf die Nadel spießt und der Sammlung einverleibt.

»Wer von euch ist Iwan?«, fragte Katja.

Die jungen Burschen schwiegen, die Mädchen kicherten unterdrückt.

»Akela werde ich ihn nicht nennen«, sagte Katja fest und bestimmt. »Wir sind hier nicht im Kindergarten. Aber wenn ihr ihn so nennen wollt – bitte sehr.«

Sie begannen zu lärmen und zu lachen. Man hörte Rufe: »Und wie heißt du?« – »Chil, hast du die angeschleppt? Das ist wohl deine Neue?«

»Ruhe.« Die Stimme war nicht sehr laut, dennoch hörten alle sie und verstummten. »Ich bin Iwan. Was gibt's?«

Geräuschlos, sich nur mit den Füßen abstoßend, fuhr er auf seinem Motorrad in einen Lichtfleck. Katja sah sofort, dass er hier der Älteste war. Sie trat auf ihn zu und bemühte sich, zu erkennen, was für ein Junge das war, denn es hing vom ersten Eindruck ab, wie sie dieses schwierige Gespräch beginnen sollte. Sie hatte manches über die Biker gehört, über die richtigen Biker. Und nun musste sie auf den ersten Blick entscheiden, ob dieser Bursche der war, für den sie ihn hielt.

Äußerlich ähnelte er Mickey Rourke, und es war deutlich, dass ihm diese Ähnlichkeit bewusst war und dass er sie mit allen Mitteln betonte. Man konnte ihn nicht gerade schön nennen, aber er hatte zweifellos Charme – das jungenhafte Gesicht, das feste Grübchen im Kinn, die Stupsnase und vor allem das Lächeln in den Winkeln seines launischen Mundes, das mal auftauchte, mal wieder verschwand. Das war der Mickey Rourke aus den Zeiten des unvergesslichen »Rumble Fish«, der damals auch Katjas junges Herz hatte klopfen lassen. Die Kleidung des Jungen war lässig – eine verwaschene, mit Motorenöl verschmierte Jeans und eine ärmellose Weste, die auf der sonnengebräunten Brust aufgeknöpft war. Diese Nacktheit wirkte wie beabsichtigt und wurde von einem schlichten Metallarmband am breiten Handgelenk unterstrichen.

»Ich bin Iwan.« Er grinste und fuhr ganz nahe an sie heran, dass er sie beinahe berührt hätte. »Na, Kleine, hast du Lust auf 'ne Spazierfahrt? Auf diesem Ding hier?« Er schlug klatschend auf die Seite des Motorrades (das übrigens ziemlich alt und schäbig aussah, gar nicht wie das von Roman Shukow). »Oder auf dem hier?« Und er legte die Hand auf die gewölbte Stelle zwischen den weit gespreizten, eng von der Jeans umschlossenen Beinen.

»Iwan, ich bin zu dir gekommen, um dich um Schutz zu bitten.«

»Was?«

»Ich bin zu dir gekommen, weil ich dich um Schutz bitten möchte. Zu *euch* bin ich gekommen!« Katja blickte sich zu dem Halbkreis der anderen um, der sich hinter ihrem Rücken bildete. Die Gesichter konnte sie nicht unterscheiden – das Licht der Scheinwerfer blendete sie. Die Biker begannen zu lärmen, jemand stieß einen schrillen Pfiff aus.

»Ruhe!« Iwans Stimme übertönte erneut den Lärm. »Ich verstehe nicht ganz, Mädel. Meinst du, ich soll irgendwem die Schnauze polieren?«

»Hast du gehört, dass in der Stadt ein Kind ermordet worden ist? Auf der Müllkippe?«

»Angenommen, wir haben's gehört. Was weiter?«

»Der Junge hieß Stassik Korablin«, fuhr Katja fort. »Das ist sein Bruder.« Sie nickte zu Roman hinüber. »Er sagte, Stassik wurde ›Grüner‹ gerufen. Er hat davon geträumt, in euer Rudel aufgenommen zu werden und Motorrad zu fahren. Aber dann wurde er ermordet. Neunundzwanzig Messerstiche hat man ihm zugefügt. Er ist verblutet.«

Die Biker wurden unruhig. Jemand rief: »Und was haben wir damit zu tun?«

»Ruhe.« Ihr Anführer beschwichtigte zum dritten Mal alle Zwischenrufer. »Ruhe, habe ich gesagt.«

Er schwang langsam sein Bein über den Lenker und stand auf.

»Gehen wir«, sagte er und stieg den Abhang zum Fluss hinunter.

Sie standen direkt am Wasser.

»Wie heißt du?«, fragte er.

»Katja.«

»Warum kommst du ausgerechnet zu mir?«

»Weil ich weiß, du ... bist du. Außerdem habe ich sonst keinen, an den ich mich wenden könnte. Stassik wurde auf der Müllkippe gefunden. Er ist dorthin gegangen, oder man hat ihn dorthin gebracht. Niemand hat gesehen, was dort geschehen ist. Danach hat es heftig geregnet ... Ich weiß einfach nicht, zu wem ich sonst gehen soll.«

»Aber warum zu mir? Du kennst mich doch nicht einmal.«

Katja blickte ihn aufmerksam an.

»Ich weiß nicht, warum. Aber ich dachte ...« Sie überlegte, was jemand gern hören würde, der unbedingt dem Helden aus »Rumble Fish« ähneln wollte und mit allen Kräften bemüht war, die Erwartungen der anderen in dieser Hin-

231

sicht nicht zu enttäuschen. »Als ich vom ›Freien Volk‹ hörte, dachte ich ...«

»Was?«

»Dass ihr ein freies Volk seid.«

Der Biker grinste.

»Was das hier betrifft«, er griff in seine Tasche und holte eine Hand voll Kleingeld heraus, »ja. Leider kann ich nicht wie ein Snob einen Hundertdollarschein zerreißen – so viel habe ich nun auch wieder nicht.« Er warf mit königlicher Geste die Münzen in den Fluss. »Von diesem Scheißzeug sind wir frei. Genauer gesagt, wir versuchen, frei zu sein.«

Er rieb sich das Kinn.

»Übrigens habe ich diesen Kleinen nur einmal gesehen.«

»Wann?«

»Chil hat irgendwann mal seinen Bruder und ihn mitgebracht, ist schon 'ne Weile her, im Frühjahr. Ich kann mich kaum noch an ihn erinnern.«

»Aber er hat sich an dich erinnert. Er hat von dir geschwärmt, wollte mit dir zusammen im Mondschein, so wie jetzt, Motorradfahrten machen ... Du hast sicher schon vergessen, wie du selbst vor fünfzehn Jahren warst?«

»Vor siebzehn Jahren. Ich war ein richtiger Musterknabe. Bin zur Musikschule gegangen, habe auf der Geige rumgekratzt und Hausaufgaben gebüffelt.«

Jetzt lächelte Katja.

»Früher wäre aus dir ein prima Pionierführer geworden. Das Rudel ... Wie hat das alles mit euch angefangen? Wie in ›Mowgli‹. ›Es war sieben Uhr abends in den Seeonee-Hügeln ...‹ War es so?«

Der Biker brach in lautes Lachen aus.

»Nicht ganz. Aber fast.«

»Und wen nennt ihr die Bandar-log?«, wollte Katja wissen. »Irgendjemanden doch sicher.«

»Die Typen im Fernsehen.«

»Und die Miliz? Das sind in eurer Sprache sicher die Schakale von Shere Khan?«

»Du hast es fast getroffen.«

»Dann bin ich also eine Hündin. Ein Vorstehhund – oder wie heißt das bei euch ...«

Er schaute sie lange an.

»Gut«, sagte er dann kurz und bündig. »Gut. Ich habe begriffen. Du sollst bekommen, worum du gebeten hast. Aber wenn das jemand von ... na, egal. Das ist unsere Sache. Ich habe es gesagt, du hast mich verstanden.«

»Ich habe verstanden«, erwiderte Katja gehorsam.

»Klebt Shuk immer noch am Rockzipfel dieser Lehrerin? Weiß sie, wie man dich finden kann?«

»Sie hat meine Telefonnummer.«

»Na prima.«

Er stand auf und ging wieder zum Rudel.

»Fahr sie zurück«, befahl er Roman.

Katja setzte den Helm auf und stieg wieder auf das Motorrad – bequem fand sie es wirklich nicht, die Beine baumelten herunter, nirgends konnte man sich festhalten.

»Wer fährt denn so?« Der Anführer grinste, packte rasch Katjas Bein, bog es und legte es auf die Hüfte des vor ihr sitzenden Shukow. »Das andere Bein genauso, hierher. Und dann musst du ihn mit den Beinen ganz fest umklammern.«

Die Biker lachten, lärmten und pfiffen. Begleitet von dieser halb spöttischen, halb gutmütigen Kakophonie, fuhr Katja mit Roman davon.

Als das Knattern ihres Motorrades verstummt war, musterte Akela seine Gefährten und stellte eine Frage, über die Katja sich nicht wenig gewundert hätte, wenn sie sie gehört hätte:

»Wer von euch hat Krueger gesehen?«

Das Gelächter riss jäh ab.

»Na? Habt ihr nicht gehört, was ich euch gefragt habe?«

»Niemand! Wieso fragst du?«, keifte einer aus der Dunkelheit zurück. »Du hast uns doch selbst verboten, mit ihm ... Meinst du, wir kennen das Gesetz nicht?«

»Also niemand. Gut. Dann hört mal her: Ich will wissen, wo er jetzt ist«, sagte Akela scharf. »Habt ihr verstanden? Oder muss ich alles Silbe für Silbe wiederholen?« In seiner Stimme lag ein Beiklang, dass keiner es wagte, auf einer Wiederholung zu bestehen.

Katja bat Roman, sie bis zum Haus von Ira Gretschko zu fahren. Den ganzen Weg über lauschte sie aufmerksam, konnte aber keinen Automotor hören. Wie schaffte dieser Karawajew es bloß, sie so unauffällig zu bewachen?

»Danke«, sagte sie, als sie vor dem Hauseingang hielten. »Vielen Dank, Roman.«

Shukow trat aufs Gaspedal. »Ich bring ihn um. Sobald ich weiß, wer es war, bring ich ihn um. Denk an meine Worte. Und dann sperrt mich ein, wenn ihr mich kriegt!«

Er fuhr eine Ehrenrunde im Hof und verschwand hinter den Bäumen. Katja, todmüde von den vielen Eindrücken, schlurfte zum Eingang.

Als Aljoscha Karawajew erschien, saßen die beiden Frauen bereits auf dem Sofa und tuschelten selbstvergessen.

»Wisst ihr, Mädels, eigentlich haben alle unsere ... eure Tricks und Kniffe nichts gebracht«, sagte er vergnügt. »Dieses verfluchte Rudel mit seinem sonderbaren Leitwolf hat nicht die Absicht, uns etwas Brauchbares zu erzählen.«

»Halt den Mund«, befahl Ira. »Katja, wie ist dieser Akela?«

Katja berichtete von ihren Eindrücken. Karawajew schnitt ein verächtliches Gesicht.

»Mickey Rourke«, grunzte er boshaft.

»Halt den Mund. – Katja, du hast dich genau richtig verhalten.« Ira seufzte. »Wenn er tatsächlich Mickey Rourke ähnlich sieht – nun, es heißt ja, Ähnlichkeit verpflichtet. ›Ich bitte dich um deinen Schutz‹ – wie unzeitgemäß und wie romantisch!«

Katja lächelte Karawajew zu.

»Und was sagst du dazu?«

»Ich? Gar nichts. Alles bestens. Kein richtiger Mann würde die Bitte eines so hübschen Mädchens abschlagen. Das hast du ganz richtig kalkuliert.« Er legte sich die Hand aufs Herz und massierte es leicht. »So wirbt man Agenten an – macht ihnen schöne Augen.«

Katja war schon im Sessel eingenickt, als Ira ihren Verehrer endlich hinausbegleitete.

»Ab in die Falle, Mädchen, ich hab dir das Bett auf dem Sofa gemacht. Für mich stelle ich das Klappbett auf.« Sie kroch hinter den Schrank. »Nein, wirklich, das hast du prima hingekriegt.«

In diesem Moment klingelte es an der Tür.

»Schon wieder Karawajew! Was soll man da bloß machen? Mein Nachbar wird ihn noch lynchen.« Ira sauste los, um den Freund vor dem Zorn des erbosten Nachbarn zu retten. »Oh, ihr seid das, Jungs ...«

Katja schaute aus dem Bad. Auf der Schwelle stand Wadim Krawtschenko höchstpersönlich. Hinter ihm schaute

Sergej Meschtscherski hervor. Sein schwarzer Schnurrbart war gesträubt.

»Katja! Warum hast du mir nichts davon gesagt? Was hätte dir alles passieren können! Ich mag gar nicht daran denken!«, polterte Wadim los. »Wir waren auf dem Revier und haben dem Wachhabenden dort die Hölle heiß gemacht. Warum hast du ...«

»Darum. Und jetzt frag nicht weiter.« Sie stellte sich auf die Zehenspitzen, holte tief Luft und umarmte ihn ganz fest. Seine weiteren Worte gingen in ihren Haaren unter.

Seine Uhr, die direkt an ihrer Schläfe tickte, zeigte dreiundzwanzig Minuten nach vier. Der neue Tag begann mit einer Schäferidylle. Aber es war einfach zu schön! Nein, darüber wollte sie keine Witze machen.

27 Der offene Käfig

Der neue Tag begann für Kolossow mit einer sehr fruchtbaren Beratung mit sich selbst. Dann klingelte das weiße Telefon – die direkte Verbindung mit den Bezirken. Kowalenko meldete sich, konnte aber nichts Erfreuliches berichten. In Krasnaja Datscha hatte sich nichts Neues ergeben. Kisseljow hatte beim Verhör bereitwillig und ausführlich den Überfall auf die Nachtwächterin gestanden und entsann sich eines ähnlichen Vorfalls, als er versucht hatte, über die Melkerin der örtlichen Sowchose herzufallen – ein Versuch, der jedoch nicht von Erfolg gekrönt war, wie er sich ausdrückte. Aber mehr war aus ihm nicht herauszuholen.

»Direkt habe ich ihn nicht nach den Morden gefragt, so

wie du mich angewiesen hast«, berichtete Kowalenko. »Auf seiner Arbeitsstelle habe ich mich nach den betreffenden Tagen erkundigt, ob er ein Alibi hat. An dem Tag, als die Kaljasina ermordet wurde, hatte er frei, sodass die Kollegen aus der Fabrik keine Auskunft über seinen Aufenthalt geben können. Bleibt nur die Ehefrau, und die zählt nicht als Zeugin. Aber für den Mord in Brjanzewo hat er ein Alibi. Am achtundzwanzigsten Mai hat der Chefingenieur des Werks seine Hochzeit gefeiert. Alle leitenden Angestellten waren bis spät in die Nacht bei ihm. Kisseljow ist erst morgens ziemlich alkoholisiert nach Hause gebracht worden. So sieht's aus. Ich werde ihn noch bis zum Wochenende bearbeiten. Mal sehen, vielleicht klärt sich doch noch was.«

Kolossow legte auf. Da hatte sich ja eine bizarre Gesellschaft von Mordverdächtigen zusammengefunden: Kisseljow, Jusbaschew, der Schimpanse ... Er überlegte einen Augenblick und ließ sich dann mit der gerichtsmedizinischen Abteilung verbinden, wo gerade neue, komplexe Untersuchungen an den Leichen der ermordeten Frauen vorgenommen wurden. Der Pathologe willigte liebenswürdigerweise ein, Auszüge aus den Gutachten vorzulesen. Kolossow machte sich rasch Notizen: Im Fall der ermordeten Eisenbahnangestellten – keine Klarheit: »Umfangreiche Verletzungen des Schädels, Zersplitterung der Knochen, aufgrund der bereits vergangenen Zeit kann nicht mit Sicherheit bestimmt werden, ob Hirnmasse entfernt wurde oder nicht«, las der Experte vor.

Im Fall der Künstlerin dagegen wurde die »Entfernung« bestätigt, doch immer mit den Einschränkungen »vielleicht« oder »wahrscheinlich«.

Also stand es auch hier zwei zu eins. Das Hirn war tatsächlich nicht zum ersten Mal entfernt worden. Aber wozu?

Vielleicht bewahrte diese Sorte Mörder gern Trophäen auf. Golowkin hatte die Haut eingesalzen, Dschumgalijew die inneren Organe eingefroren.

Kolossow fühlte Übelkeit in sich aufsteigen. Und wenn es gar kein Mensch gewesen war? Alles in ihm rebellierte dagegen: So etwas konnte einfach nicht sein. Aber dann fiel ihm wieder Charly mit der blutverschmierten Schnauze ein. Der Affe, wieder dieser verfluchte Affe! Plötzlich durchzuckte es ihn wie ein elektrischer Schlag. Das Gesicht Jusbaschews tauchte in seiner Erinnerung auf, ein Satz, während des Verhörs gesagt, auf den er damals nicht weiter geachtet hatte, eine Bemerkung über ...

Kolossow sprang auf und hätte dabei fast den Aschenbecher vom Tisch geworfen. Dann setzte er sich wieder, holte sein Notizbuch hervor und suchte die Telefonnummer des Instituts heraus.

»Ja, bitte?« Die Stimme am anderen Ende der Leitung klang freundlich, aber befehlsgewohnt, eine angenehme, dunkle Frauenstimme.

Kolossow fragte nach Olgin.

»Verzeihung, wer spricht dort?«

Er stellte sich vor.

»Sehr angenehm. Ich bin die kommissarische Direktorin des Instituts, Ninel Balaschowa. Sie untersuchen den Mord an Serafima Kaljasina?«

Kolossow erklärte, dass der Mord von der Staatsanwaltschaft untersucht werde und dass er mit der Fahndung nach dem Täter befasst sei.

»Das ist doch egal. Wann werden Sie diesen Unhold denn finden?«

Kolossow versicherte ihr, dass alles Menschenmögliche getan werde.

»Dieser Diebstahl und der Mord, junger Mann, sind eine weitere Bestätigung dafür, in welchen Abgrund von Gesetzlosigkeit und Chaos unser unglückliches Land nach den allgemein bekannten Ereignissen gestürzt ist«, dozierte die Balaschowa. »Unter der Sowjetmacht hat die Miliz gewissenhafter gearbeitet. Warten Sie einen Augenblick, Alexander Nikolajewitsch wird gleich kommen.«

Kolossow musste ziemlich lange warten.

»Hallo, Nikita Michailowitsch? Was ist? Gibt es etwas Neues?« Olgin atmete heftig in den Hörer, offenbar war er rasch die Treppe hinaufgerannt.

»So ist es. Ihre Schlangen wurden gefunden und sind gestern früh wieder zu Ihnen auf die Station gebracht worden.«

»Gütiger Himmel! Und ausgerechnet gestern Morgen bin ich nach Moskau zurückgekehrt. Hier bei uns ist eine Delegation aus Düsseldorf eingetroffen. Haben Sie alle gefunden?«

»Ja, alle.«

»Und wer war der Langfinger?«

»Jusbaschew.«

Olgin stieß einen Pfiff aus:

»Wer hätte das gedacht ...«

»Alexander Nikolajewitsch, ich wollte Sie noch Folgendes fragen.« Kolossow machte eine Pause und bemerkte, dass Olgin am anderen Ende der Leitung ebenfalls angespannt verstummte. »Sie haben mir damals mehr oder weniger offen angedeutet, dass Jusbaschew auf der Station war. Wie sind Sie darauf gekommen?«

»Sie haben mir doch selbst von Humphrey erzählt, Nikita Michailowitsch.«

»Ja ... und?«

»Nun, Sie sprachen davon, dass seine Pfoten schmutzverschmiert waren, obwohl der Betonfußboden im Käfig sauber gewesen ist.«

Kolossow hielt den Atem an.

»Und das kann nur unter einer Voraussetzung geschehen sein, wenn nämlich ...«

»Danke, ich habe verstanden!« Kolossow hätte beinahe den Hörer hingeschleudert, bezwang sich aber. »Vielen Dank! Wann kehren Sie auf die Station zurück?«

»Nach den jetzigen Ereignissen schon heute, gegen Abend. Das ist Ihr Verdienst, danke. Wenn sich nun auch noch der Mord an Oma Sima aufklären würde!«

Sein letztes »Danke« ging ins Leere, denn Kolossow war schon nach draußen gestürzt.

Jusbaschew war unrasiert, deprimiert und bleich. Die vierundzwanzig Stunden, die seit seiner Festnahme verstrichen waren, konnte man an seinem Gesicht deutlich ablesen. Es war offensichtlich, dass der Ethologe litt.

»Ich habe den Untersuchungsleiter gebeten, Soja mitzuteilen, wo ich bin«, sagte er mit einem Zittern in der Stimme. »Sie soll mir ein paar von meinen Sachen bringen lassen: Hausschuhe, Zahnbürste und Zahnpasta. Muss man mich denn unbedingt hier festhalten? Sprechen Sie doch mal mit dem Untersuchungsleiter ... vielleicht kann man irgendwas arrangieren. Ich ertrage diese Bedingungen nicht!«

»Gut, ich werde es ihm sagen, aber entscheiden wird er. Jetzt würde ich gern noch einmal auf die Ereignisse des besagten Morgens zurückkommen, Konstantin Ruslanowitsch«, sagte Kolossow trocken. »Die Rede ist nicht von

Diebstahl, sondern von Mord. Sie behaupten also, dass Sie an jenem Morgen, nachdem Sie sich von Soja Iwanowa verabschiedet und die Station verlassen haben, an der Mauer entlang zu dem Loch gelaufen sind?«

»Genauso war es.« Jusbaschew knackte vor Aufregung mit den Fingern.

»Und nachdem Sie einen Abdruck vom Schlüssel genommen hatten, sind Sie ...«

»Bin ich wieder zu dem Mauerdurchbruch gelaufen.«

»An den Affenkäfigen vorbei?«

»Ja.«

Kolossow stand auf und ging zum Fenster.

»Haben Sie den Käfig von Humphrey geöffnet?«, fragte er leise.

»Ja.«

»Wieso?«

»Das verstehen Sie doch nicht.«

»Wieso haben Sie das getan?«

»Er ist mein Freund.«

»Was?« Kolossow war perplex.

»Ich sagte ja – Sie verstehen es nicht.« Jusbaschew lächelte traurig. »Humphrey hat seit seiner Geburt mit Menschen zusammengelebt. Er hat von ihnen gelernt, er wollte sie lieben. Aber die Menschen haben ihn in einen Käfig gesetzt, haben ihn als Versuchskaninchen missbraucht, zur Befriedigung ihrer verbrecherischen Neugier. Er hat sich mir angeschlossen, weil ich versucht habe, ihn vor allen diesen Dingen zu schützen ... und weil ich mich ihm gegenüber überhaupt so verhalten habe, wie man es gegenüber einem Freund und Bruder tun sollte. Aber meine so genannten Kollegen ...« Jusbaschews Augen funkelten vor Zorn. »Ach, die Grünen in unserem Land schlafen! Sonst hätten sie diesen Laden schon längst an den Pranger gestellt!«

»Aber warum, zum Teufel, haben Sie den Käfig geöffnet?« Kolossow verlor allmählich die Geduld.

»Haben Sie noch nie einem Freund etwas Gutes tun wollen?«

»Also der Affe war in Freiheit?«

»Ja.«

»Wo hat er sich so mit Schmutz beschmiert?«

»Die Erde war aufgequollen, es hatte ja geregnet«, erwiderte Jusbaschew gleichgültig.

Kolossow biss die Zähne zusammen.

»Ich glaube Ihnen kein einziges Wort. Ich glaube nicht, dass ein Mensch, der im Begriff ist, diejenigen zu bestehlen, mit denen er zwei Jahre lang zusammengearbeitet und das Brot geteilt hat, alles stehen und liegen lässt und sich auch auf die Gefahr hin, bemerkt zu werden, in einer sentimentalen Anwandlung um einen Schimpansen kümmert.«

»Ich habe ja gesagt, Sie werden es nicht verstehen. Aber alles war genauso, wie ich es sage. Ich konnte nicht von dort weggehen, ohne ihn gesehen zu haben, denn ich wusste ja, es würde zum letzten Mal sein. Ich würde nicht mehr auf die Tierstation zurückkehren.«

»Und was ist mit Soja?«

»Mit ihr habe ich geschlafen. Das ist mehr als Freundschaft. Oder weniger, wenn Sie so wollen.«

»Aber Ihnen Ihre Sachen in die Zelle hinterhertragen, das darf sie!«, explodierte Kolossow. »Bring mir die Zahnbürste, die Pantoffeln ... Dieser verdammte Affe ... Du hast ihn auch früher schon rausgelassen, stimmt's? Red schon, Mann! Ich habe mich ja selbst davon überzeugen können, wie geschickt du im Öffnen von Käfigen bist – wie bei dem Tiger letzte Nacht ...«

»Schreien Sie mich nicht so an! Und duzen Sie mich gefälligst nicht!«

»Du großer Tierschützer! Du erbärmlicher Möchtegern-Darwin! Wer bist du überhaupt? Wer hat dir das Recht gegeben, dieses Biest freizulassen?! Weißt du, was du damit angerichtet hast?«

»Was ich angerichtet habe?« Jusbaschew starrte Kolossow verständnislos an.

»Ja. Und die ermordeten Frauen? Die zerschmetterten Schädel? Das Hirn?«

Jusbaschew erbleichte. Allmählich begann er zu verstehen.

»Was reden Sie da ... Ich habe ihn doch wieder abgeschlossen.«

»Wen?«

»Den Käfig. Ich habe den Käfig wieder abgeschlossen. Ich persönlich, ich schwör's! Wir haben zusammen eine Weile im Gebüsch gesessen, und dann habe ich Humphrey zurückgebracht. Wir haben Abschied genommen. Ich habe ihm noch einen Apfel geschenkt, den ich extra für ihn gepflückt hatte. Dann bin ich zu dem Mauerloch gelaufen und auf die Chaussee geklettert. Das habe ich doch alles erzählt! Nikita ... Nikita Michailowitsch, was haben Sie?«

»Nichts.« Kolossow ließ sich auf den Stuhl fallen. »Und die Kaljasina?«

»Aber ich kann beschwören, dass ...« Jusbaschew starrte ihn an. »Glauben Sie ... glauben Sie etwa, es war Humphrey? Dass Humphrey sie umgebracht hat?«

Kolossow nickte. Jusbaschew schaute ihm entsetzt in die Augen.

»Wie können Sie nur auf so einen Gedanken kommen? Tiere sind Geschöpfe Gottes, denken Sie daran. Sie sind reiner, klüger, barmherziger und edelmütiger als wir. Sie morden nicht. Der Mensch mordet, Nikita Michailowitsch. Der Mensch!«

In der Zelle breitete sich lastendes Schweigen aus.

»Dann, Bürger Jusbaschew, Sie Koryphäe der russischen Ethologie, bleibt mir nichts anderes übrig, als Sie des Mordes anzuklagen!«

»Mich? Aber ich habe doch schon erklärt, dass ich nicht einmal gesehen habe ...«

»Und wer kann das bestätigen?«

Jusbaschew senkte den Kopf.

»Sie belehren mich doch gerade«, fuhr Kolossow fort, »dass der Affe nichts damit zu tun hat und dass ich einen Menschen suchen muss. Und Sie sind der klassische Tatverdächtige. Es gibt indirekte Indizien für Ihre Schuld, und die direkten werden wir auch noch finden, falls nötig.«

»Ich habe die Kaljasina nicht ermordet! Ich verlange einen ordentlichen Prozess!«

Kolossow blickte ihn an und wandte sich dann ab.

»Bis zum Prozess ist es noch weit. Vorläufig habe ich nur einen unaufgeklärten Mordfall, den ich aufklären will. Und deswegen werden Sie sich mit mir unterhalten müssen. Und Sie werden mir alles sagen, was ich von Ihnen wissen will.« Kolossow ging im Büro auf und ab. »Wir haben uns ereifert, uns angeschrien – jetzt ist es genug. Noch betrachte ich Sie nicht als Mörder, aber ich habe einen starken Verdacht gegen Sie. Allerdings nicht nur gegen Sie.«

»Gegen wen denn noch?«, knurrte Jusbaschew.

»Was wird auf dieser Tierstation eigentlich gemacht?«

Jusbaschew schwankte etwas und presste dann widerwillig hervor:

»Es läuft jetzt die Endphase des Projekts ›Die Schwelle zum Menschen‹. Das ist jedenfalls die offizielle Version. Dafür bekommen sie Gelder. Der Initiator des Projekts ist Professor Gorjew, Olgins Lehrer. Er ist momentan als Gastdozent in den USA, an der Universität von Michigan. Er hat Beziehungen zum Melville-O'Hara-Fonds, der die Mittel zur Verfügung stellt. Es handelt sich um sehr interessante Forschungen, nur ...«

»Was – nur?«

»Olgin braucht diese Forschungen wie ein Hund ein fünftes Bein. Dem ›Schwelle‹-Projekt werden höchstens zehn Prozent der Zeit und Kraft gewidmet – gerade so viel, um Berichte in die USA schicken zu können und Geld herauszuschlagen. Die übrige Zeit verwenden Olgin und Swanzew auf ihr eigenes Projekt.«

»Und worin besteht das?«

»In der Erforschung des Nervensystems der Primaten und der Pathologie ihres Verhaltens. Konkret geht es um Experimente mit dem Gedächtnis.«

»Ja, und? Warum haben Sie gesagt, im Institut sei die Hölle? Was geht dort vor?«, wollte Kolossow wissen.

Jusbaschew schloss müde die Augen.

»Das muss man selbst sehen. Gehen Sie irgendwann mal hin und schauen Sie sich die Experimente an. Schauen Sie die Tiere an. Dann werden Sie verstehen.« Er winkte hoffnungslos ab. »Aber vielleicht verstehen Sie's auch nicht. Den anderen ist es bis jetzt ja auch schnurzegal.«

»Was haben Sie mir da eigentlich letztes Mal über den Laboranten erzählt? Diesen Shenja?«

»Suworow? Der ist verrückt.«

»Verrückt?«

»Schizophren. Was glauben Sie, warum der nie irgendwohin mitgenommen wird? Weil er nicht alle beisammen hat.« Jusbaschew tippte sich mit seinem braunen Finger an die Schläfe. »Olgin hat ihn protegiert und hält auch weiterhin seine Hand über ihn. Er lässt ihn nicht gehen. Warum auch – ist ja eine weitere wenig erforschte Verhaltenspathologie.«

»Was hat die Kaljasina Ihnen denn konkret über diesen Laboranten erzählt? Worüber hat sie sich beschwert?«, fragte Kolossow.

»Er hat sie belästigt.«

»Dieser Grünschnabel?«

»Dieser Rotzlöffel, genau. Jung und dumm, aber Paranoia kann in jedem Alter auftreten. Der Bengel hat sexuelle Probleme. Er ist mutterfixiert. Kein Ödipuskomplex, nein, etwas noch Spitzfindigeres. Aber fragen Sie ihn doch selbst. Er liebt es, sich über diese Themen auszulassen.«

»Hat er die alte Frau tatsächlich sexuell bedrängt?«

»Na ja, nicht gerade handgreiflich.« Jusbaschew grinste schief. »Aber was glauben Sie wohl, warum hat Olgin ihm nicht erlaubt, auf der Station zu übernachten? Damit in seinem Reich nichts passiert, was zu eingehenderen Untersuchungen führen könnte – dann wäre es nämlich aus mit dem schönen Melville-O'Hara-Fonds.«

Als man Jusbaschew zurück in die Zelle gebracht hatte, versuchte Kolossow mehrere Minuten lang, seine Gedanken zu ordnen. Sein Herz klopfte dumpf. Er hätte es sich niemals eingestanden, aber trotzdem – es war Angst, die sich in seinem Innern eingenistet hatte.

Das Muttersöhnchen

28

Die Sonne stand hoch über dem Horizont. Das schmale Flüsschen schlängelte sich zwischen hügeligen Ufern dahin, die dicht mit Weiden und Weißdorn bewachsen waren. Das Wasser des Flüsschens glitzerte wie Öl in einer Pfanne. Nikita Kolossow saß im Gras am Straßenrand und schaute ins Wasser.

Er hatte ungefähr einen halben Kilometer vor der Tierstation angehalten, um sich Zeit zum Nachdenken zu nehmen.

Die Informationen, die er von Jusbaschew erhalten hatte, riefen die widersprüchlichsten Reaktionen in ihm hervor. Neben der Angst, die sich unter den warmen Sonnenstrahlen ein wenig gelegt hatte, spürte Kolossow auch eine verschwommene Erleichterung: Die Arbeit am Fall Kaljasina und Co. glitt sozusagen wieder ins gewohnte Fahrwasser – Gerontophilie, manische Neigungen, die Suche nach Mr X, dem Unsichtbaren. Gleichzeitig nagten aber auch Ärger und bittere Enttäuschung an ihm, weil alles, worüber er sich in den letzten Tagen so verzweifelt den Kopf zerbrochen hatte, von dem Ethologen geradezu kränkend einfach erklärt worden war.

Kolossow wollte sich nicht eingestehen, dass er im tiefsten Innern wünschte, die Morde wären nicht von einem Menschen begangen worden. Vielleicht war er auch einfach müde von dieser ganzen Hektik – Telefonate, Dienstfahrten, Verhöre, Diskussionen –, und ein Affe war für ihn der ideale Tatverdächtige: Ein kurzer Prozess ohne viele Scherereien, und dann könnte man den Fall ad acta legen.

Jetzt aber verwirrte sich alles nur noch mehr. Am Horizont war ein Verrückter mit einem Mutterkomplex aufgetaucht – der Laborant Shenja, den Kolossow bisher überhaupt nicht beachtet hatte. Nur mit Mühe konnte er sich an ihre kurzen Begegnungen erinnern. Irgendeine Anomalität, die es leichter gemacht hätte, aus dem Laboranten das Bild eines Verdächtigen zu formen, war ihm nicht aufgefallen. Shenja Suworow blieb für ihn ein ganz gewöhnlicher junger Mann – ein blässlicher Brillenträger mit Fischblut, den er sich einfach nicht als von wilden Leidenschaften Getriebenen vorstellen konnte.

Schließlich erhob er sich, schüttelte das Gras von der Hose und setzte sich ans Steuer. Er war froh, dass er den Laboranten in Olgins Abwesenheit treffen würde.

Lange zu suchen brauchte er ihn nicht – Shenja Suworow öffnete ihm selbst das Tor.

»Ich gratuliere!« Seine Brille funkelte. »Unsere verschwundenen Tiere so schnell wiederzufinden! Gestern hat man uns die Schlangen zurückgebracht. Alle sind heil und gesund. Wenedikt Wassiljewitsch ist im Serpentarium. Soll ich Sie zu ihm bringen?«

»Ich will eigentlich nicht zu ihm. Das heißt, später schon, aber nicht jetzt.« Kolossow schloss sein Auto ab. »Jetzt möchte ich zu Ihnen, Shenja.«

»Zu mir?«

»Können wir uns kurz unterhalten? Oder haben Sie zu tun?«

»Nein. Worüber möchten Sie denn reden?«

»Meinen Sie, wir finden kein Thema?« Kolossow lächelte.

Sie gingen zu den Fliedersträuchern und setzten sich auf eine Bank.

»Sie wollen also ab dem nächsten Semester als Dozent an der Universität arbeiten? Das heißt, Sie verlassen die Station?«

»Na ja, wenn ich eine Stelle bekomme ... Es ist noch nicht ganz sicher.« Der Laborant errötete.

Seine Gesichtsfarbe änderte sich von einem Augenblick auf den anderen, wie es typisch für blonde, blutarme Menschen mit dünner Haut ist. Kolossow konnte nichts Auffälliges an seinem Äußeren entdecken, außer vielleicht ... einem eigenartigen Geruch. Suworow roch irgendwie säuerlich, als wären die Taschen seines weißen Kittels mit Sauerkraut voll gestopft.

»Ist es nicht mühsam für Sie, jeden Tag aus Moskau hierher zu kommen?«

»Nein, gar nicht. Ich bin Frühaufsteher.«

»Wohnen Sie allein? Oder bei Ihren Eltern?«

»Bei meiner Schwester.« Suworow nahm die Brille ab und rieb sie an seinem Kittel. Ohne Brille wirkten seine Augen völlig ausdruckslos.

»Aha, eine Waise, genau wie ich. Solche wie wir, Shenja, sollten heiraten. Mir sagt das jeder, egal, wen ich frage.«

»Das ist schwierig.«

»Halb so wild! Finden Sie eine nette Frau, tragen Sie ihr Hand und Herz an, wie man so schön sagt ...« Kolossow seufzte sehnsüchtig. »Arbeit ist schließlich nur das halbe Leben. Und hier bei euch ist es doch sterbenslangweilig.« Er gähnte. »Nur Wald und Affen. Ist das ein Ort für einen gesunden jungen Kerl? Und die Auswahl an Frauen ist hier ja auch nicht eben groß. Neulich hab ich in der Glotze die Wahl der Miss Universum gesehen. Das war 'ne tolle Show.«

»Eine Frau wird erst dann wirklich Frau, wenn sie gebiert.«

»Was?«

»Wenn sie Mutter wird.« Der Laborant rückte etwas näher, und wieder stieg Kolossow dieser saure Geruch in die Nase – diesmal roch es wie aus einer Essigflasche. »Haben Sie bemerkt, wie sie heutzutage sind?«

»Wer?«

»Die Frauen. Durch die Bank alle Feministinnen, Mannweiber, muskulös und energisch. Und sie wollen überhaupt keine Kinder mehr bekommen! Sie lehnen es ab, ihre erste Pflicht zu erfüllen, für die sie vorherbestimmt sind.«

»Na ja, alle nun nicht gerade.«

»Ließe man ihnen ihren Willen, wären es alle. Denn das ist ja Arbeit, Schmerz, tut weh. Deshalb heißt es ja auch Geburtswehen.« Er fuhr sich mit der Zungenspitze über die Lippen, als wolle er das Wort genießerisch auskosten. »Wehen, verstehen Sie? Bei uns im Institut hat mal ein Affenweibchen geboren, ich war dabei. Ein unglaublicher Anblick! Katharsis! Eine völlige Reinigung durch Leiden und Schmerz. Wissen Sie, die Geburt vollzieht sich bei den Menschenaffen fast genauso wie bei uns ... bei ihnen.«

»Bei wem?«

»Bei den Frauen! Auch das Kind erscheint auf die gleiche Weise. Und das Fruchtwasser geht ab und die Nachgeburt ... Man spricht doch immer vom ›Licht am Ende des Tunnels‹. Die Redensart haben Sie sicher auch schon gehört?«

Kolossow nickte.

»Und man assoziiert das immer mit dem Tod. Aber das ist falsch.« Suworow umklammerte heftig die Lehne der Bank. »Es ist doch völlig klar: Hier liegt eine ganz andere Assoziation nahe.«

»Sagen Sie mir, welche?«

»Unsere Geburt! Auf diese Weise erinnern wir uns daran: ein Tunnel, verstehen Sie? Ein langer, stickiger Tunnel, und wir nehmen alle Kräfte zusammen, um hinauszukommen. Ringsum nichts als völlige Finsternis und archaische Dunkelheit. Wir haben nur ein Ziel – hinaus. Und dann ... dann spreizt unsere Mutter die Beine, und es wird Licht! Strahlend helles Licht, das uns direkt in die Augen fällt. Wir tun einen Atemzug, und das Licht wird ein Teil von uns selbst.«

Schweißtropfen traten auf das bleiche Gesicht Suworows. Er blickte an Kolossow vorbei, als sähe er ihn gar nicht, und redete immer weiter:

»Die Geburt ist ein Mysterium, die Mutterschaft ein Geheimnis. Ein großes Geheimnis der Natur. Und je öfter sich dieses Mysterium vollzieht ... Empfängnis, Reifen, Geburt, desto ... desto schöner und königlicher wird eine Frau. Wissen Sie, wie viele Kinder Kleopatra hatte? Vierzehn. Und Hekuba hatte über dreißig. Meine Urgroßmutter hatte noch dreizehn Kinder! Das waren noch Frauen! Aber es müssen gar nicht dreizehn Kinder sein. Auch wenn es nur eine Geburt, nur ein Kind ist, es verändert eine Frau sofort, macht sie schöner, verwandelt sie in ein geheimnisvolles, entrücktes Wesen, das man berühren, das man begreifen möchte.« Er verstummte, schwer atmend, als hätte er gerade einen Marathonlauf hinter sich.

»Sie haben Recht«, pflichtete Kolossow ihm bei. »Wie ist das – Soja Iwanowa hat keine Kinder, oder?«

»Nein! Und sie will davon nichts hören, wie oft ich es ihr auch sage.«

»Die Kaljasina hat eine Tochter hinterlassen, nicht wahr?«

»Ja, ja! Sie hat diese Erfahrung gemacht, sie hat geboren. Ich habe sie oft darüber befragt.«

»Worüber?«

»Was sie gespürt hat, wie sie sich gefühlt hat, als sie schwanger war und ein neues Leben in sich trug. Ich wollte es so gern wissen!«

»Und hat die Kaljasina Ihnen von ihren Gefühlen erzählt?«

»Anfangs ja, aber dann ... Oma Sima hat nicht begriffen, wie wichtig mir das war.«

»Shenja, bitte sagen Sie mir ... Ich habe Sie das schon gefragt, aber mir ist nicht mehr alles in Erinnerung ... An dem Tag, als die Kaljasina starb, haben Sie da mit irgendwelchen technischen Geräten gearbeitet?«

»Ja, das sagte ich Ihnen schon.« Der Laborant blickte Kolossow an, ohne zu blinzeln. »Morgens war ich im Geräteraum, dann kam jemand von der Miliz, hat uns mitgeteilt, was geschehen ist, und ich ...«

»Ich verstehe. Da war Ihnen nicht mehr nach Arbeit zumute. Gut, Shenja, ich danke Ihnen.« Kolossow erhob sich.

»Worüber wollten Sie denn mit mir sprechen?«

»Ach ja. Haben Sie Konstantin Jusbaschew näher gekannt?«

»Nur ganz flüchtig. Ich hatte wenig Kontakt zu ihm. Ein unangenehmer Mensch.«

»Warum unangenehm?«

»Er ...« Der Laborant wurde blutrot. »Er hat mich ... wie soll ich sagen ... sehr geringschätzig behandelt.«

Kolossow nickte zum Zeichen des Verständnisses.

»Euer Chef kommt heute Abend zurück«, sagte er. »Ich nehme an, Swanzew vertritt ihn jetzt, oder? Wo kann ich ihn finden?«

»Er ist in seinem Zimmer.«

»Sie brauchen mich nicht zu begleiten, ich finde den Weg

selbst.« Kolossow wandte sich zielstrebig zum Affenhaus. »Alles Gute, Shenja.«

Er ging bedächtig, hielt sein Gesicht der Sonne entgegen und lauschte auf die ihn umgebende Stille. Über dem Blumenbeet summten gemütlich die Bienen. Es duftete nach Honig und dem herben Aroma der in der Hitze welkenden Kapuzinerkresse und der Ringelblumen.

Er stolperte buchstäblich über Swanzew, der mitten auf dem Weg kauerte und fluchend die über den Kies davonflatternden Blätter seines Notizblocks einzufangen versuchte. Als er Kolossow erblickte, freute er sich.

»Salut, Monsieur Maigret! Das haben Sie prima gemacht, das mit den Schlangen! Rodsewitsch ist entzückt, dass man ihm seinen Schatz zurückgebracht hat. Und Konstantin hat man dafür verhaftet?«

»Mhm.« Kolossow bückte sich und half ihm, die Blätter einzusammeln.

»Ein idiotischer Block! Warum wird bloß so ein Pfusch hergestellt!« Swanzew hüpfte in der Hocke herum wie ein gigantischer rosa Frosch. »Danke. Er tut mir Leid, dieser Narr. Wieso hat er das getan?«

»Man hat ihm für Ihre Stummelfüßer eine Menge Zaster angeboten.«

»Geld? Du lieber Himmel, dafür hat er sich doch früher nie interessiert.«

»Das Leben kann hart sein, manchmal bleibt einem nichts anderes übrig.« Kolossow hob das letzte Blatt auf. »Den Diebstahl haben wir erledigt, nun bleibt noch die Hauptsache.«

»Serafima Kaljasina?« Swanzew richtete sich auf, wischte sich den Schweiß von der Stirn und lächelte schuldbewusst, als wollte er sagen: Ich würde Ihnen ja gern helfen, aber wie?

»Ich habe mich eben mit Ihrem Laboranten unterhalten«, sagte Kolossow. »Ein sehr interessanter junger Mann.«

»Meinen Sie Shenja?«

»So feurig und leidenschaftlich, dass es beinahe schon erschreckend ist.«

»Er hat Ihnen wohl von seinen Schwangeren vorgetönt?«, fragte Swanzew grinsend.

»Genau. Ist er nicht ganz dicht?« Kolossow tippte sich mit dem Finger an die Stirn.

»Kam er Ihnen so vor?«

»Meiner Meinung nach ist er nicht ganz normal.«

»Nicht ganz normal zu sein ist noch keine Krankheit.«

»Was dann?«

»Um Ihnen darauf eine Antwort zu geben, Nikita Michailowitsch, müsste ich zuerst definieren, was normal ist.« Swanzew winkte ab. »Ein normales Verhalten, eine normale Psyche – das sind sehr verschwommene und strittige Begriffe.«

»Aber er interessiert sich so brennend für alle Fragen der Mutterschaft ...«

»Gehen Sie einfach davon aus, dass ein genialer, aber verhinderter Gynäkologe in ihm steckt. Eine nicht realisierte Berufung.« Swanzew lächelte. »Interessieren Sie sich für Fußball?«

»Und wie.«

»Wenn wir beide jetzt über ein Weltmeisterschaftsspiel diskutieren würden, dann würden Sie sich genauso leidenschaftlich ereifern.«

»Aber das ist auch ein Männerthema.«

»Blödsinn. Ein Friseur wird Sie bei einem Frauenthema wie Lockenwicklern besoffen quatschen. Ein Modeschöpfer, der Damenwäsche entwirft, wird Ihnen mit Schaum vor dem Mund alle Vorzüge seiner Büstenhalter anpreisen. Das Geschlecht hat nichts damit zu tun.«

»Warum erlauben Sie Suworow nicht, auf der Station zu übernachten?«, fragte Kolossow. »Hat er die Kaljasina wirklich belästigt?«

»Er ist ihr mit allen möglichen indiskreten Fragen auf die Nerven gegangen – wie, warum, was haben Sie dabei gespürt? Oma Sima gehörte noch zu einer Generation, die so etwas nicht gut haben kann, schon gar nicht von so einem jungen Kerl. Na, und davor wollte Olgin sie beschützen, so gut er es vermochte.«

»Warum haben Sie Suworow nicht entlassen?«

»Du lieber Himmel, wen stört er schon?« Swanzew schlug die Hände zusammen. »Uns belästigt er nicht, er arbeitet gewissenhaft. Und für das Gehalt finden wir sonst niemanden. Er ist völlig harmlos. Verflucht, Flora streckt schon wieder ihre Greifer aus.« Swanzew lief zu den Käfigen. Kolossow folgte ihm.

Als sie näher kamen, hörte man vom anderen Ende des Affenhauses noch ein anderes Geräusch: ein dumpfes, gleichmäßiges Klopfen.

Die Schimpansen Flora und Charly saßen in benachbarten Käfigen, die durch vergitterte Trennwände abgeteilt waren. Jetzt war das Gitter etwas verschoben, sodass zwischen ihm und der Wand ein schmaler Zwischenraum frei geworden war. Die Affen saßen unmittelbar an der Trennwand. Das Weibchen Flora steckte seinen langen behaarten Arm durch den Schlitz und versuchte, Charly zu packen. Der wich ihr immer wieder unter lautem Brummen aus, aber wenn es ihr gelang, ihn zu fassen, stieß er ein Kreischen geheuchelter Empörung aus.

Swanzew schob das Gitter wieder zurück.

»Warum halten Sie sie nicht zusammen?«, fragte Kolossow und horchte: Wieder ertönte dieses Geräusch – als ob jemand mit einem Hammer Keile einschlüge.

»Flora muss isoliert gehalten werden.«

»Warum?«

»Wegen einiger seltsamer Charakterzüge.«

»Seltsame Charakterzüge?«

»Im Berliner Zoo befand sie sich zusammen mit einem Schimpansenrudel in einem Käfig. Alles war gut, aber urplötzlich nahm sie ihren Gefährtinnen zwei Babys weg, tötete sie und fraß sie auf.«

Kolossow schielte zu dem Affenweibchen hinüber. Es suchte leise schnaufend sein Fell nach Parasiten ab.

»Also sind Affen doch imstande zu töten?«, fragte er, und seine Stimme zitterte.

Swanzew seufzte.

»Wenn zwei Affenrudel sich treffen, entbrennt ein heftiger, blutiger Krieg zwischen ihnen. Fast wie bei uns. Aber innerhalb eines Familienrudels ist die Tötung von Artgenossen, ganz besonders von Kindern, etwas ganz und gar Ungewöhnliches. Flora leidet unter einer deutlich ausgeprägten Verhaltensanomalie.«

»Und wie ...« Kolossow schluckte. »Auf welche Weise töten sie?«

»Unterschiedlich. Die bekannte Naturforscherin Jane Goodall hat verschiedene Methoden beschrieben, mit denen Schimpansen Affen anderer Rudel oder Arten jagen. Beispielsweise können Sie dem Opfer die Extremitäten abreißen, sie ausweiden, ihnen den Schädel einschlagen ...«

»Und Menschen ... fallen sie auch Menschen an?«

»Soweit ich weiß, wurden in Ruanda zwei Fälle beobachtet, wo Affen Kinder angefallen haben. Aber beide Male sind sie provoziert worden. Prinzipiell interessieren sie sich wenig für uns, solange wir sie in Ruhe lassen.«

»Der guckt ganz schön grimmig!« Kolossow nickte zu Charly hinüber, der sich an die Gitterstäbe presste. Dann wandte er seinen Blick zu Flora.

Da erklang wieder das Klopfen.

»Mögen sie auch Hirn?«, fragte Kolossow.

»Manchmal fressen sie es gern. Wieso?«

»Ach, nur so. Wer hämmert denn da?«

»Das ist eins unserer Experimente im Rahmen des Projekts ›Die Schwelle zum Menschen‹. Wollen Sie mal zuschauen?«

Swanzew geleitete ihn gastfreundlich an den Käfigen vorbei.

»Untersucht wird, ob der heutige Menschenaffe imstande ist, aus einem zufällig gefundenen Werkzeug ein anderes unter Zuhilfenahme des ersten herzustellen«, erläuterte er. »Unser altes Thema. Sie ... Nikita Michailowitsch, was ist mit Ihnen? Haben Sie einen Herzanfall?«

Kolossow starrte mit leichenblassem Gesicht wie hypnotisiert durch das Käfiggitter, wo Humphrey, der gewaltige Humphrey, auf dem Betonfußboden saß und mit einem Stein auf eine gehobelte Holzplatte einhämmerte. Der Stein, den er in seiner muskulösen Hand hielt, sah haargenau aus wie die Steine, die man in Brjanzewo und Nowospasskoje am Tatort sichergestellt hatte!

»Nein, alles in Ordnung ... Was ist das?«, flüsterte Kolossow. »Was ist das für ein Stein?«

Swanzew blickte ihm erschrocken ins Gesicht.

»Das ... das ist ein besonderer Stein zum Zerkleinern, ein so genannter Moustérien-Stein. Wir verwenden ihn speziell in dieser Versuchsreihe. – Geht es Ihnen besser?«

Kolossow nickte mit zusammengebissenen Zähnen.

»Wir geben Humphrey eine Holzplatte, die seinen Händen und Zähnen standhält. Für die Bearbeitung erhält er zusätzlich einen Stein. Dann zeigen wir ihm, wie er vorgehen muss. Dieser Stein in Form eines Keils aus der Chelles-Kultur wird eigens im Labor unseres Instituts hergestellt – es sind Muster für die Experimente.«

»Und was kommt dabei heraus?«

»Gar nichts, wie Sie sehen. Er hämmert bloß wild auf der Platte herum. Bisher ist noch keine einzige zielgerichtete Bewegung festgestellt worden, und wir experimentieren jetzt schon ein halbes Jahr damit herum.«

»Heißt das, seit April?!«

»Ja, seit April. Aber was haben Sie denn, Nikita Michailowitsch? Wissen Sie was, kommen Sie mit zu mir, ich gebe Ihnen ein paar Tropfen Valocordin, ja?«

»Zum Teufel damit! Entschuldigung. Dieser Stein ... zum Zerkleinern ... wo nehmen Sie ihn her?«

Swanzew lächelte, doch in seinem Blick flackerte Angst.

»Bei uns im Institut gibt es ein Labor, das auf prähistorische Technik spezialisiert ist. Unser wichtigster Berater ist Boris Puchow, ein ausgezeichneter Fachmann auf dem Gebiet der Werkzeuge, die die Vorfahren des Menschen benützt haben ... Nein, egal was Sie sagen, ich hole Ihnen jetzt Valocordin!« Swanzew lief in sein Holzhäuschen.

Kolossow und der Affe blieben allein zurück, getrennt durch die eisernen Gitterstäbe. Humphrey schleuderte den Stein fort. Er wandte kein Auge von dem Menschen, und dem Chef der Mordkommission kam es vor, als läge in Humphreys Blick heimlicher Spott.

Der Jahrestag

29

Nach all der Hektik und den Mühen blieb Katja nur noch eins – abzuwarten. Ein Tag nach dem anderen verging. Eines Abends kam Sergej zu ihr nach Hause. Während sie in der Küche wirtschaftete und das Abendessen vorbereitete, las Wadim seinem Freund ihren Artikel aus dem »Moskauer Landboten« über die Heroinhändler vor. Als er zu Ende gelesen hatte, gähnte er höchst unhöflich.

»Wie mir das alles schon zum Hals heraushängt, diese ganzen Drogengeschichten, dieser Schmutz, die Penner, die Hohlköpfe von unserer Mafia. Wann hört das endlich auf?«

»Wir sind nicht in Europa, Wadim«, meinte Sergej, nahm die Zeitung, faltete sie sorgfältig zusammen und steckte sie in seine Tasche. »Asien bleibt Asien.«

»Du vergeudest deine besten Jahre mit Artikeln über dieses ganze Lumpenpack, Katja«, erklärte Wadim.

»Mit dem Kampf gegen sie«, verbesserte ihn Katja.

Wadim schnitt ein schiefes Gesicht und ging zum Kühlschrank, um Bier zu holen.

»Im Museum ist in dieser Woche nichts Besonderes passiert«, berichtete der Fürst beim Abendessen. »Olgin hat sich nicht mehr blicken lassen, seit er auf die Station zurückgekehrt ist. Gestern hat die Balaschowa mich zu einer Gedenkfeier eingeladen – am Freitag ist es drei Jahre her, dass ihr Mann gestorben ist. Und nicht nur mich ...«

»Wen denn noch?« Katja riss neugierig die Augen auf.

»Dich. Sie meint, du wärest ... äh ... mein Mädchen.«

Wadim grinste und hob seine Bierdose, um mit Sergej anzustoßen.

»Kommst du mit?«

Katja überlegte.

»Wir beide kennen da ja eigentlich niemanden näher, aber andererseits ... Dort wird sicher irgendwer von den Leuten aus dem Institut auftauchen. Wo findet die Feier denn statt?«

»Zuerst auf dem Nowodewitschi-Friedhof, und dann bei der Balaschowa zu Hause. Pawlow wird extra von der Datscha kommen. Er hat mich gestern angerufen und sich erkundigt, ob wir auch hingehen.«

»Ah.« Katja gab sich einen Ruck. »Na dann. Ich kann mir zwar Schöneres vorstellen als Friedhofsspaziergänge, aber wenn es der Sache dient ...«

Vom Büro aus versuchte Katja etliche Male, Kolossow anzurufen, doch ohne Erfolg, niemand nahm ab. Sie wurde schon böse: Ach, so ist das! Du bist wohl in Deckung gegangen? Na warte, ich werde dir auch nichts erzählen, selbst wenn ich heute etwas erfahre!

Es hatten sich nicht allzu viele Leute auf dem Nowodewitschi-Friedhof versammelt, um des Geigers und Dirigenten Olejnikow zu gedenken. Die Balaschowa begrüßte Katja und Sergej sehr höflich und stellte sie ihren Freunden vor. Katja entdeckte unter den Gästen sofort Olgin. Trotz der Hitze trug er einen dunklen Anzug und eine Krawatte. Sie fand, er sah ein wenig blass, aber sehr eindrucksvoll aus.

Die Balaschowa war von ihren Freundinnen umringt – lauter gepflegte ältere Damen. Eine von ihnen kam Katja sehr bekannt vor. Flüsternd erkundigte sie sich bei Sergej.

»Das ist die Gorislawskaja, die Tänzerin, Stalins Geliebte und Rivalin der Ulanowa«, flüsterte er zurück. Verstohlen betrachtete Katja die zierliche Ballerina, um zu sehen, wie sie sich nach so vielen Jahren verändert hatte, und dachte: Wirklich, Leute kennt diese Balaschowa! Die Crème de la crème.

»Ninel Grigorjewna, meine Liebe, wird auch sein Orchester kommen?«, erkundigte sich ein hageres altes Männchen mit einer Beinprothese, das einen kurzen Sommermantel trug, der von oben bis unten fest zugeknöpft war, wie es in der Chruschtschow-Zeit Mode gewesen war.

»Nein, Boris Iljitsch, die Musiker haben nur ein Telegramm geschickt. Sie sind jetzt in Spanien, sind nolens volens Ausländer geworden.«

Neben dem Denkmal von Leonid Olejnikow, das in Form eines aus einem Granitblock hervortretenden Konzertflügels mit einer darauf liegenden Geige gestaltet war, standen die Leute in Grüppchen und führten halblaute, herzliche Gespräche. Alle erinnerten sich an das Talent, den Charme und die außergewöhnliche Großzügigkeit und Herzlichkeit des großen Künstlers. Die Balaschowa drückte sich ein Taschentuch vor die Augen. Anschließend fuhr die Gesellschaft in einem Bus, den das Kulturministerium geschickt hatte, zum Essen. Und da wunderte sich Katja noch mehr.

Erstens fuhren sie zum Kutusowski-Prospekt und hielten vor einem Haus, dessen Eingang mit Gedenktafeln für alle möglichen Berühmtheiten geschmückt war: »Marschall der Sowjetunion«, »Mitglied des Politbüros«, »Volkskünstler der UDSSR«. Zweitens stellte sich heraus, dass nicht nur das Haus, sondern auch die Wohnung, die der Professorin gehörte, vom Feinsten war: sechs Zimmer, und was für welche!

In der geräumigen Diele, in der Hirschgeweihe hingen und eine antike Spiegeluhr stand, wurden die Gäste von

Pawlow begrüßt. Er dirigierte gewissermaßen mit seiner zerknüllten Schürze. Zu seinen Füßen tollte quecksilbrig Tien Zi herum.

»Ich habe hier schon seit heute Morgen Kombüsendienst«, raunte er Katja augenzwinkernd zu. »Die Tante hat mich gebeten, ihr zu helfen. Na, und deshalb braten und backen und kochen wir jetzt.«

Die Gäste schlenderten durch die Wohnung und warteten darauf, dass zu Tisch gebeten wurde. Katja musterte neugierig die Behausung des weltberühmten Musikers. Es gab ein Esszimmer aus gebeizter Eiche, ein großes Musikzimmer mit einem prächtigen Flügel und einem Schrank, in dem die kostbaren Geigen Olejnikows aufbewahrt wurden, ein Schlafzimmer, das über und über mit Ikonen in vergoldeten Einfassungen behängt war, ein Bibliothekszimmer, ein gemütliches Wohnzimmer mit vielen Bildern, einem unechten Kamin aus Marmor und einem riesigen Kronleuchter.

Die Bilder im Wohnzimmer betrachteten Katja und Sergej gemeinsam mit der Balaschowa.

»Das hat alles Leonid gesammelt«, sagte sie. »Was ihm gefiel, hat er sich angeschafft. Manches hier ist sehr wertvoll.«

»Manches« war zum Beispiel: eine Sammlung von Miniaturen – Borowikowski, Martin –, kleinere Bilder von Bakst und Bénois, ein wunderbarer Somow, ein Borissow-Mussatow in durchscheinenden, zarten Farben.

»Und was ist das?«, fragte die tief beeindruckte Katja alle paar Augenblicke.

»Das ist ein Geschenk, das der König von Spanien Leonid gemacht hat, eine ›Kreuzigung‹ von Francisco de Herrera. Und hier sind unsere ›kleinen Holländer‹. Das ist Teniers der Jüngere, allerdings ist die Echtheit umstritten. Aber dafür ist das«, die Balaschowa zeigte stolz auf eine kleine Landschaft in einem ovalen Rahmen, »ein echter Govaerts. Flandern, siebzehntes Jahrhundert. Ja, Katja, wir hatten Zeiten, da konnten wir uns das alles leisten. Aber das ist vorbei, Vergangenheit.«

»Waren Sie denn richtige Sammler?«, fragte Katja. Sie verglich die Balaschowa, die sie im Museum neben den Vitrinen mit den Neandertalerschädeln kennen gelernt hatte, mit der Frau des großen Geigers, die jetzt vor ihr stand – elegant, schlank, in einem schlichten schwarzen Kleid, mit geschmackvollen Brillantohrringen und einer dazu passenden Brosche –, und sie kam ihr verändert und jünger vor.

»Ninel, zeig uns doch mal, was du selbst gesammelt hast!« Unauffällig und geräuschlos war die Gorislawskaja zu ihnen getreten. Sie war klein – sie reichte Katja nur bis zur Schulter –, schwarzäugig und temperamentvoll.

Die Balaschowa führte sie ins Schlafzimmer. Dort standen in einem Glasschrank auf Regalböden Fläschchen aus farbigem Glas mit Goldüberzug.

»Das sind meine Flakons.«

»Flakons?«

»Ja, Parfumflakons aus dem achtzehnten Jahrhundert. Dieser hier soll Marie-Antoinette gehört haben, den hier hat Graf Orlow Katharina der Großen aus Livorno mitgebracht, zusammen mit der gefangenen Fürstin Tarakanowa. Schnuppern Sie mal – man meint, der Duft des Parfums hätte sich noch erhalten. Dieser hier ist jünger, er hat Königin Victoria gehört.«

»Fantastisch!«, flüsterte Katja und betrachtete die Flakons mit noch größerem Interesse als die Bilder.

In diesem Moment wurden die Gäste ins Esszimmer gerufen, wo der große ovale Tisch gedeckt war, und das Essen nahm seinen Lauf.

Katja fiel auf, dass es hauptsächlich Pawlow war, der sich um den Haushalt kümmerte. Er machte sich in der Küche zu schaffen, brachte Blini und Piroggen, hielt den Braten warm und entkorkte die Weinflaschen. Ihm zur Seite stand eine mürrisch aussehende ältere Frau mit Brille. Tien Zi saß still in einem großen Sessel im Wohnzimmer – er hatte schon vorher zu Mittag gegessen und schaute sich jetzt gelangweilt ein Bilderbuch an. Als die Gäste eintrafen, war er aufgeregt umhergesprungen und durch die Diele gerannt, doch die Balaschowa hatte ihm streng mit dem Finger gedroht, und Pawlow hatte ihn sofort zur Ruhe gerufen. Katja hatte bemerkt, dass die Balaschowa, sonst sehr höflich und gastfreundlich, sich ihrem Adoptivenkel gegenüber überraschend kühl verhielt. Wenn er etwas von all diesen schönen Dingen in die Hand nahm, huschte sogleich ein besorgter Schatten über ihr Gesicht. Überhaupt wirkten Pawlow und sein kleiner Sohn in dieser eleganten Wohnung irgendwie fehl am Platz. Er dient bloß als Koch und Kellner, dachte Katja. Er sitzt ja fast gar nicht mit am Tisch, läuft nur immer hin und her und serviert.

Sie musterte die Gäste. Die alten Männer waren schon angeheitert, das Gespräch wurde lebhafter. Von den lobenden Erinnerungen an den Toten ging man zu alltäglicheren Themen über. Sergej und Olgin diskutierten über Politik. Katja schlüpfte hinter dem Tisch hervor und ging zu dem kleinen Chinesenjungen. Sein Gesicht strahlte auf. Er freute sich, dass jemand ihn beachtete, und begann rasch zu gestikulieren.

»Ich verstehe leider nichts, mein Kleiner.«

»Er trägt Ihnen ein Gedicht vor: ›Liebe, liebe kleine Fliege‹«, erläuterte Pawlow. Er brachte neue Flaschen an den
Tisch und kam dann ins Wohnzimmer zurück.

»Und was sagt er jetzt?«

»Mein Herz.« Pawlow machte die gleiche Geste wie Tien
Zi. »So nenne ich ihn immer, und jetzt sagt er es auch zu
mir, wie ein kleiner Papagei. Soll ich Ihnen beibringen, wie
man mit ihm spricht?«

Sie zogen sich in die Küche zurück, und dort zeigte und
erklärte Pawlow Katja die verschiedenen Gesten, die er
zur Verständigung mit dem taubstummen Kind benutzte.
Sie behielt aber nur »Junge«, »ich will essen«, »nicht springen«, »gehen wir« und dieses entzückende »mein Herz« –
die übrigen Worte verwirrten sich in ihrem vom Wein
schweren Kopf. Aber Tien Zi war trotzdem im siebten
Himmel über ihre Erfolge: Er plapperte ohne Unterbrechung, die braunen Händchen flogen nur so durch die
Luft.

Die Gäste wurden bereits laut. Aus dem Musikzimmer
klang Klaviermusik herüber, jemand spielte Skrjabin.

»Olejnikow hätte an einem solchen Tag keine Tränen ge-
wollt«, erklärte Pawlow. »Er war wirklich ein feiner Kerl,
und er fürchtete sich nicht vor dem Tod. Als ich in die Armee ging, hat er mich verstanden. Und als ich wieder von
dort zurückkam, aus Afghanistan, hat er mich auch verstanden.«

»Er ist doch nicht Ihr leiblicher Onkel?«

»Es war die zweite Ehe meiner Tante. Eine glänzende
Partie, wie Sie sehen.«

Pawlow blieb in der Küche, um Tee zu machen, und Katja kehrte ins Esszimmer zurück. Dort war die Unterhaltung
in vollem Gange.

»Die Demokraten haben überhaupt nichts erreicht. Und sie werden auch nichts erreichen, außer Chaos ...«

»Man kann doch nicht alles so barbarisch umstürzen! Das Land geht zugrunde ...«

»Und wissen Sie noch, auf dem Empfang im Kreml ...«

»So weit ist es mit uns gekommen, dass die Menschen in unserem Alter leben müssen wie die Bettler und auf der Straße und in der Metro um Almosen bitten!«, entrüstete sich die Gorislawskaja.

Katja durchquerte den Raum und setzte sich zu dem, der sie hier am meisten interessierte – zu Olgin. Er und Sergej tranken Kognak. Olgin lächelte Katja höflich und gleichgültig zu und setzte das unterbrochene Gespräch fort:

»Sie haben diese Blechbüchse auf den Mars gejagt, aber sie ist ihnen in den Ozean geklatscht. Das ganze Geld futsch – und so viel, es ist zum Heulen! Dauernd wollen sie irgendwohin, ins Weltall, ins Weltall, aber wozu? Über das, was wirklich wichtig ist, wissen wir gar nichts: Wer sind wir?« Er schenkte Sergej Kognak nach. »Vor einem halben Jahr hat sich ein General aus dem Innenministerium an unseren Fachmann für Paläopsychologie gewandt: Sie hatten dort irgendeinen verrückten Mörder gefasst und baten uns, ihnen eine Erklärung für seine Taten, für sein anomales Verhalten und die in seinem Charakter entdeckten atavistischen Elemente (Katja spitzte die Ohren) zu geben, nur brauchen wir für solche Forschungen mindestens zweihunderttausend Dollar, ein neues Labor, gesunde Tiere – aber das konnte man ihnen nicht erklären.«

»Ihre Mitarbeiter werden auch als Berater herangezogen?«, fragte Sergej. »Für Paläopsychologie, sagten Sie?«

»Ja, wir erforschen schließlich den Menschen, wie er früher war und wie er sich verändert hat.« Olgin lächelte grimmig. »Soweit es uns möglich ist. Letztes Jahr war ich in den USA. Im Vergleich zu unseren Koryphäen sind das Strohköpfe, aber was haben sie für Arbeitsbedingungen: Labors, Gelder! Allein für die Ausgrabungen der Altsteinzeitsiedlung in Nevada werden jährlich anderthalb Millionen Dollar ausgegeben. Und bei uns ...«

»Setzt man in Amerika bei den Versuchen auch Menschenaffen ein?«, platzte Katja heraus.

Olgin warf ihr einen erstaunten Blick zu.

»Ja, natürlich.«

»Aber wie verhält es sich mit der Behauptung ›Never tested on animals‹?«

»Das ist eine schöne Phrase. Die Affen sind nun einmal ideale Studienobjekte. Eine Art Spiegel für uns alle.«

»Aber sie sind doch Lebewesen, sie leiden«, ließ Katja nicht locker.

»Mein liebes Mädchen, wenn Ihnen der Hals wehtut, laufen auch Sie in die Apotheke und holen Tabletten, ohne darüber nachzudenken, wie viele dieser Affen bei den Experimenten für die Entwicklung dieses Medikaments krepiert sind.«

Katja presste die Lippen zusammen – so ein Flegel. Kennt mich fast gar nicht und sagt mir solche Grobheiten.

»Ja, Alexander Nikolajewitsch, Sie haben völlig Recht – noch herrscht in unserem Land der Geist gnadenloser Geschäftemacherei, die Wissenschaft wird vernachlässigt.« Sergej brachte das Gespräch rasch auf ein allgemeineres Thema, das sie offensichtlich zuvor schon diskutiert hatten.

Bei Tee, Kognak und Gesprächen über Gott und die Welt saßen sie bis halb elf beisammen. Dann brachen die Gäste allmählich auf.

Alle bedankten sich bei der Gastgeberin und sagten ihr zum Abschied ermunternde und tröstliche Worte.

Pawlow und den in seinen Armen schlafenden Tien Zi setzte Sergej am »Platz der drei Bahnhöfe« ab, wo er noch die letzte Vorortbahn zur Datscha erwischen wollte.

»Es ist doch schon so spät und dunkel, warum wollen Sie noch zurück? Übernachten Sie doch lieber in Moskau«, redete Katja ihm zu.

»Ach was«, erwiderte er. »Von der Bahnstation zur Datscha ist es nur ein Katzensprung. Aber wissen Sie was: Kommen Sie mich doch am nächsten Wochenende besuchen. Ich erwarte Sie alle zusammen, bringen Sie auch Wadim mit!«

»Mein Gott, bin ich müde, und der Schädel dröhnt mir«, stöhnte Katja im Auto auf dem Weg nach Hause. »Und du füllst dich mit Kognak ab und setzt dich in diesem Zustand noch ans Steuer. Wenn wir jetzt plötzlich in eine Kontrolle kommen? Warum hast du mich überhaupt dorthin geschleppt? Rein gar nichts haben wir gesehen außer einer umwerfenden Wohnung, rein gar nichts erfahren, nur Zeit verloren.«

»Wer weiß.« Sergej schaute mit zusammengekniffenen Augen in den Rückspiegel. »Vielleicht haben wir doch etwas erfahren, Katja, und wissen es nur noch nicht. Und Olgin ist doch sehr amüsant. Hast du bemerkt, was für einen Blick er hat?«

»Was für einen?«

»Einen ganz seltsamen Blick. Eine Gänsehaut kann man davon kriegen. Man spürt ein verborgenes Potenzial in ihm, irgendeine große Kraft ... eine dunkle Kraft.«

»Du fantasierst.«

»Nein, wirklich. Seine Pupillen sind deutlich erweitert. Sie reagieren fast gar nicht auf Licht. Warum wohl?«

30 Der Moustérien-Stein

Der Weg zu Boris Puchow, dem Fachmann für prähistorische Technik, erwies sich als unerwartet gewunden und dornenreich. Kolossow hatte sich am Freitag im Museum mit Puchow treffen wollen, doch es stellte sich heraus, dass der Experte an diesem Tag zu irgendeiner Totengedenkfeier fuhr. Sie verabredeten sich für Montag, doch an diesem Tag wurde Kolossow schon morgens nach Krasnaja Datscha gerufen. Dort waren alle wie vor den Kopf geschlagen: Kisseljow, der gerontophile Techniker, hatte Selbstmord begangen. Er hatte sich in seiner Zelle erhängt.

Nach dem Besuch im Leichenschauhaus und der Besichtigung der bereits erstarrten Leiche des Selbstmörders kehrten Kolossow und Kowalenko ins Büro der Miliz von Krasnaja Datscha zurück. Die Atmosphäre war äußerst gespannt.

»Suizid, Suizid! Was reden Sie ständig von Suizid?«, schimpfte Kowalenko. »Zigmal haben wir Ihnen gesagt, Sie müssen ein Auge auf ihn haben! Die ganze letzte Woche habe ich mich mit ihm abgemüht, und nun ist alles für die Katz! Warum, zum Teufel, haben Sie ihn in Einzelhaft verlegt?«

»Die Zelle dort wurde frei.« Der Leiter des Untersuchungsgefängnisses lief krebsrot an, riss sich jedoch zusammen. »In Nummer sechs waren Reparaturarbeiten fällig. Das Gitter am Fenster hatte sich gelockert, und ich habe laut Vorschrift kein Recht, dort Untersuchungsgefangene unterzubringen.«

»Wer hat ihm seine Sachen gebracht?«, fragte Kolossow leise.

»Seine Frau. Der Untersuchungsleiter der Staatsanwaltschaft hat es erlaubt.«

»Haben Sie die Sachen durchgesehen?«

»Das hat der Diensthabende getan, der an dem betreffenden Tag im Untersuchungsgefängnis war. Es waren nur eine Zahnbürste, ein Pullover und ein Handtuch. Wie sollte er auf die Idee kommen, dass Kisseljow sich mit diesem Handtuch ...«

»Es war aus Leinen«, zischte Kolossow.

»Na und?«, brauste der andere auf. »Die Dienstanweisungen verbieten mir nicht, den Häftlingen Sachen aus Leinen zu übergeben. Schließlich sind es keine Schnüre, keine Gummibänder oder Hosenträger.«

»Wann hat man ihn gefunden?«

»Beim morgendlichen Rundgang, um sechs Uhr fünfundzwanzig. Da war er noch warm.«

»Und auf dem Tisch lag dieser Zettel?«

»Genau. Er hat schon gestern Abend um Papier und Füller gebeten, angeblich, um eine Beschwerde an die Generalstaatsanwaltschaft zu schreiben. Laut Vorschrift habe ich nicht das Recht, ihm das abzuschlagen.«

Als die Tür hinter dem Leiter des Untersuchungsgefängnisses zugeschlagen war, nahm Kolossow den Zettel des Selbstmörders vom Tisch und las ihn zum x-ten Male durch, auch diesmal wieder mit dem heimlichen Gefühl von Gereiztheit, Zorn und Mitleid.

»Ich kann nicht mehr leben. Alles, was geschehen ist, habe ich getan. Berichten kann ich nicht darüber, dazu fehlt mir die Kraft, und auch die Zeit ... Ich bitte Vera für alles um Vergebung. Und die anderen auch.«

»Tja, und wie soll man das jetzt verstehen?«, sagte er. »›Alles habe ich getan, berichten kann ich nicht darüber.‹ Und ›die anderen‹ – wer soll das sein?«

»Ist doch klar, er hat nicht alles gestanden, was er auf dem Kerbholz hatte.« Kowalenko schnaufte ärgerlich. »Ich hatte gleich das Gefühl, der hat noch was in der Hinterhand. Wir hätten ihn schon noch ausgequetscht, wenn er nicht ...«

»Kein Zweifel, Kisseljow hat irgendwas auf dem Gewissen.« Kolossow warf den Zettel auf den Tisch. Er segelte herunter wie ein winziges Flugzeug. Das war alles, was von dem Menschen übrig geblieben war, der noch vor kurzem in seiner Zelle geweint und wiederholt hatte: »Kannst du mich nicht verstehen? Du bist doch ein Mensch!«, und für den keiner von den vielen Leute, die hier im Büro schrien, schimpften und stritten, auch nur ein gutes Wort des Gedenkens gesagt hatte, wie man es üblicherweise für die spricht, die aus dem Leben geschieden sind. »Sieh dir mal den letzten Satz genauer an, Slawa.«

»Was ist damit?«

»Kisseljow bittet jemanden um Verzeihung.« Kolossow setzte sich und vergrub sein kräftiges Kinn in seinen überkreuzten Fäusten. »Man kann nur hoffen, dass ›die anderen‹ ihm verzeihen, genau wie seine Frau.«

Kowalenko biss sich auf die Lippen.

»Seine Frau ist ja am Leben«, fuhr Kolossow fort. »Daraus kann man schließen ... Irgendetwas hat er getan, was diesem Vorfall mit der Nachtwächterin vergleichbar ist. Vielleicht ist das lange her, und es ist nicht hier geschehen. Aber er hat sich dafür geschämt.«

»Na, aus dem Inhalt des Zettels kann man das aber nicht gerade schließen.«

»Aus dem Inhalt kann man vieles schließen. Unsere Morde jedenfalls tragen eine ganz andere Handschrift. Besonders diese Steine ...«

»Wie hat dieser Typ von der Tierstation den Stein genannt? Mu ... Moustérien-Stein? Also weißt du«, Kowalenko schüttelte seinen schwarzen, kurz geschnittenen, kugelrunden Kopf, »das alles geht irgendwie über meinen Verstand.« Er las den Zettel noch einmal durch, verzog das Gesicht und seufzte. »Wirklich, Nikita, einen solchen Fall hatten wir noch nie. Und eins muss ich dir sagen, Chef. Die Gerontophilie ist eine sehr seltene Perversion. Findest du nicht auch, dass es bei uns reichlich viele Gerontophile pro Quadratmeter gibt?«

Kolossow gab keine Antwort.

Das Treffen mit Boris Iljitsch Puchow, dem Fachmann für prähistorische Technik, fand am Ende des Arbeitstages statt. Der Experte erinnerte Kolossow auf den ersten Blick an seinen verstorbenen Großvater: die Beinprothese (ein Souvenir aus dem Krieg), der kurze Regenmantel, der Sommerhut mit einer Fasson, die in den Fünfzigerjahren modern gewesen war, und die Angewohnheit, die massive Brille gegen Kurzsichtigkeit auf die äußerste Nasenspitze zu schieben.

Kolossow hatte seinen Großvater geschätzt und geliebt. Es war praktisch sein einziger Verwandter gewesen und hatte Nikita die Mutter, den Vater und den Lehrer ersetzt.

Nach den ersten Begrüßungsworten – Puchow empfing Kolossow in seinem Labor – bekam der Experte einen schrecklichen Hustenanfall.

»Bronchitis. Der Teufel soll sie holen, das kommt vom Steinstaub«, krächzte er, nachdem er wieder ein wenig zu Atem gekommen war. »Ach, junger Mann, es ist kein Spaß, so alt zu werden! Ich bin eine wandelnde medizinische Enzyklopädie: Bronchitis, Asthma, Arthritis, Steine in der Harnblase, Bluthochdruck, Leukozyten und Blutzuckerwerte sind unter aller Kanone. Fragen Sie mich nach etwas, das ich nicht habe! Aber zum Sterben reicht es immer noch nicht.«

»Na, Boris Iljitsch, malen Sie nicht gleich den Teufel an die Wand! Schließlich sind Sie immer noch – das sagen alle – der beste Spezialist für all diese Fossilien hier.« Kolossow ließ den Blick über die Regale des Labors schweifen, die sich unter dem Gewicht verschiedenartig geformter Steine, Stöcke, allerlei gewundener Gebilde und tönerner Schädel bogen.

»Alles mit eigenen Händen gefertigt, junger Mann, mit diesen hier«, rühmte sich Puchow.

»Mit eigenen Händen?«

»Wie soll man anders begreifen, wie unsere Vorfahren sich die verschiedenen Arbeitstechniken angeeignet haben? Wie soll man sonst ihre Meisterschaft, ihren Scharfsinn, ihre Kreativität und ihren Erfindungsreichtum erklären?«

»Wo befinden sich denn die Originale zu diesen Stücken?«

»In Museen. In den besten archäologischen Sammlungen der Welt.«

»Und wie klassifizieren Sie diese Werkzeuge? Wie bestimmen Sie ihr Alter?«

»Hauptsächlich an den Methoden der Bearbeitung. Und am Material. Für jede Kultur gibt es eine Reihe individueller Kennzeichen, die nur ihr zu Eigen sind. Das verhält sich so ähnlich wie bei Ihrer geliebten Daktyloskopie.«

»Boris Iljitsch, sehen Sie sich doch einmal diese Gegenstände an.« Kolossow zog einen Packen Fotos aus der Tasche, auf denen die Steine von den Tatorten in Brjanzewo und Nowospasskoje abgebildet waren. »Was stellen diese Sachen dar, können Sie mir das sagen?«

Puchow schob sich die Brille auf die Nasenspitze, betrachtete aufmerksam die Fotos und nickte zufrieden.

»Das ist die Moustérien-Kultur. Die Originale dieser Steinkeile wurden im Dörfchen Le Moustiers auf dem rechten Ufer der Vézère in der französischen Provinz Dordogne gefunden. Ein berühmter Fund, zu vergleichen wohl nur mit dem bei Hannover entdeckten Speer aus Eibenholz, der eine feuergehärtete Spitze besaß und in den fossilen Überresten eines prähistorischen Waldelefanten steckte.«

»Diese Steine sind also nicht echt?«

Der alte Mann lächelte überlegen.

»Das sind die von mir gefertigten Kopien. Ohne mich rühmen zu wollen, darf ich wohl behaupten, dass die besten Experten hundertmal überlegen müssen, bevor sie ihr Urteil fällen, was echt ist und was nicht.«

»Aber Sie erkennen Ihre Arbeit sofort?«

»Auf jeden Fall.«

»Wofür haben Sie das gemacht? Und wann?«

»Vier Jahre muss das jetzt her sein ... ja, vor viereinhalb Jahren. Wir wollten qualitativ gute Kopien für unsere Sammlung haben. Dann äußerte Professor Gorjew den Wunsch, sie bei einem seiner Experimente mit den Menschenaffen zu verwenden.«

»Und wie viele solcher Muster haben Sie hergestellt?«

»Genau kann ich mich nicht erinnern – vielleicht zwölf, vielleicht auch sechzehn.«

»Wo wurden sie aufbewahrt? Und wo befinden sie sich jetzt?«

»Drei sind bei mir im Labor, da oben auf dem obersten Regal. Vier weitere haben wir dem Lehrstuhl für Prähistorische Technik an der Moskauer Universität zur Verfügung gestellt. Die übrigen sind mir alle weggeholt worden.«

»Von wem?«

»Von Olgin.«

»Wie viele dieser Keile hat er von Ihnen bekommen?«

»Wie ich schon sagte, an die genaue Anzahl erinnere ich mich nicht, aber er hat alle außer den sieben erwähnten genommen. Junger Mann, erlauben Sie mir eine Gegenfrage. Sie haben sich als Mitarbeiter einer höchst imposanten Behörde vorgestellt – was ist denn eigentlich passiert? Woher kommen diese Fotos?«

»Sie gehören zu einem Kriminalfall. Die darauf abgebildeten Steine wurden von uns als Tatwerkzeuge sichergestellt – an Orten, an denen Morde geschehen sind.«

Puchow schwieg entsetzt.

»Drei Menschen sind ermordet worden, Boris Iljitsch. Hier, die dunklen Flecken, die man auf den Steinen sieht, sind Blutspuren.«

Puchow nahm rasch die Brille ab und beugte sich tief über die Aufnahmen.

»Auf der Tierstation von Nowospasskoje hat es kürzlich einen Diebstahl gegeben«, bemerkte Kolossow vorsichtig. »Ist vielleicht auch bei Ihnen etwas Derartiges vorgekommen?«

»Nein, nein, wo denken Sie hin! Ich arbeite hier schon

seit vierzig Jahren, das hat es noch nie gegeben, Gott sei Dank.«

»Sie haben also diese Moustérien'schen Muster Olgin übergeben. Können Sie mir genauer sagen, wann das war?«

»Ich glaube, Anfang April ... Ja, richtig!« Der Alte wischte sich mit einem karierten Taschentuch die vor Aufregung schweißnasse Glatze ab. »Sie wollten gerade wieder den Sommer über auf die Station und haben die Sachen mitgenommen.«

»Wer war es genau? Nur Olgin?«

»Nein. Auch Oleg Swanzew, das ist einer unserer Mitarbeiter ...«

»Den kenne ich. Wer noch?«

»Der Laborant, ein ganz junger Bursche, seinen Namen kenne ich nicht, und ... Viktor.«

»Viktor?«

»Ja. Der Neffe von Frau Balaschowa – Viktor Pawlow.«

»Was macht denn der Neffe bei Ihnen?«

»Der ist öfter bei uns, wir kennen ihn alle gut. Er hat uns schon oft beim Transport geholfen und auch bei anderen Gelegenheiten, wenn die Balaschowa ihn gebeten hat. Wissen Sie, wir haben im Institut offiziell nur zwei Dienstwagen, einen PKW und einen LKW. Der PKW ist schon seit einem Jahr kaputt, das Institut hat kein Geld, um ihn reparieren zu lassen. Deshalb hat Pawlow Olgin und die anderen mit seinem Wagen dorthin gebracht – er hatte damals noch einen tollen Wagen. Na, und Olgin hat dann angeordnet, gleichzeitig auch die Steine mitzunehmen, die sind ja verflixt schwer.«

»Wo kann ich diesen Neffen finden? Wissen Sie vielleicht, wo er arbeitet?«

»In irgendeinem Reisebüro. Ich kann Ihnen seine Telefonnummer geben. Ein prächtiger Bursche ist das, sehr hilfsbereit. Die Balaschowa hat wirklich Glück, so einen Neffen zu haben. Heutzutage nimmt die Jugend sonst nicht mehr viel Rücksicht aufs Alter.«

Kolossow brummte nur finster und notierte sich die Nummer des Neffen.

»Wissen Sie vielleicht auch, wo Ihre Muster auf der Station aufbewahrt werden?«, fragte er, als er den Notizblock wegsteckte.

»O je, junger Mann, das kann ich Ihnen nicht sagen. Ich war in diesem Jahr noch gar nicht dort – meine Zipperlein.«

»Aber es kann sie dort jeder wegnehmen, oder? Sie sind frei zugänglich?«

»Natürlich. Es handelt sich ja nur um Muster, die bei den Versuchen benutzt werden. Mein Gott, wenn ich mir das vorstelle – Morde! Mit meinen Steinen! Junger Mann, Sie müssen unbedingt herausfinden, was es damit auf sich hat, verstehen Sie?«, sagte Puchow erregt. »Sie müssen herausfinden, wer so dreist war, meine Muster ... für so entsetzliche Dinge ... Mein Gott, Sie denken doch hoffentlich nicht, ich hätte etwas damit zu tun?«

Kolossow betrachtete schweigend seine Prothese und schüttelte den Kopf.

»Gott sei Dank, das beruhigt mich. So etwas in meinem Alter!«

Es war spät am Abend desselben Tages. Die elektronische Uhr an der Bürowand zeigte Viertel vor elf. Kowalenko wollte gerade Kaffee kochen. Er überlegte eine Weile, seufzte und schielte auf den in müder, schlaffer Haltung dasitzenden Kolossow. Seine Lippen verzogen sich zu einem angedeuteten Lächeln. Er ging zum Safe und nahm die Kognakflasche für besondere Gelegenheiten heraus – der Zeitpunkt war gekommen.

»Ich brauche Urlaub, Slawa, ich bin mit meiner Kraft am Ende«, sagte Kolossow schwermütig. »Dieses ganze Steinzeit-Theater bringt mich noch um den Verstand.«

»Trink.«

Sie schwiegen. Auf der elektronischen Uhr erschien eine neue Ziffer.

»Mit dem Stein hätte man beginnen sollen. Jetzt gibt es schon wieder einen neuen Verdächtigen … Als hätte ich nicht schon genug mit einem übergeschnappten Laboranten, einem Darwin, der beim Zirkus arbeitet, und irgendwelchen sadistischen Experimentatoren! Aber nein – schon wieder ein neuer Mister X.«

»Hast du herausbekommen, wo dieser altruistische Neffe arbeitet?«

»Beim Reisebüro ›Wostok‹. Ich habe dort angerufen, und man hat mir gesagt, er habe gerade Urlaub. Wie es scheint, hat er irgendwo am Kanal eine Datscha gemietet.«

»Und was hast du jetzt vor?«

»Erst mal geht es morgen zu Sergejew nach Kamensk. Vielleicht kann er mir einen Rat geben, wie wir diesen Urlauber ausfindig machen können. Die Datschensiedlung am Kanal gehört ja zu seinem Bezirk. Diesen Neffen mit seinem makellosen Ruf möchte ich mir gern näher ansehen. Bei so viel Lob werde ich misstrauisch. Du weißt ja – alle diese übergeschnappten Mörder bei uns galten als höchst ehrenwerte Bürger.«

»Dann leg ich schon mal die Handschellen parat.« Kowalenko grinste. »Es sind also fünf Personen, die Zugang zu diesen Steinen aus dem Moustérien hatten: Jusbaschew, Swanzew, Suworow, Olgin und Pawlow, richtig?«

»Sieben, Slawa. Vergiss nicht Rodsewitsch, den Leiter des Schlangenhauses, und Soja Iwanowa.« Kolossow stockte, ihm fielen plötzlich Humphrey und seine Artgenossen ein. »Sieben Personen. Im Übrigen sollten wir uns nicht allzu große Hoffnungen machen. Diese Steine sind vor viereinhalb Jahren hergestellt worden. Sie können auch schon früher aus dem Institut geklaut worden sein. Die Jagd fängt erst an. Die Jagd auf den Höhlenbären. Nur ... ich träume nachts schon vom Urlaub, Slawa. Ob wir den wohl noch erleben?«

Ein allein erziehender Vater oder: Die Macht der Gefühle

31

Sergejew und Karawajew halfen, den Aufenthaltsort des Neffen zu ermitteln. Nach seiner Ankunft in Kamensk lauschte Kolossow zunächst einem trübsinnigen Bericht Sergejews, wie zäh sich die Ermittlungen im Fall des ermordeten Jungen hinschleppten, und einem munteren Rapport über den Stand der Dinge in der Datschensiedlung Bratejewka.

»Da sind Sie garantiert auf der falschen Fährte, Nikita Michailowitsch«, erklärte Karawajew unverblümt, nachdem sich herausgestellt hatte, dass er den Mann, nach dem Kolossow suchte, bestens kannte. »Pawlow ist ein prima Kerl. Reine Zeitverschwendung, hinter ihm herzujagen. Erstens war er in Afghanistan, zweitens hat er eine schwere Verwundung, drittens die Brust voller Orden. Er ist gebildet, spricht drei Sprachen, und dann hat er auch noch ein fremdes Kind adoptiert und zieht es auf!«

Kolossow verzog keine Miene, schaute nur finster auf die Benzinanzeige: Der Sprit ging zu Ende. Auf dem Rückweg durfte er nicht vergessen zu tanken.

Was die so überaus ehrenwerten Bürger betraf, hatte der Chef der Mordkommission sich angewöhnt, sie mit großem Argwohn zu betrachten. Und er hatte triftige Gründe dafür.

Fast alle Fälle, in denen nach einem Serienmörder gesucht worden war, wiesen einen charakteristischen Zug auf: Als Täter stellte sich in neun von zehn Fällen jemand heraus, den man überhaupt nicht in Betracht gezogen hatte – einmal war es ein guter Familienvater, ein anderes Mal der Vorarbeiter eines Betriebs, wieder ein anderes Mal ein angesehener Kinderarzt. Sie alle waren tüchtige, gute und rücksichtsvolle Menschen. Nach der Festnahme von Sergej Golowkin hatte Kolossow zusammen mit seinen Kollegen aus der Mordkommission die Mitarbeiter des Pferdezuchtbetriebs in Odinzowo vernommen, wo der »Würger« so fleißig am Werk gewesen war. Besonders die Aussagen einer Arbeiterin hatten ihn betroffen gemacht. »Sergej war ein stiller, guter Mensch. Er hat Kinder sehr geliebt«, erzählte sie fassungslos. »Unsere Frauen haben ihn oft gebeten, auf ihre Rangen aufzupassen. Er hat nie Nein gesagt. Er hat den Kindern die Pferde gezeigt, hat mit ihnen gespielt und sie im Bollerwagen spazieren gefahren. Wie oft habe ich auch meinen Sohn bei ihm gelassen, wenn ich mal kurz wegmusste. Und immer war alles gut.«

Auf der Pferdefarm war alles »gut«, doch in den umliegenden Wäldern fand man immer neue Kinderleichen – verstümmelt, buchstäblich in Stücke gerissen.

»Die nächste Kurve, Krasnogwardejskaja-Straße, dann das zweite Haus rechts.« Karawajew unterbrach seine Überlegungen. »So, hier müssen Sie halten, Nikita Michailowitsch.«

An ihnen vorbei fuhr ein Leiterwagen, vor den eine braune Mähre gespannt war, mit dicken Beinen und einer verfilzten, mit Kletten verklebten Mähne. Ein alter Mann in einem Offiziersmantel lenkte das Pferd. Eine Horde von Kindern lief hinter dem Wegen her.

Der ungeduldige Karawajew sprang fast noch im Fahren aus dem Auto.

»He, Filimonytsch, ist alles ruhig bei euch?«, rief er.

Der Alte nickte bedächtig.

»Sommerfrischler, alles nur Sommerfrischler hier, Alexej«, erwiderte er. »Keine Fremden.«

»Wir haben einen Wachdienst hier im Ort organisiert, er ist einer unserer Wächter«, erklärte Karawajew. »Um immer auf dem Laufenden zu sein. Solange wir diese Bestie von der Müllkippe nicht erwischt haben, müssen wir Sicherheitsmaßnahmen ergreifen. Schließlich stehen hier lauter Datschen, und es wimmelt nur so von Kindern. Wie leicht kann da was passieren ...«

Mit lautem Knattern kam ein Motorrad um die Ecke gefahren. Zwei junge Männer saßen darauf: einer in Zivil – Jeans und ein rotes, im Wind sich blähendes T-Shirt –, der andere in Soldatenuniform. Als er Karawajew erblickte, bremste der Mann in Zivil elegant und winkte dem Einsatzleiter zu. Der Soldat grüßte ebenfalls, stieg vom Motorrad und ging zur Bushaltestelle.

»Na, Kirjuschka, hast du jetzt einen Job als Taxifahrer?«, witzelte Karawajew.

Kolossow erkannte in dem Burschen den Zeugen wieder,

der am Tatort des Mordes an Stassik Korablin anwesend gewesen war. Sie begrüßten einander.

»Ein Bekannter von der Truppe hat mich gebeten, ihn hier abzusetzen, er hatte Kurzurlaub und Angst, den Bus zu verpassen«, berichtete der Bursche fröhlich. Er war ein quecksilbriger, beweglicher, sonnengebräunter Mann um die dreißig. »Am Kanal haben sie alles im Griff, Aljoscha, ich komme gerade von dort. Ich habe die Uferwache instruiert: Wenn sie einen Fremden sehen, geben sie sofort Bescheid. Sie haben dort ein Motorboot.«

»Ist denn hier in der Nähe eine Armeeeinheit?«, fragte Kolossow, nachdem das Motorrad in einer Wolke von Staub verschwunden war. »Irgendwie habe ich etwas die Orientierung verloren.«

»Da hinten am Bahnübergang, hinter dem Wäldchen.« Karawajew runzelte die Stirn. »Ein Baubataillon der Armee, demobilisierte Soldaten. Ich weiß, woran Sie denken. Wir haben dort schon ungezählte Male alles untersucht und abgeklopft – die Truppenleitung war uns sehr behilflich. Ohne Erfolg. ›In der betreffenden Nacht‹, hat man uns gemeldet, ›wurden keine unerlaubten Entfernungen von der Truppe registriert. Sämtliche Mitglieder der Einheit waren vor Ort.‹ Und dann versuch mal rauszukriegen, ob es wirklich so war! Dort geht nicht alles mit rechten Dingen zu, allerdings hat es nichts mit dem Mord an dem Jungen zu tun. Ich kriege schon noch raus, was es damit auf sich hat, Nikita Michailowitsch. Aber das braucht Sie nicht weiter zu bekümmern.«

Karawajew verabschiedete sich an der Tür zum lokalen Milizstützpunkt vom Chef der Mordkommission. Kolossow lenkte den Wagen weiter auf die Krasnogwardejskaja-Straße. Das Haus, das Pawlow gemietet hatte, stand tief verbor-

gen in einem verwilderten Garten, wo Holunder und Weißdorn die Sträucher mit Stachelbeeren, Johannisbeeren und
Himbeeren überwucherten, wo die knotigen Äste alter Apfelbäume tief herabhingen und der Flieder einem tropi-
schen Dschungel glich.

Auf der Terrasse, die Kolossow zuerst aufsuchte, war es
sonnig. Auf einem Tisch standen eine Thermosflasche und
ein Marmeladeglas, auf einem alten Korbsessel lagen ein
nasses Handtuch, bunte Kindershorts und ein Buch mit einem Titel wie aus Lochstickerei: arabische Schriftzeichen.

Kolossow ging ums Haus herum und erblickte die Ge-
suchten. Zwischen zwei mächtigen Linden war eine Stange
befestigt und an der Stange eine Kinderschaukel aus Seilen. Auf der Schaukel schwang ein etwa fünfjähriger Junge
hin und her und quietschte vor Begeisterung. Er trug kurze
weiße Hosen und leuchtend bunte Turnschuhe. Der Kleine
sah mit seinen Schlitzäuglein sehr niedlich aus, halb wie
ein Kirgise, halb wie ein Kalmücke. Pawlow – denn nur er
konnte es sein – lag auf einer niedrigen Bank und sonnte
sich. Auch er trug Shorts, war barfuß und bronzebraun gebrannt. Auf seiner nackten Brust lag ein silbernes Medail-
lon, das eine Ikone darstellte. Sein Gesicht wurde von einer tief herabgezogenen Baseballmütze mit der Aufschrift
»United Clubs« verdeckt. Er deklamierte oder murmelte
etwas halblaut vor sich hin und schwenkte dabei seinen
herabhängenden Arm rhythmisch hin und her. Kolossow
horchte genauer hin. »Ein Himmelsheer ist aufgestellt«,
vernahm er. »Kommando führt der Frühlingswind, die
Wolken sind die Reiterei, ein Windstoß – und der Krieg
beginnt.«

»Was für ein Krieg beginnt?«, fragte Kolossow laut. »Mit
wem?«

Im selben Moment stand Pawlow auch schon vor ihm. In Sekundenbruchteilen war er aufgesprungen und hatte die Entfernung überwunden, die ihn von Kolossow trennte. Junge, Junge, hast du vielleicht eine Reaktion, dachte der Chef der Mordkommission neidisch.

»Wer sind Sie?«, fragte Pawlow und machte einen Schritt zur Seite, um das Kind von dem Unbekannten abzuschirmen. »Was wollen Sie hier?«

»Ich bin von der Miliz. Von der Hauptverwaltung.«

»Ihren Ausweis.«

Kolossow zeigte ihm das Dokument.

»Verfl ... Gott sei Dank. Entschuldigen Sie«, sagte Pawlow ziemlich inkonsequent und hob seine heruntergefallene Baseballmütze aus dem Gras. »Ich habe Sie nicht kommen hören. Ich dachte ...« Er seufzte sichtlich erleichtert. »Sie sind also von der Miliz? Und Sie wollen zu mir? Weshalb?«

Kolossow musterte ihn: ein gut aussehender Mann, durchtrainiert und kräftig.

»Dienstlich. Können wir uns kurz unterhalten? Vielleicht kann Ihr Kind inzwischen irgendwo spielen, und ...«

»Ich lasse ihn nirgends alleine hin«, fiel Pawlow ihm ins Wort. »Außerdem wird er Sie nicht stören.«

Er machte mit der Hand eine plötzliche, merkwürdige Bewegung. Der Kleine nickte und erwiderte die Geste auf die gleiche Weise.

»Ist er ...«

»Er ist gehörlos.«

Kolossow schaute den Jungen an. Er schaukelte langsam hin und her und stieß sich dabei mit seinen rundlichen Händchen von den Lindenstämmen ab.

»Setzen Sie sich.« Pawlow wies auf die Bank. »Kommen Sie wegen des Mörders, der hier gesucht wird?«

Kolossow nahm schweigend Platz. Er verlor die Kontrolle über das Gespräch, und das ärgerte ihn.

»Sie haben mich anscheinend für diesen Mörder gehalten«, sagte er mit einem schiefen Grinsen.

»Hier haben zurzeit alle Angst vor ihm«, sagte Pawlow. »Die Leute schaffen sich schon Hunde an. Einer meiner Nachbarn hat sich eine Gaspistole gekauft, und der andere von gegenüber hat auf seiner Datscha eine Eisentür einsetzen lassen. Und das alles, weil noch nichts aufgeklärt ist.«

»Es wird schon noch aufgeklärt«, versprach Kolossow. »Bei der hiesigen Miliz arbeiten tüchtige Leute.«

»Entschuldigen Sie, aber warum kommen Sie eigentlich zu mir?«

Sie starrten einander an. In Kolossows Augen funkelten Interesse und Neugier.

»Ich befasse mich gar nicht mit der Suche nach dem örtlichen Kinderschreck«, sagte er, schämte sich sofort für den Zynismus dieses dummen Ausdrucks und ärgerte sich deshalb noch mehr über den anderen. »Ich arbeite an einem anderen Fall, zu dem Sie, Viktor Viktorowitsch Pawlow – so ist doch Ihr Name? –, in gewisser Beziehung stehen. Vor einigen Wochen wurde eine Mitarbeiterin des Instituts für Anthropologie ermordet, Serafima Kaljasina. Haben Sie sie gekannt?«

»Oma Sima? Ja. Und?«

Kolossow kniff die Augen zusammen, als wolle er abschätzen, wie er seine nächste Frage am geschicktesten stellen könne.

»Wissen Sie, wie die Bürgerin Kaljasina gestorben ist?«

»Ja. Meine Tante hat es mir gesagt. Jemand hat sie im Wald bei der Bahnstation überfallen und ausgeraubt.«

»Ihre Tante ... das ist doch Ninel Balaschowa, ja? Nun,

sie kennt ein wesentliches Detail nicht, Viktor Viktorowitsch ...«

»Viktor genügt. Welches Detail kennt sie nicht?«

»Die Tatwaffe, mit der man Frau Kaljasina erschlagen
hat.«

»Und womit hat man sie erschlagen?«

»Mit einem Steinkeil aus dem Moustérien, der von Boris
Puchow als Kopie für Experimente im Labor des Instituts
hergestellt wurde – einem Stein, den Sie zusammen mit
ähnlichen Steinen Anfang April dieses Jahres in Ihrem
Auto auf die Tierstation in Nowospasskoje transportiert
haben.«

Pawlow starrte Kolossow an.

»Ich? In meinem Auto?«

»Ja. Das wurde festgestellt.«

»Ach ja, tatsächlich ... verflucht ... stimmt ja. Genau – das
war Anfang April! Sie sind damals für den Sommer auf die
Station umgezogen. Ja, da haben wir irgendwas mitgenommen, irgendwelche schweren Sachen in einer Kiste.« Pawlow rieb sich zerstreut mit dem Handrücken über die Wange. »Und mit einem solchen Stein hat man sie ...?«

»Das haben die Experten festgestellt.«

»Und ich stehe nun unter Verdacht, verstehe ich Sie richtig?«, fragte Pawlow und blickte seinen Gesprächspartner
fragend und alarmiert an.

»Wir überprüfen alle, sowohl die Mitarbeiter des Instituts
wie auch diejenigen, die Zugang zu diesen Steinkeilen hatten. Ich kann nicht verhehlen, dass Sie ebenfalls dazugehö-
ren.«

»Aber zum Teufel, ich ... Das ist ja ein Ding! Na schön,
überprüfen Sie mich! Nur – weshalb hätte ich sie ausrauben
sollen? Sehe ich etwa wie ein Straßenräuber aus?«

Pawlow schwieg einen Moment.

»Hören Sie, ich will ganz offen zu Ihnen sein.«

Kolossow schaute den anderen von der Seite an.

»Warum nicht, versuchen wir's«, sagte er langsam.

»Ich muss dir eins sagen, Major, ich habe natürlich schon Menschen getötet.« Pawlow blickte zu Boden. »Nicht einen und auch nicht zwei, da dürften schon ein paar mehr zusammenkommen, aber ...«

»Aber?«

»Das ist lange her. Ich denke schon fast gar nicht mehr daran.«

»Du sprichst von Afghanistan?«

»Ja.«

»In welchem Jahr bist du eingezogen worden?«

»1982.«

»In welcher Waffengattung warst du?«

»Bei den Fallschirmjägern.«

»Welche Einheit?«

»Division Tula.«

»Hm, ja, das Training merkt man immer noch. Aber weiter.« Kolossow beugte sich leicht vor. »Was hast du am vierten Juli gemacht?«

»Gearbeitet. Was genau ... da müsste ich im Büro in meinem Kalender nachsehen. Ich weiß es nicht mehr.«

»Und am neunundzwanzigsten Mai?«

»Weiß ich auch nicht mehr. Frag dich doch mal selbst, Major, was du Mittwoch vor drei Monaten gemacht hast. Kannst du darüber noch Bericht erstatten?«

»Kommt darauf an, wer mich fragt. Und wie man mich fragt. Dann erinnere ich mich entweder genau, oder ich denke mir ein glaubwürdiges Alibi aus.«

Pawlow schwieg. Sein Junge sprang von der Schaukel,

kam hüpfend zur Bank gelaufen und flog ihm direkt an die Brust.

»Langsam, Tien, sitz ruhig.« Pawlow befreite sich vorsichtig von dem Jungen, setzte ihn neben sich und legte ihm den Arm um die Schulter. »Wir beide sitzen ganz schön in der Klemme, Partisan. Hör mal, Major, ich weiß nicht recht, was ich dir sagen soll. Ich war das nicht mit der Kaljasina. Was, zum Kuckuck, sollte ich von der alten Frau wollen? Es ist eine Ewigkeit her, dass ich sie gesehen habe. Damals arbeitete sie noch im Institut, bei Olgin im Labor.«

»Und was machst du im Institut?«, erkundigte sich Kolossow und stellte mit leisem Zorn fest, dass seine für dieses Verhör so eifersüchtig gehätschelte und unerlässliche Wut sich mit einem Mal in Luft aufgelöst hatte, nachdem er von der »Division Tula« gehört hatte. Zugleich wunderte er sich darüber, wie schnell und selbstverständlich er mit diesem sonnenverbrannten, halbnackten »Afghanen« zum »Du« übergegangen war, diesem Sommerfrischler, der sein taubstummes Kind umarmte, das er so offensichtlich liebte.

»Meine Tante bittet mich ab und zu um Hilfe«, erwiderte Pawlow. »Ihre Mitarbeiter laufen ihr alle weg – der eine emigriert ins Ausland, der andere wird Geschäftsmann. Die Gehälter sind zu kümmerlich. Sie hat vierzig Jahre lang für das Institut und für das Museum gearbeitet, da kränkt es sie, wenn alles den Bach runtergeht. Ich mache dort gar nichts Besonderes, komme halt vorbei, wenn sie mir Bescheid sagt. Vor kurzem habe ich ihre Kollegen chauffiert. Es sind ja alles gute Bekannte von mir, prächtige Leute, Fanatiker im besten Sinne des Wortes. Sie haben auch mir schon mehr als einmal aus der Patsche geholfen. Wie könnte ich da Nein sagen?«

Kolossow seufzte tief.

»Warst du denn auch mal auf der Tierstation in Nowospasskoje?«, fragte er schließlich.

»Ja. Letztes Jahr zweimal, in diesem Jahr nur im Frühjahr, im April. Seitdem nicht mehr. Was soll ich da auch? Hör mal, Major, was hat das mit diesen Steinkeilen eigentlich auf sich?« Pawlow blickte Kolossow beunruhigt in die Augen. »Habt ihr euch da nicht geirrt?«

»Bestimmt nicht«, brummte Kolossow. »Wir irren uns nie. Hast du eigentlich Auszeichnungen bekommen?«, fragte er plötzlich.

Der andere nickte widerstrebend. Man sah ihm an, dass er an etwas ganz anderes dachte.

»Und wofür?«

»Für das Pandschir-Tal.«

»Da sollt ihr ja ganz schön was abgekriegt haben.«

»Aber meine wichtigste Auszeichnung ist die hier.« Pawlow erhob sich ein wenig, streifte die Shorts ein Stück herunter und zeigte Kolossow eine gezackte purpurrote Narbe, die von der Hüfte schräg nach unten verlief.

»Was war das, ein Granatsplitter?«

»Ein Sprenggeschoss.«

Der Junge streichelte vorsichtig seinen Arm, schmiegte sich mit seiner braunen Wange an seine Seite. Kolossow schaute sie eine Zeit lang an – den Vater und seinen Sohn, dann schlug er sich klatschend aufs Knie und stand auf.

»Aber ich hätte doch noch gern gewusst, was für ein Krieg da bei dir beginnt«, sagte er und lächelte zum ersten Mal während des ganzen Gespräches das Kind an. Der Junge zögerte eine Sekunde, dann lächelte er zurück.

»Sieh doch selbst.« Pawlow legte den Kopf zurück, schaute zum Himmel über dem Garten empor – tiefblau, mit rasch dahinziehenden weißen Wolken – und wiederholte leise: »›Ein Himmelsheer ist aufgestellt, Kommando führt der Frühlingswind, die Wolken sind die Reiterei, ein Windstoß – und der Krieg beginnt.‹ Das ist von Rudaki. Das war ein orientalischer Dichter, Major, der gewusst hat, wie so ein Himmel aussieht, klar, durchsichtig, und du selbst windest dich wie ein zertretener Wurm im Staub, im Blut, in deiner eigenen Scheiße ... Hör mal, ich weiß, du bist im Dienst, aber ... aber nachdem du nun schon so weit rausgefahren bist und wir jetzt Bekanntschaft geschlossen haben, willst du nicht mein Gast sein? Ich hab noch was im Kühlschrank, hast du nicht Appetit?«

Kolossow musste grinsen – es war schon verrückt. So sind die Menschen. Man ärgert sich über sie, knirscht mit den Zähnen, und dann so was.

»Nein, Viktor, ein anderes Mal. Ich muss noch weiter«, log er. Es blieb ihm nichts anderes übrig, denn dieser »Afghane«, der ihm so plötzlich sympathisch geworden war, blieb weiterhin einer der Tatverdächtigen, einer von den sieben. Und er würde ihn sich in nächster Zeit noch öfter vorknöpfen müssen. Als er daran dachte, wurde Kolossow schwer ums Herz.

»Versuch doch nach Möglichkeit, dich genauer an diese Tage zu erinnern«, sagte er noch einmal nachdrücklich, als sie schon an der Gartenpforte standen. »Dir selbst zuliebe. Und seinetwegen.« Er bückte sich, streichelte dem Kind, das ihnen nicht von der Seite gewichen war, unbeholfen über den Kopf und stellte dabei erstaunt fest, wie weich und dicht seine Haare waren.

Seine Finger bewahrten das Gefühl dieser weichen Haare noch lange, selbst dann noch, als die alte Wut wiederkehrte – diesmal war es Wut auf sich selbst: Sentimental bist du geworden. Aber dann fiel ihm wieder die Division Tula ein, das Pandschir-Tal, die von einer Sprengkugel zerfetzte Hüfte und dieser schlitzäugige kleine Junge – und die Wut löste sich auf, diesmal für immer.

32 Vor dem Gefecht

Alle weiteren Ereignisse, die sich in nur wenigen Tagen abspielten, erschienen Katja wie eine wirre Fantasie. Als erlebte sie einen bösen Traum, aus dem sie nicht erwachen konnte. Die Zeit in diesem finsteren Traum war irgendwie zerstückelt: Bald raste sie wie ein Schnellzug dahin, bald zog sie sich langsam und schwermütig in die Länge wie ein vom Herbstregen aufgeweichter Weg, bald erstarrte sie ganz auf der Stelle.

Alles begann mit einem unerwarteten Anruf in der trägen, heißen Mittagsstunde.

»Guten Tag, Katja. Ich bin's, Sweta Korablina. Könnten wir uns jetzt gleich treffen? Ich bin in Moskau, rufe aus der Metro an. Ich muss dich unbedingt sprechen!«

»Passt dir der Alexandergarten?«, schlug die verdutzte Katja vor.

»Moment, ich schaue auf dem Stadtplan nach. Ja, gern!«

An der verabredeten Stelle wartete Sweta bereits auf sie. Sie gingen rasch die Allee hinunter und setzten sich auf eine Bank unter einer alten Birke, die sicherlich schon den Aufstand der Strelitzen und die Leichen der Hingerichteten an der roten Mauer gesehen hatte: an jeder Zinne ein Strelitze.

»Ich weiß gar nicht mehr, was ich tun soll.« Sweta Korablina zerrte nervös am Riemen ihrer weißen Handtasche. »Er ... er hat mich die ganze Zeit belogen, verstehst du? Er hat mir Geld gegeben und behauptet, er hätte es auf dem Bau verdient, aber in Wirklichkeit ...«

»Der Reihe nach, Sweta, erzähl alles von Anfang an.«

Sweta schloss die Augen und sprudelte rasch und nervös hervor:

»Gestern war dieser eine Typ bei Roman, der mit dem Motorrad, ihr Anführer. Dieser Akela mit dem Nazi-Gesicht.«

Katja biss sich auf die Zunge. Ihr war der Chef der Biker eher wie ein Doppelgänger von Mickey Rourke vorgekommen.

»Roman war gerade bei mir. Akela kam mit noch zwei anderen angefahren. Roman ist zu ihnen hinausgegangen, und ich habe durchs Fenster alles mit angesehen!«

Und sie erzählte ...

... Als das Knattern der Motoren verstummt war, schwang Akela sich von seinem Motorrad und stieg langsam die Vortreppe hinauf.

»Hallo, Kumpel«, sagte er. »Wieso versteckst du dich vor mir, he? Hab ich dich nicht gebeten zu kommen?«

»Ich verstecke mich nicht, ich hatte zu tun.« Roman schloss die Tür zur Schulwohnung und lehnte sich mit dem Rücken dagegen. »Was willst du?«

»Wir haben uns schon ewig nicht gesehen. Das letzte Mal, als du mit dieser langbeinigen Mieze gekommen bist. Hat sie dir nicht gesagt, dass ich ihr etwas versprochen habe?«

»Nein.«

»Nun, jetzt muss ich mein Wort halten. Meinst du nicht, Kumpel, dass du auch etwas versprechen solltest?«

»Ich? Wem denn?«

»Na, zumindest deinem Mädchen, ich meine die, der sie den Jungen abgestochen haben. Du weißt wohl nicht, wer das getan hat, oder?«

»Was willst du eigentlich von mir?«

»Zuerst einmal, dass du nicht lügst«, sagte Akela leise und schlug Roman plötzlich mit aller Kraft in die Magengrube.

»Was ... was machst du?« Roman krümmte sich vor Schmerz, schnappte gierig nach Luft und richtete sich mit Mühe wieder auf. »Bist du völlig übergeschnappt?«

»Nicht ich bin wahnsinnig, sondern Krueger. Krueger, für den du Arschloch ...«

»Wovon redest du? Ich hab schon seit einem halben Jahr ...« Roman beendete den Satz nicht, denn ein wuchtiger Schlag vor die Brust warf ihn fast von der Treppe.

»Hab ich dir Arbeit und Geld für ein Motorrad gegeben? Ja oder nein? Und was hab ich dir dann gesagt? Erinnerst du dich nicht? Und was hast du geantwortet? Es ist vorbei, hast du gesagt, ich kauf mir die Maschine und mach nie wieder einen Deal. Aber in Wirklichkeit ...« Akela packte ihn bei der Jacke, zog ihn mit einem Ruck ganz nahe zu sich heran und schlug seinen Kopf gegen die Mauer, wieder und wieder ...

»Aber ich hab doch schon seit einem halben Jahr nichts mehr von ihm genommen! Bist du verrückt geworden?«, winselte Roman und versuchte sich zu schützen. »Meinst du, ich kenne das Gesetz nicht?«

»Hab ich dir nicht gesagt, das Gesetz ist mein Wort? Habe ich das nicht gesagt, als du zu uns gekommen bist? Du selbst kannst von mir aus so viel von diesem Mistzeug fressen oder schnüffeln, wie du willst, aber nicht in meinem Rudel! Du hast gesagt: Nur noch für die Maschine, und dann ist Schluss. Hast du mir das gesagt oder nicht?«

»Aber ich habe doch ... wie du gesagt hast ... seitdem nicht mehr ...«, heulte Roman, verrieb Tränen, Blut und Staub auf seinem Gesicht, kroch die Vortreppe hoch und versuchte die ganze Zeit, den Chopperstiefeln auszuweichen, die ihn erbarmungslos gegen die Brust, in den Bauch und in die Rippen traten. »Ich habe nichts mehr mit ihm zu tun! Ein halbes Jahr schon ...«

»Du weißt, dass mir die Geschäfte von Krueger bisher scheißegal waren«, sagte Akela mit beinahe sanfter Stimme.

»Ja, ja, ich weiß ... das hast du gesagt ... Uns geht das nichts an ... Er verscheuert Stoff an die Soldaten ... das ist nicht unsere Sache ...«

»Und weißt du auch, warum ich Khan aus dem Rudel gejagt habe? Weißt du, wozu Krueger ihn gezwungen hat?«

»Nein ... ja, ich weiß.«

»Er hat das Gleiche getan. Für Geld. Krueger hat ihn bezahlt, genau wie dich.«

»Nein! Niemals! Das habe ich nicht getan! Wie kannst du mich mit ihm vergleichen ... Ich habe ihn nicht gesehen.« Roman schluchzte.

»Er war vor deinem Haus. Man hat ihn dort gesehen. An dem bewussten Morgen.« Akela beugte sich über den am Boden Liegenden. »Das haben meine Jungs herausgefunden.«

»Sie haben sich geirrt! Ich war bei Sweta, frag sie doch selbst, frag sie! Bitte!«

»Ein Schwein bist du.« Akela gab ihm einen abschließenden Fußtritt. »Ein erbärmlicher Lügner. Schiebst auch noch das Mädchen vor. Lass dich nie mehr bei uns blicken! Und deinem Krueger, dieser Drecksau, kannst du ausrichten, dass wir mit ihm abrechnen. Ein Messer brauche ich für den nicht. Ich reiß ihm die Leber raus und lass sie ihn fressen. Richte ihm das aus. Nach dem Tod des Grünen ist es für uns beide in dieser Stadt zu eng geworden ...«

»Und dann, nach diesem entsetzlichen Auftritt, sind sie weggefahren«, fuhr Sweta Korablina nach einer Pause fort. »Ich habe Roman ins Zimmer gezogen. Er war schrecklich zugerichtet und ganz schmutzig. Ich ... ich habe dann auch so einiges begriffen. Deshalb habe ich ihn ausgefragt. Er wollte zuerst nicht reden, aber dann hat er mir gestanden, dass es einen Mann namens Krueger wirklich gibt. Er arbeitet offiziell bei irgendeiner Firma, aber nur zum Schein, in Wirklichkeit handelt er mit Drogen. Er besorgt den Stoff in Moskau, verkauft aber selbst kein Gramm. Dafür hat er seine ›Sklaven‹. Roman war zwei Jahre lang einer dieser ›Sklaven‹, hat erst Marihuana, später Heroin verkauft. Er wollte sich auf diese Weise Geld für ein Motorrad zusammensparen. Auch die anderen Jungs waren daran beteiligt und haben sich etwas dazuverdient. Roman hat mir geschworen, dass er mit diesem Krueger längst gebrochen hat. Ich frage ihn, wieso die anderen dann sagen, sie hätten Krueger vor seinem Haus gesehen. Er sagt: Ich war doch hier! Ich erwidere darauf: Aber nicht morgens! Da ohrfeigt er mich und schreit: Idiotin! Du bist genau wie die anderen! Lasst mich doch alle in Ruhe, ich komme alleine klar, ich brauche keinen! Und er schlägt die Tür zu und rennt weg.«

Katja lauschte ihr sehr aufmerksam und dachte dabei die ganze Zeit: Wo habe ich diesen Spitznamen »Krueger« bloß schon gehört? Wo, außer im Film?

»Die ganze Nacht konnte ich nicht schlafen, und heute Morgen bin ich zu Shukows nach Hause gegangen. Romans Oma hat mir gesagt, dass er in der Nacht nicht zu Hause war und erst gegen Morgen wiedergekommen ist. Er hätte Kescha geweckt, seinen kleinen Bruder, und sie hätten sich laut angeschrien. Dann sei Roman weggefahren.«

»Und Kescha?«

»Der ist auch irgendwohin verschwunden. Ich wollte schon zur Miliz gehen, aber dann dachte ich an die Drogengeschichte und dass Roman deswegen bestimmt ins Gefängnis kommt. Mein Mann sitzt schon im Gefängnis, und wenn er auch noch hinter Gitter kommt, bin ich wieder allein.« Die Korablina schluchzte.

»Dieser Akela ...« Katja dachte daran, wie sie zusammen mit dem Anführer der Biker am Flussufer gestanden hatte. »Warum findest du, dass er aussieht wie ein Nazi?«

»Ich habe gesehen, wie er Roman geschlagen hat. Sein Gesicht ... es war so bleich und leidenschaftslos, er genoss seine Macht offensichtlich ... Ich hasse ihn! Seinetwegen ist mein Sergej ins Gefängnis gekommen. Er war auch so ein verrückter Motorradfan und wollte unbedingt in dieses verdammte Rudel. Akela ist wie ein Teufel in unserer Stadt, wie ein Verführer! Alles Böse kommt nur von ihm!«

»Nein, Sweta, das Böse kommt nicht von Akela«, sagte Katja nachdenklich. »Das Böse kommt von einem gewissen Krueger, den wir nicht kennen.«

Mein Gott, wo habe ich von ihm schon gehört? Und von wem?

»Akela versucht, gegen das Böse zu kämpfen. Allerdings auf barbarische, unmenschliche und grausame Weise. Na ja, das ist typisch Mann – Männer müssen sich immer prügeln. Ob es für eine gute oder eine schlechte Sache ist, sie schlagen sich gegenseitig die Fresse ein. Verrückt! Weißt du was. Fahr erst mal nach Hause und beruhige dich. Ich werde mich inzwischen hier mit ein paar Leuten beraten. Hab keine Angst, deinem Roman wird wegen ein paar Joints nichts passieren, die Miliz hat jetzt ganz andere Sorgen. Morgen komme ich zu dir nach Kamensk.«

Sobald sie an ihren Arbeitsplatz zurückgekehrt war, griff Katja zum Telefon, rief Sascha Sergejew in Kamensk an und erzählte ihm alles.

»Sie hat also gesagt, dass er den Soldaten Stoff verkauft? Damit ist bestimmt die Einheit gemeint, die bei Bratejewka liegt. So was Ähnliches haben wir uns schon gedacht. Ich schicke sofort einen Mann rüber, der sich dort umschauen soll. Warte einen Moment.« Sergejew unterbrach das Gespräch für eine Minute. »So, das ist erledigt, du kannst beruhigt sein.«

»Roman Shukow hat Stassik nicht ermordet, das ist völlig klar«, fuhr Katja fort. »Trotzdem ist er irgendwie in die Sache verwickelt. Dieser Krueger ... Habt ihr vielleicht jemanden mit diesem Spitznamen in eurer Kartei?«

»Aus dem Gedächtnis kann ich das nicht sagen, ich glaube aber nicht. Wir werden das klären. Du sagst, er arbeitet bei einer Privatfirma?«

»Ja. Aber bei welcher, weiß ich nicht.«

»Das macht nichts, das lässt sich feststellen. Und dieser Biker, dieser Akela ...«

»Akela hat natürlich von allem gewusst. Auch davon, dass Shukow Drogen für diesen Krueger verkauft hat, um Geld für ein Motorrad zu sparen. Als er das Geld zusammenhatte, hat Akela ihm und seinen anderen Rudel-Mitgliedern diese Geschäfte verboten.«

»Und sie haben ihm gehorcht«, sagte Sergejew lächelnd.

»Sie gehorchen ihm aufs Wort, davon konnte ich mich selbst überzeugen, Sascha. Du solltest unbedingt mit ihm sprechen. Überhaupt muss man versuchen, eine gemeinsame Sprache mit diesen Jungen zu finden. Sie sind gar nicht so übel, wirklich.«

»Ich würde diese ganze Bande am liebsten in einen LKW verladen und nach Sibirien schicken. Leider geht so etwas heutzutage nicht.«

»Es gibt da noch eine merkwürdige Sache, Sascha«, redete Katja eilig weiter. »Akela hat einen Jungen aus seinem Rudel hinausgeworfen. Der hat anscheinend irgendeine Sache für Krueger erledigt und Geld dafür bekommen. Als Akela Roman das Gleiche vorwarf, ist der furchtbar wütend geworden, sagte die Korablina. Es ging nicht um Drogen, sondern um etwas ganz anderes.«

»Gut, wir kümmern uns darum. Wo bist du morgen?«

»Ich fahre nach Kamensk, das habe ich der Korablina versprochen.«

Es war halb sieben, als Katja nach Hause kam. Leise schloss sie die Tür auf. Im Wohnzimmer lärmte wie immer der Fernseher. Im Bad rauschte das Wasser. Wadim schnaubte dort wie ein Walross und schmetterte ein fröhliches Lied. Katja ließ sich müde in den Sessel fallen und warf einen flüchtigen Blick auf den Bildschirm: Dort lief der alte Bergarbeiterfilm »Das große Leben«.

Mit plötzlicher Wut beugte sie sich vor und zerrte einen ganzen Stapel Videokassetten aus dem Fernsehertischchen heraus. Zwischen ihrer eigenen, handverlesenen Sammlung lagen auch die von Wadim erworbenen Kassetten: Schwarzenegger, Bruce Willis und Scorsese.

Langsam ging sie die Kassetten durch: Tatsächlich, da war sie. Aus der bunten Hülle zog sie den Film »Nightmare on Elm Street« heraus und schlug die Kassette mit Genugtuung krachend auf den Boden.

»Was machst du für einen Lärm?« Wadim beugte sich über sie, lächelnd, nass von der Dusche und nach Rasierwasser duftend.

Katja blickte zu ihm auf und schlug die Kassette erneut mit aller Kraft auf den Boden, um das Plastikgehäuse zu zerstören.

In einer solchen Stimmung war sie schon einmal gewesen, als sie vor zwei Jahren zufällig erfahren hatte, dass Wadim sie mit irgendeiner aufgetakelten Sekretärin betrog. Damals hatte Katja voller Erbitterung den Kopf ihrer schönsten Puppe, die sie seit ewigen Zeiten im Schrank aufbewahrte, in Stücke geschlagen, und sich sofort erleichtert gefühlt. So war es auch jetzt.

»He, das ist ja Freddy Krueger, den du da zerdepperst! Was tust du da? Das ist mein bester Horrorfilm!« Wadim versuchte lachend, ihr die Kassette zu entwinden.

»Gib mir diesen Schund sofort zurück! Das will ich hier nie wieder sehen!«

»Immer mit der Ruhe. Was hast du denn? Da – schlag ihn in Stücke, wenn dir davon besser wird. Aber es ist wirklich schade darum.«

Katja zerrte das Band aus dem Gehäuse und riss es in Fetzen. Fertig. Sie atmete schwer.

Wadim ließ sich auf dem Fußboden neben dem Sessel nieder und nahm Katjas Hände.

»Was ist passiert?«, fragte er beunruhigt.

Wie aufgedreht wiederholte Katja alles, was sie Sergejew erzählt hatte.

»Ich verstehe. Na komm, wir trinken erst mal einen Kaffee.«

Als Wadim die ganze Geschichte gehört hatte, zog er in einem Tonfall, der keinen Widerspruch duldete, sein Resümee:

»Mach dir deswegen keine Sorgen. Morgen fahren wir alle zusammen in dein Provinzkaff und sorgen für Ruhe und Ordnung. Bei der Gelegenheit machen wir uns einen schönen Tag in der freien Natur. Viktor hat uns schon zigmal zum Schaschlik eingeladen. Und wenn ich diesen Krueger zu fassen kriege – dem brech ich alle Knochen.«

Er beugte sich über den Tisch zu Katja hinüber. Seine Kaffeetasse fiel um. Eine Pfütze breitete sich übers Tischtuch aus und tropfte aufs Linoleum. Aber keiner von beiden bemerkte es.

Herr Krueger: Ein Treffen im Schoß der Natur

33

Katja hatte noch am Abend beschlossen, möglichst früh nach Kamensk zu fahren.

Auf der Fahrt hielten sie an fast jedem Geschäft; sie wollten nicht mit leeren Händen zum Schaschlikessen erscheinen. Wadim lud geschäftig die Tüten in den Kofferraum, in denen die Flaschen klirrten.

»Du denkst nur ans Feiern«, murrte Katja. »Aber ich muss dort arbeiten.«

»Mach dich nicht verrückt«, sagte Wadim gutmütig und gähnte. »Mit leerem Magen kann man nicht vernünftig arbeiten.«

Auf dem Marktplatz in Kamensk wartete bereits der blaue Shiguli Sergejs auf sie. Auch er war mit randvoll gepacktem Kofferraum erschienen. Katja schickte ihn samt seinen Lebensmitteln sofort auf die Datscha; sie selbst hatte noch etwas zu erledigen.

»Wohin fahren wir denn? Auf der Bahnstation kann man eisgekühltes Bier und Pfirsiche kaufen«, knurrte Wadim.

»Du kriegst dein Bier schon noch! Wir fahren zu Sweta Korablina.«

Die Lehrerin saß zu Hause, konnte aber nichts Neues mitteilen: Roman war noch nicht wieder aufgetaucht.

»Wo können sie nur sein?« Sie starrte aufgeregt in den Kirschgarten, als hoffte sie, die Verschwundenen in dem dichten Gesträuch zu entdecken. »Ich habe ein ungutes Gefühl. Bestimmt ist irgendetwas passiert, und wir wissen von nichts. Diesen Krueger erwischen wir allein niemals.«

»Wir sind nicht allein«, schnitt Katja ihr das Wort ab. »Merk dir ein für alle Mal: Wir sind nicht allein.«

Pawlow empfing sie fröhlich, sonnengebräunt und zufrieden lächelnd an der sperrangelweit geöffneten Gartenpforte. Man merkte ihm an, dass er zusammen mit Sergej das Treffen schon ein wenig »begossen« hatte. Tien Zi war schmetterlingsbunt herausgeputzt und hüpfte aufgeregt gestikulierend um sie herum. Katja reichte ihm ihr Geschenk – einen Spielzeugrennwagen.

»Damit ist er jetzt den ganzen Tag beschäftigt«, meinte Pawlow. »Kommen Sie herein, Katja, machen Sie es sich bequem. Fühlen Sie sich wie zu Hause.«

Wadim zog sich bis auf die Badehose aus, ließ stolz seinen Bizeps spielen und begab sich zum Holzstapel, um Birkenscheite zu hacken. Sergej zelebrierte mit feierlicher Miene die Essensvorbereitungen – unter ständigem Gemurmel legte er das Schaschlik in einen Plastikeimer und begoss es reichlich mit einer Marinade aus eigens dafür mitgebrachtem »Zinandali«, einem herben grusinischen Wein. Katja sonnte sich eine Weile auf der Bank, schaukelte vorsichtig auf der aus Seilen geknüpften Schaukel und schlenderte durch den Garten. Eine träge Müdigkeit ergriff von ihr Besitz: Zum Teufel mit euch allen, lasst mich in Ruhe. Was kann ich schon ausrichten?

»Wir haben zu wenig Fleisch und zu viel Appetit«, stellte Pawlow fest, während er kritisch seine Vorräte begutachtete. »Ich glaube, ich habe mich verkalkuliert. Gebt mir die Autoschlüssel. Im Geschäft am Marktplatz habe ich Hammelrippchen gesehen.«

»Fang auf.« Wadim warf ihm die Schlüssel zu.

»Viktor, ich fahre mit Ihnen. Wir können unterwegs noch anderswo vorbeischauen«, sagte Katja kurz entschlossen.

»O je, fängt das schon wieder an. Warum machst du dir bloß so viel Hektik?« Wadim nahm Maß und – krach! – ein riesiger Birkenklotz splitterte unter dem Schlag seiner Axt in kleine Scheite.

Pawlow setzte sich ans Steuer von Wadims Shiguli. Tien Zi war ihm schon zuvorgekommen und hatte es sich auf dem Rücksitz bequem gemacht. Er schnaufte vor Freude und Ungeduld.

»Der lässt sich nicht abschütteln. Er fährt schrecklich gern Auto.« Pawlow ließ den Motor an.

Sie fuhren zum Lebensmittelgeschäft auf dem zentralen Marktplatz, wo Pawlow Rippchen, Weintrauben und eine Flasche Martini Dry für Katja kaufte. Alle diese früher nie gekannten Segnungen der Zivilisation lagen jetzt in den Regalen des kleinen Dorfladens und setzten Staub an.

»Und jetzt bitte zur Retschnaja-Straße. Erst geradeaus, dann rechts und ...«

»Ich weiß.«

Pawlow kurvte zielsicher durch Kamensk.

»Waren Sie denn schon früher einmal in der Retschnaja-Straße, Viktor?«

»Ja. Es gibt dort eine gute Bäckerei.«

»Sie kennen Kamensk besser, als ich dachte.«

»Ich bin schon öfter da gewesen. Geschäftlich. Ein wundervolles Städtchen, still wie ein Grab.«

Katja fing wieder seinen verschleiert-zerstreuten Blick auf. Tien Zi schüttelte die umgedrehte Martiniflasche und versuchte, Bläschen in der Flüssigkeit zu erzeugen.

»He, Partisan, das ist noch nichts für dich. Hier hast du Cola.« Ohne das Lenkrad loszulassen, öffnete Pawlow geschickt die Blechdose und reichte sie dem Kind. »Soll ich hier halten?«

»Ja, wenn es geht.«

Bei den Shukows machte wieder niemand auf, und Katja klingelte bei den Nachbarn. Eine mollige Dame in Lockenwicklern und tief dekolletiertem Sommerkleid kam an die Tür.

»Die Mutter ist gestern nach Moskau gefahren, ihre Schwester besuchen. Wo die Jungen sich rumtreiben, weiß ich nicht«, teilte sie Katja mit.

Als Katja zum Auto zurückkam, saß Pawlow nicht mehr am Steuer. Am Kofferraum lehnte schwankend ein verdächtig aussehendes Subjekt in zerrissenen Schuhen und einem an mehreren Stellen durchlöcherten Filzhut und starrte durch das Rückfenster auf den still gewordenen Tien Zi. Das Individuum stank meilenweit nach Alkohol.

»Guck an, da kommt ja auch die Mama. He, Mama, sag

mal, wieso hast du so 'n schlitzäugiges Kind? Mit was für 'ner Plattnase hast du's denn getrieben?«, krächzte der Säufer und heftete seinen stumpfen, trüben Blick auf Katja.

»Machen Sie, dass Sie wegkommen.«

»Quatsch mich nicht blöd an, du Matratze! Gibt's hier etwa nicht genug Männer ... richtige, russische Männer ...«

Unerwartet tauchte in diesem Moment Pawlow auf, beladen mit Einkaufstüten, packte den Säufer an der Brust und stieß ihn grob gegen den Kofferraum.

»Verschwinde.«

»Gib nicht so an. Solche wie dich kenn ich. Nimm deine Pfoten weg!«

»Ich hab gesagt, verschwinde, du echter Russe, aber hoppla!« Ein Teil der Tüten fiel auf den Asphalt, und ihnen nach landete auch der Mann im Filzhut krachend auf dem Boden.

»He, bist du bescheuert? Au-au, du hast mir den Arm gebrochen! Aua, meine Rippen! Du Mistkerl!«

»Keine Sorge, das heilt wieder.« Pawlow setzte sich ins Auto. »Ich war rasch in der Bäckerei«, sagte er zu Katja und wandte ihr sein etwas blass gewordenes Gesicht zu. »Mögen Sie Schokopflaumen?«

»Ja, sehr.«

Er reichte ihr und dem Kind je eine Pflaume.

»Und wohin jetzt? Nach Hause?«

»Nach Kanatschiki, zum Hafen.« Katja erklärte den Weg dorthin gar nicht mehr. Und er fragte auch nicht.

Eine halbe Stunde später, nachdem sie an der alten Anlegestelle niemanden angetroffen hatten, kehrten sie auf die Datscha zurück.

»Na, habt ihr eure Biker gefunden?«, fragte Sergej, verschwitzt und rußverschmiert. Er rutschte auf den Knien um den ordentlich aufgestapelten Holzstoß herum und versuchte, das nur schwach glimmende Feuer durch Pusten anzufachen.

Wadim schleppte eine weitere Fuhre Holzscheite heran und lud sie krachend ab. »Wie fachst du denn das Feuer an? Wenn du's so auch in Afrika versuchst, wirst du verhungern!«

»Dann mach's doch besser.«

Bei Wadim loderte das Feuer augenblicklich auf. Die Flammen schlugen in die Höhe.

»Na bitte. So, jetzt gehen wir erst mal baden. Katja, auf, keine Müdigkeit vorschützen!«

»Ich hab keine Lust, Wadim.«

»Ach, die Prinzessin ziert sich. Sergej, Viktor ...«

»Ich kümmere mich um das Hammelfleisch. Fahrt ihr ruhig zum Baden, Kinder, aber seht zu, dass ihr in einer Stunde zurück seid.« Pawlow schob mit der Spitze seines Turnschuhs die Holzscheite zurecht.

Katja schlenderte durch den Garten, berührte ziellos die rauen Stämme der Apfelbäume, riss hier und da Blätter ab und führte sie an die Lippen. Verstohlen sah sie sich immer wieder nach dem Lagerfeuer um, das mitten in dem üppigen Grün wie eine purpurrote Blüte leuchtete. Die Sonne brannte immer heftiger. Katja nahm den Strohhut ab und hob ihr Gesicht mit zusammengekniffenen Lidern der Hitze entgegen. Dann öffnete sie die Augen ein wenig: An einem Zweig hoch über ihrem Kopf hing ein gelb-rosa Apfel. Sie stellte sich auf die Zehenspitzen und reckte sich, als ihr plötzlich jemand über die Schulter griff, den Apfel pflückte und ihr reichte. Ihr wurde seltsam kalt im Rücken. Pawlow (sie hatte wieder nicht gehört, wie er sich von hinten genähert hatte) fuhr mit den Fingern leicht über ihren Hals. Seine Hand schob den Träger ihres Sarafans wie eine dünne Spinnwebe von ihrer nackten Schulter.

Katja hörte, wie ihr Herz klopfte: ein Schlag, noch ein Schlag, noch einer ...

»Bitte nicht. Ich möchte das nicht.«

Er ließ sofort los. Sie drehte sich um. Er war bereits wieder zum Lagerfeuer zurückgekehrt, stand dort einen Augenblick und blickte in die züngelnden Flammen.

»Ich rühre Sie nie wieder an.« Er schaute auf seine Hände. »Meine Dummheit.«

Katja lehnte sich an den Baumstamm. Ihr Nacken verkrampfte sich immer mehr. Im Magen spürte sie ein unangenehmes Ziehen, das sie sich selbst nicht richtig erklären konnte.

»Schon gut«, sagte sie so freundlich sie konnte und bemühte sich, ihre Stimme aufrichtig klingen zu lassen. »Ich verstehe alles, Viktor. Es macht nichts.«

Pawlow machte sich mit den Spießen und dem Schaschlik zu schaffen. Katja ging zu Tien Zi und tat so, als wäre sie ganz ins Spiel mit ihm vertieft. Als Wadim und Sergej zurückkamen, waren die Rippchen bereits fertig. Pawlow holte ein paar Flaschen Wodka und den Martini für Katja aus dem Kühlschrank.

»Ich bin ein Trottel«, flüsterte er ihr zu und reichte ihr eine Hand voll großer Erdbeeren. »Nehmen Sie's mir nicht übel. Was kann man von einem Idioten wie mir schon anderes erwarten?«

Katja lächelte ihm zu und versuchte wieder, möglichst ehrlich zu wirken.

Das Schaschlik und die Hammelrippchen schmeckten

hervorragend. Katja betrachtete die leeren Flaschen, die hier und da aus dem Gras schauten. Das war ein Picknick, wie es sein sollte.

Unverhofft und rasch brach die Dämmerung herein. Die grünlich-durchsichtige Scheibe des Mondes stieg am Himmel immer höher, die Luft wurde frischer und kühler, und im Feuer knisterten gemütlich die trockenen Äste.

Pawlow holte seine Gitarre von der Terrasse, stimmte aber selbst kein Lied an. Sergej schnappte sich das Instrument, zupfte ein paar melancholische Akkorde hervor und räusperte sich.

»Ich werde euch eine Romanze singen«, kündigte er gefühlvoll an. Er warf einen Blick auf Katja und fügte etwas resoluter hinzu: »Von der Liebe und von Nachtigallen.«

»Ich setze mich so lange auf die Schaukel, Sergej«, erklärte Katja und stand auf. »Aus der Entfernung hat deine Stimme einen besseren Klang.«

Die Schaukel schwang zwischen den beiden alten Linden gleichmäßig hin und her. Sergej und seine Gitarre waren von hier kaum zu hören – Gott sei Dank. Katja schaute zum Mond empor, der am Himmel ebenfalls leicht schaukelte, wahrscheinlich vom Martini. Irgendwo im Gras quakten Frösche.

Plötzlich wurde die nächtliche Stille von einem durchdringenden Geräusch gestört – dem Knattern eines Motorrads. Der Lärm war ganz in der Nähe. Katja sprang auf, verhedderte sich im Gras, lief zur Gartenpforte und huschte auf die dunkle einsame Straße hinaus. Sie blieb eine Weile stehen, wartete und erkannte, dass sie zu spät gekommen war. Wer war da vorbeigefahren? Roman Shukow? Zögernd kehrte sie in den Garten zurück.

»Es war ein Riesenfehler von mir, diesen Wagen zu kaufen.« Pawlow lag im Gras und erklärte Sergej irgendetwas, der sich mit rotem Gesicht auf die aufrecht vor ihm stehende Gitarre stützte. »Aber du musst mich auch verstehen. Erstens bin ich kein Kaufmann – das Handeln liegt mir einfach nicht –, und zweitens habe ich von so einem Schlitten mein Leben lang geträumt! Das ist ein Gefühl! Du fährst nicht, du fliegst, so wie mit einer Frau, die du ...«

»Hör mal, Viktor, ich wollte dich schon lange fragen, was damals zwischen dir und Lena passiert ist«, unterbrach Wadim ihn. Man hörte seiner Stimme an, dass er gründlich einen sitzen hatte.

»Es hat einfach nicht geklappt mit uns, da haben wir uns halt scheiden lassen.«

»Mit deiner Konkurserklärung warte erst mal noch, jedenfalls offiziell«, redete Sergej weiter, ohne Wadim zu beachten. »Das muss man alles mit einem Juristen bequatschen, und dabei kann man dann mal vorsichtig was von Liquidation fallen lassen. Die Firma ist doch immer noch dein Eigentum.«

»Ja, Viktor, die Frauen sind heutzutage launisch geworden.« Wadim hatte Mühe, deutlich zu sprechen, spann seinen Faden aber unbeirrt weiter.

Katja erhob sich und ging leicht schwankend auf das Haus zu. Auf dem frisch bezogenen Diwan auf der Terrasse lag Tien Zi, Arme und Beine weit von sich gestreckt, und schnaufte leise im Schlaf. Am Kopfende brannte ein Nachttischlämpchen. Auf der karierten Decke erblickte Katja ihr Geschenk – den Rennwagen. Sie nahm das kleine Auto, schob die Gardine beiseite und wollte den Wagen auf die Fensterbank stellen. Dort schimmerte irgendetwas weiß. Eine Schachtel mit Medikamenten. Katja hob sie dicht vor die Augen und las auf dem Etikett die Bezeichnung: Berlidorm. Ein stark wirkendes Schlafmittel ... Sie hatte gehört, dass dieses Medikament zusammen mit anderen Beruhigungsmitteln oft bei Leuten beschlagnahmt wurde, die mit synthetischen Drogen handelten. Ohne ärztliches Rezept konnte man Berlidorm eigentlich nicht bekommen, aber diese Leute beschafften es sich unter der Hand.

Wieder krampfte sich ihr wie unter einem kalten Hauch der Nacken zusammen. Sie fuhr sich mit der Hand übers Gesicht, als wollte sie etwas wegwischen, das sie schon den ganzen Tag gequält hatte, blickte dann auf das schlafende Kind, löschte die Lampe und schlüpfte leise in den Garten hinaus.

»Alle Kraft liegt nicht in der Schulter, sondern in der Hand«, klang Pawlows selbstbewusste Stimme vom Lagerfeuer herüber. »Hier, sieh mal.«

»So ein Halunke, wie konnte ich bloß ... ich hab den Kanal wirklich voll.« Das war Wadim, stockend, mit schwerer Zunge.

»Ja, Wadim, er hat dich elegant aufs Kreuz gelegt, da gibt's nichts zu deuteln.« Das war Sergej. »Da hast du den Mund ein bisschen voll genommen.«

Katja horchte: Offenbar hatten Wadim und Pawlow Armdrücken gemacht, und Pawlow hatte gesiegt.

»Katja, was machen Sie denn hier so ganz allein?« Er stand plötzlich vor ihr und versperrte ihr den Weg. Mit der Linken rieb er sich das rechte Handgelenk und ließ dabei keinen Blick von ihr.

»Der Junge ist eingeschlafen. Seid bitte etwas leiser.«

»Den weckt nicht mal eine Kanonenkugel.«

»Das hatte ich vergessen. Stimmt.«

»Möchten Sie Weintrauben?«

»Sie bieten mir ständig etwas an, Viktor.«

»Ist etwas Schlechtes daran?«

»Nein, ich bin einfach nur satt. Danke. Für uns wird es Zeit.«

»Sie wollen fahren?«

»Ja.«

Pawlow lächelte.

»Jetzt? Also, ich würde weder den einen noch den anderen ans Steuer lassen. Zu gefährlich. Ich selbst würde auch nicht mehr fahren.«

Katja blickte zu ihren Freunden hinüber. Ja, da hatte er allerdings Recht.

»Schlafen Sie lieber ein bisschen, Katja. Drüben im Zimmer steht noch ein zweites Sofa. Alles ist schon vorbereitet, Decke, Kopfkissen. Soll ich Sie hinüberbringen?«

»Nein, nein, danke.«

Er schaute sie immer noch so hartnäckig, spöttisch und traurig an.

»Sie brauchen keine Angst zu haben. Ich habe doch gesagt, ich rühre Sie nicht mehr an. Ich halte mein Wort.«

Katja ging ins Haus zurück und streifte die Sandaletten ab. Sie kroch aufs Sofa, rollte sich zusammen und starrte angestrengt in die Finsternis vor dem Fenster. Draußen zirpten wie verrückt die Grillen. Über die Bahnstation fuhr ein Zug und heulte in der Nacht. Hier kann ich doch nicht einschlafen, dachte sie. Ich kann und ich darf nicht. Ich muss ja ... ich muss ...

Eine Minute später schlief sie ruhig und atmete gleichmäßig. Sie träumte von Erdbeerbeeten. Blutrote Beete, die sich bis zum Horizont erstreckten.

Sie erwachte, als jemand sie sanft an der Schulter rüttelte. Im schläfrig-perlmuttfarbenen Dunst vor ihr schwebte das Gesicht Wadims, der sich übers Sofa beugte.

»He, du Schlafmütze, steh auf. Lass uns zum Baden fahren.«

»Wie spät ist es?«, flüsterte Katja.

»Kurz nach sechs. Ein Morgen wie aus dem Bilderbuch. Die Vögel singen. Das Wasser ist um diese Zeit wie warme Milch. Nun komm schon, steh auf!«

»Du bist verrückt ... Immer denkst du nur ans Vergnügen ...« Sie schloss die Augen und glitt wieder in ihren warmen, behaglichen Schlummer.

Dann aber ertönte ein Geräusch, von dem sie endgültig wach wurde. Sie öffnete die Augen und stützte sich auf den Ellbogen. Es war etwas Ungewöhnliches, das sie noch im Schlaf erschreckt hatte – ein unterdrücktes, leises Weinen.

Katja schwang die Beine vom Sofa.

»He! Wo seid ihr?«

Stille. Sie schlüpfte rasch in die Sandaletten und zog sich den zerknautschten Sarafan zurecht. Dann ging sie auf die Terrasse hinaus und sah, dass das Bett von Tien Zi leer war.

»Viktor? Wo seid ihr alle?«

Wieder keine Antwort. Katja stieg in den Garten hinunter. Im Gras und auf dem Laub der Bäume glitzerten Tautropfen. Der Morgen war grau und neblig, aber sehr warm.

Katja ging vorsichtig ums Haus herum – auch dort war niemand. Plötzlich schlug hinter ihr mit lautem Knall die Gartenpforte zu. Sie wandte sich um: Tien Zi kam von der Pforte her über den Weg gelaufen, im Schlafanzug und mit Pantoffeln an den bloßen Füßen. Auf einmal drehte er sich um und stürzte zurück, am Zaun entlang. Sein Gesicht hatte die braune Farbe verloren, es war gelblich bleich, erschrocken, Tränen liefen ihm über die Wangen. Bald fuchtelte er hilflos mit den Armen, dann presste er die Fäuste an die Brust, dann wieder begann er plötzlich gegen den Zaun zu schlagen. Während sie noch auf das Kind starrte, kam Katja mit einem Mal die Erleuchtung: Krueger, von ihm hat Kescha ja gesprochen, er ist es!

Als Tien Zi Katja erblickte, stieß er einen kurzen kehligen Laut aus, stürzte auf sie zu, fasste sie am Sarafan und zog sie wild gestikulierend hinter sich her.

»Tien! Was ist denn passiert, was ist los?«

Seine Händchen flogen durch die Luft. Katja beugte sich nieder und strengte sich an, dieser lautlosen Rede zu folgen. Ja, es bedeutete: Lass uns gehen; dann kam etwas Unverständliches, dann so etwas wie »Junge«, und wieder etwas Unverständliches. Er zog Katja zur Gartenpforte. Was wollte er ihr sagen? Da kam das »mein Herz«. Katja hob die Hand mit der Handfläche nach unten. So machte es Pawlow, wenn er Tien Zi zur Ruhe mahnen wollte.

»Langsamer, ich kann dir nicht folgen.«

Er wiederholte seine Gesten: wieder »Junge«, »lass uns gehen«, »mein Herz«. Katja nahm seine kleinen Hände und drückte sie fest.

»Mein Herz – das ist dein Papa, nicht wahr? Was ist denn geschehen? Was für ein Junge? Sollen wir zu ihm laufen? Wer ist es?«

Sie spürte eine Übelkeit, als hätte ihr jemand so heftig in den Magen geschlagen, dass ihr der Atem wegblieb. Vor ihren Augen wurde es dunkel, und die Beine wurden schwer wie Blei. Nein, nein! Was hatte sie sich nur gestern alles zusammenfantasiert, mit dieser Firma und dem Medikament, das für synthetische Drogen benutzt wurde. Nein!

Sie liefen durch die Pforte nach draußen. Tien Zi zog Katja die Straße hinunter, schlüpfte zwischen zwei Grundstücken in eine schmale Spalte zwischen den Zäunen und tauchte im Gebüsch unter. Dahinter begann ein Abhang, der in eine kleine Schlucht hinunterführte, auf deren Grund ein Bach plätscherte. Die Schlucht war höchstwahrscheinlich ein alter Schützengraben, der noch aus dem Krieg übrig geblieben war, als man auf den Zugangswegen nach Moskau Verteidigungsstellungen ausgehoben hatte.

Katja sprang in die Schlucht hinunter, verstauchte sich den Fuß und wäre beinahe in Ohnmacht gefallen: Es schien ihr plötzlich, ihr Traum von den Erdbeerbeeten ginge weiter – Blutrot auf Grün. Aber es war kein Traum, das Blutrot war direkt vor ihr auf den Blättern des niedrigen Strauches. Katja berührte die Blätter ungläubig – es war Blut, frisches Blut auf dem glänzenden Laub. Von der Seite erklang ein unterdrücktes, qualvolles Stöhnen, und von weiter her andere Geräusche: das Knacken von gebrochenen Zweigen, und noch etwas Unheimliches. Katja blieb wie angewurzelt stehen, unfähig, weiterzugehen. Los doch, du dummes Schaf, du Feigling, nun geh schon!, trieb sie sich an. Doch die Beine wollten dem Befehl nicht gehorchen. Das Kind umklammerte krampfhaft ihre Hand, zog sie vorwärts, und erst bei dieser lebendigen Berührung taute in Katja gleichsam etwas auf. Sie bewegte sich vorwärts, erst langsam, dann immer schneller. Am Grund der Schlucht lag etwas Schwarzes, Großes. Plötzlich flog ein rotverschmierter Arm in die Höhe, und eine Hand krallte sich in die Zweige. Katja erblickte Roman Shukow. Er kauerte tief gekrümmt am Boden. Unter ihm breitete sich auf dem graubraunen Lehmboden eine dicke rote Lache aus. Sein Gesicht war aschfahl, die aufgerissenen Augen glänzten fiebrig.

»Roman, mein Gott, was ist geschehen?«, flüsterte Katja.

Er versuchte aufzustehen.

»Er hat mich umgebracht ...« Die Luft pfiff in seiner Brust. »Ich wollte selbst mit ihm abrechnen ... und er hat mich umgebracht ... Er ist dort ... Rettet Kescha ... und helft dem anderen, sonst bringt er ihn auch um ... Er hat ein Messer ...«

Katja drückte den Kleinen fest an sich. Sie glaubte, nun alles zu begreifen. Die Angst, die sie beim Anblick der Blutlache gepackt hatte, verschwand. Sie holte tief Luft und ging auf die knackenden Zweige zu. Innerlich war sie schon gerüstet für den Anblick, den sie vorzufinden glaubte. Sie wusste nur nicht, wie sie allein mit ihm fertig werden sollte. Mit »Krueger« – dem »Krueger«, der sie noch vor wenigen Stunden mit Schokopflaumen und Erdbeeren bewirtet hatte.

Beinahe wäre sie über Kescha gestolpert. Der Junge lag im Wasser, die Arme mit einem Gürtel gefesselt, zerschrammt und schmutzig – aber lebend! Er quiekte vor Entsetzen und Schmerz wie ein kleines Tier.

Ihn von den Fesseln zu befreien, war keine Zeit. Katja sprang einfach über ihn hinweg. Zwei Motorräder, die ungefähr hundert Meter entfernt am Bach lagen, fielen ihr ins Auge. Sie waren ineinander verkeilt. Es sah so aus, als wäre die eine Maschine von der Straße abgekommen und in den Graben gestürzt, verfolgt von der anderen, die sich mit dem Lenker ins Hinterrad der ersten gebohrt hatte. Das zweite Motorrad war die schicke, schwarz-rote Maschine von Roman Shukow, das andere ... aber auch dafür hatte sie jetzt keine Zeit.

Wo konnte er sein? Dort drüben hinter dem Gebüsch? Katja arbeitete sich verbissen durch das dichte Gestrüpp.

Vor ihr öffnete sich eine schmale Senke voller Brennnesseln und wilden, stachligen Himbeersträuchern. Und dort war, wie sie vermutet hatte, Pawlow. Doch wieder blieb Katja wie angewurzelt stehen, erfüllt von Verwunderung und einem seltsamen Gefühl, das keine Erleichterung war, sondern etwas viel, viel Stärkeres. Bei Pawlow war noch jemand anders! Dieser andere war in eine Art Tarnuniform gekleidet; er war dunkelhaarig, braun und flink, hielt ein Messer in der Hand und versuchte, Pawlow damit zu treffen.

Plötzlich wurde Katja bewusst, dass sie wild und durchdringend schrie: »Hilfe, Hilfe! Er bringt ihn auch noch um! Wadim, Wadim, zu Hilfe!«

Noch nie im Leben hatte sie sich so erbärmlich, so hilflos und typisch weiblich verhalten (und später ärgerte sie sich unendlich über ihr furchtsames Geschrei), doch das Wunder geschah tatsächlich – und was war es anderes als ein Wunder? Wadim hörte Katjas Schreie. Wie sich herausstellte, waren Sergej und er doch nicht bis zum Kanal gefahren, sondern umgekehrt, weil dem Fürsten, der sich am Abend zuvor zu viel Schnaps genehmigt hatte, im Auto schlecht geworden war. Auf dem Rückweg hatte Katjas verzweifelter Hilfeschrei die Männer erreicht. Wadim kam als Erster angestürmt. Wie ein wilder Büffel brach er durchs Gebüsch, knickte Zweige und trat junge Bäumchen um. Sergej erschien etwas später.

Pawlow hatte dem Angreifer inzwischen das Messer aus der Hand geschlagen und ihn zu Boden geworfen. Der Mann stöhnte und knirschte mit den Zähnen. Sein linker Arm hing schlaff herab, wie gelähmt – Pawlow hatte ihn gebrochen. Doch immer noch versuchte der Mann, sich zu wehren, trat um sich, schlug mit den Beinen durch die Luft und stieß unzusammenhängende Schreie und Flüche aus. Was der siegreiche Pawlow dann mit ihm machte, blieb Katja wie ein Albtraum im Gedächtnis: das Knacken von Knochen, die Schmerzensschreie ..., dann ertönte ein entsetzliches Geheul, und das Gesicht des Mannes im Tarnanzug färbte sich rot vom Blut, das aus dem von Pawlow ausgeschlagenen Auge spritzte. Mit dem Fuß stieß Pawlow den schmerzverkrümmten Körper beiseite, schleuderte ihn auf den Rücken, griff mit beiden Händen nach seinem Hals.

Wadim schätzte die Situation blitzschnell richtig ein und warf sich zwischen die beiden.

»Hör auf, du Idiot! Du bringst ihn ja um und kommst selbst in den Knast!«, zischte er.

Pawlow schwieg, schwer atmend, und seine Arme spannten sich an.

»Ich breche ihm das Genick!«

»Es reicht jetzt, hör auf!« Wadim zog den Mann aus Pawlows Griff, wie man ein Pflaster vom Körper abzieht.

»Ihr Schweine ... lasst mich ...«, stöhnte der Mann.

Katja kam mit angehaltenem Atem näher. Das ist er, der Mörder von Stassik, dachte sie. Das ist Krueger? Dieser Mann?

Sie fiel vornüber auf die Knie. Alles verschwamm vor ihren Augen: das Blut auf den Blättern, die roten Beeren im grünen Gras. Aus dem Gebüsch tauchte Sergej auf, völlig außer Atem. Hinter ihm her hinkte Kescha Shukow, von seinen Fesseln befreit und verstört um sich blickend. Alle schrien und fuchtelten mit den Armen.

Dies alles floss vor Katjas Augen vorüber wie Regen über eine Fensterscheibe, und es dröhnte, als würde irgendwo in die Posaunen gestoßen, die einst die Mauern Jerichos zum Einsturz gebracht hatten.

Erst als Wadim sie aufhob und leicht wie eine Feder auf die Beine stellte, kam sie wieder zur Besinnung.

»Jetzt ist nicht der richtige Zeitpunkt, um in Ohnmacht zu fallen! Komm, Katja, reiß dich zusammen. Drüben im Gebüsch liegt ein Verwundeter, er muss ins Krankenhaus! Und der Knirps hier auch! Hörst du? Oben steht mein Wagen. Fahr zusammen mit Viktor zurück, aber vergesst Tien Zi nicht! Sergej und ich bringen den Kerl hier aufs Revier, möglichst weit weg von Viktor, sonst schlägt er ihn noch tot. Katja! Hörst du mich?«

»Er blutet. Pawlow hat ihm ein Auge ausgeschlagen.«

»Zum Teufel mit ihm! Ich schlage ihm auch noch das andere aus, wenn er Mätzchen macht. Na los, Katja, beweg dich!«

Pawlow, zerschlagen und zerrissen, kam aus dem Gebüsch. Er trug Roman Shukow. Dessen Arme baumelten herab, und sein Kopf war zurückgefallen wie bei einer kaputten Puppe. Sie legten ihn ins Auto auf den Rücksitz. Katja setzte sich neben ihn und bettete seinen Kopf auf ihren Schoß. Ihr Sarafan sog sich augenblicklich mit seinem Blut voll. Der zitternde Kescha und Tien Zi saßen eng nebeneinander auf dem Beifahrersitz.

Obwohl es Pawlow nicht gut ging, holte er aus dem Wagen das Letzte heraus. Die Bremsen quietschten. Roman Shukow war trotz seines großen Blutverlusts noch am Leben und atmete hastig und ächzend.

Schweigend fuhren sie zum Krankenhaus. Als Tien Zi ausstieg, um an der Pforte zu klingeln, öffnete Roman die Augen. Eine Sekunde lang starrte er erstaunt Katja an, als würde er sie nicht erkennen, dann flüsterte er:

»Ach, du bist das ... gut ... Ich weiß, ich sterbe ... Sag Sweta nichts! Sag ihr, ich wollte ... wegen Stassik mit ihm ab-

rechnen ... und hab's nicht geschafft ... er hat mich ... ich
sterbe ...«

»Du stirbst nicht.« Pawlow hob ihn vorsichtig aus dem
Wagen. »Alles wird gut. Hast du gehört? Wir sind schon im
Krankenhaus, gleich kommen die Ärzte. Wenn es wehtut,
beiß die Zähne zusammen. Im Krieg gab es noch viel
Schlimmeres. Du lebst und wirst noch lange leben. Ich
weiß, was ich sage.«

34 Ganymed

Diesen schwarzen Sonntag und die darauf folgenden Tage erlebte Katja wie im Traum. Das Kaleidoskop der
Orte, die sie aufsuchen musste, Krankenhaus, Miliz, Staatsanwaltschaft, kam ihr vor wie ein unendlicher Zug der Metro: als ob sie ständig aus- und wieder einstiege, und jedes
Mal säßen dort andere Leute, denen sie die ganze Zeit etwas erzählen, erklären und beantworten musste – und vor
allem musste sie sich bis ins Kleinste an das erinnern, was
sie ohnehin nie würde vergessen können.

Sie alle – Pawlow, Tien Zi, Wadim und Sergej – sitzen im
Büro von Sergejew. Auch Karawajew ist da, rot im Gesicht
und wutentbrannt. Man diskutiert über die Persönlichkeit
des Mannes, den Wadim und Sergej vor ein paar Stunden
blutüberströmt, zerschlagen und vor Schmerzen stöhnend
aufs Revier gebracht und den Mitarbeitern der Miliz übergeben hatten.

»Sieh mal einer an, unser freier Mitarbeiter«, presst
Sergejew bitter hervor. »Ach, Aljoscha, du warst naiv wie
ein Kleinkind. Kirjuschka Rakow – dein bester freier Mitar-

beiter! So eine Blamage. Der Killer sitzt unter uns und macht sich über uns lustig, und du ... und wir ...«

»Woher sollte ich das wissen?«, brummt Karawajew. »Kirjuschka Rakow und Freddy Krueger – was gibt's da für Parallelen?«

»Sag mal, wo hast du den eigentlich aufgegabelt?«, fragt Wadim leise und mitfühlend. »Statt dich zu Tode zu grämen, sag uns lieber, wo du ihn kennen gelernt hast.«

»Letztes Jahr, beim Fitness-Training. Ich dachte noch, was für ein netter, anständiger Kerl. Freundlich, rücksichtsvoll, immer gut drauf. Hat zuerst in Moskau gearbeitet, als Spediteur bei einem Jointventure-Unternehmen, das mit Tee und Kaffee handelt. Im Frühjahr hat die Firma in unserem Gewerbegebiet einen eigenen Pavillon eröffnet, und er ist hierher gezogen.«

»Wegen dieser Firma hat man mich schon aus dem Präsidium angerufen«, Sergejew tippt mit dem Finger aufs Telefon, »und mich gründlich heruntergemacht. Schon seit einem Monat läuft ein Strafverfahren gegen das Unternehmen. Die haben direkt vor unserer Nase mit Heroin gehandelt. Fast schon unter unserem Schutz!«

»Du selbst hast ihn damals bei der Tatortbesichtigung sogar als Zeugen genommen«, giftet Karawajew ihn an. »Das Protokoll mit seiner Unterschrift kannst du jetzt ins Klo schmeißen.«

Später im Auto, auf dem Weg zur Staatsanwaltschaft, besprachen Wadim und Sergej die Lage Pawlows. Er war auf dem Revier festgehalten worden, um genauere Aussagen zu machen. Wadim redete die ganze Zeit von »Notwehr«, und Katja war verblüfft über die zynische Ruhe, mit der er berichtete, wie und unter welchen Umständen man den Killer fertig machen musste, ohne dafür zur Verantwortung gezogen zu werden. Er hat die kämpfenden Männer in der Schlucht doch getrennt? Warum redet er jetzt so?, dachte Katja betrübt.

»Mit bloßen Händen gegen einen Mann mit einem Messer! Er ist schon ein Mordskerl, dieser Viktor! So was gefällt mir, davor habe ich Respekt. Wie er mit dem fertig geworden ist, was? Ich bin direkt neidisch.«

»Was ist das nur für ein Land«, sagte Sergej matt. »Wem kann man noch trauen? Da kommt so ein Kirjuschka Rakow – ein Freund und Helfer der Miliz, ein Hüter von Recht und Ordnung, obendrein noch Amateursportler –, und sieht man ihn sich genauer an, entpuppt er sich als Drogenhändler, Mörder und Kinderschänder.«

Dann saßen Katja und Pawlow in der Staatsanwaltschaft von Kamensk auf harten Klappstühlen und warteten, ins Büro des Untersuchungsleiters gerufen zu werden.

»Viktor, darf ich Sie etwas fragen?« Katja wartete mit heftig klopfendem Herzen auf die Antwort.

»Ja.«

»Wie haben Sie *ihn* bemerkt? Das kam doch alles so unerwartet.«

Pawlow saß vornübergebeugt, die Ellbogen auf die Knie gestützt. Auf seiner Wange sah Katja eine tiefe Schramme, auf dem Kinn eine weitere. Die Fingerknöchel waren zerschlagen.

»Ich konnte nicht einschlafen«, sagte er leise. »Gewöhnlich nehme ich abends ein Schlafmittel, aber wir hatten uns ja ordentlich was genehmigt, und dieses Zeug darf man nach dem Genuss von Alkohol nicht einnehmen.«

»Mit diesem Zeug meinen Sie Berlidorm, ja?« Katja blickte ihn nicht an. Sie brachte es nicht fertig.

»Ja. Ich leide unter Schlaflosigkeit. Nach dem Krieg hat es

angefangen, dann wurde es eine Zeit lang besser, aber in den letzten zwei Jahren ist es wieder schlimmer geworden. Man liegt im Bett und starrt in die Finsternis ... und dann betäubt man sich halt. Mir hat der Arzt das Zeug verschrieben, schon seit langem. Aber gestern habe ich es nicht genommen.« Er blickte zu Katja. »Wegen der Promille und auch noch wegen ... Ach, was soll's, ist ja dummes Zeug. Jedenfalls habe ich nicht geschlafen. Die Jungs waren zum Kanal gefahren – es war Viertel vor sechs. Tien Zi schlief, und Sie auch, Katja ... Ich dachte, ich könnte ein bisschen Brennholz holen. Im Schuppen steht ein uralter Samowar, so einer mit einem Schornstein. Ich dachte, ich fange den Morgen mit einem guten, starken, auf Kiefernzapfen geräucherten Tee aus dem Samowar an, dann wird's mir leichter. Als ich nach draußen ging, hörte ich, wie jemand mit einem Motorrad über die Straße fuhr.«

»Mein Gott, und ich habe nichts gehört!«

»Sie haben geschlafen«, wiederholte Pawlow und lächelte mit seinen zerschlagenen Lippen. »Ich habe Sie richtig beneidet. Na, ich bin dann zur Pforte hinaus und sehe am Ende der Straße meinen Nachbarn auf seinem Motorrad. Wir hatten uns schon früher getroffen, kannten uns aber nicht näher. Er hatte schon öfter nächtliche Spritztouren gemacht, ohne dass ich mich weiter dafür interessiert hätte. Aber da sehe ich, dass er offenbar von irgendwoher zurückkommt. Und plötzlich taucht aus dem Gebüsch ein Bursche mit Motorradhelm auf. Dann noch ein zweiter, kleinerer im Jogginganzug. Erst habe ich gar nichts begriffen. Dann sehe ich plötzlich, wie mein Nachbar den Burschen mit dem Helm an eine für Männer äußerst empfindliche Stelle tritt. Der Bursche heult auf, und der Mann schnappt sich den Kleinen. Aber der reißt sich los und rennt weg. Mein Nachbar wendet und fährt auf dem Motorrad hinter ihm her. Da wurde ich misstrauisch. Ich wollte hinübergehen, um nachzusehen, was los war, aber in dem Moment kam Tien aus dem Haus gelaufen. Zwei, drei Minuten war ich mit ihm beschäftigt. Der Bursche mit dem Helm hatte sich wieder aufgerappelt und raste mit seinem Motorrad an meinem Gartenzaun vorbei. Da wurde mir klar, dass zwischen denen was im Gange war. Ich renne ihm nach. Und Tien läuft hinter mir her. Ich rufe ihm zu: Geh nach Hause! Aber er denkt gar nicht daran. Wir liefen bis zur Schlucht. Da lagen schon die Motorräder im Graben. Ich springe hinunter und sehe Blut auf dem Laub. Und dieser Bursche, jetzt ohne Helm und ganz weiß im Gesicht, kriecht auf mich zu und hält sich den Bauch. Er hat ein Messer, flüstert er, er hat den Jungen ermordet. Helfen Sie uns. Und da habe ich endlich begriffen! Ich brauchte etwas länger, war noch nicht richtig nüchtern.« Er blickte aus seinen grauen Augen, in denen ein kaltes Feuer flackerte, wieder zu Katja. »Und bei Ihnen ... Ich hab mich dumm benommen. Seien Sie mir nicht böse.«

»Ich bin Ihnen nicht böse, Viktor.«

»Wirklich? Danke. Also, ich bin ins Gebüsch gestürzt. Der Mann hatte den Kleinen schon gepackt und ihm die Arme mit einem Riemen gefesselt. Der Junge schreit und windet sich. Und da sehe ich das Messer. Und der Mann sieht mich. Den Rest kennen Sie. Ob er wohl erschossen wird?«

»Kaum, wir haben ja jetzt ein Moratorium für die Todesstrafe.«

»Aha, ein Moratorium.« Pawlow grinste schief. »Er behandelt ein Kind wie ein Tier, verhöhnt es und sticht es ab. Ein zweites Kind versucht er zu vergewaltigen, und Ihrem

Biker schlitzt er den Bauch auf. Und nichts geschieht? Ich hätte ihm gleich den Hals umdrehen sollen!«

»Das wäre Mord.«

»Na und? Irgendwer muss so ein Monster doch erledigen.«

In diesem Augenblick öffnete sich zu Katjas Erleichterung die Tür des Büros, und sie wurden zum Untersuchungsleiter gerufen.

Später erfuhr Katja, dass Roman Shukow noch am selben Morgen operiert worden war. »Eine tiefe Stichwunde, Bauchfell und Darm sind verletzt, es war schwierig – er hatte viel Blut verloren«, berichtete ihr Saizew. »Wärt ihr ein paar Minuten später gekommen, hättet ihr den Jungen nicht mehr lebend ins Krankenhaus gebracht. Aber jetzt wird er wohl durchkommen, meint der Arzt.«

Im Gedächtnis blieb Katja auch, wie Pawlow, als er auf sein Verhör wartete, von Sweta Korablina umarmt und geküsst worden war; dann hatte sie leidenschaftlich und so laut gerufen, dass alle es hören konnten:

»Ich danke Ihnen! Für alles. Besonders dafür, dass Sie dieses Schwein zum Krüppel geschlagen haben. Hätte ich die Kraft, ich hätte ihn mit eigenen Händen in Stücke gerissen!« Sie streckte ihre schmalen, blassen Hände vor und ballte sie zu Fäusten. Ihre Augen funkelten.

Katja war ganz kalt ums Herz geworden. Diese stille Lehrerin – wer hätte das gedacht! Die Leidenschaft verwandelt den Menschen, und nicht nur in antiken Tragödien. Leidenschaft, Rache, Zorn, Liebe – diese Gefühle sind wie ein Taifun. Er kommt angebraust und wirbelt uns herum, und auf einmal sind wir ganz andere Menschen. Wir zeigen unser zweites, geheimes Gesicht.

Wie meins wohl aussieht?, fragte sich Katja. Wie hat damals die Balaschowa gesagt? Vieles ist im Homo sapiens verborgen, Unbegreifliches, Erschreckendes. Die Pathologie der Seele.

Erst gegen Abend, bei Ira Gretschko im Büro, atmete sie ein wenig auf. Ira stellte keine Fragen, sagte nicht einmal etwas Mitfühlendes. Sie stellte bloß den Wasserkocher an und machte Katja einen starken Kaffee.

Auch Sergejew fand sich am Abend bei Ira ein. Ein leichter Alkoholgeruch ging von ihm aus.

»Nach den Spuren dieses Rakow werden wir im ganzen Bezirk suchen müssen«, erzählte er und rührte langsam den heißen Kaffee um. »Bestimmt hat er noch mehr auf dem Kerbholz.«

»Hast du ihn gesehen?«, fragte Ira. »Wie benimmt er sich jetzt?«

»Na, wie schon. Entweder flucht er entsetzlich, oder er heult Rotz und Wasser. Er ist von oben bis unten verbunden und in Gips. Wir werden ihn uns vorknöpfen, sobald er wieder einigermaßen hergestellt ist und aus dem Lazarett entlassen wird. Vorläufig haben wir nur herausbekommen, dass die Firma, wo dieser Kirjuschka Rakow – oder Krueger – angeblich beschäftigt war, eine bloße Erfindung ist. Das Kaffeegeschäft ist lediglich Tarnung, in Wirklichkeit handeln sie mit Drogen: Marihuana, Opium und Heroin. Die Ware bekommen sie aus Mittelasien und Fernost, und gelagert wurde alles hier bei uns im Gewerbegebiet in einem angemieteten Speicher. Lange hat das Zeug nie dort gelegen, nur fünf bis sieben Stunden. Man hat sofort die Verkäufer eingeschaltet. Offenbar hatten sie ein ganzes Netz davon. Krueger selbst hat niemals Drogen genommen und auch niemandem welche verkauft. Er ist ein geriebener Gauner. Als diese Biker-Bewegung hier in der Stadt anfing und alle Jugendlichen Motorräder haben wollten, hat er gleich kapiert, wo er sich seine Arbeitssklaven beschaffen konnte. Shukow war nicht der Einzige, der für ihn gearbeitet hat, fast jeder Zweite aus dem Rudel hat das schon getan.« Sergejew seufzte. »Dann hat ihr Anführer Akela beschlossen, seine Macht zu zeigen: Er hat seiner Bande verboten, vor Krueger zu kuschen. Ihm war der Kamm geschwollen – hier bin ich Kaiser und Gott, mein Wort ist Gesetz. Na, und so war es denn ja auch. Daraufhin hat Rakow beschlossen, anders vorzugehen. Er hat sich bei uns angebiedert und wurde einer unserer ›Freien‹. Bei allen Drogenrazzien setzen wir ja immer die ehrenamtlichen Mitarbeiter ein. Auf diese Weise hat Kirjuschka also auf sich selbst Jagd gemacht, gemeinsam mit uns Trotteln. Und immer war er durch uns bestens informiert, wo die nächste Razzia stattfinden würde.

Als Arbeitssklaven heuerte er mittlerweile die kleineren Jungen an. In Moskau ist das schon seit langem üblich: Den Stoff setzen dort heimlich die Fünft- und Sechstklässler ab – nachts, auf Bahnhöfen, vor Nachtclubs und Casinos. Wie wir jetzt wissen, hat Kescha Shukow schon seit dem Winter mit Drogen gedealt, ohne dass sein Bruder etwas davon wusste. Er hat es mir selbst gestanden und gesagt, er hätte für ein Motorrad gespart. Ich brauchte das Geld, hat er erklärt. Jeder will schließlich was vom Leben haben, das waren seine Worte. Wie alt ist er eigentlich, Katja? Zehn?«

»Elf.«

»Elf. Tja, so sieht das bei uns aus. Stassik hat er Krueger schon Anfang Juni zur Begutachtung vorgeführt. Der Kleine war einen Monat vorher mal beim Rudel gewesen, und da hat es ihn erwischt, wie Kescha sich ausdrückte – er wollte unbedingt auch ein Motorrad. Und sein Freund Kescha hatte immer reichlich Geld, hatte sich erst vor kurzem für eine Million auf dem Flohmarkt Turnschuhe mit Glühbirnen gekauft. Kein Wunder, dass Stassik neidisch war. Leider – und das war Stassiks Pech – wollte Krueger von ihm noch etwas anderes. Was die Drogen betrifft, hat Stassik bei Rakow klein angefangen. Er hat einen Joint vor der Disco verkauft und dafür etwas Geld bekommen. Dann noch einmal und noch einmal. Und dann hat Krueger ihm eine doppelt so hohe Summe geboten, aber nicht dafür ...« Sergejew seufzte tief. Sein Gesicht war grau, müde und finster. »Dem Mädchen, dieser Lehrerin, meine ich, habe ich nichts davon erzählt. Der Junge war gerade mal zehn, den trifft keine Schuld für Dinge, die so ein Erwachsenenschwein zu verantworten hat.

An jenem Morgen hat Rakow Stassik eine kleine Partie Marihuana gegeben. Abends sollte er noch mehr kriegen. Die erste Partie sollte Stassik den Soldaten verkaufen. Wie er die Zeit bis zum Abend verbracht hat, werden wir wohl nie mehr erfahren. Vielleicht war er am Kanal und hat gebadet, vielleicht hat er sich auch bei den Datschen in Bratejewka herumgetrieben. Gegen acht Uhr, als im Club die Disco anfing, ist er jedenfalls mit der Vorortbahn nach Kamensk zurückgekehrt.

Auf dem Bahnhof hat er sich mit Krueger getroffen. Der hat dem Jungen fünf Streichholzschachteln mit Marihuana gegeben und ihn angewiesen, bis zum Ende der Disco zu warten, um ihm dann das Geld abzuliefern. Das war bei ihnen so üblich, dass sie nachher abrechneten. Stassik hat es auch so gemacht. Die Disco war um halb zwei Uhr zu Ende. Wir haben die Gäste verhört, aber natürlich will keiner etwas gesehen oder gehört haben, was nicht weiter verwunderlich ist. Aber es hat sich folgendermaßen abgespielt:

Rakow hat Stassik angeboten, ihn mit seinem Motorrad nach Hause zu fahren. Unterwegs, sagt er aus, packte ihn plötzlich die Lust, aber Stassik hätte sich geziert und gesagt, er sei müde und wolle schlafen. Rakow ist auf die Müllkippe gefahren und wollte den Jungen zwingen, ihm zu Willen zu sein. Der hat sich geweigert und Geld im Voraus verlangt. Sie gerieten in Streit. Rakow hat das Messer gezogen, angeblich nur, um den Jungen einzuschüchtern. Aber der ließ sich nicht bange machen.« Sergejew zog ein zerknittertes Blatt Papier aus der Tasche und strich es auf dem Tisch glatt. »Hier ist Kruegers offenherziges Geständnis.« Er begann monoton und leidenschaftslos vorzulesen: »Korablin schrie, ich wäre ein Homo, er würde mich hassen und fände mich widerlich, und wenn erst mal sein Bruder aus dem Gefängnis käme, würden sie mich fertig machen. Dann hat er wieder Geld gefordert. Und da kam es über mich. Ich hab mit dem Messer auf ihn eingestochen. Wie oft, weiß ich nicht. Der Junge war ganz still, hat nicht gestöhnt. Der Mond schien hell, aber dann kam eine Wolke, und es wurde dunkel. Als mir klar wurde, dass der Junge tot war, habe ich mich aufs Motorrad gesetzt und bin weggefahren. Unterwegs fing es heftig an zu regnen.«

Katja schloss die Augen. Wie ruhig er das vorgelesen hatte. Das können nur Polizisten, Staatsanwälte und Richter. Und Gerichtsmediziner. Ja, und vielleicht noch Radiosprecher.

Wadim verzog angewidert die Lippen.

»Ein frühreifes Bürschchen«, sagte er.

Und Sergej meinte traurig:

»Tja, ein moderner Ganymed, der Geliebte des großen

Zeus. Von solchen Jungen gab es im antiken Rom ganze Heerscharen. Es heißt, dass besonders Knaben aus Alexandria geschätzt wurden, und alle im selben unschuldigen Alter, von acht bis zwölf. Wer Lust hatte, bediente sich ihrer: Dichter, Patrizier, Philosophen und Heerführer. Alle. Sowohl Petronius wie Platon, sowohl Catull wie Martial. Wieso verziehst du das Gesicht, Katja? Das ist unser Leben. So war es immer, und so wird es immer sein. Das Leben ist ein fauliger Sumpf, der aus Schmutz und unseren eigenen Exkrementen besteht und in dem wir Bläschen werfen.«

Katja verzog nicht das Gesicht, sie biss sich auf die Lippen, um nicht grob zu werden.

Männer!, dachte sie. Was begreifen sie schon? Über wen sitzen sie zu Gericht? Über ein Kind. Einen zehnjährigen Jungen. Seinen Vater hat er nicht gekannt, seine Mutter hat ihn vor die Tür gesetzt, damit er ihr Liebesleben nicht stört. Sein Bruder sitzt im Gefängnis. Die Frau seines Bruders hat sich einen Liebhaber zugelegt. Er, Stassik Korablin, war allen im Wege. Zehn Jahre, und nichts als Schmutz, Tränen, Scham und Schmerz. Zehn Jahre und neunundzwanzig Stichwunden: fast drei für jedes Lebensjahr. Ganymed ... Was verstehst du schon davon, Fürst? Man sollte euch alle, die ihr so zufrieden und satt seid und aus den besten Moskauer Familien kommt, gebildet und kultiviert, mit der Nase in diesen stinkenden Sumpf stoßen, in dieses Leben ...

»Möchtest du dir Rakow nicht mal ansehen?«, fragte Sergejew Katja, als sie nach Hause fahren wollten.

»Weißt du, Sascha«, Katja zögerte einen Moment. »Zum Teufel mit ihm. Richte ihm aus, er kann von mir aus krepieren. Und einen Artikel über ihn werde ich garantiert nicht schreiben. Ich möchte, dass man ihn so schnell wie möglich vergisst, dass sich niemand mehr auch nur an seinen Namen erinnert.«

»Wie du meinst.« Sergejew wirkte enttäuscht. »Schließlich ist der Fall aufgeklärt. Und du hast auch dazu beigetragen.«

»Wir haben gar nichts dazu beigetragen, Sascha. Wäre Viktor Pawlow nicht gewesen, hätten wir jetzt noch zwei Leichen mehr.«

Und noch eine letzte Szene blieb Katja im Gedächtnis. Es war am Dienstagabend. Wadim lag auf dem Sofa, sie neben ihm. Er streichelte ihr das Haar.

»Du bist noch ein richtiges kleines Mädchen, Katja. Tust immer so mutig und trägst die Nase so hoch. Aber als ich dich um Hilfe schreien hörte, habe ich sofort begriffen, dass du anders bist.« Er nahm ihre Hand, drückte sie, strich über ihre Finger. Dann küsste er behutsam jeden einzelnen: »Mai, April, März, Februar ...«

Katja drückte ihr Gesicht an seine Schulter. Zorn, Trauer, Bitterkeit, alles verging, wenn er so bei ihr lag.

»Ich bin zur Schlucht gerast wie dein geliebter Neandertaler aus dem Museum. Bloß eine Steinaxt fehlte mir noch. Um mein Weibchen zu verteidigen.« Wadim grinste und kitzelte ihr den Hals. »Die uralten Instinkte sind immer noch da – und absolut unfehlbar. Aber warum hattest du dort eigentlich so einen Bammel? Wieso ist dir das Herz in die Hose gerutscht?«

»Mir ist nicht das Herz in die Hose gerutscht. Ich dachte nur, der Mörder sei ...«

»Wer?«

»Pawlow.«

»Viktor?«

»Na ja ...« Katja stützte sich auf den Ellbogen. »Dieser Rakow tauchte ja völlig überraschend auf der Bildfläche auf.

Aus dem Nichts, wie in einem schlechten Krimi. Ich weiß gar nichts über ihn und will auch nichts wissen. Aber Pawlow ... Erstens hat er sich sehr für diesen Fall interessiert ... dann stellte sich heraus, dass er die Retschnaja-Straße kennt. Und Sergej hat von seiner Firma gesprochen ... und dann stand dieses Medikament auf seiner Fensterbank. An dem Abend kam mir der Verdacht, er könne es sein, und ich war sehr erschrocken. Morgens kam dann Tien Zi und hat mir alles so erklärt, dass ich in der festen Überzeugung, Pawlow sei der gesuchte Mörder, losgerannt bin. Verstehst du? Ich war heilfroh, dass er es nicht war! Ich habe Gott im Himmel gedankt.«

»Du bist mir vielleicht ein Spürhund.« Wadim zog sie an sich und umarmte sie fest. »Weißt du übrigens, dass man Pawlow noch in einem anderen Fall belästigt? Er hat Sergej und mir erzählt, dass dein Kolossow vor kurzem bei ihm aufgetaucht ist.«

»Kolossow? Bei Pawlow? Wieso?«

»Kolossow ist ja hinter dem Altweibermörder her. Das ist vielleicht ein Meisterdetektiv. Wenn ihr euren zweiten durchgeknallten Killer genauso tollpatschig sucht, dann wasche ich meine Hände in Unschuld. Wirklich, Katja, du musst zugeben, der Mann ist völlig inkompetent.«

»Wieso ist er denn ausgerechnet zu Pawlow gefahren?«

»So richtig hab ich das auch nicht kapiert. Irgendwelche steinzeitlichen Werkzeuge spielen jetzt plötzlich eine Rolle.«

»Ach ja, damit hat man die Frauen erschlagen, ich weiß.«

»Ja, und Viktor hat zusammen mit den Leuten vom Institut diese Steine auf die Station in Nowospasskoje transportiert. Das hat er uns selbst gesagt. Und jetzt will man ihn dafür belangen. Er hat sich deswegen schon ziemlich aufgeregt. Weißt du, Katja, sag deinem neunmalklugen Kolossow Folgendes: Viktor Pawlow kann so kraftvoll zuschlagen, dass er für so was keine Steine braucht. Hast du gesehen, wie er diesen Kinderschänder fertig gemacht hat? Und das mit bloßen Händen. Auf einen Gegner, der mit einem Messer bewaffnet war, ist er losgegangen und hat gesiegt. Mich hatte er am Abend zuvor ja auch in null Komma nichts aufs Kreuz gelegt. Du kannst deinem Sherlock Holmes also ausrichten, er soll nicht so blöd sein und seine Zeit mit Viktor verschwenden. Den wird die Staatsanwaltschaft sowieso noch wegen dieser Notwehr in die Mangel nehmen.«

35   Am Donnerstag nach dem Gewitter

Am Donnerstag verschlief Sergej und erschien deshalb erst um zwölf Uhr mittags im Museum für Anthropologie, Paläontologie und prähistorische Kultur. In der Nacht war ein schweres Gewitter über Moskau gebraust. Sergej war vom Rollen des Donners und dem aufs Dach prasselnden Regen wach geworden und hatte daran denken müssen, wie in seiner Kindheit die Hausangestellte seiner Eltern, Tante Klawa, ihm gesagt hatte, ein solches nächtliches Juligewitter nenne man eine Spatzennacht: »In solchen Nächten, mein Kind, mustert der Teufel die Spatzen aus: Die einen bringt er um, die anderen lässt er frei.«

Als er durch den Park zur Trolleybusstation am Kamenny Most ging, ertappte er sich dabei, dass er unwillkürlich im Gras unter den Bäumen nach kleinen Vogelleichen Ausschau hielt. Zum Glück saßen alle Spatzen heil und unversehrt auf den Bäumen, zwitscherten munter und freuten sich über die warme Sonne.

Im Vestibül des Instituts hielt er sich eine Weile bei der alten Wächterin auf, die gerade mit Hingabe telefonierte und tratschte.

»Marja Petrowna, für mich soll hier der Schlüssel zu Raum 207 hinterlegt sein.«

Die Wächterin klemmte das Telefon mit der Schulter fest und begann in den Tischschubladen zu wühlen.

»Erzähl mir keine Märchen, die kenne ich schon länger als ihr alle zusammen, schließlich sitze ich gottlob schon fünfundzwanzig Jahre hier«, knarrte sie dabei in den Hörer. »Und die war immer schon so geizig, und jetzt, im Alter, ist sie's erst recht. Hat sie es etwa nötig, so ein Knickstiebel zu sein? Ihr erster Mann war ein hohes Tier, und der zweite ebenfalls ... war Schauspieler oder Dirigent. Mit dem ist sie durch die ganze Welt gejuckelt. Die hatten Geld wie Heu ... Aber dass sie ihrem Neffen mal was gibt, damit er dem Kleinen was zum Spielen oder ein neues Mäntelchen kaufen kann – da kannst du lange drauf warten. Ist ja nicht ihr eigen Fleisch und Blut. Ich begreife das nicht. Ekelt sie sich vor ihm, oder was? Hier im Museum wundern sich alle. Er? Nein, er macht alles selbst, sie hilft ihm nicht. Vermutlich erkennt sie den Kleinen nicht an ... Das sag ich ja – der pure Geiz. Aber ins Jenseits kann man auch nichts mitnehmen, das bleibt alles hier ...« Sie schaute Sergej an. »Hier ist Ihr Schlüssel, bitte sehr.«

Sergej ging auf die Treppe zu. Die Wächterin schimpfte weiter ins Telefon. Auf wen, war nicht schwer zu erraten: auf die Balaschowa. Offenbar war von ihrer Abneigung gegen das von Pawlow adoptierte Kind die Rede. Sergej war das bereits seit geraumer Zeit aufgefallen, hielt sich aber nicht für berechtigt, Pawlow auf diesen für ihn offenbar wunden Punkt anzusprechen.

Im Flur erblickte er zu seiner Überraschung gleich mehrere unbekannte Gesichter. Er hatte sich schon an die Grabesstille der leeren Museumssäle gewöhnt. Nun kam ihm auf staksigen dünnen Beinen ein junger Mann mit Brille und Schlabberpulli entgegen. An der Treppe standen zwei ältere Männer und unterhielten sich. Den einen – er trug eine Beinprothese –, hatte er schon auf der Totenfeier bei der Balaschowa gesehen, es war der Laborleiter Puchow. Aber der andere, der hoch aufgeschossen und mager wie eine Bohnenstange war und eine dichte graue Haarmähne hatte, war ihm völlig unbekannt.

»Wo ist Ninel Grigorjewna?«, erklang es plötzlich hinter ihm. Sergej drehte sich um und erblickte einen kräftigen, glattrasierten kleinen Mann in einem bunten Hemd, das über einer sackartigen, weiten grauen Hose hing. Seine Frage war an Puchow gerichtet.

»Heute Vormittag hab ich sie noch gesehen, aber wo sie jetzt ist, weiß ich nicht. Wahrscheinlich in ihrem Zimmer. Beeilen Sie sich, Oleg. Das Geld ist vor einer halben Stunde gebracht worden, es wird in Zimmer 118 ausgegeben«, erwiderte der Alte munter.

Während dieses kurzen Gesprächs war im Flur ein weiterer Unbekannter erschienen – ein sympathisch aussehender, brünetter junger Mann mit einem stutzerhaften Schnurrbart. Er trug hellblaue Jeans und eine dazu passende Jacke. Bei seinem Anblick erstarrte der glattrasierte Kleine.

»Du ... du bist das?«, flüsterte er stockend. »Konstantin ... du bist entlassen worden?«

Der Brünette wurde flammendrot und blickte sich rasch um.

»Komm, wir müssen was besprechen«, sagte er heiser.

Die beiden verschwanden hinter der Tür eines Hörsaals. Sergej blickte ihnen verständnislos nach.

Bevor er sich an seine Arbeit setzte, beschloss er, Pawlow aufzusuchen. Er wusste, dass die Balaschowa ihn gebeten hatte, als ihr Leibwächter zu fungieren und sie heute Morgen zur Bank zu begleiten. Vielleicht war er ja noch da? Tatsächlich entdeckte er ihn im Zimmer neben der Buchhaltung, vor der sich die Leute drängten, fast alles ältere Menschen. Es stellte sich heraus, dass zusammen mit den Geldern für die wissenschaftlichen Forschungen und den Lohngeldern auch irgendwelche Unterstützungen an die Kriegs- und Arbeitsveteranen ausgezahlt wurden, die früheren Mitarbeiter des Instituts.

Pawlow saß auf der Ecke eines ans Fenster geschobenen Tisches und telefonierte eifrig.

»Hallo, Bodyguard!«, begrüßte ihn Sergej. »Na, hast du einen neuen Job gefunden? Du wirst Wadim noch Konkurrenz machen.«

Pawlow drückte ihm wortlos die Hand und drehte von neuem die Wählscheibe.

»Ich versuche gerade, bei uns im Büro anzurufen. Entweder ist besetzt, oder es geht keiner dran. Vielleicht sind sie alle ausgestorben, wie die Mammuts.«

»Hat man dich wieder aus der Sommerfrische gerissen, du Ärmster«, bedauerte ihn der Fürst. »Irgendwie hast du mit deinem Urlaub kein Glück, Viktor. Tut dir die Hand nicht weh?«

»Nein. Und wer redet hier von Urlaub!« Pawlow war sichtlich erbost. »Meine Tante kommt ständig mit etwas

Neuem. Jetzt darf ich ihren privaten Geleitschutz spielen. Als hätte ich nichts Besseres zu tun, als ihr Geld zu bewachen!«

»Habt ihr das Geld schnell bekommen?«, warf Sergej beschwichtigend ein.

»Die Bank hatte gerade erst aufgemacht, als wir kamen. Deswegen musste ich den Jungen heute früh um fünf wecken und nach Hause bringen. Meine Nachbarin passt jetzt auf ihn auf. Bekommen haben wir's schnell, aber dann hat es ewig gedauert, bis es nachgezählt war und ich ein Taxi gekriegt habe und wir uns durch die Staus gequält hatten. Die Vorortbahn habe ich verpasst – die nächste fährt erst wieder um drei. Mit dem Ergebnis, dass der ganze Tag futsch ist.«

»Das ist wirklich ärgerlich. Aber weißt du was – ich arbeite hier bis halb drei, und dann fahren wir zu mir und ruhen uns erst mal aus. Und von Sergej Meschtscherski bis zu deiner Datscha ist es nicht weit, das weißt du ja.«

»Na gut, jetzt kommt's eh nicht mehr darauf an. Aber lass uns vorher noch zu mir fahren und meinen Jungen abholen. Um halb drei? Wenn ich bis dahin niemanden erreicht habe, kann ich auch noch rasch in der Firma vorbeischauen. Ich muss ein paar Sachen mitnehmen.«

Pawlow blieb am Telefon, und Sergej begab sich in den zweiten Stock in das Zimmer, für das ihm die Balaschowa den Schlüssel hinterlegt hatte.

Er schloss die Tür auf, öffnete das Fenster weit, um die muffige Luft hinauszulassen, und setzte sich an den Schreibtisch. Aber er konnte sich nicht auf seine Lektüre konzentrieren – ständig nickte er ein. Er schielte auf den gewichtigen Folianten, der auf dem Fensterbrett lag: »Der fossile Mensch. Sammelband der Akademie der Wissenschaften der UDSSR«. Wie grauenhaft öde!, dachte er. Wieso tue ich mir das an?

Im Zimmer rechts neben ihm öffnete jemand ebenfalls das Fenster. Einen Moment war ein Radio zu hören, dann verstummte es wieder – man hatte es ausgeschaltet. Sergej zog seine Papiere näher zu sich heran.

Nebenan ging plötzlich irgendetwas laut scheppernd zu Bruch. Jemand schrie kläglich auf. Sergej runzelte die Stirn. Was war da drüben los? Hatte sich da ein Schädel selbstständig gemacht? Eine tiefe Stimme am anderen Ende des Flurs rief laut:

»He, ist da jemand? Kann ich reinkommen? Machen Sie bitte auf. Ich muss an das Arzneischränkchen!«

Jemand klopft Sturm bei der Balaschowa, dachte Sergej. Das Arzneischränkchen ist bei ihr im Zimmer. Aber wo ist *sie* denn eigentlich?

Er überflog die Seite zu Ende, dann trat er auf den Flur hinaus. Niemand war zu sehen. Plötzlich hörte er, wie jemand langsam und schwerfällig die Treppe hinaufstieg, die vom Saal mit den Schädeln in den ersten Stock führte. Dieser Jemand entpuppte sich als Olgin. Er schien Sergej gar nicht zu bemerken, ging an ihm vorbei, blieb dann plötzlich stehen und drehte sich um.

»Guten Tag.«

»Guten Tag, Alexander Nikolajewitsch.«

Olgin ging weiter, unsicher, als würde er den Weg nicht richtig kennen. Wieder war Sergej von seinem Blick schockiert: Die Augen in Olgins sonnengebräuntem Gesicht ähnelten schwarzen Abgründen – glanzlose Leere, völlig ausdruckslos. Olgin schlurfte weiter zu seinem Zimmer, dem letzten auf der linken Seite des Flurs. Die Tür schlug hinter ihm zu, der Schlüssel drehte sich zweimal im Schloss.

Sergej ging ebenfalls in sein Zimmer zurück. Doch die Lust auf wissenschaftliche Studien war ihm mittlerweile vergangen. Was hatte dieser Anthropologe doch für seltsame Augen! Es lief einem kalt den Rücken hinunter. Wären seine Pupillen verengt gewesen, hätte man vermuten können, dass ... Aber nein, seine Pupillen waren erweitert, als hätte er sich literweise Atropin hineingeschüttet.

Derjenige, über den Sergej sich diese Gedanken machte, ließ sich kraftlos auf einen Stuhl fallen und blieb regungslos sitzen, den Kopf auf die verschränkten Arme gelegt, sobald er sich in seinem engen Zimmer mit den zum Schutz gegen die Sonne zugezogenen grünen Portieren befand. Er hörte nichts als das Rauschen des Blutes in seinen Schläfen und die wilden Schläge seines Herzens. Als die Schwäche und der Schwindel, die ihn seit dem frühen Morgen bei jeder jähen Bewegung quälten, ein wenig nachließen, hob er vorsichtig den Kopf und griff nach der Sporttasche, die auf der Fensterbank stand. Aus dem Seitenfach nahm er eine zugelötete Ampulle und eine in Zellophan eingeschweißte Spritze. Er warf einen Blick auf die Armbanduhr. Seit seiner letzten »Sitzung« waren genau sechzehn Stunden vergangen. Es war wieder an der Zeit. Heute brauchte er nur zwei Milligramm zu nehmen, in sechzehn Stunden noch einmal die gleiche Dosis, dann musste er eine Unterbrechung von vier Tagen einlegen und danach sechs Milligramm spritzen. Und dann ... Dies war die letzte Partie des Präparats. Es waren nur noch drei Ampullen übrig. Wenn auch diese Partie keine Ergebnisse brachte, konnte man unter die ganze Sache einen Schlussstrich ziehen und alles als den misslungenen Versuch von Doktor Faustus betrachten, die Zeit zurückzudrehen.

Behutsam riss er die Hülle von der Spritze ab. Er musste sich zusammennehmen und zur Geduld zwingen. Sogar Humphrey hatte das gelernt – geduldig zu sein. Armer Humphrey ...

Er wollte sich gerade schon gewohnheitsmäßig die Hose aufknöpfen, hielt aber inne. Nein, nicht in die Hüfte. Dort war schon alles zerstochen. Heute musste er unbedingt eine Pause einlegen. Ein kleiner Einstich in der Armbeuge – das würde völlig unauffällig sein. Niemand würde Verdacht schöpfen.

Die Nadel senkte sich in die Vene. Sein linker Arm, den er sorgsam auf den Tisch gelegt hatte, begann sofort leicht zu zittern. Ja, das war es. Es fing an. So schnell! Halt aus, halt aus!

Die Spritze rutschte ihm aus der Hand und fiel zu Boden. Olgin senkte den Kopf und grub seine Zähne in die rechte Hand, um einen Schmerzensschrei zu unterdrücken. Halt aus, ringsum sind viele Menschen, sie könnten dich hören! Gleich ist es vorbei. Noch ein Moment, und ...

Ein Blitz flammte in seinem Hirn auf und durchdrang seinen Körper. Jede Zelle, jeder Nerv vibrierte.

Olgin schnappte krampfhaft nach Luft, und plötzlich geschah es. Er sprang gleichsam irgendwohin, flog immer tiefer und tiefer, drehte sich wie ein schwereloses Blatt in der dichten, schwülen Finsternis, die ohne Ende und Grenze war ...

Sergej hörte einen seltsam dumpfen Laut, als wäre etwas Schweres zu Boden gefallen. Er hob den Kopf. Nein, wahrscheinlich hatte er sich verhört. Vielleicht wurde draußen etwas verladen. Er las zwei Seiten weiter. Dann wurde er erneut abgelenkt: Aus dem Flur drang das Geräusch von federnden Schritten – offenbar rannte dort jemand sehr schnell vorbei. Sieh an, wie man hier hinter dem Geld her ist, ging es ihm durch dem Kopf. Tempo, Tempo, Herr Neandertaler, sonst kommst du noch zu spät! Er vertiefte sich wieder in seine Lektüre.

Erst um halb drei wurde er wieder aus seiner Arbeit gerissen: Das Telefon klingelte. Es war Pawlow. »Na, alter Junge, bist du startklar? Dann komm runter, ich warte hier unten im Vestibül.« Erleichtert packte Sergej seine Bücher zusammen und massierte sich das steif gewordene Kreuz. Über die Schlucht von Oldoway und die Ausgrabungen von Louis Leakey war er inzwischen hinreichend informiert. Er beschloss, vorher noch kurz bei der Balaschowa vorbeizuschauen und sich von ihr zu verabschieden. Doch auf sein Klopfen antwortete niemand. Er rüttelte an der Tür. Sie war verschlossen. Er ging den Flur hinunter. Im Institut herrschte nach wie vor gesittete Stille. Die hauen jetzt alle ihren Lohn auf den Kopf und brauchen keine Wissenschaft, dachte Sergej, während er auf die Museumssäle zuging, um ein letztes Mal hindurchzuschlendern. Aber ich muss Ninel Grigorjewna finden. Es wäre zu unhöflich, einfach so zu gehen.

Da wurde plötzlich die Tür, die vom Schädelsaal zur Treppe führte, krachend aufgerissen, und der unbekannte junge Mann mit Brille und Schlabberpullover, den Sergej schon zuvor gesehen hatte, tauchte auf. Er klammerte sich mit seiner mageren Hand krampfhaft an den Türpfosten und bemühte sich, etwas zu sagen, brachte aber kein Wort heraus. In seinem Gesicht zuckte es nervös.

»Zu Hilfe«, flüsterte er schließlich. »Da am Fenster ... sehen Sie selbst. Ich kann nicht, mir wird schlecht.«

»Was ist dort denn?« Sergej erstarrte.

»Sehen Sie ... mein Gott, sehen Sie es sich selbst an!«

Sergej trat durch die Tür.

Fünf Minuten später war er unten bei der Wächterin und rief Katja im Büro an.

»Ich bin's. Hör mir gut zu. Lauf zu Kolossow. Jetzt gleich. Er soll sofort in die Kolokolny-Straße kommen ... ja, ja, ins Institut. Im Museumssaal ...«

»Sergej, was ist geschehen?«, fragte Katja erstaunt. »Was ist denn?«

»Im Museumssaal«, wiederholte Sergej. »Ich habe es gerade selbst gesehen, mit eigenen Augen, hörst du, Katja? Dort liegt die Balaschowa. Und alles ist voller Blut. Man hat ihr den Kopf zerschmettert.«

36 Ein unerwartetes Ereignis

»Er ist zum Mittagessen. Sollen wir ihm etwas ausrichten?«, antwortete man auf Katjas hartnäckige Fragen.

»N-nein, vielen Dank.«

Katja erblickte Kolossow schließlich am »Gemeinschafts-Samowar«: Offenbar war die Kaffeemaschine im Büfett mal wieder kaputt, und es wurde nur löslicher Kaffee verkauft, den sich jeder selbst in seiner Tasse zubereitete. Auf dem Tisch des Leiters der Mordkommission wartete ein üppig mit Speisen beladenes Tablett.

Katja platzte sofort mit ihrer Neuigkeit heraus. Aus dem Samowar gluckerte das kochende Wasser heraus, in der Tasse schäumte eine braune Brühe.

»Wer hat dich angerufen?«, fragte Kolossow.

»Sergej Meschtscherski.«

»Wer ist das?«

»Ein guter Bekannter. Nikita, dreh den Hahn zu, es fließt ja schon auf den Boden!«

»Du hast reichlich viele gute Bekannte, Katerina Sergejewna«, sagte Kolossow. »Zu viele.«

»Meschtscherski kenne ich schon seit meiner Kindheit. Er ist für mich wie ein Bruder. Und komm ja nicht auf die Idee, ihn in dieser Sache in die Mangel zu nehmen. Er hat nichts damit zu tun, im Gegenteil, er wollte uns helfen.«

»Wie denn? Tja, das ist also die Fortsetzung der Geschichte, auf die wir gewartet haben.«

»Darf ich mit dir kommen?«

»Nein. Iss lieber erst mal was. Du hast ja noch gar nicht zu Mittag gegessen.«

»Was? Essen? Jetzt?«

Er stürzte den Rest seines Kaffees hinunter, als wäre es ein Glas Wodka, und stellte die Tasse klirrend auf die Untertasse zurück.

»Iss.« Und weg war er.

Im Museum für Anthropologie arbeitete bereits ein Einsatzkommando. Die Balaschowa befand sich im selben Saal, in dem Kolossow die zerschlagenen Schädel gesehen hatte. Sie lag etwa einen Meter vom Fenster entfernt auf dem Rücken. Ihr beigefarbenes Kleid hatte sich verschoben und entblößte die sehnigen, von roten Äderchen durchzogenen Beine. Der rechte Ärmel war abgerissen und lag neben der Heizung.

»Hiermit hat man ihr die Schläge versetzt«, erklärte Michail Strelnikow, ein Kollege von der Moskauer Kripo und alter Bekannter Kolossows. »Es lag auf dem Boden neben der Leiche. Ein Ausstellungsstück. Ist offenbar aus der Vitrine genommen worden, die am Eingang steht.«

»Das ist ein Steinkeil.« Kolossow betrachtete den blutverschmierten, bereits in Zellophan gepackten Stein voller Hass. »Aber eine andere Sorte. Kein Moustérien-Stein.«

»Was für ein Ding?«

»Nicht die Art, die vorher, bei den anderen Fällen, verwendet wurde. Hat man vielleicht die Affen hierher gebracht?«, fragte er.

»Affen? Welche Affen? Meinst du, aus dem Zoo?« Strelnikow blickte verwundert: Du hast doch wohl nicht einen in der Krone, Kumpel?

Kolossow erwiderte den Blick, als wollte er sagen: Warte nur ab, halte mich nicht gleich für übergeschnappt. Er ging auf den Flur hinaus, wo die verschreckten Mitarbeiter des Instituts warteten, bewacht von mehreren bis an die Zähne bewaffneten Milizionären. Kolossow suchte mit den Augen diejenigen, die er brauchte: Swanzew, Suworow, Pawlow. Neben ihm stand ein kleinerer junger Mann mit hochmütigem Gesicht und stutzerhaftem Schnurrbart, vermutlich Katjas Kindheitsfreund. Auch Rodsewitsch und Puchow waren da. Zusammen mit dem Untersuchungsleiter von der Staatsanwaltschaft erschien am Ende des Flurs nun auch Olgin. Er war bleich, die dunklen Haare klebten ihm an der Stirn, und auf der Brust und unter den Achseln hatte er Schweißflecken, die sich auf dem kakifarbenen Hemd deutlich abzeichneten.

Im Flüsterton stellte Kolossow auch Puchow die Frage nach den Affen, und als er dessen Antwort: »Nein, wozu sollte man die herbringen?«, gehört hatte, seufzte er erleichtert und kehrte an den Tatort zurück.

»Das Erstaunlichste ist – alles Geld ist noch da«, sagte Strelnikow. »Sie hatten heute Zahltag, deshalb sind auch so viele Leute hier. Als man uns alarmiert hat, dachten wir, es handle sich um einen Überfall, um einen Raubmord. Aber es hat sich herausgestellt, dass nichts fehlt. Ein Teil des Geldes ist schon verteilt worden, das haben wir mithilfe der Listen nachgeprüft, der andere Teil liegt vollständig im Safe.«

»Geld braucht der nicht, der ist ein uneigennütziger Mörder.« Kolossow kniete neben der Leiche nieder.

Man hatte ihr den Schädel zerschmettert. Die sorgfältig frisierten grauen Haare waren zerzaust und rot vom Blut. An einigen Stellen schimmerten weiß gesplitterte Knochen.

Die Untersuchung der Leiche fand unter Leitung des gerichtsmedizinischen Experten statt. Kolossow befragte ihn zu jedem einzelnen Detail. Er bat darum, besonders darauf zu achten, ob dem Opfer Gehirnmasse entfernt worden sei.

»Vorläufig kann ich noch nichts dazu sagen«, meinte der Experte mit düsterer Miene. »Das wird die Obduktion ergeben.«

»Hat man sie von hinten erschlagen?«

»Sieht so aus. Sie stand am Fenster. Jemand näherte sich ihr und schlug ihr mit diesem Stein oder Keil, wie Sie sagen, auf den Kopf. Ein seltsamer Gegenstand. Ein seltsamer Ort. Und ein seltsamer Mordfall. Er hat sie nämlich noch umgedreht und sie auf die Stirn geschlagen, und dann auch noch ins Gesicht. Sehen Sie, wie weit das Blut gespritzt ist?«

»Dann müsste er selbst auch blutbefleckt sein, nicht wahr?«

»Auf jeden Fall. Das Blut ist auf den Fußboden geflossen und auf die Fensterbank und an die Wand gespritzt. Auch am Mörder, seiner Kleidung, müssen sichtbare Spuren geblieben sein.«

Kolossow wechselte einen Blick mit Strelnikow und nickte kaum merklich zu den geschlossenen Türen des Saales hinüber, hinter denen die Mitarbeiter des Instituts warteten.

»Ich muss mal kurz mit dir sprechen«, flüsterte der Moskauer Kollege. »Es gibt etwas Interessantes.«

Sie verzogen sich in den leeren Nachbarsaal und setzten sich auf zwei einander gegenüberstehende Bänke.

»Ich glaube, an einem von ihnen ist tatsächlich Blut«, erklärte Strelnikow gewichtig. »Mir ist Verschiedenes aufgefallen, als wir hier eintrafen. Ich habe das mobile Labor von der Petrowka[1] alarmiert. Er sitzt dort im Wagen. Gleich wird die Express-Analyse fertig sein.«

Er zog ein Funkgerät aus der Tasche und stellte die Frequenz ein.

»Sieben, bitte antworten. Wie, schon fertig? Und die Blutgruppe? Stimmt mit der des Opfers überein? Und er selbst? Auch ... Na schön ... Er soll erst mal bei euch bleiben, ich komme, sobald ich hier fertig bin.«

»An wem wurde das Blut entdeckt?«, fragte Kolossow und merkte, wie sein Mund trocken wurde.

»An einem gewissen Konstantin Jusbaschew. Das Blut wurde an seiner Hose gefunden. Allerdings nur eine sehr geringe Menge. Die Blutgruppe stimmt mit der Balaschowas überein – Blutgruppe zwei. Das ist aber auch seine eigene Blutgruppe. Er ist ein ehemaliger Mitarbeiter des Instituts und wurde im Mai entlassen, wegen ...«

»An *wem*?« Kolossow stieß die Bank krachend zurück. »Was hat Jusbaschew denn hier zu suchen?«

»Dasselbe wie alle anderen, er wollte sein Geld abholen. Er sagte, bei der Entlassung habe man ihn nicht vollständig ausbezahlt.«

»Aber er ist doch inhaftiert!«

Strelnikow schaute seinen Kollegen, der sich ständig in Rätseln äußerte und dauernd in Hektik war, misstrauisch an. »Wie, war er tatsächlich in Haft?«

»Ja, ja, ich habe vor einer Woche im Untersuchungsgefängnis in Nowospasskoje mit ihm gesprochen. Ich selbst habe ihn dort einweisen lassen. Er hat einen Diebstahl begangen. Gibt es hier ein Telefon?«

»Hier nicht, hier brauchst du nicht zu suchen. Wahrscheinlich in einem der Büros, gehen wir dorthin.«

Kolossow stürzte in den Flur und zog am Türgriff des ersten Zimmers. Es war offen. Er griff nach dem Telefon und wählte die Nummer von Nowospasskoje. Der Dienst habende Milizionär verband ihn mit dem Chef des Reviers, Solowjow.

»Wo hast du Jusbaschew gelassen?«, donnerte Kolossow in den Hörer.

»Nikita Michailowitsch, hier ist Folgendes passiert ...«

»Wo ist Jusbaschew?!«

»Aus der Haft entlassen. Er hat sich schriftlich verpflichtet, in Moskau zu bleiben.«

»Von wem wurde er entlassen?«

»Von unserer Richterin. Gegen Kaution, auf seinen Antrag hin.«

»Wer hat die Kaution gestellt?«

»Die Iwanowa. Zehn Millionen.«

Kolossow hielt den Hörer einen Augenblick vom Ohr ab. Er hätte am liebsten unflätig geflucht.

»Wann hat man ihn entlassen?«, zischte er.

»Am Dienstag, vorgestern. Nikita Michailowitsch, warte ... Die Richterin ist jung und tut, was sie will! Diese Soja Iwanowa von der Tierstation war gestern in ihrer Sprechstunde. Als ich erfahren habe, dass Jusbaschew entlassen werden soll, bin ich sofort händeringend zum Staatsanwalt. Aber der hat nur die Achseln gezuckt. Ein Richter ist verfahrensrechtlich selbstständig und mir nicht unterstellt, sie hat also die Befugnis, den Mann zu entlassen. Ihrer Meinung muss Jusbaschew nicht in U-Haft gehalten werden, weil er keine Gefahr für die Öffentlichkeit darstellt.«

»Hier ist ein neuer Mord passiert! Und Jusbaschew war hier!«

Er knallte den Hörer auf die Gabel.

»Na, was hast du erfahren?« Strelnikow schaute ihm neugierig über die Schulter.

Kolossow teilte ihm kurz mit, was man ihm gesagt hatte. Strelnikow wurde bleich vor Zorn, gab aber keinen Kommentar ab.

»Es ist also nur wenig Blut an ihm gefunden worden?«, fragte Kolossow, nachdem die Gemüter sich wieder etwas beruhigt hatten.

»Drei kleinere Flecken auf der Hose.«

»Und was ist mit den anderen sieben Personen? Notiere bitte ihre Familiennamen.«

»An denen haben wir nichts entdeckt«, sagte Strelnikow, nachdem er fertig war und einen Blick auf die Namen warf. »Wir haben mit einem Zerstäuber gearbeitet. Bei der geringsten Blutspur hätte es sofort eine chemische Reaktion gegeben.«

»Aber an dem Mörder müssen Blutspuren sein. Der Experte ist ganz sicher.«

»Dann kann es nur Jusbaschew sein. Allerdings, seine Blutgruppe ... die könnte alles komplizieren. Ist er nicht ganz normal?«

»Hier ist niemand normal.«

»Na schön.« Strelnikow ging zur Tür. »Ich sehe schon, du

bist derjenige hier, der sich am besten auskennt. Wir werden ab jetzt zusammenarbeiten. Ich sage meinen Jungs sofort Bescheid. Und wen von deiner ›Siebenerbande‹ möchtest du als Ersten sprechen?«

Kolossow dachte nach.

»Den Neffen der Balaschowa, diesen Pawlow. Und dann ... Wer hat sie eigentlich gefunden?«

»Ein gewisser Shenja Suworow und ...«, Strelnikow schaute in seinem Notizblock nach, »und ein Sergej Meschtscherski. Er ist kein Mitarbeiter des Instituts. Wieso er sich hier herumgetrieben hat, müssen wir noch feststellen.«

»Das werde ich erledigen. Und der Neffe – weshalb war der schon wieder hier? Er ist schließlich auch kein Mitarbeiter.«

»Das habe ich als Erstes gefragt. Er selbst hat gesagt, und das haben alle Zeugen bestätigt, dass er auf die Bitte der Ermordeten hin mit ihr auf der Bank war, um die Lohngelder zu holen. Als eine Art Leibwächter. Er hat ja öfter ausgeholfen.«

Kolossow verzog den Mund. Er spürte, wie sich in seinem Innern die altbekannte Wut regte: Diese verdammten Altruisten! Auf den Mond könnte ich sie schießen!

Aus der Bezirksverwaltung kamen die Mitarbeiter der Mordkommission angefahren. Kowalenko erschien. Eine hektische Betriebsamkeit brach aus. Alle, die sich an diesem Donnerstag im Institutsgebäude befunden hatten, wurden verhört. Es waren insgesamt vierzig Personen, vorwiegend Rentner.

Kolossow schloss sich im Büro des Institutsdirektors ein und nahm sich dort Pawlow vor. Bei dem Verhör war auch Kowalenko zugegen. Er lauschte den beiden schweigend.

Der Neffe war totenbleich. In seinen Augen stand ein seltsamer Ausdruck – eine Art physischer Schmerz. Kolossow richtete sein Augenmerk auf seine Hände und Arme – sie waren voller Kratzer, Abschürfungen, Schnitte, die Fingergelenke waren zerschrammt. Katja hatte ja erzählt, dass der Afghane einiges hatte einstecken müssen, als er den Mörder von Stassik Korablin gefasst hatte.

»Zu welchem Zweck sind Sie heute ins Institut gekommen?« Kolossow bemühte sich, seine Fragen in möglichst ruhigem Tonfall zu stellen, doch es gelang ihm nur schlecht, die Stimme wollte ihm nicht gehorchen.

»Das habe ich doch bereits erklärt. Da war schon ein Leutnant, der mich verhört hat. Tante Ninel ...« Pawlow fuhr sich mit der Hand übers Gesicht und schluckte. »Sie musste heute das Geld von der Bank abholen, und ich sollte sie auf dem Rückweg begleiten.«

»Sie sind um elf Uhr ins Institut zurückgekehrt. Warum sind Sie nicht sofort wieder gefahren? Warum sind Sie noch länger geblieben?«

»Ich hatte den Vorortzug verpasst. Ein Freund von mir, Sergej Meschtscherski, hat heute hier gearbeitet. Wir haben uns verabredet, so gegen drei zu ihm zu fahren. Ich kam wieder zurück, als gerade ...«

»Von wo kamen Sie zurück?«

»Aus meiner Firma. Das ist nicht weit von hier, in der Srednekislowski-Straße.«

»Und wann sind Sie vom Institut in Ihr Büro gegangen?«

»Ich weiß nicht mehr ... Warten Sie. Um neun haben wir das Geld in Empfang genommen, gegen elf waren wir wieder hier, ich habe zusammen mit Tante Ninel die Geldtaschen in die Buchhaltung gebracht. Sie ist in ihr Zimmer gegangen, und ich bin dort geblieben, um zu telefonieren. Dann kam Sergej, wir haben uns etwa fünf Minuten lang unterhalten, er ist gegangen, und ich bin geblieben, um weiter anzurufen, habe aber niemanden erreicht und bin dann direkt ins Büro gegangen ... Das muss so um halb eins gewesen sein.«

»Aha.« Kolossow nickte finster und konstatierte bei sich: Du hast also auch kein Alibi. Der Experte sagt, die Balaschowa ist zwischen halb zwölf und halb eins ermordet worden. In dieser Zeit warst du hier. Und die Wächterin sagt aus, du wärst ungefähr um eins an ihr vorbeigegangen.

»Viktor, ist Ihnen inzwischen wieder eingefallen, wo Sie am vierten Juli und am neunundzwanzigsten Mai waren und was Sie an diesen Tagen gemacht haben?«, fragte er mit verhaltener Wut und tat absichtlich so, als habe er vergessen, dass sie bei ihrem ersten Treffen schon zum »Du« übergegangen waren.

»Nein. Ich habe in meinem Kalender nachgeschaut, besondere Termine gab es keine, die meinem Gedächtnis auf die Sprünge helfen könnten. Ich weiß es nicht. Ich war im Geschäft, so viel ist sicher. Wo noch? Abends war ich zu Hause. Ich gehe sonst nirgends hin.«

Pawlow blickte ihn unverwandt an. Sein Gesicht war starr.

»Man hat sie mit einem Steinkeil erschlagen, nicht wahr?«, fragte er plötzlich. »Das ganze Institut tuschelt darüber.«

»Ja.«

»Mit so einem, wie ich sie ... wie wir sie auf die Station gebracht haben?«

»Nein, eine andere Sorte. Etwas schwerer.«

»Weshalb hat man sie ermordet?«

Pawlow lehnte sich vor – flehend, fordernd.

»Weshalb? Weißt du es, Major? Es muss doch einen

Grund geben! Sie war eine alte Frau ... eine schwache alte Frau. Sie hat niemandem etwas Böses getan. Natürlich, sie hatte ihre Launen ...«

»Der Mann, der das getan hat, ist verrückt.« Kolossow legte den Kugelschreiber beiseite. »Er leidet unter einem manischen Trieb zu alten Menschen. Eine Psychose.«

»Also wurde auch die Kaljasina ... also war das auch ein solcher Fall? Kein Raubmord?«

»Kein Raubmord.«

Pawlow ballte die Fäuste.

»Beantworte mir nur eins, Major – kriegst du ihn?«, fragte er mit Nachdruck. »Ja oder nein?«

»Ja. Und deine Hilfe brauche ich dieses Mal nicht.«

»Warum?«

»Kannst du dir das nicht denken?«

Pawlow senkte den Kopf.

»Ich verstehe. Du glaubst mir nicht. Aber du irrst dich, Major. Tante Ninel ... Sie war der einzige Mensch, der mir nahe stand. Jetzt sind wir ganz allein, mein Sohn und ich.«

»Ich werde es berücksichtigen«, versprach Kolossow. Nach einer Pause fragte er: »Wegen der Sache in Kamensk, wann bist du da bei der Staatsanwaltschaft vorgeladen?«

»Übermorgen um zehn.«

»Es war Notwehr. Du hast im Rahmen des Gesetzes gehandelt. Denk daran.«

Pawlow nickte und erhob sich schwerfällig.

»Kann ich gehen?«

»Ja. Und noch was ... Es tut mir wirklich sehr Leid, was geschehen ist. Mein Beileid ...«

Pawlow nickte erneut.

Als die Tür hinter ihm zugeschlagen war, räusperte sich Kowalenko, der bis jetzt geschwiegen hatte.

»Also, wie ein Gerontophiler sieht dieser Afghane wirklich nicht aus«, meinte er nachdenklich. »Warum hast du ihn so behandelt?«

»Wie denn?«

»Na, er ist doch ein Leidtragender. Er hat einen schweren Schicksalsschlag erlitten. Das sieht man ihm auch an. Und du stürzt dich wie ein Habicht auf ihn und krallst dich richtig in ihm fest. Erst ganz zum Schluss hast du einigermaßen menschlich mit ihm geredet.«

»Er ist keine Mimose. Er versteht das schon. Weißt du, was mich am meisten an dem Mann interessiert?«

»Dass er nicht mehr weiß, wo er an den Mordtagen war?«

»Nein, das ist normal – ein Alibi für jede Stunde gibt es nur im Roman, nicht im Leben. Es wäre seltsam, wenn er alles auf die Stunde genau belegen könnte. Am meisten, Slawa, interessiert mich die Art seiner Kriegsverletzung. Genauer gesagt, die Stelle. Er hat mir seine Narbe gezeigt, hier«, Kolossow strich sich vom Bauch bis zur Hüfte und tiefer. »Kapierst du, worauf ich hinauswill?«

»Nein.«

»Seine Frau hat ihn verlassen. Verstehst du jetzt? Dieser Hang zu alten Frauen ... diese Gerontophilie kann sich aus einer chronischen sexuellen Unbefriedigtheit entwickeln, aus der Unfähigkeit zu normalen Beziehungen.«

»Ist dir diese Idee erst jetzt gekommen?«

»Nein. Aber meistens ist es so, dass einem ein vernünftiger Gedanke erst dann kommt, wenn man zu denken aufhört. Paradox, nicht? Als Psychopathen, Slawa, kommen hier alle in Betracht. Er eingeschlossen. Auch wenn er ein netter Bursche ist.«

»Weißt du, Nikita, in der Jugend glauben wir noch allen Menschen. Je älter wir werden, desto mehr vertrauen wir der Situation und einem bestimmten Typ von Menschen. Und unter unseren Tatverdächtigen ist einer, zu dem du ... nun ja, vielleicht nicht unbedingt größeres Vertrauen hast, aber mit dem du behutsamer umgehst als mit den anderen. Das ist mir schon seit geraumer Zeit aufgefallen. Offensichtlich ist er dir sympathisch.«

»Von wem sprichst du?«

»Von Oleg Swanzew.«

»Mit dem rede ich später.« Kolossow wurde plötzlich rot. »Jetzt will ich mir erst mal dieses Muttersöhnchen vornehmen, diesen Suworow. Der hat sie gefunden – oder so getan.«

»Suworow ist ein Neurotiker, das hast du selbst gesagt. Und die sind herzlos. Aber dieser zweite Kerl, dieser Meschtscherski, was ist mit dem?«

Kolossow wandte sich ab.

»Das ist der Bekannte eines sehr netten Menschen, den ich kenne. Mit dem muss ich etwas höflicher umgehen.«

»Du musst? Wer sagt das?«

Kolossow gab keine Antwort. Schweigend ging er auf den Flur hinaus und kam nach fünf Minuten mit Shenja Suworow zurück.

Verschiedene Gespräche über dasselbe Thema

37

Das Muttersöhnchen ließ sich auf den in die Mitte des Zimmers geschobenen Stuhl fallen und erstarrte wie eine Eidechse auf einem Felsen, ohne seinen misstrauischen Blick von den Ermittlern zu wenden.

»Guten Tag, Shenja«, begrüßte Kolossow ihn freundlich. »So schnell sehen wir uns wieder. Nur der Anlass ist kein besonders schöner, nicht?«

»Sagen Sie mir die Wahrheit – hängen der Mord an Oma Sima und der Mord an Ninel Grigorjewna irgendwie miteinander zusammen?«, platzte Shenja heraus.

Die Ermittler wechselten einen Blick, dann bestätigte Kolossow: »Ja, es gibt einen Zusammenhang.«

»Das habe ich mir gedacht.« Der Laborant zog fröstelnd seine knochigen Schultern hoch.

»Was?«

»Dass sie ebenfalls ausgeraubt wurde.«

»Nein, ein Raubmord war es nicht, Shenja.«

»Dann muss der Mörder gestört worden sein. Welchen Sinn soll dieses Gemetzel sonst gehabt haben?«

»Welchen Sinn? Eine sehr vernünftige Frage.« Kolossow seufzte. »Lassen Sie uns doch gemeinsam versuchen, diese Frage zu beantworten.«

Der Laborant bewegte sich ungeduldig.

»Um wie viel Uhr haben Sie Ihr Geld in der Buchhaltung bekommen, Shenja?«

»Das weiß ich nicht, ich habe keine Uhr. Vielleicht um zwölf, vielleicht auch später.«

»Gab es eine lange Schlange?«

»Es gab eine Schlange, aber sie war nicht lang. Hauptsächlich unsere Pensionäre.«

»Wer von unseren gemeinsamen Bekannten stand vor Ihnen in dieser Schlange?«

»Niemand. Ich war der Erste. Oleg hat sich hinter mir angestellt, dann Rodsewitsch, dann ... ach, du lieber Gott, ja, dieser Konstantin! Nach dem wollte ich Sie fragen. Ist er ...«

»Er ist nicht aus dem Gefängnis geflohen«, fiel Kolossow ihm ins Wort. »Kein Grund zur Beunruhigung. Aber davon reden wir später. War Olgin nicht da?«

»Ich hab ihn nicht gesehen. Wahrscheinlich ist er erst nach mir gekommen.«

»Warum haben Sie Soja Iwanowa nicht mitgenommen?«

»Irgendwer musste doch auf der Tierstation bleiben. Und sie hatte auch gar keine Lust, bei dieser Hitze nach Moskau zu fahren. Oleg sollte ihr Geld in Empfang nehmen.«

»Haben Sie Ninel Grigorjewna heute gesehen?«

»Nein.«

»Haben Sie sich für die Grigorjewna interessiert?«

Der Laborant warf Kolossow einen raschen Blick zu.

»Warum sollte ich?«

»Weil sie in ihrem Leben nicht ein einziges Mal die Freuden der Mutterschaft erlebt hat.«

»Sie ist unsere Vorgesetzte, ich bin ihr Angestellter, ein kleines Würstchen. Wir haben so gut wie nie ein Wort gewechselt. Sie hat mich gar nicht zur Kenntnis genommen.«

»Hat Sie das gekränkt?«

»Das kann mich nicht kränken.«

»Sie haben die Grigorjewna verurteilt, nicht wahr? Dafür, dass sie ihre erste Pflicht nicht erfüllt hat und keine Kinder bekommen hat?«

»Scheißegal war sie mir! Entschuldigung ... über Tote soll man nicht so sprechen ... Aber Sie haben mich provoziert. Was wollen Sie überhaupt von mir?« Die Sommersprossen auf Shenja Suworows Gesicht waren ganz rot geworden und sahen aus wie Insektenstiche. »Sie benehmen sich genau wie Jusbaschew! Er hat mir auch immer so zugesetzt.«

»Sie waren also überrascht, als Sie ihn heute hier gesehen haben?« Kolossow wechselte das Thema. Nachdem er sein Ziel erreicht hatte, den Verdächtigen aus der Ruhe zu bringen, wollte er ihn jetzt wieder etwas besänftigen.

»Überrascht ist ein schwacher Ausdruck. Ich hatte Angst!«

»Wovor?«

»Na, vor ihm, vor Konstantin. Und später, als wir im Flur zusammenstießen, war er voller Blut! Das Blut lief ihm über die Hand! Wenn man bedenkt, was wir schon alles mit ihm erlebt haben, musste ich doch Angst haben, ihn in Freiheit zu sehen!«

»Er war voller Blut und suchte nach Jod?«

»Ja, er hatte sich an irgendwas geschnitten. Ich habe gehört, wie er bei der Balaschowa geklopft hat – bei ihr im Zimmer ist ein Verbandskasten.«

»Aber ihm wurde nicht geöffnet.«

»Sie war gar nicht da.«

»Woher kam Jusbaschew denn?«

»Woher soll ich das wissen?«

»Und wohin wollten Sie?«

»Ich? Ich war auf dem Weg nach unten.«

»Haben Sie jemanden im Institut gesucht?«

»Nein.«

»Doch, Shenja. Schauen Sie nicht zu Boden, sehen Sie mir in die Augen. Sie haben die Balaschowa gesucht, nicht wahr?«

»Ich habe sie nicht gesucht!«

»Sie belügen mich. Das ist nicht schön von Ihnen. Beim letzten Mal haben mir Ihre Ausführungen über die Frauen gut gefallen, aber jetzt enttäuschen Sie mich durch Ihre Unaufrichtigkeit.«

Der Laborant leckte sich über die Lippen. Er blickte gekränkt, und seine Augen schimmerten feucht. Kowalenko reckte hinter seinem Schreibtisch den Hals und horchte dieser sonderbaren Unterhaltung. Nikita wird wohl wissen, was er tut, sagte sein Gesichtsausdruck, aber merkwürdig ist es schon, wie er mit diesem Burschen redet. Wie mit einem Kranken.

»Sie meinen wirklich, ich habe Recht?«, flüsterte der Laborant.

»Ja, Shenja. Unser Gespräch hat mir die Augen geöffnet. Ich habe die Frauen in einem neuen Licht gesehen. Ich will Ihnen sogar noch mehr sagen. Ich habe daraufhin das Foto meiner geliebten Mutter hervorgeholt und vor mich auf den Tisch gestellt, und dann ... dann bekam ich Lust, das zu tun, was Sie in solchen Fällen tun.«

Der Laborant wurde flammendrot.

»Sehen Sie, wie ehrlich ich Ihnen gegenüber bin?« Kolossow legte ihm die Hand auf die Schulter. »Seien auch Sie ehrlich zu mir. Ich bitte Sie um Ihre Hilfe. Wen haben Sie im Institut gesucht?«

»Oleg.«

»Swanzew?«

»Ja. Und Olgin auch.«

»Was wollten Sie von ihnen?«

Shenja schaute zu Kolossow auf, doch in diesem Moment knarrte Kowalenkos Stuhl. Er zuckte zusammen und gab eine andere Antwort, als offensichtlich seine Absicht gewesen war:

»Ich dachte, wir könnten zusammen nach Nowospasskoje zurückfahren, mit der gleichen Bahn.«

Der hauchdünne Faden, der sie verbunden hatte, war gerissen. Kolossow fluchte in Gedanken – die ganze Komödie war umsonst gewesen.

Kowalenko nutzte die entstandene Pause, notierte sich die Personalien des Laboranten und erklärte ihm, dass er in den nächsten Tagen das Gelände der Tierstation nicht verlassen dürfe.

»Darf ich jetzt gehen?«, fragte Shenja. Kolossow nickte schweigend. In der Tür drehte der Laborant sich noch einmal um, sagte aber nichts.

»Na, sollen wir jetzt Meschtscherski ein bisschen kitzeln?«, fragte Kowalenko.

»Nein, zuerst will ich nachsehen, was mit Jusbaschew ist. Meschtscherski werde ich zuletzt verhören.«

»Und Olgin und Swanzew?«

»Mit den beiden sollen erst mal die Moskauer Kollegen reden. Ich will mich in anderer Umgebung mit ihnen treffen – auf der Tierstation.«

»Siehst du, du willst ihn doch schonen.« Kowalenko seufzte. »Womit hat dieser Oleg dich bloß so kirre gemacht?«

Kolossow brummte nur und dachte dabei an seine erste Begegnung mit Swanzew zurück – wie ihm der den Handschuh vom Ekzem gezogen hatte und wie behutsam er dabei vorgegangen war.

Das mobile Kriminallabor erwies sich als schicker ausländischer Wagen, voll gestopft mit verschiedensten Geräten – vom Computer über Satellitentelefon und Videokamera bis hin zur neuesten Kriminaltechnologie. Jusbaschew saß im Innern an einer Art Klapptisch, vor ihm ein blutjunger Milizionär.

»Gleich kommt der Untersuchungsleiter der Staatsanwaltschaft, und wir nehmen das alles zu Protokoll«, verkündete er Jusbaschew drohend. Als er Kolossow erblickte, stand er auf. »Sie sind Kolossow von der Bezirksverwaltung, nicht wahr? Wollen Sie ihn verhören?«

Jusbaschew zog den Kopf zwischen die Schultern. Seine Miene war böse, sein Gesicht bleich.

»Ich habe Ihnen schon hundertmal gesagt: Ich habe mich geschnitten, hier!« Er streckte ungestüm den rechten Arm aus. An der Hand waren tatsächlich frische rote Schnittwunden zu sehen. »An Glas hab ich mich geschnitten! Das Blut ist mir auf die Hose getropft – *mein* Blut! Glauben Sie dem Untersuchungsergebnis etwa nicht?«

»Das Ergebnis besagt Blutgruppe zwei, und das ist die Blutgruppe des Opfers«, zischte der Milizionär. »Sie sollten lieber alles gestehen und hier nicht den Gimpel spielen.«

»Wie reden Sie mit mir!«

»Schreien Sie nicht. Wir haben Mittel, Sie schnellstens zu beruhigen.«

»Ja, das können Sie am besten – die Leute einschüchtern! Mir reicht's, ich hab genug gesehen, ich ...«

»Zeigen Sie mal die Hand«, unterbrach ihn Kolossow. »Wo haben Sie sich geschnitten?«

»Im Büro im ersten Stock. Dort ist die Fensterscheibe eingedrückt, das Glas ist gesprungen. Ich habe das Fenster geöffnet und wollte die Scheibe zurechtrücken. Aber sie ist heruntergefallen. Die Splitter liegen noch auf dem Boden. Gehen Sie hin, und überzeugen Sie sich selbst!«

»Das werde ich. Welches Zimmer?«

»206, glaube ich.«

»Und was hatten Sie dort zu tun? Was hatten Sie überhaupt in diesen für Sie so ungastlichen Mauern zu suchen?«

»Geld! Bei der Entlassung hat man mich nicht vollständig ausbezahlt, man schuldete mir noch den Lohn für März und April. Aber ich mache denen keine Geschenke.« Jusbaschew kniff böse die Augen zusammen. »Außerdem muss ich jetzt eine große Summe zurückzahlen. Eine Ehrenschuld.«

»An Soja Iwanowa? Und wo hat sie die zehn Millionen für Ihre Kaution zusammengekratzt?«

»Die hat sie sich bei ihrer Mutter und bei Freundinnen geliehen. Ich lasse mich nicht aushalten! Ich gebe ihr alles zurück.«

»Und um wie viel Uhr haben Sie hier das Geld bekommen?«

»Ich habe es ja gar nicht bekommen. Fragen Sie den Buchhalter. Ich habe es von der Bank abgehoben. Dafür musste ich einen Antrag stellen, unterschrieben von einer verantwortlichen Person, das heißt, von der Balaschowa.« Jusbaschew verzog das Gesicht, als hätte er auf etwas besonders Widerliches gebissen. »Nichts als Bürokratie! Ihr Arbeitszimmer war abgesperrt, da habe ich beschlossen, in einem anderen freien Zimmer zu warten. Und das war eben Nummer 206. Ich bin hineingegangen. Die Luft war zum Ersticken. Ich habe das Fenster aufgerissen, die Scheibe ist herausgefallen, und ich habe mich geschnitten. Da bin ich losgelaufen, um nach Jod zu suchen.«

»Bei der Balaschowa im Arzneischränkchen?«

»Ja, ja! Aber ihr Zimmer war immer noch zu. Da habe ich mir die Hand mit einem Taschentuch verbunden. Das ist mein Blut!«

»Schon gut, schon gut. Was geschah dann?«

»Ich wollte eine Kleinigkeit essen, es war Mittagszeit. Ich bin zur Toilette gegangen, um das Blut abzuwaschen. Aber dort hatte jemand sich heftig erbrochen. Dann hörte ich Schreie und Lärm: ›Zu Hilfe! Miliz!‹«

»Als Sie in dem leeren Zimmer auf die Balaschowa warteten, haben Sie da schon etwas Verdächtiges gehört?«, fragte Kolossow.

»Nein. Glauben Sie, ich hätte nichts Besseres zu tun, als zu lauschen?«

»Natürlich nicht, Sie waren ja mit der Reparatur des Fensters beschäftigt.«

»Machen Sie sich nicht über mich lustig!«

»Ich mache mich ja gar nicht lustig. Ich muss Ihnen im Gegenteil etwas Trauriges mitteilen.« Kolossow seufzte. »Die Freiheit hat für Sie nicht lange gedauert: nur zwei Tage und zwei Nächte. Die Richterin hat sich offenbar gründlich in Ihnen getäuscht, Konstantin Ruslanowitsch. Schneiden kann man sich schließlich auch hinterher, stimmt's? Zur Tarnung. Und die Richterin ist sicher jung und hübsch. Vielleicht wieder eine Blondine, hm? Sie haben ihr nicht zufällig von den Tigern der Brüder Polewoi erzählt?«

Jusbaschews Gesicht wurde blutrot. Ein schiefes, böses Grinsen ließ seine gleichmäßigen weißen Zähne unter dem pechschwarzen Schnurrbart sehen.

»Erzählen Sie Ihren Kollegen lieber von Humphrey«, zischte er. »Von Ihrem Hauptverdächtigen. Ich hoffe, die ziehen dann die richtigen Schlüsse über Ihre geistigen Fähigkeiten. Solche Deppen wie Sie sollten sich mit Hühnerdiebstählen befassen, nicht mit Mord!«

Den letzten Augenzeugen, den es zu vernehmen galt – Meschtscherski –, traf Kolossow im Büro des Direktors in der Gesellschaft von Kowalenko und Strelnikow an. Der Zeuge war noch gar nicht dazu gekommen, die Fragen zu beantworten, die von zwei Seiten auf ihn einprasselten. Kolossow musterte den Jugendfreund Katjas mit Zorn und

Misstrauen, Neugier und Feindseligkeit. Nachdem er festgestellt hatte, dass es nicht der Mann vom Foto sein konnte – der, dem die Hanteln gehörten; dafür war er zu klein und schmächtig –, war er ein wenig besänftigt.

»Guten Tag, Sergej«, sagte er und reichte dem Zeugen die Hand. »Nikita Kolossow.«

Meschtscherski lächelte gezwungen. »Sehr angenehm. Ich habe von Katja schon viel über Sie gehört.«

Strelnikow und Kowalenko schauten sich an und verließen dann leise das Büro, damit die beiden sich unter vier Augen unterhalten konnten.

38 Das Rad dreht sich weiter

Die Beerdigung der Balaschowa fand am Sonntag auf dem Nikolo-Archangelski-Friedhof bei strömendem Regen statt. Katja, Wadim und Sergej standen bei der Begräbniszeremonie neben Pawlow. Er hielt sich tapfer, wie es einem Mann geziemt. Die zum Begräbnis erschienene Ballerina Gorislawskaja, die Freundin der Verstorbenen, umarmte ihn und küsste ihn auf die Stirn, wie einen kleinen Jungen.

Es regnete den ganzen Tag. Mit aufgespannten Schirmen verließ die Gesellschaft den Friedhof, patschte durch die Pfützen. Man unterhielt sich vor allem über alltägliche Dinge, die wenig mit der Verstorbenen zu tun hatten. Die Gorislawskaja, untergehakt von einem gebrechlichen alten Professor, der erschienen war, um seiner Kollegin die letzte Ehre zu erweisen, entrüstete sich lauthals: »Jetzt fängt man auch noch an, uns umzubringen! Sie können's nicht abwar-

ten, bis die alte Garde endlich das Schlachtfeld verlässt.«
Ein alter Mann mit Beinprothese, den Katja nicht kannte,
erzählte seinem ebenso bejahrten Gesprächspartner eine
Anekdote: »Treffen sich zwei Pensionäre. Der eine fragt den
anderen: Wassja, unter wem hat man besser gelebt – unter
Chruschtschow oder unter Breschnew? Wassja denkt lange
nach, dann sagt er: unter Chruschtschow. – Wieso? – Da
waren die Weiber noch jünger.«

Katja ertappte sich dabei, wie sie über den zufällig mitge-
hörten Witz lächeln musste, und schaute sich schnell und
verstohlen um: Es hatte doch niemand ihr unpassendes Benehmen bemerkt? Progressive Verhaltenspathologie, konstatierte sie. Katja, du bist schlecht erzogen.

Pawlow fuhr vom Friedhof direkt nach Hause. »Ich halte
das Beerdigungsessen nicht aus«, flüsterte er Sergej zu.

Den Abend verbrachten sie bei Katja. Sie aßen seltsamerweise mit ausgezeichnetem Appetit. Sergej trank sogar ein
Gläschen Schnaps, was für ihn sehr ungewöhnlich war. Katja streichelte ihm über den Kopf, mit der gleichen Geste,
wie die Gorislawskaja es bei Pawlow getan hatte: wie einen
kleinen Jungen.

»Nimm's nicht so schwer, Sergej«, sagte sie. »Als ich noch
als Untersuchungsleiterin gearbeitet habe und zu den Ver-
kehrsunfällen fahren musste, konnte ich das alles auch nicht
sehen. Aber dann ...«

»Hast du dich daran gewöhnt?«

»Nein, ich habe nur gelernt, alles schnell zu vergessen.«

Sergej schaute auf die helle Tischlampe.

»Dein Nikita ist gar nicht übel, ein netter Kerl«, bemerkte
er nach einer kurzen Pause. »Und das Grübchen in seinem
Kinn gefällt den Frauen bestimmt gut. Er hat allerdings ein
schlichtes Gemüt.«

»Wie meinst du das?«, fragte Katja verwundert.

»Er möchte jedem glauben, das sieht man an seinen Augen. Er ärgert sich selbst darüber, aber es nützt nichts. Er kann es sich nicht abgewöhnen.«

Wadim brummte nur.

»Es waren die Schritte des Mörders – das habe ich ihm auch gesagt.« Sergej sprach es so aus, als zweifle er nicht daran, dass die beiden anderen seinen Gedanken und dem plötzlichen Wechsel des Gesprächsthemas folgen könnten. »Wäre ich in diesem Moment doch auf den Flur hinausgegangen!«

»Warum bist du so überzeugt davon?«, fragte Wadim.

»Weil er rannte, Wadim. Er wollte aus einem bestimmten Grund nicht gesehen werden.«

»Warum eigentlich hat er sie ausgerechnet im Museum abgemurkst?« Wadim runzelte die Stirn. »Wieso ist er ein solches Risiko eingegangen? Wenn es ihn derart zu alten Frauen zieht, hätte er sich doch wieder bei irgendeiner entlegenen Bahnstation auf die Lauer legen können, wie bei den früheren Fällen.«

»Das war ein plötzlicher Impuls, ein unkontrollierter Ausbruch«, meinte Katja. »Solche psychisch kranken Menschen sind unberechenbar.«

Sergej wandte sich zu ihr um.

»Man hat mich über Viktor befragt«, sagte er leise. »Besonders der Untersuchungsleiter der Staatsanwaltschaft wollte alles genau wissen: ob wir schon lange befreundet sind, ob es stimmt, dass er in Afghanistan gedient hat.«

»Das wundert mich gar nicht. Die Bullen denken da ganz stereotyp: Der war in Afghanistan, also kann er nicht mehr ganz dicht sein.« Wadim klopfte sich mit dem Finger an die Stirn. »Kriegssyndrom. Aber mach dir keine Sorgen, Fürst. Dich haben sie über ihn und ihn über dich ausgehorcht. In solchen Fällen arbeiten sie synchron mit allen Verdächtigen. Und du gehörst jetzt auch zu den Tatverdächtigen in diesem Jahrhundertfall. Meinen Glückwunsch.«

»Merci.« Sergej verzog das Gesicht. »In unserer Familie ist seit dreihundert Jahren niemand mehr in einen Prozess verwickelt gewesen oder hat vor Gericht gestanden.«

»Irgendwer muss immer der Erste sein. Na gut, ich sag nichts mehr.« Wadim schlug ihn auf den Arm. »Also, Freunde, die Haupttheorie der Miliz in diesem Fall lautet Gerontophilie, richtig?«

»Ja.« Katja ließ den Kopf hängen. »Aber irgendwie ist es ein körperloser Gerontophiler. Ein Gespenst. Er hinterlässt keine Fingerabdrücke, keine Ausscheidungen«, sie räusperte sich, »keine Fußspuren.«

»Aber in zwei Fällen gab es Fußspuren.«

»Die waren ungeeignet für eine Identifizierung. Verwischt.«

»Affenspuren.« Wadim grinste. »Dein Sherlock Holmes ist wirklich ziemlich einfältig.«

»Kann man in zwei verschiedenen Situationen auf die gleiche Weise im Schlamm ausrutschen?« Sergej zog ungläubig die Brauen hoch.

»Man kann. Ich rutsche im Winter vierzig Mal am Tag aus«, versicherte ihm Katja. »Ich kann meine Bewegungen nicht gut koordinieren.«

»Koordinieren? Interessant. Ich dachte ... Na, ist nicht so wichtig. Aber wieso hat er diese Steinkeile benutzt?« Sergej strich mit der Hand über die Sessellehne. »Warum hat er diesen Keil gestohlen und als Waffe verwendet? Er hätte jeden beliebigen Gegenstand nehmen können, der schwer genug ist: einen Bleiklotz, eine Brechstange, einen Knüppel oder auch ein Messer.«

»Er ersticht seine Opfer nicht, sondern tötet sie auf die gleiche Weise, wie die Neandertaler es getan haben«, sprudelte Katja hervor.

»Das ist Zufall. So etwas kann nicht sein.«

»Es ist kein Zufall. Das meint auch Kolossow.«

»Wir begreifen diesen Unsinn genauso wenig.« Wadim stand auf. »Wenn es ein Gerontophiler ist, hat er seine eigene verquere Logik. Oder vielleicht überhaupt keine Logik.«

»Nein, eine Logik gibt es.« Sergej schloss die Augen. »Warum ist er denn geflohen? Was hat ihn dazu veranlasst?«

Ganz ähnliche Gedanken ließen auch Kolossow keine Ruhe. Warum hatte der Unbekannte sich mitten im Wald die Schuhe ausgezogen? Was für eine Laune war das, barfuß zu laufen? Und hier, im Institut, wie hatte er sich da verhalten? Hatte er auch keine Schuhe angehabt? Und wieso hatte er es riskiert, sein Opfer an einem Ort zu überfallen, an dem sich so viele Menschen aufhalten? Hatte er es nicht mehr aushalten können? War er nicht mehr in der Lage gewesen, sich zu beherrschen und die Situation und das eigene Verhalten adäquat einzuschätzen?

Nein, nein, sagte sich Kolossow. Mein Hauptfehler besteht darin, dass ich jedes Mal ein einzelnes Ereignis betrachte, mich an Episoden und Einzelheiten festbeiße. Stattdessen muss ich versuchen, ein Gesamtbild zu sehen, das alle vier Morde umfasst. In allen vier Fällen waren die Opfer ältere Frauen. Man kann also von einem konstanten Kriterium bei der Wahl des Opfers sprechen. In zwei Fällen wurde Gehirnmasse aus den Schädeln entfernt, in zwei Fällen ist am Tatort eine undeutliche Fußspur zurückgeblieben, und ebenfalls in zwei Fällen wurden die Kleider des Opfers zerrissen. In drei Fällen wurde die Leiche an einen gut sichtbaren Ort geschleppt, und in keinem der vier Fälle wurden Wertsachen entwendet. Was folgt daraus? Passt das zum Bild eines Gerontophilen? Ja und nein. Und was weiter?

Kolossow legte den Kopf auf die Arme und schloss die Augen: Leuchtende purpurne Kreise drehten sich vor ihm.

Ich habe mich auf sieben Tatverdächtige konzentriert. Ist das richtig? Ja. Weil sie alle eine Beziehung zur Mordwaffe haben – dem Moustérien-Stein. Aber Soja Iwanowa kann man jetzt wohl ausschließen.

Eigentlich deckt jeder von ihnen mit seiner Persönlichkeit und seinem Verhalten nur einen Teilbereich des Gesamtbildes ab: Bei Shenja Suworow ist es die ungesunde Beziehung zum anderen Geschlecht, bei Rodsewitsch sein Alter und eine entsprechende Orientierung, bei Olgin und Swanzew das Interesse für Fragen der Verhaltenspathologie, bei Pawlow seine Verwundung und das Afghanistansyndrom ... Wie steht eigentlich seine Sache in dem anderen Fall? Ob ihn die Staatsanwaltschaft wohl sehr in die Zange nimmt? Wäre er nicht gewesen, wäre in Kamensk noch ein weiteres Kind ermordet worden.

Kolossow schüttelte den Kopf und bemühte sich, seine Gedanken wieder auf den anderen Fall zu konzentrieren.

Wer von ihnen ist wahnsinnig? Wer ist imstande, wegen seiner Wahnidee sogar die elementarste Vorsicht zu vergessen? Und kann jemand so geschickt eine solche Besessenheit verbergen? Oder ist es überhaupt keine Gerontophilie? Was ist es dann?

Am nächsten Morgen fuhr er nach Nowospasskoje. Es war ein Sonntag. Ein seltsames Gefühl hatte sich seiner bemächtigt. Neugier wäre ein zu schwacher Ausdruck dafür gewesen. Leidenschaft ein zu starker. Wahrheitshunger ein zu pathetischer. Kolossow wollte einfach nur Bescheid wissen.

Menschen und Tiere

39

Tief hängende Wolken verhüllten den Himmel. Nebelschwaden zogen auf. Die grünen Pappeln, die am Rand der Chaussee wuchsen, sahen in diesem durchsichtigen Licht wie verschwommene Flecken aus Wasserfarben aus. Es war schwül.

Das Tor zur Tierstation wurde Kolossow wieder von Shenja Suworow geöffnet, dem ewigen Pförtner.

»Wie geht's, wie steht's?«, fragte Kolossow mit aufgesetzter Munterkeit.

»Wie immer. Kommen Sie dienstlich zu uns? Gibt es Neuigkeiten?«

»Und Sie wollen natürlich unbedingt erfahren, welche? Wie neugierig Sie sind, Shenja.«

»Nicht anders als Sie.« Der Laborant ließ ihn ein. »Swanzew ist im Sektor eins, falls Sie zu ihm wollen, Wenedikt Wassiljewitsch und Soja Petrowna sind in der Praxis.«

»Ich muss Olgin sprechen.«

»Der ist auf der Beerdigung.«

»Warum sind Sie nicht auch dort?«

»Olgin ist stellvertretend für die ganze Belegschaft gefahren.« Der Laborant schaute auf die Kiesel unter seinen Füßen. »Mir scheint, das ist völlig ausreichend, um nicht die Anstandsregeln zu verletzen.«

Als Kolossow bereits in Richtung Affenhaus ging, holte Shenja ihn ein und fasste ihn an der Schulter.

»Ich ... ich bin kein Idiot, egal, was die anderen Ihnen auch über mich erzählt haben. Ich sage Ihnen: Seien Sie hier etwas vorsichtiger.«

»Wem gegenüber?«

Der Laborant ruckte mit dem Kopf, als hätte man ihn aufgezäumt. Die Bewegung konnte auf alles Mögliche hinweisen: auf das dichte Fliedergesträuch, auf den Sektor eins, auf die Tierstation insgesamt.

»Ich habe Sie gewarnt.« Er schritt wieder auf das Tor zu, ohne sich noch einmal umzusehen.

Kolossow ging in die entgegengesetzte Richtung. Aus dem geöffneten Fenster der tierärztlichen Praxis erklang klassische Musik. Dann hörte man ein Prasseln – offenbar reagierte das Radio auf die fernen elektrischen Entladungen des Gewitters.

»Guten Tag«, rief Kolossow. »Wenedikt Wassiljewitsch, sind Sie das?«

Soja Iwanowa steckte den Kopf aus dem Fenster. Sie trug einen weißen Kittel mit kurzen Ärmeln. Sie verschwand sofort wieder und stand eine Minute später vor dem Chef der Mordkommission – entrüstet und mit geröteten Wangen, was sie noch viel hübscher machte.

»Wie lange soll diese Willkür noch dauern?« Sie hob die Arme, als wollte sie Kolossow am Kragen packen, ließ die Hände aber gleich wieder sinken. »Die Richterin hatte Jusbaschew bis zum Prozess gegen Kaution freigelassen. Und Sie ...?«

»Zum jetzigen Zeitpunkt ist er nicht wegen Diebstahls, sondern wegen Mordverdachts in Haft.«

»Mord? Wen soll er ermordet haben? Ninel Grigorjewna?«

»An seiner Kleidung wurde Blut gefunden, das der Blutgruppe des Opfers entspricht.«

»Aber Shenja hat mir gesagt, dass Konstantin sich geschnitten hat!«

»Schneiden kann man sich in verschiedenen Situationen. Ist Ihnen niemals aufgefallen, dass Jusbaschew sich für ältere Menschen interessiert?«

»In welchem Sinn?«

»In dem bewussten.«

»Quatsch!«

»Sie sind Ärztin, Sie können ihn fachmännisch beurteilen: Wie ist er eigentlich? Ein normaler Mann?«

Soja maß Kolossow mit einem eisigen Blick und erwiderte mit kaum verhohlener Verachtung:

»Viele, die ich kenne, könnten ihn um vieles beneiden.«

»So? Neid ist ein hässliches Gefühl. Was Ihren Jusbaschew betrifft ... Wollen Sie ihm helfen?«

»Natürlich!«

»Dann sagen Sie mir ehrlich: Haben Sie selbst jemanden im Verdacht?«

Soja schüttelte entschieden den Kopf.

»Und Sie haben bei niemandem hier irgendetwas beobachtet ... als Ärztin ...?«

Iwanowa schaute Kolossow verwundert an. Plötzlich verzerrte sich ihr Gesicht in offener Verachtung.

»Sie sind ja verrückt! Schämen Sie sich gar nicht, meine Kollegen zu beschuldigen! Wie können Sie nur?«

Kolossow ging weiter. Beinahe hätte er wütend ausgespuckt: Weiber. Was konnte man von ihnen schon erwarten, außer hysterischem Geschrei und Liebesdramen?

Er sah Oleg Swanzew auf der Vortreppe zu seinem Häuschen. Swanzew hantierte ungeschickt mit einem Hammer, um eine Kiste zusammenzunageln.

»So früh am Tag und schon so eifrig bei der Arbeit. Guten Morgen, Oleg.«

»Guten Morgen. Gibt es Neuigkeiten?«

»Vorläufig nicht. Haben Sie sich hier alle abgesprochen, mir dieselbe Frage zu stellen? Ich bin aber kein Postbote.«

»Die Ereignisse sind so merkwürdig, Nikita Michailowitsch. Ninel Grigorjewna ... Wieso wurde sie ermordet? Wer kann das getan haben?«

»Es geht um eine ganze *Mordserie,* Oleg. Die Kaljasina und die Balaschowa sind leider nicht die einzigen Opfer. Es gibt noch andere. Das kann ich nicht länger verheimlichen.«

Swanzew ließ die Kiste auf seinen Fuß fallen und stieß einen unterdrückten Fluch aus.

»Jemand ermordet ältere Frauen. Er sucht sich seine Opfer ganz gezielt aus, verstehen Sie? Jemand, der nicht allzu weit von diesem wunderbaren Ort lebt. Können wir uns einen Moment zusammensetzen, Oleg?«

Sie ließen sich auf den Treppenstufen nieder. Swanzew nahm seinen geliebten Panamahut ab, von dem er sich nicht einmal an einem regnerischen Tag wie diesem trennte, wischte sich den verschwitzten Scheitel und fragte kläglich:

»Haben Sie eine Zigarette für mich? Auf diesen Schreck hin muss ich erst mal eine rauchen.«

Kolossow holte die Schachtel hervor. Sie rauchten.

»Nach all diesen Ereignissen interessiert sich die Staatsanwaltschaft auch für Ihre Station«, log Kolossow mit undurchdringlichem Gesicht. »Sie müssen damit rechnen, dass in den nächsten Tagen ein Untersuchungsleiter erscheint. Ich nehme an, man wird einen vollständigen Rechenschaftsbericht über alle von Ihnen durchgeführten Untersuchungen verlangen.«

»Bitte sehr, wir haben nichts zu verbergen.«

»Die Staatsanwaltschaft interessiert sich nicht für das Projekt von Professor Gorjew, Oleg.«

»Für was dann?«

»Für Ihr Projekt. Ich weiß nicht, wie es heißt, aber ich habe zufällig gehört, dass der Untersuchungsleiter sich mit einem der Mitarbeiter des Instituts in Verbindung gesetzt hat. Das Gespräch drehte sich um ein Projekt zur Erforschung der Verhaltenspathologie von Primaten.«

Swanzew holte tief Luft.

»Na und, das verheimlicht doch niemand«, sagte er hitzig. »Sie tun ja so, als würden wir hier die Wasserstoffbombe erfinden.«

»Ich habe mich mit Jusbaschew unterhalten. Er hat mir einiges Interessante verraten. Von einem gewissen ausländischen Fonds, dessen Mittel bisweilen etwas ... wie soll ich es ausdrücken ... etwas willkürlich ausgegeben werden. Und von Tierversuchen, die er hier bei Ihnen stoppen wollte – mit dem Erfolg, dass er unschuldig dafür büßen musste.«

»Dann glauben Sie ihm mehr als uns anderen?«

»Ich glaube nicht, ich höre nur zu, Oleg, und ziehe meine Schlüsse.«

»Verzeihen Sie, Nikita Michailowitsch, ich verstehe nicht ganz, in welcher Beziehung unsere Arbeit zu Ihren Serienmorden steht«, sagte Swanzew.

»Was für Versuche führen Sie hier im Einzelnen durch?«, fragte Kolossow und betonte dabei jedes Wort.

»Verschiedene.«

»Das ist keine Antwort.«

»Na, dann kommen Sie mit, und ich zeige es Ihnen. Einer dieser Versuche läuft heute Morgen sowieso gerade bei mir.«

Vorsichtig trat Kolossow in Swanzews »Heiligtum«. Er blickte sich um. Nichts Besonderes: Regale, ein Tisch mit Geräten – elektronische Apparaturen und ein Computer. Auf dem Fußboden vor dem geöffneten Fenster stand ein Plastikbehälter mit hohen Seitenwänden, ein Mittelding zwischen einer kleinen Tonne und einem Kübel.

»Hier, schauen Sie, wenn es Sie so interessiert.« Swanzew führte ihn zu dem Behälter.

Im Innern erblickte Kolossow voller Grauen weiße Mäuse. Sie strampelten im Wasser herum, mit dem der Behälter gefüllt war, und versuchten, nach draußen zu gelangen, rutschten aber an den nassen Wänden ab und plumpsten zurück. Es war etwa ein Dutzend. Auf dem Grund lagen noch fünf weitere, die bereits ertrunken waren.

»Was ist das denn für eine Scheußlichkeit?«, entfuhr es Kolossow.

»Wir erforschen das Verhalten in Extremsituationen. Diese Tiere hier sind eine Stunde nach Beginn des Experiments gestorben, und die anderen schwimmen schon seit rund drei Stunden im Wasser. Sie sind widerstandsfähiger.«

Kolossow betrachtete die kleinen weißen Geschöpfe, die zum Tode verdammt waren. Dann wandte er den Blick Swanzew zu.

»Der Instinkt veranlasst die Mäuse, um ihr Leben zu kämpfen«, erläuterte der. »Wir versuchen, die wechselseitige Abhängigkeit zwischen der Widerstandsfähigkeit und den sexuellen Funktionen des Organismus zu erforschen.«

»Was tun Sie mit den Affen?«, fragte Kolossow heiser.

»Interessiert Sie das wirklich?«

»Wirklich.«

»Dann kommen Sie mit.«

Sie schritten langsam an den Käfigen entlang. Kolossow sah, wie Swanzew plötzlich einen länglichen Gegenstand aus Plastik aus der Kitteltasche nahm – halb Handy, halb Fernbedienung. Er drückte geschäftig auf die zahlreichen Knöpfe und stellte offensichtlich irgendetwas ein.

Die Affen zeigten diesmal keinerlei Interesse für sie. Charly war damit beschäftigt, eine geschälte Apfelsine zu verspeisen, Flora suchte wie immer ihr Fell ab. Humphrey hockte in entspannter Haltung auf dem Käfigboden. Vor ihm blieb Swanzew stehen.

»Hallo, alter Junge«, begrüßte er ihn. »Reichlich nass heute, wie? Bei schlechtem Wetter sind sie nicht so gut drauf«, erklärte er Kolossow. »Dann sinkt ihre Stimmung in den Keller. Macht nichts, wir werden seine Laune jetzt ein bisschen heben.«

Er drückte auf einen Knopf des Geräts. Humphrey hob plötzlich erstaunt den Kopf, spitzte die Lippen und stülpte sie vor. Aus seiner Brust drang ein rollendes »Aaarrr«. Dann schlug er mit der flachen Hand auf den Betonboden und brach plötzlich in ein teuflisch klingendes Gelächter aus. Seine Gesichtszüge, die eben noch traurig und konzentriert gewesen waren, veränderten sich auf sonderbare Weise: Nun drückten sie Glückseligkeit aus. Der Schimpanse fiel auf den Rücken und wälzte sich wie in einem Anfall wilder, grenzenloser Freude hin und her. Swanzew drückte auf einen anderen Knopf. Das Gelächter brach ab. Ein dumpfes

Brüllen ertönte. Der Affe näherte sich wieder den Gitterstäben. Sein Gesicht war grässlich verzerrt, und er fletschte die Zähne. Kolossow starrte wie gebannt auf die krummen gelben Hauer.

»Was geht mit ihm vor?«, flüsterte er.

»Ein jäher Stimmungswechsel, Sie sehen es ja.« Wieder drückte Swanzew auf einen Knopf.

Der Affe drehte sich abrupt um, rannte zur Futterkrippe und begann dort gierig zu fressen, wobei er sich das Futter mit beiden Händen in den Mund stopfte. Ein weiterer Knopfdruck – und Humphrey stürzte sich kreischend in die entgegengesetzte Käfigecke, verkroch sich dort, kauerte sich zusammen und heulte wie in Todesangst. Sein mächtiger Körper zitterte heftig.

»Ich stimuliere die Nervenzentren, die sich in der Hypothalamusregion seines Zwischenhirns befinden.« Swanzew schaltete das Gerät ab. Humphrey verstummte. Seine Hände zuckten. Er schluchzte einige Male und röchelte schwer, wie ein verwundeter Soldat auf dem Schlachtfeld. »Wir studieren das Zwischenhirn und seine Reaktion auf verschiedene Reize. Bei Humphrey habe ich gerade die Zentren für Lust, Aufmerksamkeit, Hunger und Angst aktiviert. Möchten Sie auch noch die Aggression sehen?«

»Nein, um Himmels willen, das ist wirklich nicht nötig!«, wehrte Kolossow ab. »Wie schaffen Sie das auf die Entfernung?«

»In sein Hirn wurden feinste Elektroden eingesetzt.«

»Wieso muss man ihn so quälen?«

»Quälen? Aber das ist unsere Arbeit, wissenschaftliche Arbeit. Wir beobachten und studieren das Gehirn des Primaten und seine Reaktionen – adäquate, inadäquate, normale, anomale – sowie die Gründe dafür. Außerdem versuchen wir, eine gewisse Pathologie herauszuarbeiten. Das Wichtigste aber ist die Möglichkeit, das Verhalten des Tieres zu beeinflussen und zu kontrollieren.«

»Und mit dem Zentrum des Gedächtnisses experimentieren Sie auf die gleiche Weise?«

»Ja.« Swanzew kniff argwöhnisch die Augen zusammen. »Ich habe Ihnen natürlich nur das Wesentliche gezeigt, sozusagen das Gerüst. Wir befassen uns sehr viel detaillierter mit der gesamten Problematik.«

Sie kehrten zu seinem Häuschen zurück. Swanzew setzte sich wieder auf die Stufen, Kolossow blieb stehen.

»Ich merke schon, manches war Ihnen unangenehm. Aber glauben Sie mir, das ist keine Tierquälerei, keine herzlose, unnütze Neugier. Das ist seriöse Arbeit. Das Gehirn des Menschenaffen und das des Menschen sind sich in vielem ähnlich. Und es ist nun mal üblich, dass die verschiedensten Dinge, von der Waffe bis zum Medikament, erst erprobt werden. Wie, ist eine andere Frage. Uns darf nur das Endergebnis interessieren.«

»Wen meinen Sie mit ›uns‹, Oleg?«

»Sie und mich. Ihre und meine Kinder. Sie möchten doch sicher, dass sie gesund, glücklich und intelligent sind.«

»Ich habe keine Kinder.«

»Aber ich.« Swanzews Gesicht verfinsterte sich. »Ich habe es Ihnen bisher nicht gesagt: Ich bin von meiner Frau geschieden. Unsere einzige Tochter lebt in einem Spezialkrankenhaus. Zerebrale Kinderlähmung. Sie ist sieben Jahre. Sie kann nicht sprechen und hat mich noch nie erkannt.«

Kolossow ließ sich neben ihm auf den Stufen nieder.

»Wie lange leben die Affen?«, fragte er nach einer Pause.

»Manchmal zwei, manchmal drei Jahre.«

»Und dann?«

Swanzew zuckte gleichmütig die Achseln.

»Dann erwerben wir für gewöhnlich neue. Wie es jetzt weitergehen soll, weiß ich allerdings nicht. Das Institut hat keine Mittel mehr.«

»Haben Sie am Donnerstag die Balaschowa gesehen?«

Die Frage kam sichtlich überraschend – Swanzew fuhr zusammen.

»Ja. Am Vormittag. Wir sind ja schon früh ins Institut gefahren. Ich glaube, um elf kamen Ninel und Viktor Pawlow von der Bank zurück. Ich bin im Vestibül auf sie gestoßen.«

»Haben Sie mit der Balaschowa gesprochen?«

»Na ja, ein bisschen Smalltalk, wir hatten uns ja lange nicht gesehen. Seit dem Frühling war ich praktisch nicht mehr im Institut. Wir haben uns unterhalten, wie sich Untergebene nun mal mit ihren Vorgesetzten unterhalten.«

»Um wie viel Uhr haben Sie Ihr Geld bekommen?«

»Gegen zwölf, vielleicht später. Die Leute standen Schlange.«

»Und dann?«

»Dann bin ich ins Labor gegangen, ich musste noch verschiedene Aufzeichnungen vervollständigen. Die letzte Vorortbahn vor der Mittagspause hatten wir sowieso schon verpasst.«

»Ja, diese Pause ... Wo befindet sich das Labor?«

»Im Erdgeschoss.«

»Und nach oben in die Museumssäle sind Sie nicht gegangen?«

»Wozu?« In Swanzews Augen erschien ein boshaftes Glitzern, erlosch aber sogleich wieder. »Entschuldigen Sie, ich muss an die Arbeit. Kann ich Ihnen noch irgendwie behilflich sein, Nikita Michailowitsch?«

»Nein, danke.«

»Sagen Sie, ist es wahr, dass die Balaschowa mit einer unserer Steinkopien erschlagen wurde?«, fragte Swanzew plötzlich. »Mir hat Puchow so was Ähnliches auch von Oma Sima erzählt, aber ich hab's nicht richtig verstanden.«

»Die Kaljasina wurde mit einem Moustérien'schen Steinkeil erschlagen, der im Labor Ihres Instituts hergestellt wurde. Die anderen Opfer ebenfalls.«

»Die anderen? Welche anderen?«

»Insgesamt waren es vier bestialische Morde, Oleg.«

»Warum haben Sie das nicht gleich gesagt?«

»Was hätte es geändert? Haben Sie mir dazu noch irgendetwas zu sagen?«

»Nein.«

»Dann will ich Sie nicht länger von Ihrer interessanten und schwierigen Arbeit abhalten, Oleg.«

Kolossow kehrte zum Tor zurück. Aus Richtung der Käfige erklang erneut ein Kreischen. Kolossow, der mittlerweile die Stimmen der Affen unterscheiden konnte, erkannte die Stimme Charlys – so durchdringend und jämmerlich konnte nur dieser kleine Knirps schreien. Plötzlich blieb Kolossow wie angewurzelt stehen. Ihm fiel die schon halb vergessene Bemerkung von Rodsewitsch wieder ein, dem Leiter des Schlangenhauses: »Seltsam, dass ein Schimpanse sich Schlangen genähert haben soll. Das ist anomal.«

Na schön, meine Herren Naturforscher. Wenn ihr nicht mit offenen Karten spielen wollt, kommen wir euch eben auf die krumme Tour.

Er blickte zum Himmel. Er musste auf klares Wetter warten, wenn alles deutlich zu sehen war und man weit in die Ferne blicken konnte. Wenn ihn nur die Geräte nicht im Stich ließen!

40 | Die Jagd auf den Höhlenbären

Nach Nowospasskoje kehrte Kolossow am Dienstag zurück. Einen Tag musste er überspringen, weil das Wetter zu schlecht war. Er stand bereits um drei Uhr morgens auf – er wollte so früh wie möglich zur Tierstation. Es war noch kühl. Im schläfrigen Wald herrschte eine feierliche, hellhörige Stille. Bei dem Mauerdurchbruch blieb er stehen und horchte. Nein, der Wald war völlig ruhig, sowohl auf dieser Seite der Mauer wie auch drüben, auf dem Gelände der Tierstation. Er bückte sich und kroch durch das Loch.

»Wollen Sie auf die Jagd gehen, Genosse Major?«, hatte der Dienst habende Milizionär in der Kriminaltechnischen Abteilung gefragt, als er Kolossow am Vorabend die Spezialgeräte ausgehändigt hatte – starke Ferngläser und einen Satz »Ohren«, eine für weite Entfernungen geeignete Abhörvorrichtung. »Dann können Sie beruhigt sein, dieses Spielzeug eignet sich für jede Art von Jagd. Sogar für Großwild. Wissen Sie, wie man damit umgeht?«

Kolossow nickte: Mit diesen technischen Geräten war er seit langem bestens vertraut.

Als Hauptobservationsobjekt wählte er den Sektor eins aus, das Affenhaus. Zu den Käfigen hielt er vorsichtshalber gebührenden Abstand, sonst würden die Viecher noch Lunte riechen und ein Geschrei erheben. Das Mikrofon befestigte er an einer Birke etwa zweihundert Meter von den Käfigen entfernt. Anschließend suchte er nach dem besten Platz für die optische Überwachung. Kritisch musterte er einige Bäume: Der eine war zu trocken, der andere zu dünn, der dritte glatt und ohne Äste. Als geeignet erschien ihm ein wilder Birnbaum, knorrig, alt und irgendwie gemütlich. Die dicken Astgabeln forderten geradezu auf, ein warmes Nest darin zu bauen. Kolossow brachte behutsam seine optischen Geräte an und kletterte dann hinauf: Tarzan und ich – wer der Bessere ist, das ist noch die Frage. Nur gut, dass die Kollegen mich nicht sehen, die würden sich den Bauch halten vor Lachen.

Anschließend tat sich lange Zeit gar nichts, es war ein ermüdendes Warten. Die ersten Sonnenstrahlen trockneten bereits den Tau im Gras und auf dem Laub. Die Vögel erwachten und begannen in den dichten Baumkronen melodisch zu zwitschern. Es wurde merklich wärmer. Kolossow döste sanft vor sich hin.

So verging eine Stunde und eine zweite. Gegen halb sieben erschien endlich der verschlafene Laborant bei den Käfigen. Aha, dachte Kolossow, jetzt darf das Muttersöhnchen auch über Nacht bleiben. Die Kaljasina ist ja nicht mehr da.

Der Laborant ging um die Ecke und verschwand hinter dem Affenhaus. Zwanzig Minuten später tauchte er mit einer Karre wieder auf, die mit Gemüse und Obst beladen war. Die Affen begrüßten ihn mit frohlockendem Gebrüll, wilden Grimassen und freudigen Gesten.

Kolossow beobachtete träge die Fütterung der Primaten. Die Käfige wurden zu diesem Zweck gar nicht geöffnet. Mit einem Eisenhaken zog Shenja die Futtertröge bis auf eine ungefährliche Distanz heran, kippte die Portionen hinein und schob sie mit lautem Geklapper wieder zurück.

Um sieben erschien ein zweiter Besucher bei den Käfigen: Swanzew. Er war bis zur Taille nackt, ein Frotteehandtuch hing ihm um den Hals. Er klopfte gegen das Käfiggitter und murmelte etwas Unzusammenhängendes, Liebevolles. Kolossow hörte in den Kopfhörern: »Recht so, mein Dummerchen, gut kauen ...« Es war eine Demonstration idyllischer Gemeinsamkeit. Kolossow richtete das Objektiv auf Humphrey. Dem Affen lief Speichel übers Kinn. Mit erstaunlicher Geschwindigkeit verschlang er Apfelstücke, Rüben und Kürbisspalten. Flora drückte sich an das Seitengitter und beobachtete aus ihrem Käfig heraus mürrisch ihren Nachbarn. Offensichtlich schien sie zu glauben, dass Humphrey die besten Stücke bekommen hätte.

In diesem Augenblick erschien Olgin in einem sumpfgrünen Jogginganzug auf dem Weg. Sofort gerieten die Affen in Erregung. Charly rannte von einer Ecke in die andere und kletterte dann auf den Ast, der unmittelbar unter der Decke befestigt war. Flora fletschte die Zähne. Humphrey hörte zu fressen auf. Er klammerte sich mit seinen langen Armen an die Gitterstäbe und erstarrte.

»Friss«, sagte Olgin. Kolossow hörte seinen heiseren Bariton in den Kopfhörern ganz deutlich. »Friss schon, heute brauchst du das ganz besonders. Nun mach.«

Kolossow rechnete schon damit, dass der Anthropologe seinen Befehl mit einem Knopfdruck auf dem »Gehirnreizauslöser« unterstreichen würde, doch nichts dergleichen geschah. Olgin nahm einen Apfel aus seiner Tasche, zeigte ihn dem Affen, biss hinein und warf ihn dann in den Käfig. Humphrey zögerte kurz und griff dann nach der angebissenen Frucht.

Olgin ging auf die Tierarztpraxis zu. Dann verstrich wieder eine schier endlos lange Zeit. Die Sonne brannte nun mit voller Kraft. Erst gegen elf Uhr erblickte Kolossow etwas sehr Seltsames.

Als Erste erschien diesmal Soja Iwanowa. Hinter ihr gingen Olgin und Swanzew. Sie trugen einen Metallkoffer, den sie vorsichtig auf dem Kiesweg vor dem Käfig Humphreys abstellten. Sie öffneten den Koffer, klappten ihn weit auf. Es handelte sich um einen Apparat mit Kabeln, einem kugelförmigen Bildschirm und einer Tastatur. Die Iwanowa setzte sich auf einen Klappstuhl aus Segeltuch vor den Apparat und begann irgendetwas einzustellen und anzuschließen. Sofort verstärkte sich das Knacken und Knistern in Kolossows Kopfhörern um das Hundertfache: starke Funkstörungen machten sich bemerkbar. Leise fluchend presste er die Augen an das Objektiv.

Olgin war bereits dabei, das Schloss von Humphreys Käfig zu öffnen. Der Affe erhob sich, fletschte die Hauer und schlug sich mehrmals wuchtig mit den Fäusten auf die Brust. Swanzew trat dazu und verdeckte für einen Moment die Sicht. Offenbar brachte er den »Reizauslöser« ins Spiel, denn Kolossow sah, wie Olgin furchtlos den Käfig betrat und Humphrey auf dem Boden lag. Der Affe winselte mit verzerrtem Gesicht, bewegte sich jedoch nicht und verteidigte sich nicht.

Dem Affen wurde eine Art geschlossener Helm mit Kabeln auf den Kopf gesetzt. Auf die behaarten Handgelenke und Fußknöchel wurden ihm Gummimanschetten gestreift. Kolossow drehte das Objektiv hastig von einem Beobachtungspunkt zum anderen. Jetzt beugte sich die Iwanowa über den Apparat. Swanzew war ihr behilflich. Beider Bewegungen waren exakt, harmonisch und rasch, es war offensichtlich, dass sie das alles nicht zum ersten Mal taten. Olgin zog irgendetwas aus seiner Brusttasche. Kolossow vergrößerte die Schärfe bis an die Höchstgrenze: aha, eine Spritze und eine Ampulle. In den Kopfhörern klickte es, dann war zu hören:

»Einsch ... Vorsicht ...« Die Stimme Swanzews klang, als käme sie aus einer hallenden Tonne.

Olgin gab Humphrey eine Spritze in den Unterarm. Zwei Minuten verstrichen, dann plötzlich ... Kolossow fuhr zusammen, kalter Schweiß brach ihm aus: Ein qualvolles, wildes Kreischen gellte durch die Kopfhörer. Schrecklicher Schmerz schwang darin mit. Humphrey riss den Rachen weit auf und schrie und schrie. Dann sank das Schreien zu einem heiseren Brüllen und Stöhnen herab. Kolossow konnte es nicht länger ertragen und zog sich die Hörer vom Kopf.

Der Affe wand sich in Krämpfen, seine Hände zuckten, der Kopf unter dem Helm schwankte von einer Seite zur anderen. Olgin, der daneben stand, stützte ihn.

»Zwei Milligramm. Geben wir noch ein bisschen hinzu ...«, drang es aus den Kopfhörern.

Eine neue Injektion. Und erneut das Grauen erregende Kreischen. »Das Herz ... Arhythmie ...« Das war die Iwanowa.

Kolossow überwand sich und setzte die Kopfhörer wieder auf. Er konnte den Blick nicht abwenden. Charly und Flora gebärdeten sich in ihren Käfigen wie besessen. Ihre Schreie waren ebenso wild wie Humphreys, doch bei ihnen schwang kein Schmerz darin mit, nur panische Angst. In dieser höllischen Kakophonie war die Stimme Olgins kaum noch zu verstehen:

»Noch einmal die halbe Dosis. Ich habe gesagt ... zu Ende ... wenigstens bis ...«

»Nein«, widersprach die Iwanowa laut. »Die Herztätigkeit ... Schock ... unmöglich ... nein, er ...«

»Ich weiß, was ich tue!«

»... hält nicht durch ...«

Kolossow war ganz Auge und Ohr: Da bahnte sich offenbar eine Auseinandersetzung an.

»Tun Sie Ihre Arbeit, und mischen Sie sich nicht ein!« Das scharfe Kommando Olgins übertönte den Lärm. Kolossow drehte fieberhaft an den Knöpfen, bis er besser hören konnte.

»Ich schalte jetzt ab.« Die Iwanowa war ernstlich böse. Sie beugte sich hinab und schaltete irgendetwas aus. »Er stirbt!« Ihr Schrei bohrte sich in Kolossows Ohren. »Für alles gibt es eine Grenze! Eine solche Dosis ist unmöglich! Da mache ich nicht mit!«

»Dann verpissen Sie sich!«

»Seid ihr denn total verrückt geworden? Jetzt ist wirklich keine Zeit für solches Gezänk.« Swanzew bemühte sich, die erzürnte Frau zu beschwichtigen. »Soja, du weißt doch, wie wichtig das ist.«

»Fünf Milligramm – das ist unmöglich!«

»Aber wir müssen es klären. Vielleicht glückt es uns ja! Und es ist doch nur ein Schmerzsyndrom, eine normale Reaktion. Das geht schnell vorbei. Du hast es doch gesehen.«

Die Iwanowa trat zurück, erschlaffte plötzlich und wandte sich ab.

»Gehen Sie ruhig schon zurück«, sagte Olgin. »Im Grunde ist bereits alles erledigt. Den Rest machen wir allein. Und der hier hält eine Menge aus.« Er klopfte dem still gewordenen Humphrey auf die Brust.

Dann gab Olgin dem Affen eine weitere Injektion. Swanzew, der jetzt den Platz vor dem Apparat eingenommen hatte, schaute gespannt auf den Bildschirm.

»Tatsächlich«, hörte Kolossow. »Hirnimpulse. Er reagiert.«

Die Iwanowa, die schon auf dem Weg zur Tierarztpraxis war, wandte sich jäh um.

»Das ist eine Riesenschweinerei«, sagte sie, und ihr Gesicht verzerrte sich. »Und ihr ... ihr habt kein Herz. Konstantin hatte Recht!« Mit diesen Worten rannte sie davon.

Bei den Käfigen trat Stille ein. Der Affe gab keinen Laut mehr von sich. Kolossow sah, wie sich die muskulöse schwarze Brust gleichmäßig hob und senkte. Offenbar war Humphrey eingeschlafen. Olgin nahm eine der Manschetten ab und stieg dann aus dem Käfig. Im Laufe der nächsten zweieinhalb Stunden beobachteten die beiden nur den Bildschirm, machten sich irgendwelche Vermerke in ihre Notizblöcke und wechselten hin und wieder unverständliche Sätze, in denen es von medizinischen Fachausdrücken wimmelte. Kolossow lauschte angestrengt und verfluchte seine völlige Unkenntnis auf diesem Gebiet.

Gegen halb drei war das Experiment – oder um was es sich handelte – beendet. Swanzew schaltete die Geräte aus, Olgin nahm dem Affen die Sensoren ab.

Mit dem Gerätekoffer gingen die Männer in Richtung Labor davon. Kolossow wartete noch zehn Minuten und beobachtete die reglosen Tiere. Im Prinzip geht es mich gar nichts an, was sie da tun, dachte er. Aber ich könnte so etwas niemals! ›Haben Sie schon mal wirkliche Grausamkeit gesehen?‹ fiel ihm Jusbaschews zornige Frage ein. ›Erkenntnis geht immer dornige Wege‹, widersprach ein geisterhafter Swanzew. Wie hatte sich eigentlich Olgin zu diesen Dingen geäußert? Gar nicht? Ja, er war der Einzige, der nichts gesagt hat. Kolossow, der schon begonnen hatte, das Sicherheitsseil aufzuknöpfen, ließ plötzlich den Arm sinken. Irgendetwas hielt ihn zurück, flüsterte ihm zu: Warte noch, übereile nichts. Der Tag ist noch nicht zu Ende. Wer weiß, was noch geschieht.

Sein Körper war von der langen Wache schon ganz verkrampft. Die Sonne stach ihm erbarmungslos in den Nacken. Unter dem T-Shirt lief ihm der Schweiß über den Rücken.

»Bis fünf können wir weg«, erklang es plötzlich im Kopfhörer. »Er hat uns frei gegeben. Wir könnten doch einen Abstecher nach Klenowo machen, dort im Geschäft gibt es heute geräuchertes Huhn.« Kolossow konnte nicht sehen, wer da sprach. Dann tauchten Shenja Suworow und Oleg Swanzew in seinem Gesichtsfeld auf. Sie kamen vom Schlangenhaus und gingen auf das Tor zu.

»Keine schlechte Idee, ich muss nur noch die Reifen aufpumpen.«

Es verging eine weitere Stunde. Offenbar waren die beiden weggefahren. Da tauchte im Sektor eins wieder Olgin auf. Kolossow spürte sofort, dass mit dem Anthropologen irgendetwas geschehen war. Er trug keinen Kittel mehr und ging mit schnellen Schritten, rannte beinahe, als wäre er spät dran. Augenblicke später blieb er kurz vor Humphreys Käfig stehen und entfernte sich dann in Richtung Park. Eine Zeit lang war er noch zu sehen, dann verschwand er im Gebüsch.

Kolossow sprang vom Baum. Das Schloss des Sicherheitsseils klickte. Wo wollte Olgin hin? Was für ein seltsamer Mensch! Was, wenn er zum Mauerdurchbruch lief?

Kolossow musterte rasch sein optisches Gerät – alles war

gut befestigt, nichts konnte herunterfallen. Er überprüfte seine Waffe. Dann nahm er ein Paar Handschellen aus seiner Tasche.

Der Wald umgab ihn mit einer schweigenden grünen Mauer. Still, feierlich, uralt. Plötzlich trug der Wind ein Geräusch herüber. Kolossow erkannte erst nicht, was es war, doch der Laut kam nicht aus dem umliegenden Wald, sondern aus dem dichten Unterholz, das um die Mauer herum wuchs. Vom Gelände der Station.

Dann war ein Meer von Gras unter seinen Füßen – hartes Riedgras. Die Sträucher griffen nach seiner Kleidung, als wollten sie ihn festhalten. In der Luft stand immer noch der scharfe, würzige Geruch nach dem von der Sonne erwärmten Laub, nach reifen Himbeeren und geschmolzenem Harz, ein wunderbares Aroma in voller Entfaltung.

Kolossow schob die Zweige auseinander und erblickte in einiger Entfernung etwas Weißes im Gebüsch. Bloße Füße. Oder nein, es waren Beine, nackte Beine. Sie waren in den Kniegelenken angezogen, die Fersen waren in den Erdboden gestemmt. Kolossow blieb regungslos stehen.

Olgin lag in Hemd und Unterhose im Gebüsch. Seine Jogginghose lag zerknüllt neben ihm. Seine Hände waren ins Gras verkrallt, sein voller, kräftiger Körper in einem Schmerzkrampf verrenkt. Er stöhnte leise. Eigentlich war es nur ein Winseln, der Laut eines Menschen, den der Schmerz so erschöpft hat, dass er keine Kraft mehr zum Schreien aufbringt. Ähnliche Laute hatte Kolossow nur einmal gehört, in der Spezialklinik für Brandopfer, wohin ein Kollege von der Steuerfahndung gebracht worden war, nachdem die Mafia ihm ein »Feuerbad« bereitet hatte – sie hatten die Eisentür seiner Wohnung in Brand gesetzt, und beim Versuch, seine Familie zu retten, hatte er entsetzliche Verbrennungen erlitten.

Olgin stützte sich mit den Händen auf den Boden und richtete sich mit Mühe ein Stückchen auf. Der Blick aus seinen schwarzen, eingefallen Augen irrte übers Gras. Er krümmte sich, zog eine Spritze unter sich hervor, auf die er in seinen krampfartigen Zuckungen offensichtlich gefallen war, und versuchte, sie an seine Hüfte zu heben. Kolossow sah auf seiner blassen Haut viele blutrote Punkte: die Spuren der Injektionen.

Er stürzte auf den Anthropologen zu und schlug ihm die Spritze aus der Hand, packte Olgins Körper und schüttelte ihn.

»Was tun Sie da?«

Die Antwort war ein Blick aus leeren Augen mit unnatürlich erweiterten Pupillen. Eine Hand hob sich und krallte sich heftig in Kolossows Hand fest.

»Lassen ... Sie mich ... noch zwei ... Milligramm ...«

Die Worte kamen stoßweise, krächzend, klangen kaum noch wie die Worte eines Menschen.

»Was hast du dir gespritzt?«, brüllte Kolossow. »Was?«

Olgin fiel mit dem Gesicht ins Gras. Wieder schüttelte ihn ein Krampf.

Ein Fixer, schoss es Kolossow durch den Kopf. Das ist es. Wir haben nach einem Gerontophilen gesucht, und es war ein Fixer.

Olgin versuchte aufzustehen, krümmte sich, krallte sich im Gras fest. Und da tat Kolossow etwas, an das er sich später nur ungern erinnerte. Er schlug den Anthropologen auf die Brust, blind vor Wut. Der Wald selbst, so kam es ihm vor, schrie ihm gellend in die Ohren: Dieser Kerl hat gemordet, nachdem er sich das Dreckszeug gespritzt hat! Man wird ihn nie verurteilen, trotz der vier Toten, weil er nicht zurechnungsfähig war! Ich hasse ihn, ich hasse ihn, ich hasse ihn!

41 Fragen ohne Antworten

Zwei Wochen waren vergangen. Mittlerweile war es August, ein trüber, unfreundlicher August. Die Gluthitze war von Regen, Morgennebel und dumpfer Feuchtigkeit abgelöst worden. Es war ungemütlich und deprimierend.

Einen dieser trostlosen vorherbstlichen Abende verbrachten Katja und Sergej in Katjas Wohnung am Frunse-Kai. Sie warteten auf Wadim. Er war in letzter Zeit von morgens bis abends im Büro. Sein Chef war aus dem Urlaub zurück.

Aus Langeweile hatte Katja beschlossen, einen Kirschkuchen zu backen. Ohne zu murren, knetete Sergej unter ihrer Anleitung den Teig und rollte ihn aus.

Die Nachricht von der Verhaftung Olgins, die seinerzeit wie eine Bombe eingeschlagen hatte, war immer noch ihr Hauptgesprächsthema. Katja war erschrocken über den Verlauf der Ereignisse, zugleich erfreut über die Scharfsichtigkeit ihres Freundes. Ständig wiederholte sie: »Du hast sofort seinen unheimlichen Blick bemerkt, Sergej, und die erweiterten Pupillen. Du bist der Einzige, dem es aufgefallen ist!«

Sie sagte es auch jetzt wieder. Sergej probierte den Teig und verzog das Gesicht.

»Tja, eine seltsame Geschichte«, sagte er. »Heute habe ich Viktor angerufen. Er hat sich wieder etwas beruhigt.«

Katja wusste, dass Viktor Pawlow von den Geschehnissen tief erschüttert war.

»Das ist ja das reinste Tollhaus«, hatte er immer wieder gesagt, wie vor den Kopf geschlagen. »Und die Verrückten sind wir, nicht er. *Wir* wissen nicht, wie uns geschieht. Wenn solche Menschen wie er ... wie Alexander ... sich in solche Ungeheuer verwandeln können, was sollen wir dann noch tun? Wie sollen wir das alles verstehen? Was sollen wir über uns selbst denken?«

»Nur Verrückte nehmen sich selbst ernst, Viktor«, hatte Sergej ihm damals geantwortet und einen traurigen Seufzer ausgestoßen. »Eine Weisheit, die ich immer tiefer nachempfinden kann.«

Diesmal aber sagte Sergej, mit der Zubereitung des Teiges beschäftigt, nichts dazu. Katja unterbrach als Erste das Schweigen:

»Kolossow hat jetzt eine Erklärung für alles Unverständliche in diesem Fall: für den nackten Fußabdruck und dafür, dass der Abdruck in zwei Fällen verwischt war, und für die barbarische Grausamkeit, mit der die Überfälle begangen wurden. Olgin wird übrigens dieser Tage ins Serbski-Institut zur psychiatrischen Untersuchung überstellt. Ein anderer Tatverdächtiger – ich kenne ihn nicht, er heißt Jusbaschew oder so ähnlich – wurde bereits freigelassen. Trotzdem, das alles freut Nikita nicht recht. Er ist seltsam geworden. Schweigt die ganze Zeit. Man fragt ihn etwas, und er hört gar nicht zu. Dann wacht er plötzlich auf, verzieht den Mund wie zu einem Lächeln, aber seine Augen ... Gestern habe ich ihm gesagt, er soll den Untersuchungsleiter davor warnen, eine Gegenüberstellung Olgins mit den anderen Zeugen zu veranlassen, insbesondere mit Viktor.«

»Und wie soll man deine Warnung verstehen?«

»Viktor hat Krueger damals fast zum Krüppel geschlagen, wegen eines ihm völlig fremden Kindes. Da wird er Olgin wegen seiner eigenen Tante vor den Augen des Untersuchungsleiters umbringen. Weißt du, allmählich glaube ich an dieses Afghanistansyndrom.«

»Du kennst Viktor schlecht, Katja.«

Wieder schwiegen sie. Sergej schaute auf die Uhr und rollte den Teig auf einem Brett aus. Katja fettete die Kuchenform ein. Dann strichen sie ebenso schweigend die Marmelade auf den Teig. Wieder war es Katja, die das Schweigen brach. Sie warf den klebrigen Löffel in die Spüle.

»Sergej, warum ist das mit Olgin geschehen? Gib mir eine klare Antwort, ohne Ausflüchte. Warum?«

Er ließ sich auf einem Hocker nieder.

»Was soll ich dazu sagen, Katja?«

»Olgin ist ein intelligenter, kultivierter Mensch. Ein Wissenschaftler. Jetzt sind alle entsetzt. Wie konnte sich ein so kluger, talentierter Mann mit so viel versprechender Zukunft in ein derartiges Monster verwandeln?«

»Es heißt, er war nicht zurechnungsfähig. Er ist rauschgiftsüchtig. Kolossow hat ihn ja sozusagen auf frischer Tat ertappt. Hat er dir eigentlich gesagt, was das für ein Präparat ist?«

»Ich glaube, er weiß es selbst nicht so genau. Alle hoffen jetzt auf das gerichtspsychiatrische Gutachten und auf die Ergebnisse der chemischen Analysen. Außerdem ist es sehr schwierig geworden, sich mit Kolossow zu unterhalten, wie ich schon sagte. Eigentlich ist alles abgeschlossen, der Fall aufgeklärt. Es wird schon ein Antrag auf Belobigung für Kolossow gestellt, aber er grübelt noch immer, und ich weiß nicht, warum.«

»Dann wird es wohl etwas geben, worüber er grübelt, Katja.«

Sie blickte ihm in die Augen.

»Mit dir kann man heute auch nicht vernünftig reden, Sergej.«

»Das habe ich selbst schon gemerkt.« Er bückte sich und schob den Kuchen in den glühenden Backofen. »Du bist mir deshalb hoffentlich nicht böse?«

»Nein. Ich bin nur einfach daran gewöhnt, dass du für alles auf der Welt eine Erklärung hast. Ob sie richtig oder falsch ist, ist nicht so wichtig. Aber wenn du nichts mehr erklären willst oder es gar nicht versuchst, bringt mich das aus der Fassung.«

Katja schüttelte den Kopf. In Sergejs Augen waren deutlich Angst und Nichtbegreifen zu lesen. Es gab irgendein wichtiges, wesentliches Detail, das ihm die Ruhe und die sichere Gewissheit raubte, dass diese seltsame Geschichte wirklich schon zu Ende war.

42 Das Präparat

Am selben Abend schwebten in einem der Büros in der Bezirkshauptverwaltung der Miliz dicke blaue Schwaden Zigarettenrauch. Kowalenko hielt es als Erster nicht mehr aus. Er zog den Vorhang zurück, öffnete das Oberlicht und kippte einen Berg Zigarettenstummel aus dem verrußten Aschenbecher in den Regen vorm Fenster.

»Du machst dir unnötig viel Kopfzerbrechen«, wandte er sich an Kolossow, mit dem er schon seit zwei Stunden die Lage im Fall Olgin erörterte. »Die Frage nach der

Zurechnungsfähigkeit wird sowieso ohne uns entschieden.«

Kolossow, müde und erkältet, stützte den Kopf auf die gefalteten Hände.

»Dass Olgin nicht gestehen will«, fuhr Kowalenko belehrend fort, »war zu erwarten. Wer an seiner Stelle würde anders handeln? Ein Geständnis zieht die Schlinge um seinen Hals ja noch fester zu. Da kann er uns besser sein Fiebergeschwätz auftischen: Nach der Spritze war ich völlig weggetreten, ich erinnere mich an nichts, erst als die Wirkung nachließ, bin ich wieder ich selbst geworden ... Das ist jetzt die vorteilhafteste Position für ihn. Okay, ich gebe zu, als dieses Zeug zu wirken begann, war er wohl tatsächlich weggetreten. Aber *vor* der Spritze wusste er doch genau, was er tat, und hat vollkommen überlegt gehandelt! Und auch danach – und das ist das Wichtigste – ist er ganz geschickt vorgegangen, hat die Spuren des Verbrechens verwischt, sich versteckt und sich zuletzt auch noch das Blut abgewaschen! Deshalb ist er wohl damals den Flur hinuntergerannt. Dieser Meschtscherski, dein Bekannter, hat uns ja gesagt, er hätte jemanden schnell rennen hören.«

»Ja, das hat er deutlich gehört.«

»Na bitte! Da soll mir noch einer was von Unzurechnungsfähigkeit erzählen!« Kowalenko schlug zornig mit der flachen Hand auf die Fensterbank. »Olgin verschwindet so schnell wie möglich vom Tatort – das soll eine unbewusste Handlung sein?«

Der Fall des Anthropologen war in Bewegung gekommen: Die Staatsanwaltschaft hatte jetzt alle Fäden fest in der Hand. Der hartnäckige, pedantische Untersuchungsleiter besuchte das Museum, das Institut, die Tierstation in Nowospasskoje, befragte ausführlich die Mitarbeiter, holte Gutachten bei Spezialisten ein und forderte zu guter Letzt auch noch einen vollständigen Rechenschaftsbericht über die wissenschaftlichen Forschungen des Instituts während der letzten fünf Jahre.

So erstaunlich es auch war, aber einen der längsten und dicksten Nägel schlug kein anderer als der Laborant Shenja Suworow in Olgins Sarg. Beim Verhör auf der Staatsanwaltschaft machte er unerwartet einige höchst interessante Aussagen, die Kolossow manche Ungereimtheiten in seinem früheren Verhalten erklärten.

Suworow berichtete vom Abend des achtundzwanzigsten Mai, als man auf der Station den Geburtstag von Soja Iwanowa feierte.

»Wir haben sehr lange zusammengesessen«, erinnerte er sich. »Ich habe natürlich die letzte Bahn verpasst und bin geblieben. Olgin hat sich sonderbar benommen. Er hat überhaupt nichts getrunken. Er bringt einen Trinkspruch aus, führt das Glas an die Lippen und stellt es voll wieder zurück. Und sein Blick ist dabei irgendwie ... benebelt. Gegen halb eins sind wir auseinander gegangen. Um halb fünf war ich schon wieder auf den Beinen. Ich konnte nicht schlafen, auf der Terrasse war es zu kalt. Ich habe zum Fenster hinausgeschaut und gesehen, wie Olgin zur Tierarztpraxis ging. Da wurde ich neugierig. Ich dachte, der krempelt jetzt die Ärmel hoch und jagt Jusbaschew aus Sojas warmem Bett. Ich bin ihm hinterhergeschlichen. Aber er geht an ihrem Häuschen vorbei und gleich weiter durchs Gebüsch mitten ins Dickicht. Auf der Lichtung habe ich dann gesehen, wie er sich aus einer Spritze irgendwas ins Bein injiziert. Vorher hat er noch die Hose und die Schuhe ausgezogen.

Ich wusste schon, dass sie diesen ›Stimulator‹ an den Affen erproben, davon wussten alle auf der Station. Da fiel es mir wie Schuppen von den Augen – Olgin erprobt das Zeug auch an sich selbst!«

»Haben Sie auch gesehen, was dann mit ihm geschah?«, wollte der Untersuchungsleiter wissen.

»Nein, da müsste ich lügen. Als die Krämpfe anfingen und er sich übergeben hat, konnte ich es nicht länger ertragen und bin weggerannt. Ich habe schwache Nerven. Ich wollte schon die Kollegen zu Hilfe rufen, hab's mir dann aber anders überlegt. Mir wurde von all dem ganz unheimlich. In der Zeit darauf habe ich Olgin genauer beobachtet. Manchmal hatte er ganz wahnsinnige Augen – Pupillen so groß wie ein Fünfkopekenstück! Ich konnte mir inzwischen natürlich den Grund dafür denken.«

»Glauben Sie, Swanzew hat auch bemerkt, was mit Olgin los war?«, fragte der Untersuchungsleiter. »Schließlich sind sie nicht nur Kollegen, sondern auch Freunde.«

»Das müssen Sie Oleg selbst fragen. Ich denke aber schon. Solche Augen kann man nicht verbergen.« Shenja seufzte. »Doch Swanzew hat geschwiegen, wollte Olgin wohl keine Schwierigkeiten machen. Vielleicht war er auch neugierig, wie das alles enden würde. Das ist ja ein prinzipiell neues Experiment. Und er ist gierig auf alles Neue.«

Swanzew wurde zu den Vorfällen genauer befragt als alle anderen Zeugen zusammen. Das Hauptthema dieser Verhöre war das »Präparat«. Allerdings näherte man sich diesem Thema auf großen Umwegen.

»Das Programm, in dem das genetische Gedächtnis des Menschen untersucht wird, gehört zu den wichtigsten in unserem Labor«, berichtete Swanzew widerstrebend. Nach Olgins Verhaftung hatte er plötzlich alle seine Lebensfreude, Energie und Freundlichkeit verloren. Er war gereizt und mürrisch. Die Fragen beantwortete er äußerst knapp. Jede Information musste man ihm aus der Nase ziehen. »Mit dieser Problematik hat Olgin sich schon früher beschäftigt, als Professor Gorjew noch unser Labor leitete. Olgin hat eine bestimmte Theorie zu diesem Thema – die Theorie, dass unser Gedächtnis erblich ist, dass es einen unaufhörlichen Strom von Informationen und intensiven Eindrücken gibt, die in uns gespeichert sind, seit unsere Ahnen ihre ersten Schritte auf der Erde getan haben. Unser genetisches Gedächtnis bewahrt die Informationen von zehntausend, hunderttausend Jahren, von Millionen Generationen, die vor uns gelebt haben. Olgin ist der Meinung, dass in jedem von uns bis auf den heutigen Tag der Ururahn lebendig ist – die Erste Seele, die am Anfang dieser unendlichen Kette des Lebens stand. Ich erkläre das sehr vereinfacht, aber ich möchte, dass Sie seine Theorie wenigstens in groben Zügen verstehen.

Deshalb war Olgin geradezu besessen davon, das größte Rätsel in der Geschichte der Vorfahren des Homo sapiens zu lösen. Er träumte davon, das ›fehlende Glied‹ zu finden. Er war überzeugt, wir müssten uns in uns selbst suchen – in den Geheimfächern unseres Unterbewusstseins, unseres uralten, prähistorischen Gedächtnisses. Und als das biochemische Labor unseres Instituts das Stimulans LH als unbrauchbar aussonderte ...«

»Das müssen Sie mir genauer erklären«, bat der Untersuchungsleiter, und die Ermittler spitzten die Ohren, bemüht, kein Wort von den Aussagen des Physiologen zu verpassen.

»Das Präparat LH wurde in unserem biochemischen Labor zunächst als gewöhnliches Stimulans für das Gedächtnis älterer Menschen entwickelt«, erläuterte Swanzew. »Es gibt heutzutage eine große Zahl derartiger Medikamente. Aber LH erwies sich in seiner Wirkung als sehr stark und unberechenbar. Nach einer erfolglosen Versuchsreihe wurde es aus dem pharmakologischen Programm genommen. Das Präparat ist keine Droge, das muss ich immer wieder betonen. Es ist eine experimentelle Substanz, die unser genetisches Gedächtnis beeinflusst.

Anfang der Neunzigerjahre beschäftigte sich unser Mitarbeiter Valeri Resnikow mit der Entwicklung des LH. Er brachte Olgin auf den Gedanken, dass die Wirkung von LH weitaus tiefgreifender, stärker und wirkungsvoller sein könnte, als seine Erfinder meinten. Es wirkt auf unsere Gene und kristallisiert die dort seit Urzeiten gespeicherten Informationen heraus, hat aber gleichzeitig starke Nebenwirkungen.

Die Tierversuche bei uns begannen vor zwei Jahren. Anfangs war es sehr schwierig. Wir tappten noch völlig im Dunkeln. Dann wurde alles noch komplizierter, denn wegen fehlender Mittel wurde das biochemische Labor geschlossen und die Programme drastisch gekürzt. In unserem Institut ging es drunter und drüber. Und dann kam auch noch Resnikow bei einem Autounfall ums Leben! Um es kurz zu machen, nach allen diesen Ereignissen und nach der Schließung des Labors, nach der Reise Professor Gorjews in die Staaten, wo er beim Melville-Fonds Gelder für die Fortsetzung seines Programms lockermachen konnte, beschlossen Olgin und ich, die Versuche mit LH um jeden Preis weiterzuführen. Olgin hatte eine ganze Partie des ausgesonderten Präparats von den Pharmakologen übernommen, und wir begannen unser eigenes Projekt.

Aber wir erprobten das Präparat ausschließlich an Menschenaffen. Ich schwöre Ihnen – nicht im Traum wäre mir der Gedanke gekommen, Olgin könnte parallel dazu dieses Stimulans an sich selbst erproben.«

»Soll das heißen, wenn Sie davon gewusst hätten, hätten Sie ihm nicht erlaubt, derart barbarische Experimente am eigenen Leib durchzuführen?«, hatte Kolossow an dieser Stelle gefragt. Und der Blick Swanzews hatte sich ihm tief eingeprägt. In seinen Augen war unverhohlener Spott aufgeflammt und gleich wieder erloschen. Doch der Tonfall des Physiologen war aufrichtig gewesen, als er geantwortet hatte: »Selbstverständlich. Glauben Sie, ich hätte zugelassen, dass er so entsetzliche Schmerzen erleidet? Ich bin doch sein Freund!«

»Welche Wirkung hat das Präparat eigentlich auf die Schimpansen?«

»Anfangs haben wir ihnen große Dosen gegeben, sechs Milligramm, und zwei Affen sind an dem Schmerzschock gestorben. Das Schmerzsyndrom ist die hauptsächliche Nebenwirkung von LH«, erklärte Swanzew. »Deshalb haben wir die zweite Versuchsreihe mit Humphrey und Charly mit mikroskopisch kleinen Dosen begonnen. Aber auf Charly mussten wir bald verzichten. Er hat ein schwaches Herz, er hielt die Belastungen nicht aus.«

»War er es, der unter dem Einfluss des Präparats die Angst vor den Schlangen verlor?«, erkundigte Kolossow sich finster.

»Ganz recht. Es handelte sich um eine momentane Blockade des Angstzentrums. Aber bei unserem Projekt konnte uns nur Humphrey helfen – ein durchtrainierter, widerstandsfähiger Zirkusaffe.«

»Was Sie mit ihm gemacht haben, ist unmenschlich.« Kolossow errötete. »Sadismus! Oder in der Sprache des Strafgesetzbuches – Tierquälerei!«

Swanzew lief ebenfalls krebsrot an. Offenbar lag ihm bereits eine giftige Antwort auf der Zunge, doch der Untersuchungsleiter erstickte den aufkommenden Streit im Keim:

»Vorläufig wollen wir die Vorfälle noch nicht unter moralischen Aspekten betrachten. Zunächst haben wir nur die nackten Tatsachen zu sichten und zu beurteilen.«

»Tatsachen ...« Swanzew kniff verächtlich die Augen zusammen. »Bei Humphrey haben wir ebenfalls mit kleinen Dosen begonnen. Dann bestand Olgin darauf, sie zu vergrößern. Beim letzten Mal sind wir bis zum Maximum gegangen. Allerdings haben wir die Injektionen in einer bestimmten Reihenfolge vorgenommen, mit zeitlichem Abstand. Auf diese Weise konnte man die besten Ergebnisse bei der Datenabtastung erreichen. Offensichtlich hat Olgin diese Vorgehensweise an sich selbst wiederholt.«

»Aber was wird weiter sein?«

»Nichts. Unser Projekt ist gescheitert. Wir haben ohnehin nichts mehr von dem Präparat übrig.«

»Aber trotzdem – wie wirkt das Präparat denn auf den Menschen?«

»Woher soll ich das wissen? Ich trage nur für meine Affen die Verantwortung.«

»Ich war in Ihrem Museum und habe mir dort alles angeschaut«, sagte der Untersuchungsleiter, schwieg einen Moment und blickte zum Fenster hinaus. »Um auf den Gegenstand zurückzukommen, mit dem Olgin für gewöhnlich seine Opfer getötet hat, diesen vorsintflutlichen Steinkeil, und auf die zerschmetterten Schädel der Opfer, die Entfernung von Hirnmasse ... Ist es möglich, dass Olgin sich unter dem Einfluss der Droge für ... wie soll ich es ausdrücken ... für jemanden aus der Sphäre gehalten hat, mit der er sich wissenschaftlich beschäftigte? Sein Forschungsgegenstand war doch der prähistorische Mensch. Auf diesem Nährboden könnte sich bei ihm vielleicht eine Art Nachahmungspsychose entwickelt haben, die ihn veranlasst hat, genauso zu handeln, wie unsere wilden Vorfahren es taten.«

»Dazu kann ich Ihnen überhaupt nichts sagen«, erwiderte Swanzew knapp. »Aber Sie machen wieder den Fehler, LH für eine Droge zu halten. Es handelt sich um ein Stimulans für das genetische ...«

»Ja, ja, wir haben begriffen«, unterbrach der Untersuchungsleiter. »Aber bei der gerichtspsychiatrischen Begutachtung Olgins wird die Frage nach seiner Zurechnungsfähigkeit zum Zeitpunkt der von ihm unter dem Einfluss des Präparats begangenen Verbrechen auftauchen.«

»Die Frage kann ich nicht beantworten.« Swanzew zuckte die Schultern.

Die Einzelheiten der vielen langwierigen und schwierigen Verhöre in den letzten Wochen wurden nun, an diesem verregneten Spätsommerabend, von Kolossow und Kowalenko in ihrem verrauchten engen Büro erörtert.

»Beweise für seine Schuld haben wir mehr als genug«, erklärte Kowalenko. »Hinzu kommt seine Festnahme in flagranti. Plus die Aussagen von Suworow und Meschtscherski – jetzt wissen wir ja genau, dass Olgin sich unmittelbar vor den Morden an der Künstlerin in Brjanzewo und an der Balaschowa im Institut eine Dosis von diesem Teufelszeug gespritzt hat. Und wie es sich bei der Kaljasina verhielt, kann man sich jetzt auch denken. Ein Alibi für diesen Tag hat Olgin nicht. Er sagt, er sei am Abend zuvor nach Moskau gefahren, ins Institut, und habe zusammen mit der Balaschowa gearbeitet. Sie wird seine Aussage aus dem Jenseits nicht mehr bestätigen können. Und die Wächterin hat ihn an dem betreffenden Tag nicht im Institut gesehen. Er erklärt es damit, dass er das Gebäude immer durch den Hintereingang betritt. Wer soll ihm das alles glauben? Ich nicht, und auch niemand sonst. Es spricht sogar gegen ihn, dass er sich weigert, uns die genauen Mengen des von ihm gespritzten Präparats zu nennen! Natürlich, so dumm ist er nicht, uns einen solchen Trumpf in die Hand zu spielen! ›Ich kann mich an nichts erinnern‹ ist eine viel Erfolg versprechendere Taktik.«

Kolossow nahm eine Zigarette aus der Schachtel und griff nach dem Feuerzeug. Wieder schwebten violette Rauchringe durch die Luft.

»Ich möchte noch einmal unter vier Augen mit ihm sprechen, Slawa«, sagte er und tat einen tiefen Zug. »Das ist ein sehr interessanter Fall. Entweder verstehe ich überhaupt nichts von unserer Arbeit, oder diese verrückte Geschichte wird ein sehr seltsames Ende haben. Ich möchte diesem Mann direkt gegenüber sitzen, so wie ich jetzt dir gegenüber sitze, und dann ...«

Er hielt inne.

»Was dann? Was willst du mit ihm machen?«

»Was ich machen werde, weiß ich nicht. Aber meine erste Frage an ihn wird sein: Wozu hat er das alles angezettelt? Wozu hat er solche höllischen Schmerzen ertragen?«

Kowalenko schloss müde die Augen. Er hatte keine Lust mehr zu widersprechen. Auch er hatte bemerkt, dass es seit einiger Zeit nicht leicht war, sich mit dem Chef der Mordkommission zu unterhalten. Kolossow war taub und blind für die offensichtlichen und von ihm selbst bewiesenen Fakten geworden.

43 Wozu?

»Wozu haben Sie das alles angezettelt?« So lautete die erste Frage in dem denkwürdigen Gespräch, das solch unvorhergesehene Folgen haben sollte.

Es fand im Büro des Untersuchungsgefängnisses statt, einem nackten, leeren, kalten Raum.

Olgin saß sehr gerade. Seine kräftigen Hände mit den breiten Handgelenken und dem Netz angeschwollener Adern ruhten auf seinen Knien. Er hatte wenig Ähnlichkeit mit einem gewöhnlichen Gefangenen – glatt rasiert, gekämmt, bekleidet mit einem flauschigen Pullover und einer Jogginghose. Sein Gesicht allerdings zuckte immer wieder wie von einem nervösen Tick, und die Augen waren starr auf einen Punkt gerichtet.

»Gestern hatte er furchtbare Entzugserscheinungen«, flüsterte der Leiter des Untersuchungsgefängnisses Kolossow vor dem Verhör zu. »Wir wollten schon den Notarzt rufen, aber er hat es abgelehnt. Der Mann hängt an der Nadel. Solche Leute haben wir hier schon mehr als genug gesehen. Um das zu erkennen, brauchen wir kein Gutachten.«

Es fiel Kolossow nicht leicht, seine Frage zu stellen. Er empfand Scham und ärgerte sich über sich selbst, weil er sich nicht im Griff hatte und sich wie ein nervenschwacher grüner Junge benahm.

»Wozu haben Sie das alles angezettelt?«, wiederholte er

und spürte, wie die Worte, laut ausgesprochen, Kraft gewannen.

»Was meinen sie mit ›alles‹?« Olgin hob langsam den Kopf. Der Schatten seiner dichten Wimpern fiel auf seine grauen, von einem Netz feiner Fältchen überzogenen Wangen. »Wovon sprechen Sie?«

»Zu welchem Zweck haben Sie derartige Experimente an sich selbst durchgeführt?«, sagte Kolossow und betonte dabei jedes Wort.

»Das ... Das können Sie nicht verstehen, junger Mann.«

Kolossow stand auf, ging um den Tisch herum und baute sich vor Olgin auf.

»Wieso kann ich es nicht verstehen? Erklären Sie es einem Esel wie mir.«

»Ich bin nicht in der Stimmung.« Die Antwort des Anthropologen kam ohne jeden Anflug von Ironie. »Ich mag es grundsätzlich nicht, lange Erklärungen abzugeben. Ich werde beschuldigt, vier Morde begangen zu haben, angeblich unter dem Einfluss von LH. Ich habe versucht, dem Untersuchungsleiter einiges zu erklären, doch man hat mir betont höflich mit einer ganzen Garnitur von unwiderlegbaren Beweisen den Mund gestopft: irgendeine Fußspur von mir, meine Identifizierung durch unseren Laboranten, leere Ampullen, die auf der Station beschlagnahmt wurden, und Ihre Aussagen über die Umstände bei meiner Festnahme. Ich habe mir das alles schweigend angehört und dann gesagt, dass ich mich an nichts erinnere, was ich tat, nachdem ich das Präparat gespritzt habe. Seltsamerweise waren damit alle zufrieden.«

»Erinnern Sie sich tatsächlich an nichts mehr?«

»Tatsächlich.« Olgin grinste boshaft.

»Sie lügen.«

»Ich lüge selten, junger Mann. Ich mag das nicht, wissen Sie. Wenn ich nicht reden will, schweige ich einfach. Das kostet weniger Kraft.«

»Aber ich will Sie *verstehen,* Alexander Nikolajewitsch. Ich will, doch ich kann nicht. Ich habe gehört, wie dieser unglückliche Affe bei den Versuchen im Käfig gebrüllt hat. Warum haben Sie ihm so etwas angetan? Das ist doch ... eine Sünde ist das. Sie sind doch ein Mensch. Was, zum Teufel, wollen Sie denn mit diesem ›Gedächtnis der Vorfahren‹, dieser ›Ersten Seele‹? Welchen Nutzen bringt das? Wer hat etwas davon?«

Olgin zog erstaunt die Brauen hoch.

»Oh, ich sehe, Ihr Verein hat Swanzew zum Reden gebracht. Lobenswert. Na, dann hat er Ihnen ja sicher schon alles erklärt, zumindest in groben Zügen.«

»Aber ich möchte Ihre Meinung hören. Wieso wenden Sie sich in der heutigen Zeit, wo in unserem Land alles drunter und drüber geht und die Menschen nicht wissen, was aus ihnen wird, ausgerechnet einem solchen Thema zu? Wie kann man sich heutzutage für irgendwelche Neandertaler und vorsintflutliche Urahnen interessieren? Wer braucht das?«

Olgin lehnte sich zurück.

»Ich«, sagte er leise. »Das ist meine Arbeit, mein Beruf, mein Leben, mein Traum. Ich will *wissen,* verstehen Sie? Nicht spekulieren, nicht im Dunkeln tappen, sondern wissen – sehen, anfassen, fühlen.«

»Was denn sehen?«, rief Kolossow.

»Den Anfang der Zeiten. Die Entstehung des Lebens. Wer wir waren und wie wir waren. Ob wir Tiere waren oder schon mehr ... Und LH hat neue Horizonte eröffnet oder zumindest die Illusion vermittelt, neue Horizonte zu öffnen. Aber ich habe es trotzdem riskiert. Selbst die Illusion war es mir wert ...« Olgin stockte, als würde ihm etwas die Kehle zuschnüren. »Sie fragen, warum ich es am eigenen Leibe erprobt habe? Wie hätte ich es anders machen sollen? Wie? Es gibt kein Labor, es gibt keine Mittel, die Wissenschaft ist eine armselige Bettlerin geworden. Aber ich bin Forscher, und ich bin fünfundvierzig Jahre alt. Mein Leben rinnt mir durch die Finger. Was ich jetzt nicht tue, tue ich nie mehr. Ich habe keine Zeit zu warten, bis die da oben endlich mit ihren Reformen fertig sind und sich wieder an das einzig Wichtige erinnern – das Leben, die Menschen, den Sinn unseres Daseins! Sie werfen mir den gemarterten Affen vor, aber ich bin selbst bereit, mein Leben zu geben, nur um zu begreifen ... alles zu begreifen ...« Diese Worte hatte er fast geschrien, nun schlug er plötzlich die Hände vors Gesicht und verstummte. Seine Schultern zitterten.

»Und Sie waren bereit, dafür auch zu töten?«, fragte Kolossow. »Für ein Experiment? Zu töten wie unsere wilden Vorfahren? Anderen mit einem Stein den Schädel einschlagen, dass das Gehirn herausspritzt?«

Olgin erstarrte. Er nahm die Hände von seinem tränenfeuchten Gesicht. Seine Augen waren schwarz wie ein bodenloser Brunnen. Es machte einem Angst, in diese Augen zu schauen.

»Eigentlich wollte ich nur vor Gericht darüber sprechen.«

»Worüber?«

»Ich war gar nicht imstande, jemanden zu töten. Weder die Balaschowa noch Serafima Kaljasina, noch die beiden anderen Frauen, über die ich gar nichts weiß und nach denen man mich die ganze Zeit fragt. Ich war nicht imstande, weil ...«

Die Wächter, die auf dem Korridor des Untersuchungsgefängnisses saßen, drehten sich erschrocken um – die Tür zum Büro war krachend gegen die Wand geflogen. Auf der Schwelle stand der Chef der Mordkommission. Sein Gesicht war kreideweiß.

»Bringen Sie den Gefangenen zurück in seine Zelle«, befahl er. Eine Minute später war er bereits im Arbeitszimmer des Gefängnisleiters und rief im Labor an, wo seit einer Woche das Präparat LH untersucht wurde.

»Leider kann ich dir nichts Erfreuliches mitteilen, Nikita Michailowitsch«, sagte ihm der Leiter des chemischen Labors. »Dieses Präparat ist auf der Basis von Dimethylpriptamin hergestellt worden. So viel konnten wir feststellen. Es handelt sich tatsächlich nicht um eine Droge im eigentlichen Sinne, sondern um ein Präparat, das in der Psychopharmakologie verwendet wird und die Eigenschaften eines starken Halluzinogens hat. Zur Herstellung benutzt man Pflanzenextrakte, die aus Indien und Pakistan exportiert werden. Wer es anwendet, ist tatsächlich eine bestimmte Zeit lang für seine Handlungen nicht mehr verantwortlich, aber das gilt nur für Dimethylpriptamin – mit LH verhält es sich sehr viel komplizierter. Um seine Einflüsse auf den menschlichen Organismus zu beschreiben, sind grundlegende Forschungen nötig.«

»Wie lange dauert das? Zwei Wochen, drei?«

Der Experte schwieg einen Augenblick.

»Du hast mich nicht richtig verstanden, Nikita Michailowitsch. Ich wiederhole: Es sind fundamentale Forschungen im Labor erforderlich – ein Speziallabor muss eingerichtet werden, und man braucht besondere Apparate und Versuchstiere. Es ist ein ganz besonderes Präparat, eine neue Generation, einundzwanzigstes Jahrhundert. Experimente unter Laborbedingungen können Jahre dauern. Nicht verwunderlich, dass dieser arme Tropf so danach gierte, das Resultat zu beschleunigen und sich selbst freiwillig als Versuchskaninchen missbraucht hat. Ich kann ihn verstehen.«

»Ich auch«, presste Kolossow heiser hervor. »Jetzt verstehe auch ich den Mann.«

44 Der Weg zur Erkenntnis

Am Tag nach diesen Ereignissen saß Katja in ihrem Büro und arbeitete angestrengt und emsig an einem Artikel. Sie klapperte auf der Schreibmaschine und hörte gar nicht, wie jemand ins Zimmer kam. Als sie den Kopf hob, stand Kolossow höchstpersönlich vor ihr.

»Nikita, grüß dich.«

Er setzte sich auf die Schreibtischkante und nahm ihre Hand. Sein Gesichtsausdruck war ungewöhnlich: verwirrt und fast schon kindlich verzweifelt, als habe der Chef der Mordkommission sich zu irgendeiner wichtigen, schwierigen Tat entschlossen.

»Katja, bist du heute Abend frei?«, fragte er.

Sie riss erstaunt die Augen auf. Was war los mit ihm? Wollte er ihr einen Antrag machen oder was?

»J-ja. Warum?«

»Kannst du diesen Kindheitsfreund von dir anrufen, diesen Meschtscherski? Jetzt sofort?«

»Ja, sicher. Er ist zu Hause. Wieso denn?«

»Ich brauche in einem Fall unbedingt seine Hilfe.«

Katja wählte rasch die Nummer des Fürsten. Er war im ersten Moment völlig verdutzt.

»Natürlich, gern, nur ... Ach, kommt einfach vorbei.«

Auch im Auto erklärte Kolossow nichts, steuerte den Wagen nur gehorsam den Weg, den Katja ihm sagte. Vor dem Haus Sergejs zögerte er einen Moment, als müsse er sich überwinden, den dunklen Flur zu betreten.

»Ich bitte um Entschuldigung, dass ich Sie so plötzlich überfalle.« Kolossow drückte Sergej, der die Wohnungstür öffnete, kräftig die Hand. »Aber ich muss umgehend eine Sache überprüfen. Eine Theorie. Und dafür brauche ich Zeugen, anständige, ehrliche Leute, denen man glaubt.«

»Kommen Sie doch ins Wohnzimmer«, lud der verblüffte Sergej ein.

»Nein, lassen Sie uns lieber in der Küche bleiben. Ist das Linoleum hier auf dem Fußboden? Das kann man im Fall eines Falles abwaschen.«

Katja und der Fürst warfen sich einen alarmierten Blick zu.

»Ach, Unsinn, der Fußboden hält was aus, kommen Sie nur hier herein.« Sergej führte sie in sein »Geographisches Kabinett« und sagte: »Nehmen Sie Platz.«

Kolossow achtete gar nicht auf die Einrichtung des Zimmers. Er ließ sich auf dem Diwan nieder und holte aus der Brusttasche seines schwarzen, modischen Hemdes eine Spritze und ein kleines Fläschchen, das zur Hälfte mit einer farblosen Flüssigkeit gefüllt war.

»So. Das hier ist es«, sagte er, blickte zu Katja auf und senkte den Blick gleich wieder. »Das muss ich überprüfen.«

Katja griff blitzschnell nach der Spritze und versteckte sie hinter ihrem Rücken.

»Du bist verrückt geworden«, zischte sie. »Woher hast du das Teufelszeug?«

»Teufelszeug, genau. Du hast richtig geraten. Hier sind

fünf Milligramm. Die hat Swanzew mir damals überlassen. Gib mir die Spritze zurück, Katja.«

»Auf keinen Fall!«

Sergej nahm ihr die Spritze weg. Er war ernst, bleich und merkwürdig feierlich, als hätte er begriffen, was Kolossow nicht mit Worten erklären wollte.

»Du willst dir doch dieses Zeug, diese Droge selbst ...«, stammelte Katja.

»Das ist keine Droge.« Kolossow knöpfte sich das Hemd auf. »Sergej, hast du eine Zeitung oder so was? Um den Fußboden abzudecken. Sonst ruiniere ich nämlich deine gesamte Inneneinrichtung, falls ich mich übergeben muss.«

Sergej winkte ab.

»Hast du dir das auch gut überlegt, Nikita?«, fragte er leise.

»Sehr gut. Und es ist sehr wichtig für mich. Zuerst wird es schmerzhaft sein, Kinder, erschreckt nicht. Da muss ich durch. Aber kommt ja nicht auf die Idee, den Notarzt zu rufen. Verstanden? Alles, was geschehen wird, geschieht nach Plan. Zugegeben, ich kann nicht genau sagen, was mir passieren wird, aber ihr müsst es genau beobachten. Ich brauche euch als Zeugen.«

Er setzte die Nadel auf die Spritze, durchstach den Gummiverschluss und zog die Flüssigkeit in den Kolben.

»Warte noch.« Sergej stürzte ins Nebenzimmer und tauchte mit einer kleinen Videokamera in der Hand wieder auf. »Hier ist noch ein Zeuge, der zuverlässiger sein wird.«

»Gut.« Kolossow setzte die Spritze an die Vene des linken Arms. »Verfluchtes Zittern ... Du sagst also, Sergej, du hast gehört, wie jemand über den Flur gerannt ist?«

»Ja.« Sergej schaltete die Kamera ein und schaute durchs Objektiv zu, wie die Nadel in die Haut eindrang.

»Genau das werden wir jetzt nachprüfen ... nachprü ...«

Er konnte sich nicht bewegen – diese Nachricht traf alle, die mit der Mordsache Alexander Olgin zu tun hatten, wie ein Schlag.

Die Videokassette mit der Aufzeichnung des Experiments mit LH, das Kolossow im Beisein von zwei Zeugen an sich selbst durchgeführt hatte, wurde in sämtlichen Büros abgespielt – bei der Miliz, der Staatsanwaltschaft, im chemischen Labor. Die Kriminalabteilung summte wie ein aufgeregter Bienenschwarm, die nicht minder schockierte Staatsanwaltschaft bewahrte diplomatisches Schweigen. Vorläufig.

»Die Wirkung des Präparats hielt alles in allem drei Stunden an«, berichtete Kolossow Kowalenko den Ermittlern seiner Abteilung. »Zuerst kam der Schmerz, dann eine tiefe Ohnmacht. Unter dem Einfluss des Mittels kann man sich nicht bewegen – man liegt da wie ein Klotz und spürt seinen Körper gar nicht. Ein sonderbares Gefühl, ein sehr sonderbares, aber davon später. Meine Zeugen können das alles bestätigen: Ich war absolut bewegungsunfähig. Meschtscherski hat mir den Puls gemessen, er war fast gar nicht mehr zu spüren, wie bei einem Murmeltier im Winterschlaf. Als ich danach langsam wieder zu mir kam, musste ich mich furchtbar übergeben. Die Symptome ähneln denen bei einem schweren Hirntrauma: Vor den Augen verschwimmt alles, die Beine gehorchen dir kaum noch. Ich konnte nicht stehen, erst recht nicht laufen oder gar jemanden angreifen. Ich konnte überhaupt keine halbwegs aktiven Handlungen ausführen. Und Olgin natürlich auch nicht. Das heißt, es ergibt sich jetzt ein sehr interessantes und völlig neues Bild in unserem Mordfall.«

»Was für ein Bild, Nikita Michailowitsch?«, fragte einer der jüngsten Mitarbeiter der Mordkommission.

»Olgin ist nur ein Strohmann, den man uns untergeschoben hat. Man hat ihn uns mitsamt allen paradoxen Indizien sozusagen auf dem Silbertablett serviert. Jetzt stellt sich die Frage, wer das alles arrangiert hat und warum er uns gerade den Anthropologen als Mörder serviert.«

»Weil er am besten in dieses Gruselmärchen passt«, erklärte Kowalenko. »Ein verrückter Wissenschaftler. Spielt mit dem Verstand und dem Gedächtnis Versteck. Aber wenn das tatsächlich jemand so arrangiert hat, Nikita, muss man die Person unter den Leuten suchen, die über die Versuche mit LH bestens informiert waren und von seiner Wirkung auf den Organismus wussten. Und vor allem muss der Betreffende wissen, dass man unter normalen Laborbedingungen praktisch nichts verifizieren kann. Mit einem Wort ... war es nicht Jusbaschew, an dem wir Blut gefunden haben?«

Sie blickten einander an.

»Ja, Jusbaschew hat Olgin gehasst«, sagte Kolossow. »Und an ihm war Blut von der Blutgruppe der Ermordeten ...«

»Und wir haben ihn schon wieder entlassen. Obwohl ...« Kowalenko hieb sich mit der Faust kräftig aufs Knie. »Alles reichlich verwickelt und kompliziert. Vier Morde, und das bloß, um sich für irgendwelche früheren wissenschaftlichen Kränkungen zu rächen? Nein, hier muss es sich um gewichtigere Dinge handeln. Und der Einsatz muss höher sein.«

»An wen denkst du?«

»An wen? Wenn jemand uns Olgin untergeschoben hat, dann kennt er sich bestens auf der Station aus, wie du ganz richtig sagst. Und der Einsatz ... das ist diese Stiftung aus Amerika, Melville-O'Hara, die dem Institut die Forschungsgelder zur Verfügung stellt. Beim Projekt ›Die Schwelle zum

Menschen‹ war Olgin derjenige, der allein über sämtliche Mittel bestimmt hat. Ich habe nachgeforscht: Sie tun dort zwar immer so, als wären sie bettelarm, aber durch Olgins Hände gingen beträchtliche Summen. Sehr beträchtliche sogar.« Kowalenko seufzte. »Der, an den ich denke, Nikita, war dir übrigens immer sympathisch: Swanzew. Genau wie Jusbaschew bestens über alles informiert, was Olgin tat, und wer, wenn nicht Swanzew ...«

»Shenja Suworow war ebenfalls informiert. Und auch Soja Iwanowa.«

»Sie hatten keinerlei Beziehung zum Melville-Fonds. Wenn Olgin ausscheidet, wer wird dann Laborleiter? Natürlich seine rechte Hand, Oleg Swanzew. Das Projekt mit LH wird abgesagt – was kümmert es ihn. Das Projekt von Professor Gorjew wird bleiben – und damit das Geld, über das er jetzt nach eigenem Gutdünken verfügen kann! Eine Kontrolle, was mit diesen Geldern geschieht, gibt es praktisch nicht. Und die Berichte nach Amerika ... Wenn sie es fertig gebracht haben, heimlich ihr Programm völlig umzustellen, dann ist es eine Kleinigkeit für ihn, sich seine Taschen zu füllen.«

»Aber an Swanzews Körper war kein Blut, Slawa – das ist Fakt.«

»Was leierst du mir immer von Fakten vor! Hier gibt es viele Fakten. Und nicht wenige erscheinen jetzt in einem ganz neuen Licht. Wenn er uns tatsächlich derartig hereinlegen wollte, wenn er dafür vier Morde begangen hat – dann, Nikita, muss der Einsatz sich wohl lohnen.« Kowalenko zog finster seine dichten schwarzen Brauen zusammen. »Wir waren von Anfang an auf der falschen Fährte. Hier handelt es sich um eiskaltes Kalkül. Eine Schachpartie. Und es ist ein sehr kluger und nüchterner Mann, der nach seinen eigenen Regeln mit uns spielt. Er hat überhaupt keine Gefühle.«

Kolossow wandte sich ab. Ein Bild formte sich aus dem Zigarettenrauch: ein Behälter, darin weiße Mäuse, die vergeblich herauszuklettern versuchen und immer wieder von den Seitenwänden abrutschen, die ertrinken und sterben. Und das Gesicht Swanzews – jung, ungerührt.

»Ihre Worte sind die reine Wahrheit.«

Olgin und Kolossow saßen wieder im Büro des Untersuchungsgefängnisses.

»Soll das heißen, Sie haben selbst ...?« Olgins Stimme zitterte.

»Ja.«

»Ich wusste es. Wer ein solches Mittel besitzt, wird es unweigerlich ausprobieren. Er kann nicht widerstehen. Kein Mensch kann widerstehen. War es sehr schmerzhaft?«

»Ja. Aber ich kann vorläufig noch nicht erwirken, dass Sie auf freien Fuß gesetzt werden.« Kolossow runzelte die Stirn. Scham quälte ihn – diesen Mann hatte er geschlagen. Und wofür? »Aber ich tue alles, was in meiner Kraft steht.«

»Das heißt, Sie wissen noch nicht, wer die Kaljasina und die Balaschowa ermordet hat?«

»Nein. Haben Sie denn jemanden in Verdacht?«

Olgin grinste spöttisch.

»Ich mag keine Prophezeiungen aus dem Kaffeesatz, junger Mann. Aus dem Alter bin ich heraus. Wie war es denn ... Ihre Erfahrungen mit dem Präparat, meine ich?«

»Ich erinnere mich nur an den Schmerz. Und dann an

Finsternis – als hätte ein schwarzes Loch mich verschlungen. Dann an ein Kratzen in der Kehle, wie von Rauch oder von Staub. Und mir war sehr heiß, als wären ringsum glühende Kohlen oder Asche. Die Sonne habe ich nicht gesehen, nur Staub ...«

»Ein Vulkanausbruch«, sagte der Anthropologe leise, mehr zu sich selbst. »Asche und Hitze. Und alle Lebewesen suchen ihr Heil in der Flucht. Viele von uns sind umgekommen, aber wir haben überlebt. Dort in dem versteinerten Staub sind ihre Fußspuren geblieben. Vielleicht wird man sie eines Tages finden.«

Kolossow hob die Schultern – was sollte er darauf erwidern?

»Das Wissen wird einem nur in kleinen Körnchen zuteil, junger Mann«, fuhr Olgin nach einer langen Pause fort. »Aber man muss immer mit dem vollen Maß dafür bezahlen. So ist es in meinem Beruf. Und ich glaube, in Ihrem auch. Da kann man nichts machen.«

45 Eine undichte Stelle

In diesen Augusttagen spürten alle, die in die Suche nach dem Täter verwickelt waren, die ungewöhnlich angespannte Atmosphäre, die sich selbst in ganz alltäglichen Dingen bemerkbar machte.

Der Untersuchungsleiter der Staatsanwaltschaft hatte auf eigene Verantwortung die Videokassette mit der Aufzeichnung des Experimentes dem Beweismaterial hinzugefügt. »Ohne ein eindeutiges Urteil der Experten bin ich nicht in der Lage, irgendetwas im Fall Olgin zu ändern«, gestand er den Ermittlern in einem Augenblick bitterer Offenheit. »Natürlich kann man alles wieder von vorne aufrollen – die Zeugenverhöre, die Gegenüberstellungen. Aber Sie wissen besser als ich, was das bringt. Gar nichts. Nein, Kollegen, hier muss man anders vorgehen. Wie, wissen Sie selbst am besten. Es ist nicht meine Sache, Sie darüber zu belehren.«

»Der hat leicht reden!«, sagte Kowalenko verärgert. »Schiebt bloß den Prozessbeginn hinaus und lässt uns machen.«

»Er hat genauso viel am Hals wie wir.« Kolossow ergriff diesmal großmütig Partei für die Staatsanwaltschaft. »Außerdem ist der Fall, wie sich gezeigt hat, ja noch lange nicht aufgeklärt. Die Aufklärung ist unsere Sache. Er hat Recht – hier muss man anders vorgehen.«

»Na schön, dann soll man morgen früh sofort Jusbaschew und Swanzew zu uns bringen, und dann reden wir mit den beiden mal Klartext. Die sollen endlich merken, mit wem sie es zu tun haben.«

»Dem Mörder wirst du so leicht keinen Schreck einjagen, Slawa. Der hat schon genug furchtbare Dinge gesehen. Für den sind unsere Worte harmloses Kindergeschwätz. Nein, wenn man den erschrecken will, geht das nicht auf so direkte Weise.«

»Trotzdem ...«

»Trotzdem – lass uns mal überlegen, was wir im Moment eigentlich in der Hand haben.« Kolossow legte ein leeres Blatt Papier vor sich auf den Tisch. »Wir wollen einmal versuchen, die Situation mit den Augen des Täters zu betrachten. Erstens – er hat erreicht, was er wollte. Wenn das Opfer dieser ganzen Inszenierung tatsächlich Olgin war, ist alles so gelaufen, wie er es wollte: Der Anthropologe wird als

Mörder angeklagt, er kann sich nicht rechtfertigen und nichts Konkretes erklären, die Wirkung des Präparats ist den Gesetzesvertretern unbekannt.«

»Sie ist bekannt!«

»Aber das weiß *er* ja nicht.« Kolossows Augen verengten sich. »Und ich bete zum Himmel, dass er nichts davon erfährt. Über die Motive für diese ganze Steinzeit-Komödie wollen wir uns vorläufig nicht den Kopf zerbrechen. Für den Anfang akzeptieren wir als Haupttheorie nur deine Vermutung – er hat schwerwiegende Gründe für seine Taten, und der Einsatz lohnt sich. Und er ist überzeugt, uns ausgetrickst zu haben. Nun lass uns mal fantasieren: Er erfährt plötzlich, dass etwas nicht geklappt hat. Alle seine Bemühungen waren vergeblich.«

»Wie meinst du das?«

»Angenommen, er erfährt, dass Olgin aus der Untersuchungshaft entlassen wurde, weil man ihm seine Schuld nicht beweisen kann.«

In Kowalenkos Augen funkelte es auf.

»Angenommen, Slawa, durch eine Schluderei, eine undichte Stelle bei uns, sickern Informationen zum Fall durch.« Kolossow sprach sehr vorsichtig und überlegt, als taste er sich behutsam auf den richtigen Weg vor. »Und zwar gleichzeitig mit für ihn völlig unerwarteten und unerwünschten Ereignissen. Alles, was er so konsequent ausgeheckt und durchgeführt hat, muss ihm jetzt als ungenügend erscheinen, weil man Olgin plötzlich aus irgendeinem unbekannten Grund freilässt. Also denkt er sich, bei den Bullen sind Zweifel an der bisherigen Version aufgetaucht, sie haben jetzt eine andere Theorie zu diesem Fall. Was würdest du an seiner Stelle tun?«

»Ich würde uns auf dem gleichen Silbertablett einen neuen ›unwiderlegbaren‹ Beweis für Olgins Schuld servieren. Aber wenn er das tut, muss er wirklich eine Schraube locker haben. Wenn er vorsichtig ist, wird er wahrscheinlich auf Tauchstation gehen und abwarten.«

»Richtig, man muss bei ihm von mehreren Möglichkeiten ausgehen, was sein Verhalten angeht. Aber verstehst du, Slawa, es gibt so einen netten kleinen Begriff, Pathologie. Alle hier reagieren sehr sensibel auf dieses Wörtchen. Die Pathologie seines früheren Verhaltens wird ihm auch diesmal das Schema für seine Handlungen liefern – so muss es sein, oder ich verstehe überhaupt nichts von Menschen!«

»Ich weiß nicht, wie viel du von Menschen verstehst, aber man sollte wohl tatsächlich etwas in dieser Art ausprobieren. Schließlich können wir nicht einfach die Hände in den Schoß legen.« Kowalenko wurde sichtlich munterer. Er war ein Tatmensch, der lieber energisch handelte (selbst wenn es die Sache nicht unbedingt erforderte) als im stillen Kämmerlein über die »Motive und Begleitumstände« zu grübeln.

»Wir lassen alle Tatverdächtigen im Institut zusammenkommen«, fuhr Kolossow fort, »um ... na, zum Beispiel, um von jedem die Fingerabdrücke für ein daktyloskopisches Gutachten zu nehmen. Wir erklären, so sparen wir Zeit, und sie müssen nicht einzeln zu uns aufs Kommissariat. Stattdessen erledigen wir alles an Ort und Stelle, mit dem Ziel, die Abdrücke zu vergleichen.«

»Aber wir haben doch gar keine Fingerabdrücke gefunden! Womit sollen wir sie denn vergleichen?«

»Er ist ja auch überzeugt davon, er hat aufgepasst und alles getan, um nicht versehentlich irgendetwas anzufassen. Und jetzt die erste Unklarheit: Laden die Bullen sich etwa überflüssige Arbeit auf? Sie können die Abdrücke doch mit nichts vergleichen, und trotzdem ... Und dann kommt die zweite Unklarheit, die ihn sehr beunruhigen wird.«

»Was soll das sein? Trommeln wir etwa sämtliche Mitarbeiter zusammen?«

»Alle, die an diesem Tag Geld erhalten haben und zum Zeitpunkt des Mordes im Institut waren.«

»Auch den Neffen? Und diesen alten Schlangenbeschwörer? Die Tierärztin? Jusbaschew?«

»Alle, Slawa. Auch Soja Iwanowa. Eine interessante Frau, sie weiß viel, sagt aber wenig. Ich werde mich auf die sieben Tatverdächtigen konzentrieren, auf diejenigen, die Zugang zu den Steinkeilen aus dem Moustérien hatten. Mir schwant übrigens, dass diese Keile auch bloß ein Ablenkungsmanöver waren. Also, wir werden das ganze Schlangennest aufstören. Das Wichtigste kennen wir nicht: das Motiv. Aber wir werden nach unseren eigenen Regeln mit ihnen spielen.«

Kowalenko nickte begeistert. Hier fühlte er sich in seinem Element. Ein »operativer Einsatz«, das war ganz nach seinem Geschmack. Doch ihm lag noch etwas auf der Seele, das ihn beunruhigte.

»Angenommen, alles verläuft so, wie wir es jetzt besprochen haben – wo wird er uns seinen neuen ›unwiderlegbaren‹ Beweis für Olgins Täterschaft präsentieren? Sollen wir sie etwa alle rund um die Uhr observieren?«

Kolossow malte mit dem Kugelschreiber etwas aufs Papier: Der Reihe nach tauchten ein Kreis, eine Spirale, Kästchen und ein Häuschen mit Schornstein auf.

»In diesem Fall gibt es ein sehr interessantes Detail, Slawa«, sagte er. »Erinnerst du dich? Den ersten Überfall auf die alte Frau in Iljinskoje hat er in einem stillen Winkel hinter den Garagen verübt. Und dann hat er die Leiche auf den Weg gezerrt, der zur Bahnstation führt, und hat ihr erst dort – trotz des großen Risikos, von den Passagieren der ankommenden Bahn bemerkt zu werden – mit einem Stein den Schädel zertrümmert. Auch später in Brjanzewo und in Nowospasskoje hat er die Leichen an freie Stellen geschleppt. Und weißt du, warum?«

»Um besser sehen zu können, wohin er schlug.«

»Nein, Slawa. Er hat es getan, damit man die Leichen schneller fand.«

»Ich verstehe nicht ...«

»Aus irgendeinem Grund wollte er von Anfang an auf sich aufmerksam machen und uns dann allmählich zur Tierstation in Nowospasskoje und zu Olgin führen. Zum Institut – verstehst du? Und wenn er sich zu einem neuen Beweis entschließt, den entlassenen Olgin endgültig zu erledigen, wird er es dort tun, wo man das Opfer rasch entdeckt und den neuen Mord sofort mit dem vorherigen in Verbindung bringt. Er könnte folgende Überlegung anstellen: Zwar hat Olgin jetzt dieses Präparat nicht mehr, aber trotzdem bleibt er ein Mensch mit einer geschädigten Psyche, sowohl in den Augen seiner Kollegen wie auch in den Augen der Ermittler. Für sie alle ist er ein Drogensüchtiger, und die sind unberechenbar. Deshalb muss die neue Bluttat unbedingt dort begangen werden.«

»Im Institut? Du bist ja verrückt!«

»Nicht ich bin hier der Verrückte, Slawa. Man kann sogar vermuten, wer diesmal sein Opfer sein wird. Aus der entsprechenden Altersgruppe ist im Institut nur eine passende Kandidatin übrig geblieben, die er überfallen könnte. Morgens kommt sie als Erste ins Institut und ist etwa eine Stunde lang, bis der Arbeitstag beginnt, ganz allein im Gebäude.«

Kowalenko kniff die Augen zusammen und überlegte.

»Das sind alles Worte, Nikita«, sagte er, jedoch in einem hoffnungsvollen Tonfall. »Aber der Versuch lohnt sich. Was bleibt uns auch anderes übrig?«

Zwei Tage später, am Donnerstag, dem sechzehnten August um zehn Uhr vormittags, versammelten sich auf die nachdrückliche Bitte des Institutsdirektors, der sofort nach dem Tod der Balaschowa von einer Dienstreise in den Südural zurückgekehrt war, sämtliche Mitarbeiter des anthropologischen Instituts in der Aula ihrer Arbeitsstätte.

Kowalenko hatte die Durchführung der Formalitäten übernommen. Den beunruhigten Wissenschaftlern erklärte er alles so, wie es mit Kolossow abgesprochen war – bei den Ermittlungen habe es einen unerwarteten Zwischenfall gegeben, es müsse eiligst ein daktyloskopisches Gutachten erstellt werden, und deshalb, verzeihen Sie die Unannehmlichkeiten, seien sie leider gezwungen ... und so weiter und so fort.

Die ganze Zeit beobachtete er dabei unauffällig Konstantin Jusbaschew, der zusammen mit Soja Iwanowa am Fenster stand. Der Ethologe starrte die Ermittler hasserfüllt an.

»Was wollen Sie denn schon wieder von mir?«, fauchte er. »Man hat mir doch schon zweimal Fingerabdrücke abgenommen!«

»Die Qualität war nicht zufrieden stellend«, brummte Kowalenko und dachte bei sich: Auweia, der ist jetzt schon misstrauisch geworden!

In der Aula war eine ganze Truppe von Fachleuten am Werk.

»Da schuftet man tagein, tagaus, hat keine Feiertage und kein Wochenende, und dann auch noch so ein Geschenk«, murrte einer von ihnen, der nach Knoblauch und etwas anderem, Hochprozentigem roch, das er mit Pfefferminz-Kaugummi zu überdecken versuchte. (Ein wichtiges Detail der Inszenierung, das Kolossow und Kowalenko nicht vergessen hatten.) »Man rackert sich halb tot, und die lassen dieses Scheusal wieder frei.«

»Sei endlich ruhig«, schnauzte ihn sein Kollege an.

»Wieso ruhig? Warum, zum Henker, hat man ihn freigelassen? Wie viele Beweise brauchten sie denn noch?«

»Halt die Klappe«, zischte der andere. »Wenn du von gestern immer noch einen sitzen hast, dann geh nach draußen an die frische Luft! Hast du vergessen, wo du bist?«

Der Laborant Shenja, der in der Nähe stand, reckte seinen dünnen Hals und machte ein beunruhigtes Gesicht. Kowalenko, der die ganze Szene beobachtete, registrierte zufrieden, dass er zu Swanzew trat und diesem etwas erklärte.

Kolossow erschien als Letzter in der Aula, nachdem er sich erst noch mit der Wächterin Maria Kolywanowa, kurz Tante Mascha, unterhalten hatte, derselben, die damals Katja und Sergej nicht ins Museum hatte lassen wollen.

In der Aula stürzte sich sofort Soja Iwanowa auf ihn. Er begrüßte sie höflich, machte aber keinerlei Anstalten, auf ihre zornige Frage: »Wer hat Ihnen das Recht gegeben, mich in diese ganze Sache hineinzuziehen?«, zu antworten. Vielmehr verwies er darauf, dass alles, was in der Aula geschah, auf die Initiative der Staatsanwaltschaft zurückging, die in diesem Fall die Ermittlungen führte.

Jusbaschew kam dazu und stellte sich vor Soja, als wollte er sie vor Kolossow schützen. In seinen Augen funkelte rachsüchtiger Triumph.

»Da haben Sie wohl wieder Pfusch gemacht, wie?«, zischte er. »Das ganze Institut flüstert schon davon. Mussten mal wieder jemand entlassen, was?«

»Was redest du, sei still«, sagte Soja erschrocken. »Denk daran, wenn man Olgin entlassen hat, kann man womöglich wieder dich ...«

»Er soll ruhig wissen, was man über ihn denkt! Hier hat niemand Angst vor ihm!«

Kolossow mimte sehr überzeugend einen Zornesausbruch. Die Mitarbeiter des Instituts sahen, wie er Kowalenko beiseite führte und etwas zu ihm sagte und wie Kowalenko sich verteidigte.

Mit den Fingerabdrücken war man nach genau einer Stunde fertig. Kowalenko bedankte sich bei allen für die Unterstützung und entschuldigte sich für die Unannehmlichkeiten. Pawlow, der gemeinsam mit Puchow und Rodsewitsch, dem Verwalter des Schlangenhauses, zum Ausgang ging, wurde von Kolossow angehalten. Der Neffe blickte den Chef der Mordkommission mitfühlend an, stellte ihm aber keine Frage.

»Bist du noch auf der Datscha in Bratejewka?«, fragte Kolossow mit finsterem Gesicht.

»Nein, ich bin mit dem Kleinen schon wieder abgefahren. Im Moment ist an Urlaub nicht zu denken, die Arbeit steht mir bis zum Hals.«

»Und wie sieht es bei dir mit dem anderen Fall aus? Was sagt die Staatsanwaltschaft?«

»Wie du gesagt hast – Notwehr. Und wie steht's bei dir?«

»Lausig.« Kolossow verzog das Gesicht noch mehr.

»Kann ich dir helfen?«

Kolossow blickte den anderen an und wollte schon etwas erwidern, wurde jedoch unterbrochen.

»Was habt ihr da für Heimlichkeiten, Herrschaften?«, ertönte hinter ihnen eine spöttische Stimme. Sie drehten sich um und erblickten Swanzew. »Sieh dich vor, Viktor, mit solchen Meisterdetektiven muss man ganz höflich und vorsichtig umgehen. Wir sind mit dem Wagen vom Institut da. Sollen wir dich mitnehmen?«

»Ja, danke. Also dann, auf Wiedersehen.« Pawlow drückte Kolossow die Hand.

Der aber sah in diesem Moment nur die Augen des Physiologen Swanzew – wachsame Augen voller Erwartung.

Der Besucher

46

Diese denkwürdige Nacht verbrachten die Mitarbeiter der Mordkommission an einem für sie höchst ungewöhnlichen Ort. Dass im Institutsgebäude ein operativer Einsatz zur Ergreifung eines gefährlichen Verbrechers stattfinden sollte, war nur einem sehr kleinen Kreis von Personen mitgeteilt worden. Einer der »Eingeweihten«, Institutsdirektor Professor Bogdanowitsch, der am Abend zuvor den Mitarbeitern der Miliz die Schlüssel und den Gebäudeplan ausgehändigt hatte, sagte betrübt zu Kolossow:

»Ja, mein Bester, wir leben in schlimmen Zeiten. Niemals hätte ich mir vorstellen können, dass sich in diesen Mauern so furchtbare Ereignisse abspielen würden. Der tragische Tod unserer beiden ältesten Mitarbeiterinnen ... Aber ich kann immer noch nicht glauben, dass es einer meiner Kollegen getan haben soll. Vielleicht irren Sie sich ja doch?«

Der Chef der Mordkommission schüttelte nur den Kopf.

»Nun ja, natürlich. Sie kennen sich in diesen Dingen besser aus als ich. Mein Gott, so eine Tragödie. Übrigens geht im Institut das Gerücht, Alexander Olgin sei aus dem Gefängnis entlassen worden.« Professor Bogdanowitsch blickte seinen Gesprächspartner an. »Stimmt das?«

»Ja.«

»Das haben Sie richtig gemacht. Ich kenne Olgin nun schon gut fünfzehn Jahre. Er ist ein hochanständiger Mensch. Die Wissenschaft geht ihm über alles. Nicht einmal sich selbst schont er, wie sich gezeigt hat. Sicher, diese Experimente waren eine skandalöse Eigenmächtigkeit, aber bevor wir ein Urteil fällen, müssen wir versuchen, ihn zu verstehen, junger Mann.«

Kolossow nickte, dachte dabei aber an den vor Schmerzen kreischenden Schimpansen im Käfig.

Die Nacht verstrich mit technischen Arbeiten im Institutsgebäude. Fast das gesamte Arsenal kriminaltechnischer Hilfsmittel wurde eingesetzt. »Die Videokameras müssen so angebracht werden, dass er keine Sekunde aus unserem Gesichtsfeld verschwindet, zumindest nicht in den Fluren oder im Vestibül. Mit den Büros ist es schwieriger, aber auch da muss man es versuchen«, erklärte Kowalenko seinen Mitarbeitern, die die Spezialgeräte anbrachten. »Wir müssen ihn sehen können, aber er darf von unserer Anwesenheit nichts merken. Er ist sehr klug, deshalb tut euer Bestes, Jungs.«

»Und was ist, Nikita, wenn er heute nicht kommt?«, fragte Kowalenko, als er gemeinsam mit Kolossow den Schädelsaal besichtigte. »Sollen wir uns dann eine ganze Woche lang die Nächte um die Ohren schlagen?«

»Wenn nötig, ja.«

»Und wenn er überhaupt nicht kommt?«

Kolossow antwortete nicht.

»Na schön.« Kowalenko steuerte auf die Treppe zu. »Jetzt ist es halb vier. Die Nacht ist so gut wie um. Die erste Bahn aus Nowospasskoje kommt um vier Uhr vierzig. Und die Wächterin, wann taucht die hier auf? Um sieben? Dass sie heute auch sauber macht, ist das normal?«

»Ja. Sie verdient sich so schon seit dem Frühjahr ein paar Rubel dazu«, erwiderte Kolossow. Seinem Gesicht war anzusehen, wie nervös er war. »Sie kommt immer gegen sieben, vor allen anderen, wischt das Vestibül und die Treppe. Das wissen alle Mitarbeiter. Er mit Sicherheit auch.«

Die Wächterin, Tante Mascha, erschien um Viertel vor sieben. Sie schloss die Tür des Haupteingangs mit ihrem Schlüssel auf. Die Brille auf die Stirn geschoben, musterte sie das Vestibül. Am Vortag hatte man ihr mitgeteilt, dass die Miliz im Haus Wache schieben würde, und nun wunderte sie sich. Wo waren sie denn, die Guten? Niemand war zu sehen.

Sie seufzte tief auf, knotete sich dann ein rotes Tuch um den Kopf, öffnete den Verschlag unter der Treppe, wo Eimer und Schrubber aufbewahrt wurden, und schlurfte langsam in die Toilette im Erdgeschoss, um Wasser zu holen.

Kolossow warf einen Blick auf den Bildschirm der Kamera Nummer zwei – ja, die Wächterin war im Flur ausgezeichnet zu sehen. Sein Hauptaugenmerk aber galt nach wie vor der ersten Kamera, die die Eingangstür zum Institut zeigte. Wenn man jetzt die Großaufnahme einstellte, dann ...

Er hielt den Atem an. Tatsächlich! Die Tür wurde leise geöffnet. Er, auf den sie warteten, war gekommen. Sogar früher, als sie angenommen hatten: Die Uhr zeigte sieben Minuten nach sieben.

Auf dem Display des Digitalweckers erschien eine neue Ziffer: 7.07. Wadim richtete sich etwas auf und stützte sich auf den Ellbogen. Er betrachtete einen Moment die friedlich schlummernde Katja, warf dann die Bettdecke zurück und stand auf. Er war um vier Uhr morgens aufgewacht und hatte seitdem kein Auge mehr zugetan. In etwa einer halben Stunde würde auch Katja erwachen und hektisch durch die Wohnung sausen, weil sie wie immer spät dran war.

Wadim nahm das Mobiltelefon von der Fensterbank und ging in die Küche. Die Tür schloss er fest hinter sich. Katja sollte diese letzten zwanzig Minuten vor dem Schrillen des Weckers ungestört schlafen.

Nach kurzem Zögern wählte er Sergejs Nummer. Es klingelte lange. Schließlich wurde der Hörer abgehoben. Die Stimme des Fürsten klang verschlafen und heiser.

»Meschtscherski. Guten Morgen.«

»Sergej, ich bin's. Ich habe die ganze Nacht kein Auge zugetan, ich musste dauernd daran denken, worüber wir gestern gesprochen haben. He, pennst du noch, oder was ist?«

»Du wirfst mich mitten in der Nacht aus dem Bett und brüllst auch noch herum!« Sergej schnaufte beleidigt. »Einen Moment, ich zieh mir eben Pantoffeln an. Es ist kalt.«

»Zum Teufel mit deinen Pantoffeln. Hör mir zu. Alle Beweise in diesem Fall, die Fußspur, die Steine, die Art und Weise der Morde ... alles das ist Bockmist.«

»Hast du mich geweckt, damit ich mir deine Kraftausdrücke anhöre?«

»So warte doch! Die Serienmorde waren bloß eine Inszenierung, genau wie die angebliche Täterschaft Olgins, verstehst du? Von allen Fakten und Beweisen, die angehäuft wurden, bleibt nur ein wiederkehrendes Detail: Die Opfer der Verbrechen waren jedes Mal ältere Frauen.«

»Na und? Wir haben doch schon darüber gesprochen, dass es sich um Gerontophi ...«

»Blödsinn, Gerontophilie! Er hat bloß deshalb eine alte Frau ermordet, weil er durch ihren Tod einen Vorteil hatte. Verstehst du? Und gleichzeitig hat er alles sorgfältig getarnt, weil dieses Motiv ihn sonst sofort verraten hätte!«

Am anderen Ende der Leitung herrschte Totenstille. Wadim schien es, als könnte er hören, wie Sergejs Herz laut klopfte.

»Guten Morgen!« Tante Mascha lächelte dem Mann, der vor ihr stand, freundlich zu. »Willst du ins Büro von Ninel Grigorjewna? Hier ist der Schlüssel. Der Direktor hat mir schon gesagt, du sollst dort ihre Sachen zusammenpacken. Geh nur hinein. Aber warum kommst du so früh?«

»Ich fahre heute noch weg, Tante Mascha.« Der Mann nahm den Schlüssel und ging zur Treppe.

Die Ermittler verfolgten gespannt, wie er Schritt für Schritt die Treppe hinaufstieg. Das, worauf sie gewartet hatten, war nicht geschehen.

Siebeneinhalb Minuten vergingen. Die Wächterin war

mit ihrer Arbeit fast fertig. Da erklangen auf der Treppe von neuem leichte, rasche Schritte.

Kowalenko blickte Kolossow an. Das Gesicht des Chefs der Mordkommission verzerrte sich schmerzlich. So etwas hatte er nicht erwartet!

»Du lieber Himmel, Viktor, wie hast du dich denn ausstaffiert? Bist du jetzt unter die Kammerjäger gegangen und rottest die Schaben aus?« Die Wächterin brach in lautes, gutmütiges Gelächter aus, das aber jäh abriss – sie hatte seinen Gesichtsausdruck gesehen und das, was er in der Hand hielt.

Er sprang mit einem Satz die letzten drei Stufen hinunter und stürzte sich auf die zu Tode erschrockene Frau.

Die Leute von der Spezialeinheit reagierten blitzschnell. Ein kurzes, wildes Handgemenge, und er lag am Boden, die Arme auf den Rücken gedreht und in Handschellen.

Einer der Einsatzleute kauerte sich auf den Boden und berührte erstaunt das Material, aus dem die seltsame, glitzernde Tracht des Mannes gefertigt war.

»Guck dir das hier mal an, Nikita«, wandte er sich an den herbeieilenden Kolossow. »Solche Klamotten habe ich mal im Baumarkt gesehen. Ich wollte sie selbst schon für die Renovierung meiner Hütte kaufen. Das ist ein deutsches Produkt, gute Qualität. Mit so einem Schutzanzug kannst du Wände im Smoking und mit Fliege streichen.«

Kolossow betrachtete den reglos auf dem Boden liegenden Mann mit starrem Blick.

»Ein erfinderischer Schurke.« Der Mann von der Spezialeinheit hob den Stein vom Boden auf – ein neues Exponat aus dem Laboratorium für prähistorische Technik –, drehte ihn in den Händen und stieß dann mit der Spitze seines eisenbeschlagenen Schuhs gegen den glitzernden Haufen.

»Na, haben wir's dir gezeigt? So ist es richtig. Du sollst wissen, mit wem du es zu tun hast.«

Auf seinem jungen, vom Eifer des Gefechts erhitzten Gesicht mischten sich auf sonderbare Weise Abscheu und Neugier, Zorn und Stolz auf den erfolgreich abgeschlossenen Einsatz.

EPILOG

Viereinhalb Wochen waren vergangen. Draußen hatte bereits ein goldener Herbst begonnen. Kolossow traf Katja morgens auf dem Weg zum Dienst. Sie hatten sich die ganze Zeit kaum gesehen. Er hatte erwartet, dass sie ihn nach der Festnahme Pawlows mit Anrufen bestürmen würde – schließlich war sie begierig darauf gewesen, einen Artikel über diesen Fall zu schreiben. Außerdem war Pawlow ein Kommilitone ihrer engsten Freunde gewesen. Aber Katja behielt ein hartnäckiges Schweigen bei und ließ nichts von sich hören.

Als sie sich jetzt an der Tür zur Hauptverwaltung trafen, erschrak er am meisten über ihre Augen. Sie wirkten riesig in dem schmal und reizlos gewordenen Gesicht, wie erloschen. Die Neugier, die Verschmitztheit, das Mitgefühl – alles war verschwunden. Da war nur noch Leere. Katja schaute den Chef der Mordkommission an wie eine Wand, nickte ihm schweigend zu und ging vorbei.

Er rannte fast hinter ihr her und holte sie im Flur ein.

»Katja ... was hast du ... willst du nicht wieder mal vorbeischauen?«

Ein Blick aus leeren, leblosen Augen.

»Gut, ich komme.« Auch ihre Stimme hatte sich verändert. »Wann passt es dir?«

»Heute gegen vier wäre nicht schlecht. Wir könnten dann über alles reden, falls es dich noch interessiert.«

Er wünschte sich sehr, sie möge ihm zustimmen, sich aus ihrer stumpfen Erstarrung lösen, denn er wollte ihr nur zu gern alles erzählen, was er erlebt hatte, sich alles von der Seele reden, um es dann für immer zu vergessen.

»Gut, danke, ich komme um vier.« Sie drehte sich auf dem Absatz um und ging fort.

Doch um vier Uhr saß sie wie in früheren Zeiten in seinem kleinen verrauchten Büro. Kolossow redete, und sie schrieb eifrig mit. Er hatte noch kein einziges Mal ihre Augen gesehen – nur die gerade Linie ihres Scheitels auf dem tief gesenkten Kopf.

»Ich habe lange überlegt, womit dieser Fall eigentlich begann, Katja. Im Prinzip ist alles klar: Pawlow steckte bis über beide Ohren in Schulden. Seine Firma stand kurz vor dem Bankrott. Im Frühjahr hatte er schon seinen Wagen verkaufen müssen. Er brauchte dringend Geld, deshalb hat er sich ohne langes Schwanken zum Mord an seiner Tante entschlossen, deren einziger Erbe er war. Die Erbschaft war beachtlich: eine schicke Eigentumswohnung am Kutusowski-Prospekt, eine Sammlung seltener Gemälde, beträchtliche Wertsachen, die ihr der Ehemann hinterlassen hatte, der berühmte Geiger. Na, das weißt du besser als ich. Das alles ist auch nach heutigen Maßstäben ein Vermögen. Und so beschloss er, die Balaschowa zu töten – aber wie?

Sie führte ein zurückgezogenes Leben, das sich auf ihr Haus und das Institut beschränkte. Natürlich hätte er einen Raubüberfall auf die Wohnung inszenieren können oder einen Unglücksfall – aber das wollte er nicht riskieren, denn er wusste sehr gut: Egal wie, auch bei einem Auftragsmord vor dem Hauseingang würde er als einziger Erbe sofort als Hauptverdächtiger in unser Blickfeld geraten. Und da kam ihm eine Idee.

Bei der Hausdurchsuchung haben wir in seiner Wohnung einen Zeitungsausschnitt über den Fall Michassewitsch gefunden. Erinnerst du dich an diese Bestie? Mehrere Männer sind für seine Taten verurteilt worden, einer wurde sogar erschossen. Sie wurden verurteilt für die Serienmorde, die dieser wahnsinnige Killer begangen hatte. Da kam Pawlow der Gedanke: Wie, wenn er diesen einen Mord, den er aus Habsucht begehen wollte, mit einer ganzen Serie anderer Morde tarnen würde? Morde, denen ausschließlich ältere Frauen zum Opfer fielen. Dabei versuchte er ganz bewusst, unsere Aufmerksamkeit von der Balaschowa weg auf die vorhergehenden Opfer zu lenken, und näherte sich seinem Ziel auf großen Umwegen.

Neulich haben sich hier die Jungs von der Fahndung gestritten: Warum hat er uns gleich zu Beginn die Mordwaffe wie einen Köder hingeworfen? Wozu hat er die Steinkeile am Tatort zurückgelassen, die er ja selbst, wie sich herausstellte, auf die Tierstation transportiert hatte? Nein, das war kein Fehler von ihm, kein Schnitzer, sondern gut durchdachtes Kalkül. Schau nur, was sich ergibt. Pawlow wusste, dass er nach dem Mord an der Balaschowa sowieso früher oder später mit uns zu tun bekommen würde, als nächster Verwandter und einer der Verdächtigen. Und so beschloss er, uns zuvorzukommen: Sollte man sich ruhig schon vorher für ihn interessieren, nicht im Zusammenhang mit dem Tod seiner Tante, sondern mit der Ermordung der Kaljasina, zu der er in keinerlei Beziehung stand.

Er tat alles, um unsere Aufmerksamkeit auf den Mord an der alten Laborangestellten zu lenken, denn gerade dieser Mord führte uns zu Alexander Olgin.

Die beiden ersten Morde arrangierte er so, dass die Miliz erstens die Leichen möglichst rasch entdeckte und zweitens zu der Überzeugung kam, es sei irgendein Verrückter mit einer ausgefallenen Macke am Werk, der es nur auf alte Frauen abgesehen habe.

Er lieferte uns Indiz um Indiz, zunächst auf eine Weise, dass es uns verwirren musste – der Stein, die Fußspur, die zerschmetterten Schädel, das entfernte Hirn, die zerrissenen Kleider, das unangetastete Geld; aber dann, als wir auf die Mitarbeiter der Tierstation gekommen waren, führte er uns auf direktem Wege zu seinem idealen Verdächtigen – dem Anthropologen Olgin.

Pawlow hatte sich Folgendes überlegt: Nach dem Mord an der Kaljasina würde die Miliz auf jeden Fall der Tierstation und – was noch wichtiger war – dem Anthropologischen Institut einen Besuch abstatten. Irgendwer würde dort früher oder später die Neandertalerschädel sehen, von dem entfernten Hirn erfahren, Vergleiche anstellen und sich für die Leute interessieren, die in einem so ungewöhnlichen Institut arbeiten.

Und dann war es nur noch eine Frage der Zeit, bis wir auch auf die Moustérien'schen Steine stoßen würden, auf das konkrete, materielle Indiz. Und es kam auch alles so, wie er erwartet hatte, allerdings nicht sofort.« Kolossow räusperte sich verlegen. »Warum musste mir auch durch einen so dummen Zufall gleich zu Anfang der Schimpanse mit den dreckverschmierten Pfoten unter die Augen kommen! Da habe ich einen Haken geschlagen, mit dem Pawlow nicht gerechnet hatte. Du hattest ganz Recht: Ich habe mich viel zu sehr für die Tiere interessiert, stattdessen hätte ich bei ihren Haltern anfangen sollen.

Pawlow hat geduldig abgewartet, was wir unternehmen würden. Erst nachdem ich von den Moustérien'schen Steinen erfahren und ihm auf seiner Datscha einen Besuch abgestattet hatte, wusste er: Seine Stunde war gekommen. Wir nahmen genau die Spur auf, die er so sorgfältig gelegt hatte. Er konnte zur Ausführung der Hauptaufgabe schreiten. Und für die Balaschowa war alles zu Ende.

Jetzt gibt er nichts zu und lehnt ab, irgendwelche Aussagen zu machen, aber wir können alles rekonstruieren, was er getan hat. Das ist jetzt gar nicht mehr schwer.

Er hat sich sehr gründlich auf die Morde vorbereitet. Er ist ein durchtrainierter Mann, der viel herumgekommen ist, und seine Nerven sind aus Stahl. Für die Durchführung der Morde brauchte er nicht mehr als sieben bis zehn Minuten plus drei Minuten für das Arrangement der falschen Indizien. Er wählte die Schauplätze für die Morde im Voraus aus – mit jedem Mord rückte er näher an Nowospasskoje heran, wohin Olgin im Frühling mit seinem Labor umgezogen war.

Er kam stets mit der ersten Vorortbahn und versteckte sich in der Nähe des Tatorts. Vor dem Überfall zog er sich seinen Schutzanzug gegen Chemikalien über die Kleidung; er konnte diesen Anzug so klein zusammenfalten, dass er in seine Sporttasche passte. Der Anzug schützt vollkommen vor Blutspritzern und ist zudem noch mit Handschuhen versehen, sodass er auch keine Fingerabdrücke hinterließ. Was die Fußspuren betraf, war er sehr vorsichtig. Derart ausgerüstet legte er sich auf die Lauer. Was er brauchte, war eine ältere Frau um die siebzig. In Iljinskoje und in Brjanzewo gelang es ihm offenbar nicht sofort, ein geeignetes Opfer zu finden, aber letztendlich hatte sein Warten Erfolg. Er überfiel die Frauen, schlug ihnen mit dem Stein den Schädel ein, und dann ... dann konnte die Inszenierung beginnen. Seine grässlichste Visitenkarte war das entfernte Gehirn. Höchstwahrscheinlich legte er es in einen vorsorglich mitgebrachten Behälter, vielleicht eine Dose mit Deckel, die er irgendwo am Wegrand vergraben hat.

Zweimal hinterließ er uns noch eine andere Visitenkarte – die verwischte Spur eines nackten Fußes. Warum verwischt, wirst du fragen? Erstens, weil er dieses Indiz nicht gegen sich selbst wenden durfte. Zweitens erklärte gerade eine verwischte Spur vieles, wenn wir auf Olgin als Täter kommen würden – ein Drogensüchtiger kann seine Bewegungen ja nicht mehr richtig koordinieren.

Und nun kommen wir zur wichtigsten Frage: Obwohl Pawlow kein Mitarbeiter des Instituts war, war er ausgezeichnet über die Ergebnisse der Versuche mit dem Präparat LH informiert. Um dies zu klären, Katja, haben wir viel Zeit und Kraft investiert. Was stellte sich heraus?

Nach dem Abschluss am Lumumba-Institut arbeitete Pawlow drei Jahre in einer russischen Handelsvertretung in Kabul. Damals standen unsere Truppen noch in Afghanistan. Er war zusammen mit anderen Mitarbeitern damit beauftragt, Medikamente für die dort errichteten Militärlazarette anzukaufen und zu transportieren.

1990 wurde er nach Pakistan versetzt. Und erneut, wie uns das Ministerium für Binnenhandel bestätigte, nahm Pawlow an Verhandlungen über den Abschluss einer ganzen Reihe von Verträgen mit pakistanischen und indischen Firmen teil, die Medikamente herstellten, über Lieferungen nach Russland an unsere pharmazeutische Industrie. Darunter auch über die Lieferung von Dimethylpriptamin.

In Pakistan lernte er einen Mitarbeiter des Instituts kennen, der sich dort auf Dienstreise befand, den mittlerweile verstorbenen Valeri Resnikow. Zwei Jahre später, als er aus dem Staatsdienst ausschied, gründete er gemeinsam mit Geschäftspartnern seine eigene Firma, deren Tätigkeit nicht nur auf Tourismus beschränkt war, sondern sich auch auf den Handel mit Medikamenten erstreckte. Damals, 1991, war der Tourismus noch ein unsicheres Geschäft, aber mit Medikamenten – noch dazu starken und seltenen Mitteln, an die man schlecht herankam – konnte man sich eine goldene Nase verdienen.

Das Reisebüro ›Wostok‹ versuchte also, doppelgleisig zu fahren. Durch die Vermittlung seiner Tante trat die Institutsleitung an ihn heran, und Pawlow besorgte unter Nutzung seiner früheren pakistanischen Verbindungen für das biochemische Labor des Instituts die Komponenten für ein Mittel, das gerade entwickelt wurde und das Gedächtnis älterer Menschen stimulieren sollte – das künftige LH. Auch später zeigte er noch lebhaftes Interesse an dem bereits fertigen Präparat. Vielleicht eignete es sich ja für seine Geschäfte.

Allerdings liefen diese Geschäfte ganz und gar nicht so, wie er es sich vorgestellt hatte. Die Hoffnungen, damit reich zu werden, zerplatzten, und er begann, über andere Mittel und Wege nachzudenken.

Von den Versuchen mit den Schimpansen hat Pawlow bestimmt gewusst, wie viele andere im Institut. Möglicherweise hat Swanzew sich einmal verplappert. Als guter Beobachter bemerkte Pawlow im Benehmen seines Freundes Olgin bald Ungereimtheiten und erriet, dass dieser Selbstversuche vornahm. Suworow und Swanzew hatten es ebenfalls erraten, und auch Jusbaschew hatte etwas geargwöhnt.

Pawlow kam zu dem Schluss, dass eine so günstige Gelegenheit, an die Erbschaft zu kommen und selbst unbehelligt zu bleiben, sich so bald nicht wieder bieten würde. Wenn er es geschickt anstellte und die Morde auf den medikamentenabhängigen Wissenschaftler abwälzte, den man entweder hinrichten oder als gefährlichen Irren in einer Anstalt verschwinden ließe, würde niemand auf das eigentliche Motiv für diese blutige Farce kommen.

Nur eins konnte er nicht voraussehen: dass die Wirkung von LH auf den menschlichen Organismus uns schließlich doch bekannt würde. Ich nehme an, er ist heimlich nach Nowospasskoje gefahren, als er sich auf das Verbrechen vorbereitete, ist durch das Loch in der Mauer auf das Gelände der Tierstation eingedrungen und hat Olgin beobachtet. Daher wusste er, dass dieser nach Einnahme des Präparats nicht mehr imstande war, sich zu bewegen. Aber dass jemand freiwillig dieses Experiment an sich wiederholen würde ...« Kolossow errötete und warf einen hoffnungsvollen Blick auf Katja. Doch die sah nicht von ihrem Notizblock auf.

»Kurz gesagt, ergibt sich folgendes Bild: ein intelligenter, kaltblütiger Verbrecher, ein eigennütziges Motiv, eine Erbschaft, eine lange vorausbedachte, genau geplante Tat und eine Inszenierung von Serienmorden, wie sie unsere Kriminalgeschichte noch nicht kannte. Doch in dieses deutliche Bild wollen zwei Dinge gar nicht passen: die Adoption des gehörlosen Kindes und dass er für die beiden Jungen in Bratejewka unter Gefahr für das eigene Leben auf Krueger losgegangen ist. Und wie, Katja, konnte er mitten in der Nacht aus dem Haus gehen und das Kind allein lassen? Wie sich jetzt herausstellt, hat er ihm jedes Mal ein starkes Schlafmittel gegeben – Berlidorm. Danach hat der Kleine wie ein Murmeltier zwölf Stunden am Stück geschlafen. Wenn er aufwachte, war der Papa schon wieder bei ihm, denn nach der Tat kam er ja zurück.«

»Dort lag Berlidorm«, sagte Katja ganz leise. »Ich erinnere mich: eine kleine weiße Schachtel auf dem Fensterbrett.«

»Und trotzdem, trotz allem, liebt er sein Kind. Sehr sogar. Und was Krueger betrifft – du warst ja selbst dabei, Katja, und weißt, wie sehr wir ihm dafür zu Dank verpflichtet sind. Dafür, dass er diesen Kinderschänder gefasst hat, dass er Menschenleben gerettet hat. Verdammt!« Kolossow schlug mit der Faust auf den Tisch. »Ich fühle mich wie in schwärzester Finsternis, Katja, verstehst du? Als hätte ich den Glauben verloren, ohne den ...«

Er stand auf und schaute zum Fenster hinaus.

»Fährst du mit?«

»Wohin?«

»Zur Petrowka. Der Untersuchungsleiter hat mir ein Gespräch mit ihm bewilligt.«

»Gut. Fahren wir.«

Kolossow zog eine unzufriedene Miene: immer nur dieses mechanische »Gut, gut«.

»Du wolltest doch unbedingt über diesen Fall schreiben! Na, dann werden wir jetzt zu ihm fahren und ihn befragen. Du selbst wirst ihn befragen!«

»Fahren wir, Nikita. Nur schrei bitte nicht so, ich bin nicht taub.«

Im Büro, das die Passierscheine ausstellte, wurden sie bereits von den Kollegen Kolossows erwartet. Gemeinsam gingen sie durchs Tor, durchquerten den kleinen, mit gelbem Laub übersäten Innenhof und betraten das Gebäude des Untersuchungsgefängnisses.

»Wir müssen in die oberste Etage.« Kolossow wollte Katja bereits den Vortritt auf die Treppe lassen, als sie plötzlich stehen blieb.

»Ich komme nicht mit, Nikita. Ich kann nicht.«

Sie blieb allein im Erdgeschoss zurück. Schwer auf das Geländer gestützt, starrte sie die ganze Zeit nach unten auf die schartigen Fliesen des Fußbodens.

Man führte Pawlow in Handschellen herein.

»Grüß dich, Major«, sagte er und musterte Kolossow. »Kommst du, um deinen Sieg zu feiern?«

»Nein.«

»Gut. Denn es ist noch zu früh. Wir haben noch alles vor uns.« Pawlow setzte sich auf den festgeschraubten Stuhl.

»Auf deinem Spezialanzug wurde das Blut aller vier Opfer gefunden. Die Ergebnisse der Expertise wird dir morgen der Untersuchungsleiter mitteilen, aber ich warne dich aus alter Freundschaft vor – überleg es dir gut, ob du weiter schweigen oder reden willst.«

Pawlow richtete sich gerade auf und ballte die Fäuste. Aber er hatte sich rasch wieder in der Gewalt.

»Nach dem Mord an der Balaschowa hast du deinen Schutzgummi ja im Institut zurückgelassen.« Kolossow sprach langsam. »Du konntest ihn nicht mehr unbemerkt hinausschaffen und hast ihn deshalb versteckt. Wir hätten natürlich das ganze Gebäude durchsuchen müssen, aber wir hätten dein blutiges Kostüm gefunden, Viktor.«

»Dort, wo ich es versteckt hatte, hättet ihr es niemals gefunden.«

»Und wo war das? Willst du es uns nicht sagen? Jetzt kommt es doch nicht mehr darauf an.«

»Nein. Der Platz ist zu gut.« Pawlows Tonfall war herausfordernd, seine grauen Augen glitzerten kalt. »Wer weiß, vielleicht kann ich ihn noch brauchen.«

»Du wirst gar nichts mehr brauchen.« Kolossow sah an ihm vorbei. »Du kannst mit deinem Leben abschließen. Für dich ist alles vorbei.«

»Glaubst du, ich werde hingerichtet?«

»Wir werden alles daransetzen.«

»Das wird nicht geschehen. Die Zeiten haben sich geändert. Ich habe gehört, der Vollzug der Todesstrafe ist vorläufig ausgesetzt, das stand in der Zeitung ... Obwohl, Major, wenn mir dieser Schuft, dieser Kinderschänder, hier bei euch über den Weg läuft, könnte einer von uns beiden ins Gras beißen.«

»Hör auf damit!« Kolossow stieß einen groben Fluch aus. »Willst du wieder mit deiner Heldentat angeben? Wie damals auf der Datscha – ich bin Afghane, ich habe Auszeichnungen für das Pandschir-Tal, ich bin im Kampf für das Vaterland verwundet worden. Ich spucke auf deine Auszeichnungen, kapierst du? Ich spucke darauf! Sieh einer an, Krueger ist für dich ein Schuft. Und wer bist *du* für uns, für mich, für deine Freunde, die dir Abschaum vertraut haben? Die dich geliebt haben?«

»Schrei mich nicht an. Und halte mir keine Moralpredigten. Übrigens habe ich im Krieg ...«

»Es reicht! Dein Krieg ist seit fünfzehn Jahren vorbei. Hör endlich auf, ihn zu vermarkten!«

»Ich habe im Krieg alles verloren.« Pawlow hob die gefesselten Hände vors Gesicht, als wollte er in den Linien der Handflächen lesen. »Das Wichtigste habe ich im Krieg gelassen. Nicht das Leben, nein, etwas noch Wichtigeres – meine Zukunft. Und so hatten wir nicht gewettet! Das war mit niemandem vereinbart! Du sagst, das ist lange her. Aber für mich ist es wie gestern. Meine Frau, für die ich alles getan hätte, hat mich verlassen. Und warum? Weil einer, der seiner Frau kein Kind mehr machen kann, kein richtiger Mann ist. Und sie wollte Kinder ...«

Pawlow biss die Zähne zusammen. »Diese Schuld soll man mir zurückzahlen! Während ich dort durch Scheiße watete und im Lazarett lag, während ich in diesem stinkenden orientalischen Loch steckte, haben sie sich ein feines Leben gemacht! Sie haben Brillanten und Gemälde gekauft, sind im Ausland herumgereist und haben Symphoniekonzerte besucht, haben Ruhm und Applaus geerntet ...«

»Was soll das Gesülze? Du hast hilflose alte Frauen umgebracht! Die eine war eine bettelarme Bahnwärterin, die andere hat sich vierzig Jahre lang für ein paar Rubel im Labor abgerackert. Was können die dir schuldig sein?«

»Sie hatten ihr Leben gelebt! Ihre Zeit war sowieso abgelaufen. Wie es in den Frontberichten immer hieß – das waren ›natürliche Verluste als Folge von Kampfhandlungen‹ – und basta. Das ist uns auch passiert, warum dann nicht auch ihnen. Natürlich, sie hatten Pech, dass sie mir über den Weg gelaufen sind, aber wenn ich sage, es tut mir Leid, glaubst du mir ja sowieso nicht. Also lass ich's bleiben. Mir tut gar nichts Leid, vor euch bereue ich nichts. Im Gegenteil, ihr müsst mich um Verzeihung bitten. Für euch, für euch alle habe ich gekämpft – auch für dich, Major. Und keiner von euch wollte mir helfen, wollte mit mir teilen. Ihr habt euer Leben gelebt und euch einen Dreck um mich geschert.« Pawlow stockte und warf den Kopf zurück. »Mein Sohn ist gehörlos, und auch das ist eine Folge des Krieges. Und dafür kann man niemanden zur Verantwortung ziehen, Major! Aber ich habe es doch getan. Habe den Mut besessen. Und mein Sohn hat jetzt eine Zukunft. Sollen sie mich ruhig verurteilen, aber mein Kind wird alles bekommen, ganz legal, alle Klunker der Tante. Alles, was sie auf Kosten meiner Jugend, meiner Gesundheit, meines Lebens angehäuft hat. Tien Zi, mein Sohn, wird auf dem Kutusowski-Prospekt wohnen, in einer Limousine fahren und nicht mehr jede Kopeke umdrehen müssen wie meine Mutter und ich.«

»Dein Sohn wird ins Waisenhaus kommen und ohne Eltern aufwachsen. *Das* hast du erreicht! Und seine Erbschaft – er wird natürlich einen Vormund bekommen. Aber bis er groß ist, wird noch viel Zeit vergehen. Was wird bis dahin aus der Wohnung und den Bildern? Du glaubst doch wohl nicht, dass man das alles einem kleinen Krüppel gibt? Bestimmt nicht. Dafür werden sich genug andere Interessenten finden. Dein Sohn wird unter fremden Menschen in irgendeinem verdreckten Heim für geistig Zurückgebliebene aufwachsen. Das ist das Glück, das du ihm geschenkt hast!«

Kaum hatte er das alles hervorgestoßen, erschrak Kolossow heftig: Mit Pawlow ging irgendetwas Schreckliches vor sich. Sein Gesicht wurde von einem Krampf verzerrt. Mit aller Kraft schlug er sich mit den geballten Fäusten auf die Knie, wieder und wieder, als wollte er die Hände zerschmettern, die er nicht mehr brauchte und die keine Kraft mehr besaßen.

»Hör auf!«, rief Kolossow. »Hör sofort auf!«

Doch Pawlow hörte nicht auf ihn, schlug mit den gefesselten Händen immer weiter auf seine Beine, auf den Tisch, die Stuhllehne. Kolossow riss die Tür zum Korridor auf und rief die Wache. »Führt ihn zurück in die Zelle. Aber verbindet ihm zuerst die Hände!«

Dann kehrte er dorthin zurück, wo Katja auf ihn wartete. Sie stellte ihm keine einzige Frage.

»Soll ich dich nach Hause bringen?«, fragte er.

»Nein, besser zur Nikitski-Straße. Ich werde erwartet.«

Bevor er das Gebäude der Hauptverwaltung betrat, zögerte er einen Moment und blickte Katja nach, die soeben die Straße überquerte und in einen dunkelblauen Shiguli stieg, der neben dem Zoologischen Museum parkte. Im Wagen erkannte er Sergej Meschtscherski und winkte ihm zu. Neben ihm am Steuer saß noch ein anderer junger Mann.

Erst als der Shiguli spurlos im Strom der Autos untergetaucht war, stieg Kolossow die Marmorstufen empor und öffnete die schwere Tür.

Die drei im Auto schwiegen lange Zeit bedrückt. Wadim steuerte den Wagen und rauchte dabei eine Zigarette. Die Asche schnippte er durch das heruntergekurbelte Fenster. Sergej, traurig und abgemagert, brach als Erster das lastende Schweigen:

»Hat Kolossow dir alles erzählt, Katja?«

»Ja.«

»Seid ihr jetzt eben von dort gekommen?«

»Ja, von der Petrowka. Pawlow sitzt dort in Untersuchungshaft.«

»Und ... hast du ihn gesehen?«

»Nein. Ich bin nicht mitgegangen.«

Wadim warf ihr im Rückspiegel einen Blick zu und konzentrierte sich dann wieder auf die Straße.

Sie fuhren bereits über den Gartenring, bogen an der Metrostation »Park der Kultur« ab und gelangten durch eine Seitenstraße zum Ufer der Moskwa.

»Was soll jetzt aus seinem Kind werden?«, fragte Katja.

Die Antwort war Grabesstille.

»Wadim, was soll aus dem Kind werden?«, wiederholte sie lauter.

»Na, es gibt doch Waisenhäuser, Heime ... Man wird sich schon um ihn kümmern«, sagte er leise.

»Sei so gut, Wadim, und halte bitte an. Mir ist schwindlig

vom Benzingestank. Ich muss ein bisschen an die frische Luft.«

Wadim schaute finster zu, wie sie aus dem Wagen stieg. Er machte eine Bewegung, als wolle er ihr folgen.

»Lass sie«, hielt Sergej ihn auf. »Das geht vorüber. Es muss vorübergehen.«

Katja schlenderte die von den Strahlen der untergehenden Sonne beschienene Uferstraße hinunter. Jenseits des Flusses, im Park, drehte sich zwischen dichtem goldroten Laub langsam das Riesenrad. Sie hatten es auch an dem Abend gesehen, an dem sie sich im Museum kennen gelernt hatten. Katja schloss die Augen. Man kann alles ertragen. Sie dachte daran, wie sie damals zusammen den blutüberströmten Roman Shukow ins Krankenhaus gefahren hatten und Pawlow ihm gesagt hatte: »Du wirst nicht sterben, Junge.« Und wie Tien Zi sich gefreut hatte, als sie in seiner Sprache zu reden versuchte: »Junge«, »gehen wir«, »mein Herz« ...

Die Freunde sahen, wie Katja ihren Notizblock aus der Handtasche nahm und ihn plötzlich hoch in die Luft warf. Einem Fächer gleich flogen die Blätter über dem Wasser auseinander und schwammen dann den Fluss hinunter.

Kapitel 4:
[1] Gemeint ist das KGB-Gebäude auf dem Lubjanka-Platz. Das Denkmal für Felix Dserschinski (1877–1926), den Begründer und ersten Chef des sowjetischen Geheimdienstes, ist inzwischen entfernt worden.
[2] russ. = Osten

Kapitel 8:
[1] russ. = Käfer

Kapitel 36:
[1] Auf der Petrowka-Straße befindet sich die Hauptwache der Miliz, »die Petrowka« ist sozusagen Moskaus »Scotland Yard« (Anm. d. Ü.).

Douglas Kennedy

DIE FALLE

Thriller

BASTEI
LÜBBE

Als der amerikanische Journalist Nick Hawthorne zu
einer Reise quer durch den australischen Kontinent
aufbricht und eine junge Anhalterin namens Angie mit-
nimmt, gerät sein Leben aus den Fugen. Die junge
Frau verabreicht ihm eine Droge, und als Nick nach
einigen Tagen wieder zu sich kommt, ist er mit Angie
verheiratet und in ihrem Dorf fernab jeglicher Zivilisation gefangen. Wird es ihm gelingen, dieser Falle zu
entkommen?

ISBN 3-404-14761-8

BASTEI
LÜBBE

»Eine wundersame und wunderschöne Geschichte, die direkt aus *Tausendundeiner Nacht* stammen könnte.«
BRIGITTE – Young Miss

Scheherazade hätte sie nicht besser erzählen können – die Geschichte von Roxanna dem Engel, dem schönsten Mädchen des iranischen Ghettos, dazu bestimmt, davonzulaufen – vor ihrem Mann Sohrab, der sie aus der Armut in sein prunkvolles Haus führt, vor Teymur, nach dem sie sich verzehrt, vor ihrer kleinen Tochter Lili mit den bernsteinfarbenen Augen, die eines Abends mit ansehen muss, wie sich die geliebte Mutter vom Balkon in die sternenübersäte iranische Nacht stürzt und – davonfliegt.

ISBN 3-404-14788-X

BASTEI LÜBBE

JÜRGEN BENVENUTI

Eine Chance zu viel

ROMAN

Domenico Gio arbeitet als rechte Hand für den Kasinodirektor Teddy Dragna. Dragna hat Probleme: mit seiner Exfrau, seiner Geliebten, seiner Verdauung, seinen säumigen Schuldnern. Gio bekommt zunehmend Probleme mit seiner Motivation. Er träumt von einem Leben mit Frau und Kind irgendwo in einer ruhigen Gegend. Da taucht Alex Beck auf, ein zwielichtiger Unternehmer in finanziellen Nöten. Er schlägt Dragna ein Geschäft vor, das allen Gewinn bringen wird: Im Kasino soll Geld gewaschen werden. Dragna stimmt trotz Gios Warnungen zu. Aber dann kapiert auch er, dass nicht jede Chance eine gute Chance ist …

ISBN 3-404-14699-9

Ulrike und Klaus Beckmann haben es geschafft: Sie sind Inhaber einer erfolgreichen Computerfirma und führen mit ihrem vierjährigen Sohn Jonas ein glückliches Vorzeige-Familienleben.

Doch von einem Tag auf den anderen fallen Schatten auf ihr Glück: In der Firma geschehen merkwürdige Dinge, zu Hause belästigt sie nachts ein anonymer Anrufer. Und dann kommt Jonas aus dem Kindergarten nicht nach Hause … Geht es den Entführern wirklich um Geld? Hauptkommissarin Susanne Breugel zweifelt daran. Und während sie um das Leben des Kindes kämpft, stößt sie auf eine sorgsam verschüttete Spur in die Vergangenheit. Eine Spur aus Herzblut …

ISBN 3-404-14636-0

BASTEI
LÜBBE

**»Ein grandioser Thriller, der dem Leser
den Atem raubt.«** DAILY TELEGRAPH

In Miami Beach werden die entstellten Leichen der
Eheleute Robbins aufgefunden, die mit einem
Skalpell ermordet wurden. Zwischen den Toten liegt
die blutüberströmte Tochter Cathy, die seltsamerwei-
se unverletzt blieb. Detective Sam Becket und die
Kinderpsychologin Grace Lucca übernehmen den Fall
und stoßen bald auf schier unlösbare Rätsel um das
Mädchen und die Umstände des Todes der Robbins.
Denn die junge Cathy kann sich weder an die Tat erin-
nern noch daran, wie sie zu ihren getöteten Eltern ins
Zimmer geraten ist ...

ISBN 3-404-14744-8

BASTEI
LÜBBE